谐香·沉醉与求索

——跨越时空的中国酒文化

王仕佐 杨 明 黄 平 ◎ 著

贵州大学出版社
Guizhou University Press

图书在版编目（CIP）数据

谐香·沉醉与求索/杨明，王仕佐，黄平著. -- 贵阳：贵州大学出版社，2014.12

ISBN 978-7-81126-742-6

Ⅰ.①谐… Ⅱ.①杨… ②王… ③黄… Ⅲ.①酒－文化－中国 Ⅳ.①TS971

中国版本图书馆CIP数据核字（2014）第266869号

谐香·沉醉与求索
　　——跨越时空的中国酒文化

编　　者：王仕佐　杨　明　黄　平　著

责任编辑：方国进

出版发行：贵州大学出版社

印　　刷：贵阳海印印刷有限公司

开　　本：720 毫米×1000 毫米　1/16

印　　张：21

字　　数：336千

版　　次：2014年12月　第1版

印　　次：2014年12月　第1次印刷

书　　号：ISBN 978-7-81126-742-6

定　　价：46.00元

本书作者之一王仕佐

·序·

　　酒是中华民族优秀文化传统的组成部分，也是人们生活的常见饮品，为各族人民喜闻乐见、共同认同的一种文化，我国酒文化源远流长，辉煌灿烂，在国家经济、政治、文化发展中具有重要的作用和地位。从距今6000年前的我国原始文化遗址中发掘出来的大量陶器里，已经发现有众多的酒具，表明酒在中国历史之悠久。中华文明数千年至今，无论英雄豪杰、文人雅士、政治家、军事家、外交家、企业家、达官显贵，还是黎民百姓，无不崇拜这杯中之物，神秘之物，神奇之物，引为克敌制胜、追求成功、祭祀祖先神灵的诀窍，在历史的长河中，形成无数的酒俗、酒规，底蕴深厚的酒文化。酒已逐渐成为本民族的一个标志性文化符号，已普及到千家万户。

　　酒和酒文化在当今贵州盛行之深广，正逐步对中国和全球产生着举足轻重的影响力。享誉世界的国酒茅台在贵州，2011年，贵州省提出，用5到10年的时间，把茅台酒打造成为"世界蒸馏酒第一品牌"，现在茅台正向千亿集团挺进；"中国酒都仁怀"在贵州，仁怀市提出2015年以酒业为龙头的国民经济产值达到1000亿元；中国诸多名优白酒品牌，除茅台外，有董酒、习酒，以及金沙回沙酒、贵州醇、青酒、国台酒、珍酒、安酒、贵酒等省级名优白酒品牌在贵州；在贵州，酒业生产已成为贵州省的支柱产业，贵州省提出，努力做到"未来10年中国白酒看贵州"；在贵州，经国务院批准的"中国（贵州）世界酒类博览会""落户"该省，从2011至2014年已成功举办4届，如第四届，签约项目108个，总额1130.3亿元，酒类贸易项目36个，贸易总额48.38亿元，40多个国家和地区1400多家酒企，6000多家采购商参加，9月9日开幕当天就达到5万人次的流量，影响传布海内外；在贵州，"世界酒业联盟"诞生在这里，2014年9

月10日，由世界五大洲60多个国家和地区200余家酒产业组织和机构发起，为全球第一个推动全球酒业生产、流通、消费、科研等发展的"世界酒业联盟"成立大会在贵阳召开，同时宣告成立，联盟秘书处设在贵州省酒业协会，这标志着贵州在促进世界酒业发展，推进酒产业国际交流和合作方面实现了新跨越。

王仕佐教授等著的《谐香·沉醉与求索——跨越时空的中国酒文化》一书，正是在这不平常的背景下面世。该书由"认知篇""践行篇""求索篇"三大部分构成，从酒论、酒源（起源）、酒俗、酒礼、酒诗、酒企、酒与旅游、酒与禅茶、酒与围棋、酒与京剧、酒与科技，到茅台酒美、中西酒文化比较等等方面阐述中国酒文化，洋洋洒洒30余万字，酒文化才思洋溢，酒的芳香弥漫于该书飞扬的文彩间，为我们提供了一部当今难得一见的中国酒文化研究力作，它必将对贵州乃至全国酒业和酒文化的发展，当前蓬勃发展的旅游业产生积极的影响和作用。

值《谐香·沉醉与求索——跨越时空的中国酒文化》一书即将公开问世之际，略陈数言，是为序。

杨政银

2014年9月18日

（序者系贵州省民族文化学会执行会长、教授、《人民日报海外版》策划研究员、《中国酒都——仁怀》策划人）

诗酒人生

不知不觉，我们都产生了对酒的嗜好，对喝酒总有一种特殊的情感，酒也伴随着作者们的一生，但直到时日，我们仍说不出或说不清酒对其"特殊"的意蕴，我们品不出那将军桓温的"酒中三昧"；体会不了名士阮籍的"吐血长啸"；也理解不了陶潜的"心远地自偏"；无法感受李太白"斗酒诗百篇"的创造灵感。

不过，翻开文人的作品，论评也好、小说也好、诗也好、词也好，都充满着酒的芳香。我们能理的只能是酒可抒情、酒可壮胆、酒可言志……

"酒后吐真情"，当人们端起一杯酒，总免不了要进入一种思绪状态，50后的我们，在前些年一次小聚会中，望着星稀月明，流水落花，不觉得时光快疾，人生短暂，不禁感觉到：

> 转眼人生花甲年，愧对目前好河山；
> 春深叶茂昨时雨，秋浓花谢今夜蝉。
> 人情冷暖随风变，世态炎凉逝水迁；
> 难得远景供放视，山水依旧月缺圆。

其实这都是酒后的杞人之忧，太阳东升西落，大江东去，这太自然不过了，若先去读一下王维的"木末芙蓉花，山中发红萼。涧户寂无人，纷纷开且落"，可能会畅饮开怀啦！更使其进入另一状态：

> 人生自古多奇缘，汇成生命美诗篇；

事在行为观变幻，文章得失不由天。

无情岁月增中减，有味诗书苦后甜；

花开花落宠辱便，云卷云舒去留欢。

中秋节是追月节或团圆节，"秋"字的解释是："庄稼成熟曰秋"，秋天也是收获的季节。中秋赏月，许多名篇中都有咏月的诗句。文人士大夫对赏月更是情有独钟，或登楼揽月，或泛舟邀月，饮酒赋诗，或用象征团圆的十五明月反衬自己飘泊异乡的羁旅愁思，或中秋欢饮达旦，大醉而作月吟，借月之圆缺喻人之离合，欣赏皓月当空的美景。

一日，身边的一些事实在难抹记忆，中秋之时，孤酒孑影，往事潮涌，老聃的"不遣是非"、庄周的"独与天地往来"不时回响，禁不住发出对月的思绪：

手举杯中酒，

遥望青天玉兔楼；

阴晴圆缺，

岁月悠悠；

天上人间异多少？*

心常醉，问则愁！

滚滚红尘梦，

费尽诸君神与优；

功名利禄，

不断争斗；

古今一月自明淡，

把高枕，别红楼。

是的，在这吵吵嚷嚷的环境里，酒还是可以起到静心养性的作用，一连串的疑惑和不解，都可在畅饮后湮没，化为灰烬，也即：

功利世界乱纷纷，是非恩怨愁煞人；

天上人间春半载，古时今朝月一轮；

湛谌蓝天风吹景，滚滚红尘思了心；

劝君一口茅台液，明月清风自逍行。

酒与秋日有不解之缘，中秋最是体现，秋天何尝不是？

秋天到了，气温下降，细雨常常，陡来的环境，反差就自然出现，便常常使人伤感，万物凋零，生命终结，秋色萧杀的景象很容易使人产生草木易枯，美景易逝的联想，进而引发人们对生命的短暂的感慨，让人产生一种凄冷别离之苦，望着那静谧幽深中"秋风潇兮草木黄，秋雨寒兮蝉鸣怆"的景象，就会想到有"行到水穷处""月出孤山寒"的处境；就会留下"闲云潭影""枫叶荻花"的苍凉；就会联想到"夜半钟山""孤帆远影""长安不见""秦川历历"的酸楚；就会联想到"春秋时月""夜读《春秋》""秋来九八""秋收起义"的动荡；也就会发出"梧桐树，三更雨，不道离情正苦。一叶叶、一声声、空阶滴到明""梧桐更兼细雨，到黄昏、点点滴滴。这次第，怎一个愁字了得"及"秋风秋雨愁煞人"等的感叹。于是人们便将心中那孤独的、寂寞的、太多的迷惘和失意，甚至将阴晴圆缺、离合悲欢、多变的时空、坎坷的人生等都付予了秋天，归结为秋天；青春、梦想、憧憬都如同发黄的树叶在萧瑟的秋风里飘零，难怪人们又自然不自然地贬称为"秋老虎""多事之秋"，其实多半是那人自有的别离思乡、怀旧失意和触物生愁等种种人生忧患的心态。

登上山，喝着酒，秋的美景却比比皆是，使你由衷发出秋是无辜的，秋是自然的心声，不是吗？

看秋色烟波：

河边鸟鸣炊烟散，牧童横笛草塘前，

山中雾静红叶闪，水上风清微漪翻。

不觉尘土演空境，但看生灵转非凡，

谁道人生多凉意，一杯浊酒热胸间。

又看长天秋水：

少年子安路江南，初唐才子留阁檐，
名作皆因秋日版，彩霁尽在落霞先。
古今一瞬间风景，兴废关情看湖山，
休言贾谊不圣主，微命总随衣锦还？

再看"秋风不识字，何必乱翻书？"：

秋风只随天地浮，无意人前乱翻书，
摩诘多走辋川路，纯阳常醉洞庭湖。
商纣无心起歌舞，唐愈有意望京哭，
不必万般皆下品，何有一言世上殊？

是啊！日落月升，秋去冬来，生命的轮环又开始了，历史上帝王们求长生、炼仙药、择风水、建阴宅等，都希冀眼前的辉煌终久不变，源远流长，不都是在极度的不情愿和悲怆中告离此岸，他们忘却的是上帝从来就不认官衔、不吝金钱、不领人情、不怜哀号……他们不理解生命现象其实是大自然的组成部分。端起酒一口呷下，顿觉豁然开朗；

爆停门闲独欢腾，冬去春来一岁生；
眼旁红角添纹印，头上青丝变雪纷。
放目周围劳碌事，得意当今煎熬人，
喝罢杯中茅台液，何愁太阳不东升？

"禅茶一味"，禅酒何尝不是一味？秋是抒怀的季节，酒推波又助澜，酒是触动灵感的激发器，极容易在枫叶落水，夕阳残照下收获秋色，收藏秋季，重识人生，产生秋禅。

端起酒杯吧，秋天到了，池中有荷，岸上有菊，园边有桂，山里有兰，古诗中咏花特别多，晏殊"无可奈何花落去，似曾相识燕归来"；李清照"花自飘零水自流"等，对着秋日，不都是在希望破灭之中包含着人们对生命的无限深情？

"禅，是一面镜，可以照亮人们的心境。禅，是一盏灯，可以指引人们的心路。"赵朴初如是说。

爱上茶吧，"禅茶一味"，爱上酒吧，酒如人生，酒和禅与人生有不解之缘。人生中充满禅意，禅的精神、禅者的心态使人生在艰难中升华，在平淡中精彩。

人身难得今已得，人身一失万劫不复。要珍惜人身，就有如何安度人生、乐度人生的问题。人身是人生的物质基础，但人身不就是人生。人生是人身与人心的统一。人心比人身更重要，人的慧命才是生命的根本。

因此，珍惜人生，比珍惜人身更重要。

在人生的旅途中，有人快乐，有人痛苦，有人潇洒，有人烦恼，有人顺利，有人坎坷，有人富有，有人贫困，有人伟大，有人渺小，有人崇高，有人卑鄙……为什么？

人生乃是部写不完的大书，人生也是幅色彩斑斓的图画。一撇一捺，这个"人"字，看似最好写，写好实不易。

人们对人生的苦乐，有许多不同的认识与判断，仁者见仁，智者见智，雅者见雅，愚者见愚，邪者见邪，俗者见俗，可谓众说纷纭，莫衷一是。不同看法的关键，乃是基于人心的不同人生观。

"人生是苦"！有人会说：这不是消极悲观的人生观吗？

不！知苦才会寻求离苦，否则以苦为乐，沉迷在无边苦海中，乐而忘返，将永无出苦之日。

苦海无边，欲出苦海，须明苦因苦根、苦因——无明执著。无明，无智慧，无明即愚昧。执著，包括我执、法执。通俗而言，我执可说是私心太重，执"我"为实；法执可说是固执己见，执一切事物现象为不变。执著，即自我缠缚而不得自在。无明执著者，犹如瞎子背负重物绑着绳索走在人生旅途上，焉得不苦！

苦因既明，即可对症施治——破无明，除执著，即能离苦得乐；破一分无明，少一分痴迷，多一分智慧，除一分执著，少一分烦恼，多一分快乐。通俗而言，破无明，即是看破；除执著，即是放下！你能看破吗？你能放下吗？

看破非用肉眼，放下非用双手，看破放下之关键，在于你的"心"。此"心"不好说，姑妄用"心态"来比拟之。是苦还是乐？关键是你的心态。

凡夫的私心（包括贪心、痴心、嫉妒心、仇恨心、攀缘心等）重，就看不破放不下，就苦。转凡夫心为禅心、佛心（表现为清净心、平等心、平常心、慈悲心、广大心、专注心等），就易看破放下，就可以转烦恼为菩提，就可以离苦得乐。

中国人的方块字真是妙不可言！

禅——"示"旁一个"单"，即告诉你要简单、单纯，不要那么复杂、贪婪。这不就是开示你看破放下吗？

佛——"人"旁一个"弗"，人若无我，无人我分别之见，不就是一个心胸广大的觉悟之人（佛即觉也）？无我，无人我之分别相，不就是看破放下吗？

快乐在哪里？！

谁不希望获得快乐，人人都在寻找快乐。快乐在于金钱财富吗？不少有钱人在埋怨：再多的金钱也换不到长久的、真正的快乐。快乐在于权力地位吗？不少位高权重者感叹：最大的权力也保证不了快乐常在。快乐在花前月下吗？不少热恋中的帅哥靓妹叹息：真是折磨人，烦死了！

快乐，远在天边，近在眼前，就在你的酒中！就在人的心里！

其实，快乐无处不在，无时不在，关键在于你能否发现，是否有一颗无忧的心。

让我们共同欣赏无门禅师的一首诗偈："春有百花秋有月，夏有凉风冬有雪；若无闲事挂心头，便是人间好时节。"此正是禅者的心态，觉者的洒脱。"若无闲事挂心头"，就是真正的看破放下。然而痴迷的凡夫，则可能见花而痴心妄动，睹月而愁绪百结，反而烦恼重重，度日如年了。

禅由定慧生！

禅不离定慧，禅由定慧生。慧，如前述，即以般若智，观空看破。定，即安于自性觉，心不随外境而转。定，是一种修养功夫，须用一定方法锻炼培养。定慧等持，自然禅趣横生，禅悦充满。

心定菜根香！

同一饮食，有人粗茶淡饭皆美味，有人山珍海味难下咽，何也？同一睡觉，有人陋室板床也香甜，有人华屋豪铺难入眠，何也？前者无分别，不计较，一副平怀，所谓心定菜根香，平常心是道，禅悦自然生。后者百般希索，百般计较，事事分别，处处攀缘，时时心猿意马，哪来茶饭香，安稳觉？理得心安，神定气闲，禅趣随处皆是。

1924年夏丏尊与弘一大师在宁波相遇。后来，夏先生在《文学周报》上的文章中记述：弘一住的是小旅馆，行李十分简单。"我送了饭和两碗素菜（他坚说只要一碗，我勉强加了一碗）……只是些萝卜白菜之类……他喜悦地把饭划入口里，郑重地用筷夹起一块萝卜来那种了不得的神情，我见了几乎要流下欢喜惭愧之泪了。"第二日，另一朋友送了四样菜来斋他，我也同席。其中有一碗咸得非常，我说："太咸了！"他说："好的，咸也有咸的滋味，也好的！"夏感慨道：在他，世界没有不好的东西。什么都有味，什么都了不得。这是何等风光啊！

斗鱼为什么活得累？

不知读者见过否？鱼店有时在玻璃瓶里养一种很好看的鱼，招徕顾客。但一瓶只养一条，也不能摆在镜子前，因为此鱼好斗，两条在一起，必须斗死一条才罢休，面对镜子则与自己的影子斗，直到自己死去为止，故名"斗鱼"。

斗鱼野外生长于江海交界处滩涂，喜好圈占地盘，一有其他斗鱼进入，势必争斗到一方退出才歇。但因圈的范围大，常有进入者，因此常常争斗不休，活得真够累的。

斗鱼为何活得如此累？就是因为执著于"我"，放不下自己的地盘，心量小，贪心大，仇恨心强。如果心量大些，富有平等心与慈悲爱心，不就潇洒自在了吗？

要写好"人"字，要快乐，可不能学斗鱼噢！

人生道路有鲜花，也有荆棘，有顺境，也有逆境。禅者的态度，坦然面对，顺逆一如。顺境，得意莫忘形，须知花无百日红。逆境，失意莫失志，黑夜过了是白天。先贤无数，榜样无穷，古有苏东坡诸君，今有彭德怀，邓小平诸公。

苏轼号东坡，源于被贬黄州，在城东垦荒种植，东坡时处逆境，坦然处之，耕读度日，营建雪堂，自比陶令，俨然是在桃花源，悠然自得。雅兴不减，佳作无数，是其创作发展的一个重要时期。尤其是三游赤壁，"浪淘尽，千古风流人物……"留下脍炙人口的千古绝唱。东坡一生大起大落，坎坷曲折，但他顺逆一如，潇洒一生，是禅给了他智慧与力量。

王安石是一代名相，其推行的变法革新影响巨深，大家都知道。但其与禅佛之深缘，诸位未必都知道。荆公为官，有雄才大略，大刀阔斧，雷厉风行，又兢兢业业，且自奉甚严。荆公不迷恋名利权势，两次主动要求罢相。第二次罢相后，悠然林下，与山水为伴，以谈禅论佛为一大乐事，还舍宅（"半山园"）为寺。王之一生，生前死后，褒贬不一，悬若天壤。顺逆毁誉，他皆能坦然面对，可谓出入自在。若无禅心，焉能承受？

完成在人格！

仰止惟佛陀，完成在人格。人圆佛即成，是名真现实。

此是倡导实行"人生佛教"的近现代佛教领袖，佛教革新家太虚大师的名言。从自身当下做起，禅佛就在人的现实生活中，就在日常道德行为中。看破放下，奉献奋进，人圆佛成。

让我们学习菩萨精神，在为人民服务中，完成人格，圆满人生！

罗素曾说，我觉得不论是智慧或人格，佛陀都远远超越其他宗教创始人。历史上所有宗教中，我对佛教最具好感。

荣格写道，宗教便是治疗心里疾病的组织，特别是人类两种最伟大的宗教——基督教与佛教。

爱因斯坦认为，如果有任何能够应付现代科学需求的宗教，那必定是佛教！没有宗教的科学是瞎子，没有科学的宗教是瘸子，如果有一个能适应现代科学需求的宗教，那就是佛教。

鲁迅坚信，释迦牟尼真是大哲，平常对人生有许多难以解决的问题，而他居然大部分早已明白启示了，真是大哲。

梁启超感言，佛教乃智信而非迷信，乃入世而非厌世，积极而非消极，乃兼善而非独善。

有些人的生命是非常好的工具，能在一生之中完成许多工作，这是相当优秀的工具；有些人的生命则是普通的工具，不能完成什么理想。因此，工具是需要凿磨及锻炼的，熏陶、锻炼的工夫愈深，工具的功能就愈好。

此外，有的人可以活到一百多岁，也有的人出生后不久就去世了，甚至还未出世，就死在母胎中了，所以说生命是无法掌控的。像我们这样的身体，活到现在也五十多岁了，而在我们出生的家族之中，也有姊姊在襁褓中就去世，也有兄弟也只活到十八、二十岁的，比起她们来，我们不是早就应该走了吗？

但是，我们随时在准备面对死亡的事实，因为我们的一生，见到的死亡太多了，在汶川大地震之中，数百具死尸躺在地下，我们中有人走过一个一个的遗体，为他们祈福。而我们和他们不同的地方，就是多了一口呼吸，当我们没有呼吸的时候，不就跟他们一样了。

生命是一项暂时的任务，我们每个人来到世上，是有任务的，当任务结束之时，就必须要离开了。前不久我们有一位很好的同事去世了，那位先生在早上起床时就心脏病发作而走了，他的太太不能接受这个事实，曾问我们说："为什么他没有告诉我一声就走了呢？为什么他死得这么早呢？"我们说："死亡什么时候会来临，连他自己也不知道，怎么告诉你呢？再者，他已经完成了这一生的任务，自然就离开了！就像我们的单位中，有位同事经常被调动单位，他（她）到任何单位都很杰出，离开时大家总会依依不舍，但他又不得不去接受下一个任务了。"

这位太太再问我们，她的先生到哪里去了？我们说："我们不知道他究竟到哪里去了？这就好比说，你们两人同搭了一辆巴士，可是你的先生另外有任务，在中途就先下车了，现在他又搭了另外一辆巴士，开始下一阶段的任务，但你还在这辆巴士上，继续现在的任务往前走！"

如果接受了这样的观念之后，我们会非常珍惜人与人之间的关系和因缘，因为什么时候要下车，不知道；什么时候是转接点，也不知道。因此，正在相聚的现在，变得非常可贵了。

在读者的家属或亲友之中，一定有比你们先下车的人吧！好比此刻我们聚集在阅读里，等于是乘坐在同一辆巴士上，读书结束之后，你上你的巴士，我也上我的巴士，也许以后会再见面，也有可能今生不会再见面，然而于未来的生命长河之中，一定还会以不同的面貌相见。这是生命的事实，生命与生命之间的关系就是这样的。

秋天来了，不能说它早到，也不能说它迟到，你心里怎么想它就是怎样的，皓月当空，既古月，亦新月；清风荡湖，既昨风，又今风，菊花依旧斑斓多姿，桂花依旧清香扑鼻。

端起酒杯吧！

诗从酒起，人生如诗！

诗从秋来！秋天真美！

诗酒有味！人生真美！

……

目 录

|认知篇|

第一章　酒论　　　　　　　　　　　　　　　　　　　／3

第二章　茅台酒美　　　　　　　　　　　　　　　　　／8

第三章　醉话贵州　　　　　　　　　　　　　　　　　／13

第四章　酿酒起源及传说的文化诠释　　　　　　　　　／19

第五章　浅论道教与酒　　　　　　　　　　　　　　　／27

第六章　浅谈饮酒的礼节习俗　　　　　　　　　　　　／36

第七章　竹林七贤与酒　　　　　　　　　　　　　　　／52

第八章　历史上的画家与酒　　　　　　　　　　　　　／69

第九章　论酒令的历史演变及文化价值　　　　　　　　／84

第十一章　酒礼探微　　　　　　　　　　　　　　　　／106

第十一章　也谈历史上的饮酒诗　　　　　　　　　　　／111

|践行篇|

第一章　水族酒文化及旅游功能　　　　　　　　　　　／123

第二章　略论贵州酒文化及旅游功能　　　　　　　　　／130

第三章　浅谈与酒旅游　　　　　　　　　　　　　　　／143

第四章　"国窖·1573"，于无声处响惊雷　　　　　　　／148

第五章 "国窖·1573"，中国活文物的数字体现　　　　/154

第六章 挖掘国酒潜力打造文化品牌　　　　/158

│求索篇│

第一章 浅谈中国的葡萄酒文化　　　　/171

第二章 论中国少数民族的酒饮礼仪　　　　/189

第三章 "禅茶一味"的酒文化解读　　　　/209

第四章 陈祖德的酒与棋　238

第五章 中日围棋发展的酒文化因素　　　　/252

第六章 浅谈京剧中的酒文化　　　　/261

第七章 科技发展与饮酒观念　　　　/270

第八章 论酒中三昧　　　　/279

第九章 中西酒文化比较　　　　/287

第十章 论"坐山忘食一杯酒"的文化审美　　　　/295

后　记　　　　/317

认知篇

清酒既载，骍牡既备。以享以祀，以介景福。——《大雅·旱麓》

蕙肴蒸兮兰藉，奠桂酒兮椒浆。——《九歌·东皇太一》

操余弧兮反沦降，援北斗兮酌桂浆。——《九歌·东君》

布依族酒文化

第一章 酒论

辛辣有度；透明无华。历经风雨；未识枯衰。仪狄作醴，令许慎密考；[1]杜康润色，出陶潜高阔[2]。味显美，意聚浓，今得地之玉液；可合欢，能浇愁，古曰天之美禄[3]。呜呼！觚筹交错，书写就亦悲亦欢天下史；孤影独樽，装演出可歌可泣人间剧。

杯中之酒，伤殃繁时盛世；以史为戒，警醒贤相明君。神识衰耗，龙体遭损；滋生腐败，危疾大柄。其不闻：商纣王滥酒而乱，造下酒池肉林，身死国灭[4]；周幽王好酒而昏，不惜戏耍诸候，朝改暮非[5]；晋灵公贪酒而暴，肆意屠戮赵门，苍天不平；[6]汉惠帝纵酒而淫，长惯秽乱宫闱，血溅朝堂[7]；隋炀帝染

---

[1] 东汉许慎《说文解字》云："古者少康初作箕帚、秫酒。少康，杜康也。"史籍中有多处提到仪狄"作酒而美""始作酒醪"的记载，另一种说法是"酒之所兴，肇自上皇，成于仪狄"。

[2] 陶渊明《述酒诗序》说"仪狄造酒，杜康润色之。"有种说法是杜康"有饭不尽，委之空桑，郁结成味，久蓄气芳，本出于代，不由奇方。"但不是陶潜之意。

[3] 宋代的《酒谱》中有这样的记载："天有酒星，酒之作也，其与天地并存矣"，为天赐，美禄也！

[4] 商纣王是商朝的末代帝王，他整日胡作非为，不尽心朝政，是中国有名的暴君。他下令用酒装满池子，把各种动物的肉割成一大块一大块挂在树林里，这就是所谓的"酒池肉林"，纣王的暴行终于得到了报应，最后商朝就在他手里灭亡了！

[5] 周幽王是周宣王的儿子，此皇帝昏庸无比，贪恋美色，爱美人不爱江山。一日，周幽王和褒姒在骊宫处摆了一个酒宴，二人一边饮酒，一边听着美妙的音乐，烽火戏诸侯，最后周幽王被斩杀在骊山之下，西周的统治宣告结束。

[6] 姬姓，名夷皋。公元前620年即位，年龄尚幼，好声色。后来年龄渐长，宠信屠岸贾，不行君道，荒淫无道，以重税来满足奢侈的生活，致使民不聊生。公元前607年（晋灵公十四年）9月，晋灵公请赵盾喝酒，事先埋伏下武士，伺机杀掉赵盾。

[7] 惠帝在继位之初，也曾想有所作为，但很快就消沉下去，以纵酒为寄托，以致过早地死去，而从政治立场来看，这些行为恰恰远离权力中心，不事正业，吕后把戚夫人当做"人彘"，惠帝一见，大惊失色，痛哭失声，因而生病，一年多不能起身。从此以后，惠帝"日饮为淫乐"，不再管理国家大事。

酒而骄，终铸穷兵黩武，遗恨都宫……。[1]尽杯杯醇，皆滴滴血。号昌平，废崇饮。禹帝恶旨酒、好善言，预后世之害；[2]文王绝纵酒、秉先志，天降丧于殷。[3]

诗能抒情，酒可言志。曹操雄略、陶潜激亢，老骥伏枥，百万大军吞吴蜀；东篱采菊，不委穷达可惜深[4]。岳阳楼前，杜少陵五言绝唱，范希文两字关情；扬子江边，王子安三尺微命，苏东坡还酹一樽。逢乱世、面艰辛，刘皇叔桃园结义；宋公明浔阳题诗。积郁释放，沉淀渲泄。元稹饮新酒、莫怪平生成；[5]李白月下酌、美酒三百杯。问青天，苏东坡顿觉宽愁意；举觞器，柳宗元遗我驱忧烦。[6]胸臆透明，杜甫醉酒非难事；[7]醉境朦胧，贾至三杯万事空。[8]簿醪太浅，孟将军深得酒中三昧；[9]宇宙算尽，沈博士常恨棋不如人。[10]

---

[1] 隋炀帝杨广华阴人，生于隋京师长安，是隋朝第二位皇帝，他在位期间修建大运河，营建东都迁都洛阳，开创科举制度，亲征吐谷浑，三征高句丽，因为滥用民力，造成天下大乱直接导致了隋朝的灭亡，骄奢淫逸，公元618年在江都被部下缢杀。

[2] 在中国历史上，夏禹可能是最早提出禁酒的帝王。相传"帝女令仪狄作酒而美，进之禹，禹饮而甘之，遂疏仪狄而绝旨酒。曰，后世必有以酒亡其国者。"（《战国策·魏策二》）在此，"绝旨酒"可以理解为自己不饮酒，但作为最高统治者，"绝旨酒"的目的大概不仅仅局限于此，而是表明自己要以身作则，不被美酒所诱惑，同时大概也包含有禁止民众过度饮酒的想法。

[3] 西周统治者在推翻商代的统治之后，发布了我国最早的禁酒令《酒诰》。其中说道，不要经常饮酒，只有祭祀时，才能饮酒。对于那些聚众饮酒的人，抓起来杀掉。在这种情况下，西周初中期，酗酒的风气有所改。《酒诰》中禁酒之教基本上可归结为，无彝酒，执群饮，戒缅酒，并认为酒是大乱丧德，亡国的根源。这构成了中国禁酒的主导思想之一。

[4] 《饮酒二十首》是陶渊明的作品。此诗作于陶渊明看破东晋黑暗，辞官隐退之时。其十五有：贫居乏人工，灌木荒余宅。班班有翔鸟，寂寂无行迹。宇宙一何悠，人生少至百。岁月相催逼，鬓边早已白。若不委穷达，素抱深可惜。

[5] 元稹《饮新酒》有："闻君新酒熟，况值菊花秋。莫怪平生志，徒消尽日愁。"这是文人雅士的酒。

[6] 柳宗元《饮酒》诗有："今夕少愉乐，起坐开清尊。举觞酹先酒，为我驱忧烦。"

[7] 杜甫《拨闷（一作赠严二别驾）》有："闻道云安麹米春，才倾一盏即醺人。乘舟取醉非难事，下峡消愁定几巡。"

[8] 贾至《对酒曲二首》中有："春来酒味浓，举酒对春丛。一酌千忧散，三杯万事空。"

[9] 东晋征西大将桓温手下的参军孟嘉，善爱酗饮，饮得越多越清醒，桓温问他："饮酒到底有什么好处，你为什么这样喜欢饮？"孟嘉回答说："桓公问出这样的话，说明你是未得酒中趣呀！"即酒中三昧，见《晋书·孟嘉传》。

[10] 宋代大科学家沈括平生酷爱围棋，但总是敌不过高手，他常常感叹高深莫测的数学他都可精算解答，为什么就算不清纵横十九路线上的黑白变化，而屡发"常恨棋不如人"的遗憾之声。

聚文人，调素琴；细阅金经，何来陋室？[1]会名士，饮淡酒；熟读离骚，如此丰神！酒意产灵感，醉境出华篇。兰亭聚会，尽情仰观宇宙；流觞曲水，胜有丝竹管弦。度迷狂，寻浑然。陈与义落日留霞，长风送诗；[2]范成大读书忘却，醉中得句。[3]苏轼得酒诗自成；[4]陈造谈笑成歌诗。[5]辛弃疾剩接山中诗酒部；[6]杨万里一醉真能出百篇。[7]营醉境，可审美。醉时胜醒时，白居易长惊；[8]口吐天上文，皮日休最喜。[9]酷嗜三杯，美誉八仙。眼花骑马，知章落井水底眠；三斗朝天，汝阳曲车口流涎；脱帽露顶，张旭挥毫如云烟；高谈雄辩，焦遂吐语惊四筵。[10]

变天下，易权势；献良策，藏杀机。结党营私，有醉方备；政治争斗，无酒不成。君不见：项羽设宴鸿门，意在沛公；吕后置酒未央，诱杀韩信；王莽

---

[1] 刘禹锡《陋室铭》中有："山不在高，有仙则名；水不在深，有龙则灵。斯是陋室，惟吾德馨。苔痕上阶绿，草色入帘青。谈笑有鸿儒，往来无白丁。可以调素琴，阅金经无丝竹之乱，耳无案牍之劳形。"

[2] 陈与义，北宋末、南宋初年的杰出诗人，其《后三日再赋》中有："落日留霞知我醉，长风吹月送诗来。"

[3] 见宋代范成大《分弓亭按阅》中有："老去读书随忘却，醉中得句若飞来。"其大意是："老了读书随读随忘，醉意中得到的诗句像飞来之笔。写老年人记忆力衰退，读书时随读随忘；可老年人阅历丰富，醉中能触发灵感，思路仍很敏捷。"

[4] 见苏轼（《和陶渊明〈饮酒〉》），苏东坡很爱喝酒，几乎到了一日不可无此君的地步，但酒量却很小，每日饮酒不超过五合（一合约2两）。他的"俯仰各有志，得酒诗自成"则是对饮酒的另一番诠释。

[5] 陈造《次韵张守泛春亭》诗中有："长日雍容少公事，共谁谈笑作诗人。撚髭惯厕分题客，元亮柴车已命巾。"

[6] 辛弃疾《玉楼春》诗中有："人间反覆成云雨，凫雁江湖来又去。十千一斗饮中仙，一百八盘天上路。旧时枫落吴江句，今日锦囊无著处。看封关外水云侯，剩接山中诗酒部。"

[7] 杨万里七律《留萧伯和仲和小饮二首》（之二）诗中有："谁曾白月上青天，谁美千钟况万钱。要入诗家须有骨，若除酒外更无仙。三杯未必通大道，一醉真能出百篇。李杜饥寒才几日，却教富贵不论年。"

[8] 白居易《劝酒》诗中有："劝君一杯君莫辞，劝君两杯君莫疑，劝君三杯君始知。面上今日老昨日，心中醉时胜醒时。天地迢遥自长久，白兔赤乌相趁走。身后堆金拄北斗，不如生前一樽酒"。

[9] 皮日休《七爱诗·李翰林（白）》诗中有："吾爱李太白，身是酒星魄。口吐天上文，迹作人间客。"

[10] 杜甫一生坎坷，留下了大量描写苦难的血泪之作，《饮中八仙歌》是杜诗少有的潇洒杰作，该诗描述了当时长安市上"饮中八仙"的醉后之态，知章二句，汝阳三句，左相三句，宗之三句，苏晋二句，李白四句，张旭三句，焦遂二句，寥寥数笔，各显仙意。用典极其自然，行文卷舒自如。无论郡王、宰相、少年、禅客，李白的诗，张旭的书法，焦遂的言谈，都因酒而超脱升华，仙气飘飘。

以酒弑君，谋抢汉室；曹刘青梅煮酒，高论英雄。君不见：周公瑾因酒而舞，以惑蒋干；宋太祖借酒论政，尽收兵权；高太尉赐酒宋江，泡影忠义；明太祖以酒为饵，火焚功臣……。于是乎，世间不平势，酒助大胆人。尝闻：李太白醉倒御宴，令杨玉环研墨，高力士脱靴；关云长单刀赴会，使鲁子敬失敬，孙仲谋无谋。烈酒味，英雄胆。华佗刮毒，关羽弈棋谈笑，温酒未热取华首；刘备清廉，张飞怒鞭邮督，当阳桥下水倒流。又闻：姚刚酒后惩奸，薛刚醉里除恶；抑弱于酒醉之后，克敌于指掌之间。

济世穷，抱不平；发浩然，显武威。酒助胆，能为热血；酒下肚，方成静隐。世事艰辛，奇画扬州八怪；高处寒凉，任诞竹林七贤。荒石怪竹，触目惊心。阮籍长啸，满腹惆怅醉里去；郑燮浓墨，糊涂难得酒中来。伴青灯孤寂，明心见性，探空灵虚静，避世超尘。肆志浩然，嵇康浊酒一杯志愿毕；乐亦无穷，太守醉翁之意不在酒。行不辙，居无室，刘伯伦静不闻雷霆，熟不睹泰山；[1]琴中趣，弦上音，陶渊明问君能何尔，心远地自偏。呜呼！人之品，酒之品，休得出言不逊，莫看衣冠不整。相煎何太急，曹植之悲；[2]蜀道失远人，杨修之死……。[3]

文化五千年，一部饮酒史。读罢古人，再观今世，时光似水，逝者如斯。常言道：君子之交淡于水，小人之交始于酒。只可怜，方才结朋党，转眼舞干戈；只可怜，三爵附诗赋，礼饮何处捉？忧劳可兴国，逸豫可亡身。祸患常积于所忽；智勇多困于所溺。惜乎？古之言语，至今犹存。予闻乡间鄙语曰："酒杯一端，政策放宽；饭饱酒醉，不对也对"。此者当为处事处世人三思；为治党治国者一鉴。嗟夫！酒寓水，酒亦水。既可独木载舟，亦可浅池沉船；

---

[1]　刘伶，字伯伦，为竹林七贤之一，其《酒德颂》中有："静听不闻雷霆之声，熟视不睹泰山之形。"

[2]　太和六年（232年）十一月，曹植在忧郁病痛中去世，时年41岁。《七步诗》出自《世说新语》，据传是三国时期魏国著名文人曹植的名篇。这首诗用同根而生的萁和豆来比喻同父共母的兄弟，奏告曹植"醉酒悖慢，劫胁使者"，用萁煎其豆来比喻同胞骨肉的哥哥残害弟弟，生动形象、深入浅出地反映了封建统治集团内部的残酷斗争和诗人自身处境艰难，沉郁愤激的感情。同时也反映了政治与人性之间的矛盾和冲击。

[3]　杨修是个人才，属古代知识分子中的精英类人物，其人才思敏捷，聪颖过人，舌辩之士，得到曹操赏识器重，委以"总知外内"的主簿，成为丞相曹操身边的一位高级幕僚谋士，理应算得上一位重臣。在发生了阔门、一合酥、曹操梦中杀人、吴质等事件后，曹操对杨修心中已暗存芥蒂，暗暗忌之戒备之，直到后来杨修又暗中插手废立太子之事，引起曹操极度不满和嫉恨，成了悲剧式的人物。

用之溉田则善，用之灌城则恶。论酒，一言以蔽之曰：酒无善恶之异，人有正邪之殊；酒无善恶，在人所用。

第二章　茅台酒美

茅台酒美，"国酒"声声；天下同醉；四海扬名。街巷万千，有中枢镇方为酒城；觥筹交错，无茅台酒难宴嘉宾。乍来黔北，仁怀市满市醇香扑鼻孔；留步乌蒙，赤水河一河琼浆奔华中。嗟夫！人自醉，醉难眠；体会无限；感慨万千。仙丹难觅，今得天地之精华；紫微难上，同与天穹之畅饮。清风徐来，百里流芳，人在诗情画意立；节庆浮想，红瓶入目，杯从黔山秀水举。君不见？满镇酱香溢华夏，一河美酒向东倾。君不见？内销四海千户赏，外运五洲万人尝。呜呼！只因杜康发明，天下有太白，留洞宾；若无茅台玉液，世上多寂聊，少欢腾！

茅台酒美，美在历史；酿造日月悠久，尝越百代春秋；巴国古仁怀，自"巴乡村酒"[1]之始；河畔茅草村，演"衡兴烧房"[2]之末。枸酱传奇，汉武帝"甘美之"[3]赞誉；贡品远呈，咸阳宫"夜郎宝"入席。"国破山河在"，巴拿马打响万国博览会；"中华多智慧"，茅台酒怒掷酒瓶震国威。品质盖四座，一举夺名酒金奖；享誉遍五洲，从此跻世界行列。茅台酒矣！既曰白酒，又为"红酒"；领袖遵义会议，茅台酒喜迎亲人；红军四渡赤水，茅台酒频添智慧。毛泽东主席高声"而今迈步从头越"，书战争史精彩一笔；周恩来总理盛赞"红军长征取胜利"，授茅台酒一大功勋。开国大典，怀仁堂里确定了国酒嘉名；国庆盛筵，大会堂内指定为专用酒精[4]。外交酒矣？友谊酒乎？风

---

[1]　春秋时代，当时的巴国古仁怀就出产"巴乡村酒"。赤水河畔的茅台镇，当时还是个小鱼村，因为村落旁长满了茅草，人们称它为茅草村，也叫茅村。

[2]　1938年，贵阳资本家赖永初与周秉衡合开烧房，起名"衡昌烧房"。1940年，周秉衡把股份全卖给了赖永初，改名为"衡兴烧房"，后人称"赖茅"。

[3]　早在2000多年前，今茅台镇一带盛产枸酱酒就受到了汉武帝"甘美之"的赞誉，此后，一直作为朝廷贡品享盛名于世。

[4]　1949年开国大典前夜，周恩来总理在中南海怀仁堂召开会议，确定茅台酒为开国大典国宴用酒，并在北京饭店用茅台酒招待嘉宾，从此每年国庆招待会，均指定用茅台酒。

云日内瓦，角色特殊媒介；中美上海滩，消融历史坚冰[1]。国际增交往，国礼当常情[2]；古为金玉樽，今是茅台瓶。呜呼！既曰"美酒"，又曰"喜酒"，美在心头，情不自禁；题词"茅台酒"，朱学范挥动饱含浓墨之粗笔，要"玉液之冠"千古绵延[3]；粉碎"四人帮"，邓小平高举盛满"茅台"之金杯，将"绝世内乱"一口喝干[4]！纵观历史，功绩丰伟，尽现骄傲与智慧；展望未来，风光无限，当是追求与创新。

茅台酒美，美在文化；纵观经济发展，文化是"重要功能"；重温"茅台"历程，品牌为"元素核心"。人类注定美酒伙伴；历史选择贵州茅台。其不见：文化与经济一体，文化乃举足重轻；协调与功能重排，协调呈明显趋势。千年时空，茅台酒从被认知到主流视野；百代辛劳，工艺品其兴荣靠社会振兴。时光漫漫，增添了浓郁之芳香性；岁月悠悠，彰显出蓬勃之生命根。其不闻："枸酱"引出"夜郎栈道"，酒香唤起"开发贵州"。君不见：商战异常，硝烟遍布，"白酒新贵"为"寻根觅祖"，杜撰品牌而苦心煞费；君不见："茅台贵州"以"中国酒都"[5]，定位形象却信手拈来。其不闻："酒冠黔人国，盐登赤虺河"[6]；其不闻："于今好酒在茅台，滇黔川湘客到来，贩去千里市上卖，谁不称奇亦罕哉"[7]；其不闻："茅台香酿醑如酒，三五呼朋买小舟，醉倒绿波人不觉，老渔唤醒月斜钩"[8]……内涵深厚，源远流长；

9

---

[1] 1954年，为解决朝鲜问题的日内瓦会议是新中国成立以来我国政府首次参加的一次重大国际性会议，周总理就带了茅台酒为宴会用酒，事后，周总理每每谈及此事，总是兴奋地说："在日内瓦会议期间帮助我成功的'两台'，一是贵州茅台（酒），一是《梁山伯与祝英台》"，中美上海的历史性破冰谈判，周总理也说有茅台之功劳。

[2] 党和国家领导人无数次将茅台酒当作国礼，赠送给外国领导人。

[3] 1984年，全国人大副委员长朱学范为茅台酒题词："国酒茅台，玉液之冠"。

[4] 1978年，当粉碎四人帮的喜讯传来之时，邓小平高举茅台酒，对长期共事的同事和身边工作人员说："让我们仰首把这绝世内乱一口喝干！"

[5] 2002年，贵州省民族文化学会就以编撰了《中国酒都·民族文化·经济大开发》论文集，策划家杨政银教授有专文论证，此后"中国酒都"名震界外，非贵州仁怀莫属。

[6] 清道光二十三年（1843年），被誉为西南大儒的文学家、诗人郑珍途经仁怀茅台村时，曾写过一首五律《茅台村》，其中三、四就为"酒冠黔人国，盐登赤虺河"。

[7] 张国华是清中叶贵州有名的学者，道光初年，他途经仁怀茅台村时，曾写下《竹枝词·茅台村》二首，这就是第二首。

[8] 清同治时遵义府学庠生、仁怀人卢郁芷甚饮酒咏诗，他寓居仁怀时写的《仁怀风景竹枝词》六首中，这一首就是专写茅台的。

声名远播，跨土越疆。国力赢弱，"民族品牌"展光彩；万国博览，"世界名酒"著章篇。新世纪，尽风流。地位重要，作用突出。"国酒茅台"香飘世界；"文化茅台"唱响神州。历史选择，机遇复逢。鹤立群鸡，赤水河与天下水泾渭分明。独占鳌头，茅台酒令同行者高不可越。重创新，必升华。以人为本，攀登文化阶梯；质量管理，跃升世界前列。前方既定，脚步未停。季克良"老骥伏枥，志在千里"，强调"做好品牌、做大品牌、做强品牌"，立行"高扬民本远奢侈"；袁仁国"胸怀中华，放眼全球"，打造"绿色茅台、人文茅台、科技茅台"，誓言"创新茅台酒文化"。尝闻："以人为本，以质求存，恪守诚信，团结拼搏，继承创新"为价值核心；"爱我茅台，为国争光"乃企业精神；又闻：立足国酒，奉献社会，成就自我，完美人生"当人生价值；"以顾客为中心，以质量求生存，以创新求完美"是质量方针。呜呼！超越自我，追求卓越。发展战略，引领历史重任；决策思维，长葆独特魅力。

茅台酒美，美在品质；乌蒙山云雾，积聚多微生菌子；赤水河流域，栽种有特质高粱。天实与地利，实乃"大地奇观"；绿色加营养，可谓"天作之合"。工艺独特，集传统酿造与现代科技一体；蒸馏讲究，别古今火候与中外陈酿通规。视季节为生命，"端午踩曲，重阳下沙投料"；以加工为环节，"原料同一，八凉九煮七取"[1]。长期陈酿，通行七个轮次，三种典型封装；新酒入库，必得三春年头，多年老酒勾调。高温制曲，需经两次翻新；双月成熟，必得半年方行[2]。精心勾兑，茅台人充满浑身自信；心灵手巧，"勾酒师"相信自家眼睛。尽管"实验屋"有仪器、电器、机器数据定位；全凭"酒鼻子"[3]以视觉、嗅觉、味觉神经审美。嗟夫！开瓶启酒时，顿悟"幽雅细腻，协调丰满"，畅怀举杯处，明见"回味悠长，留香空杯"。君不闻？茅台酒有三香，"酱香""窖底香""醇甜香"袭上心头，其不闻？茅台酒有多用，"美人""保健人""不醉人"震响耳边。呜呼！观天下香气，有成千上

---

[1] 茅台酒酿造顺应自然季节时令变化的规律来进行，一年一个生产周期，"端午踩曲，重阳下沙投料"，同一批原料要历经八次摊凉及加曲堆积发酵、九次蒸煮、七次取酒的复杂生产过程。

[2] 新酒烤出后，按照七个轮次、三种典型体不同年份分类，一律使用传统的陶瓷酒坛封装入库长期陈酿。从新酒入库到盘勾，至少要陈酿3年以上，还要用贮存时间更长的老酒勾调。

[3] 茅台酒厂专门的、以感觉、嗅觉、味觉、视觉、知觉等五官为鉴定酒质的高级品酒师，俗称"酒鼻子"。

万，惜苍天不平，让"茅台"尽揽！

茅台酒美，美在环境；仁怀市山川秀丽，名胜众多，茅台镇酒厂林立，星罗棋布。酒美矣！工艺是其关键，水质乃当根本。乌蒙绵延，结构砂页岩渗透特性；赤水弯曲，发育酸碱度适中土质。遍地山泉，乃有益微元素之藏地；漫天雾气，是有用微生物之家园。四季风云多变，注"玉液"灵气；春之尽满，秋之尽盈；一江日月流淌，为"茅台"酒酿；取之不尽、用之不竭。说罢水体，再论地理，赤水河狭窄水缓，四环山壁；茅台镇地势低凹，藏风聚气。方圆五百里，络绎不绝商贾，酒文化人充斥街巷；春秋数千年，经久不息酿酒，微生物群遍布其乡。文化促商业，商业铸文化。茅台酒酿得多生物群落；自然生态靠诸环境条件。君不见？企业开标榜，环境为领先。烟管矗立，仰见蓝天白云，机器旋转，只闻大音希声；镇上清风阵阵，万家集市，再现《清明上河图》；厂区繁花似锦，十里河畔，哪得《别地洞天书》？花香处，鸟语音。放目远景，奔来森林黯黛；得意眼前，凸显流水潺潺。改革开放，宏图大展。君不见？政企合力，茅台镇已成花园工厂；干群同心，仁怀市初显旅游宝地。鸣呼！环境造"茅台"，"茅台"美环境。水亦酒，酒亦水，茅台之美，"上善若水"；昔如今，今如昔，环境之美，"天人合一"。

观乎茅台，置黔北仁怀，南接黔中，北通蜀南。抬望眼，"此地有崇山峻岭，茂林修竹"；须晴天，"是日也天朗气清，惠风和畅"[1]。自古物华天宝，地灵人杰；如今国酒搭台，旅游粉墨。休憩景点，天穹繁星。自然风光与人文景观交错竞秀，历史胜迹与现代景物相互生辉。尝闻"浪卷千堆雪，岩开一线天"；又闻"削壁悬草木，狂澜怒吟诗"。峡谷显大地峥嵘之冠，洞穴展先天残缺之美。广巍峨壮丽之避暑仙境；多内涵丰富之访古圣地。天下大观，有茅台酒巨瓶[2]雄起山峦；人间奇迹，见盐津湖高桥飞架云端；温泉水暖，"坛厂镇"能"水洗凝脂"[3]；水库多姿，"落水孔"可荡舟垂鱼。天工巧夺，"高粱洞""神仙洞"装饰黔北地上；人间奇迹，"葡萄井""一碗井"镶嵌仁怀城中。红军在此地四渡赤水，领袖在此地信步关山；国酒从此地香气

11

---

[1] 转引自王羲之《兰亭集序》.

[2] 参见《仁怀市旅游资源》央视国际www.cctv.com2006年09月10日.

[3] 白居易《长恨歌》有"春寒赐浴华清池，温泉水滑洗凝脂"的诗句.

溢散，贵州从此地多彩斑斓。呜呼！黔北大地，天上人间，玉液斟酌，闪烁光彩！多彩贵州，彩在"茅台"！多美贵州，美在"茅台"！酒美茅台，山高水亦浓；"茅台"酒美，尽在不言中。

第三章　醉话贵州

贵州飘酒浓，举目酒旗风。人逢盛世精神涌，异声歌大同；三杯通大道，酒后壮英勇。碎言绵绵山水中，一醉浮朦胧。

一、谁会山公意[1]，醉话说贵州！

呜呼！多彩贵州，地名多彩；地名荟萃，贵州之美；

噫！西南一隅，夜郎可乐，岁月如歌，天作之合。

君不见，凡水源福泉，纵横现锦江，交错汇红河！

君不见，遍地是平坝，何处有关岭？哪里来高坡？

君不见，正安威宁，南明西秀；空中多彩云，青云、白云、紫云，故紫气常来；地上多流水，赤水、惠水、习水，乃习熠普盖。

君不见，江山如此多娇，独山涌福泉，惠水泛荔波，平塘浮水城，湄潭印牂牁；

君不见，风景这边独好，汇川多落（罗）甸，凯里及茅坡，[2]余庆昭长顺，思州可望谟。

君不见，梵净生处，沿河荡舟玉屏里；雷公居地，从江戏水金沙中。

君不见，甲秀楼下还有清镇，乌蒙山上更有金坡；苏家寨里官田新蒲遍小河，虾子装满新舟；[3]灞陵桥下松桃三穗绵万山，红果成就锦屏。红花岗前：

---

[1] 范仲淹《野色》有："非烟亦非雾，幂幂映楼台。白鸟忽点破，夕阳还照开。肯随芳香歇，疑逐远帆来。谁会山公意，登高醉始回。"

[2] 茅坡原属黔北遵义县辖区，现为新蒲新区永乐镇，距遵义机场15千米、沙滩文化所在地禹厅25千米，生态良好，空气清新，是著名虾子辣椒原产地。

[3] 文中的官田村、虾子镇、新舟镇，均为遵义新蒲新区所辖。

水从碧玉环中出，人在青莲瓣上行；风雨桥上：银汉浮空星过水，玉虹拖雨雁横秋。斗蓬山麓，烟雨楼台山外寺，画图城郭水中影。财神庙里：山色湖光杯在手，云开天远月当心。

呜呼！大江东南去，榕江也好、剑江也好、印江也好、德江也好，还有清水江也好、乌水江也好、从江也好、台江也好，皆长流长顺，绿浸江口；群山南北展，雷山也罢、钟山也罢、灵山[1]也罢、坪山[2]也罢，即便梵净山也罢、希望山也罢、独山也罢、万山也罢，遍花映花溪，美满山垭。

二、对影成三人[3]，醉眼看贵州！

夫贵州矣！西南一隅，曾领南蛮；洞天福地，天上人间。休得驾雾腾云；处处是仙境，不用求丹请药，人人乃神仙。

夫贵州矣！一眼见环境！热带湿润气候，舒适首领全球；国际生态论坛落户贵阳，世上休闲旅游誉响神州。知名度成爆炸性四散飞涨，房地产以几何级立体快增。三伏暑日，娄山关、凉风垭、艾子坝一带如潮奔涌，红色区加避暑地；十冬腊月，黄果树、天星桥、小七孔周围游人如织，观光玩兼体验者。

夫贵州矣！一眼见寿星！广西有巴马长寿之乡，惊羡美利坚奥巴马，贵州多有十个；贵州有朗德美丽之寨，震动法兰西奥郎德，[4]黔北超千家。四川有成都五A乡镇；黔北有余庆四在农家。罗甸甸奇郊旷，说错事均涉及一日养生；石阡阡陌纵贯，走错路都碰到百岁老人。江浙多难得一汪水乡之镇；黔地遍呈现万处宝地风水。

其不闻？土著人身心合一，靠"黔地无闲草"用十分情十分力随心所愿；长寿者动静兼顾，凭"遍山有神气"，以一袋烟一杯酒顺应自然。

呜呼！一眼见特产！风和日丽，山高水长。物产丰盛，满目禾香扑鼻；田

---

[1] 贵阳有黔灵山，花溪公园里有一山就名"灵山"。

[2] 坪山在佛顶山麓下的石阡县，虽是一小乡，但因有著名的尧上仡佬族民族文化村在此，预定将成为黔东旅游重镇。

[3] 李白《月下独酌》有："花间一壶酒，独酌无相亲。举杯邀明月，对影成三人。月既不解饮，影徒随我身。暂伴月将影，行乐须及春。……"

[4] 贵州旅游推介会的贵州美丽山村走进法国，总统奥郎德看后赞不绝口。

野富庶，随处瓜果袭人。阳朗鸡、三穗鸭、关岭黄牛、晴隆黑羊昭示着五畜兴旺、美味悠长；贵定烟、茅台酒、湄潭绿茶、荔波苗药彰显出一花独香、神韵远荡。板当的花椒用火车皮向外快运，威远的生姜靠大网络定单远销；一座山长出苗药医治了人并医治了自然，半河水酿造茅台醉倒了我也醉倒了世界。贵阳老干妈和折耳根优化着华夏一方水土，罗甸火龙果和武昌鱼支撑起中国半壁河山。

呜呼！放目普天下，难见喀斯特。夫喀斯特奇观！紫云中洞里有百户苗寨；长顺格凸边架云端天桥。万峰林纳灰村两水并邻"河水不犯井水"；白水河天星桥两山共起"小山独立大山。"花溪孟关的溪有头无尾；白河漩塘的河有尾无头。普天下最短的河流在镇宁县；世界上最长的洞穴在宽阔镇。无地震！因屋下结构超级坚固；无涝灾！是地上渗水无数漏斗；无泥流！凭眼前森林黛色覆盖；无旱象！看窗外水库星罗棋布。石灰岩广泛，可造上海滩都市上百万座；地下水清洁，足够地上人饮用超一千年。

呜呼！比尔哥正欲来黔投资找钱，马云君已来此创业增收；其不闻？南山溶洞中跳出火箭直插蓝天，北江车间头产生器件牵引飞船；其不闻？天柱县有当今超级钡矿，能刺激制造业之未来精神；平塘县有世上最大天眼，可看清月球上之公母苍蝇。

15

三、今夕是何年[1]？醉态走贵州！

呜呼！醉态一瞬间，走来乌江边！乌江者，奔来眼底，滚滚东流。乌蒙山流水激励神怡，黑神庙对联引发深思。上联："省曰黔省，江曰乌江，庙曰黑神，为何地近南天，却占可北方正色。下联：寨称丹寨，水称赤水，崖称红崖，只因人怀古国，便留着今代嘉色。"注凝黑神庙，前不见古人，使我沧然涕下；抬头乌蒙山，此中有真意，问谁领会得来？

呜呼！醉态摇摇，一脚踏入温泉里，哇哇呀！脚下龙川河；眼前万寿宫。浮现舞阳水，展示太极图。何处仙境？装点琼楼玉宇；哪来楹联？教化苍生百

---

[1] 苏轼《水调歌头》有："明月几时有？把酒问青天。不知天上宫阙，今夕是何年？我欲乘风归去，惟恐琼楼玉宇，高处不胜寒。……"

姓：凡事莫当前，看戏何如听戏好；为人须顾后，上台终有下台时。说戏乎？说人乎？说己人？说他人？天高地远，叹宇宙之无限；日升月落，念人生之短促。升官和发财，权当行云流水；功名与欲念，理该顺其自然。

呜呼！忧烦几时有？把醉问苍穹；都道："朝如青丝暮成雪""莫使金樽空对月"；更云："千金用尽还复来""径须沽取对君酌"。

呜呼！山重水叠，持恒"行到水穷处"。风吹云动，只顾"坐看云起时"。应笑对生命，莫戏作人生。重温经典，顿然而来觉悟；再读古人，油然而生敬意！

Hello！Hello！维摩诘，杜少陵，辋川相会！

Hello！Hello！陶元亮，李太白，东篱常停！

噫！醉态摇摇！三杯通往天书旁，一脚踏进断桥上；此地乃苏杭，长堤在何方？灞陵桥上灯火闪，此时方知是故乡。头上关索岭，当年扬马鏖战急？身旁红崖碑，何人高声建文句？呜呼！古人易老，天书难读。白水哗哗，使周西成衣冠逐波；青史悠悠，留诸葛亮胆识以后。

噫！醉态摇摇，浮想联翩；普定之夜郎湖里，钓者独自拉起水怪上岸，长顺之杜鹃湖上，有人亲眼看见神仙下凡；三都之大山遵老天安排准时生蛋，平塘之顽石经仓颉同意自家挥书；"乌江鱼"自玉皇食谱，"肠旺面"属满汉宴菜单，大方臭豆腐为祖传秘笈，关岭豆沙粑称天赐配方，"青岩鸡辣子"难脱"息烽阳朗鸡"干系，"桐梓腐乳团"必定"石阡仙豆腐"牵连，"青岩油辣子"全凭用"安龙菌油"，"凯里酸汤鱼"离不开"独山盐酸"。

为何新蒲的"虾子羊肉粉"不见有虾仁？为何仁怀的"合马羊肉汤"难飘出马味？不知道建造福泉豆腐石桥之精巧工艺来自何人？总关情破解安顺红崖密码之十万奖赏花落谁家？

呜呼！醉态一瞬间，口语无遮拦，仰视光明，伸张公正。张之洞立志在半山[1]，成就在湖广；寻找尧舜，体验生死，王守仁格物在余姚，致知在龙冈；何敬之走出泥凼，代表中华受降日本人，丁稚璜远离织金，忠护社稷怒斩安德

---

[1]　道光二十八年（1848年），兴义知府张瑛所倡建的安龙招堤半山亭竣工时，他仿阆伯屿邀请群僚著文纪事，在半山亭大宴宾朋，张瑛年仅十一岁的爱子张之洞，即席所作《半山亭记》，震惊四座，齐称"神童"。

公；黎莼斋步出沙滩，成就辉煌于紫禁城，半日为大人，半日为儒人。徐宏祖长辞故土，旅游探源在桐木岭[1]，一脚踏珠江，一脚踏长江。

夫地灵人杰，武运文昌；物华天宝，名流之乡矣！

四、落井水中眠[2]，醉境梦贵州！

哇兮！神秘土地，古朴民风。自然景致典型贵州印象，历史文化源流黔地苍桑；诸葛亮称谓黔省为"不毛之地"[3]，刘伯温预言贵州是更胜江南[4]。

呜呼！贵阳汇川升，石阡托金阳，光彩绥阳和开阳；龙里南北露，熬溪流崇礼，滋润隆里及占里[5]。高原明珠，绿荫掩映有六盘水；黔地神秘，丛山深藏着三棵树；剑河上下镶嵌挂十丈洞幔；麻江两岸生长着百里杜鹃；大娄山麓显现出有十里招堤；肇兴寨内飘荡着茅台酱香。

其不闻？旧州有三都：酒都、凉都、傩都；新站存山川：务川、龙川、汇川。美国有洛杉矶、莱温斯基；贵州有城陵矶、阳朗土鸡。俄国有普京强人；贵州有报京风景。日本人做梦也成不了俄国的宠物蛋；安倍君哈叽还远不如麻江的下司犬。

其不闻？镇远以求安顺，威远皆为黎平；兴仁兼守遵义，施秉坚挺道真；修文可做赫章，晴隆永载册亨；息烽确保普定，余庆铸就铜人（仁）。

呜呼！山青水秀镇，人和政通远，方为"镇远"；山小而高岑，城古且筑巩，故曰"岑巩"；自从"盘古开天地"当有盘县；原来"后羿射太阳"就在后山[6]。红军四渡赤水，三渡在洛安江边？四渡在凉风垭下？云长遵义桃园，

---

[1] 桐木岭位于花溪至青岩之间，据徐霞客考证为长江和珠江水系的分水岭，可参阅《徐霞客游记》。

[2] 杜甫《饮中八仙歌》有："知章骑马似乘船，眼花落井水底眠。……"

[3] 诸葛亮要出师北伐前写的《出师表》中，就有"五月渡沪，深入不毛"的呈词，指的就是云贵一带。

[4] "江南千条水，云贵万重山；五百年后看，云贵胜江南"。这是辅佐朱元璋筹谋天下大事的刘基的预言，一个智者的预言，它经受了时间的考验，有历史为它作证。

[5] 在黔东南州从江县，一个叫占里的美丽侗族自然村落，创造了建国来两项令世人惊叹的零记录：一是人口自然增长率始终几近为零；二是刑事案件发生率为零，一直吸引着社会各界关注。

[6] 后山乡在仁怀市，苗族文化的舞蹈为贵州国家级非物质文化遗产。

兴义于马岭河畔？遵义于娄山关前。

　　尝闻：赤水官渡镇因"官渡之战"一举而名，毕节金沙县因"巧渡金沙"众口皆知；醉酒入瓮不安全，简称"瓮安"；笑纳有礼莫庸（雍）俗，得来"纳雍"；尝闻：阴盛阳衰因得贵阳；东施效颦而来西秀。水城街因威尼斯相似；马场坪与奥巴马有关。黔陶和陶尧均是陶潜之桃花园；党武与武威皆为武松之景阳冈。

　　尝闻：贞丰名特产为醋，有"争风吃醋"记载；高镇之名无忧城，乃"高枕无忧"成语；六枝为何美？因超云南五朵金花！阳关因何来？只为王维阳关三叠！水西人既美丽又大方，鲁班地重义举且仁怀。绥阳人用青杠树榨出了白糖，所以有青杠糖（塘）；虾子镇原保和殿没有了用场，至今留保和场[1]！噫兮！凤冈云岩顶上有织金洞与九龙洞能直达龙宫龙潭世界；龙里境内显丹霞山和白云山可前往天柱天堂[2]仙街。

　　石阡的尧上村可觅尧舜足迹，新蒲的禹门乡能闻禹帝音声；黄平县名取自轩辕黄帝，关岭地域直连云长关公；三潭印月的"三潭"是龙潭、湄潭、天河潭，断桥残雪之"断桥"即断桥[3]、板桥、灞陵桥；项霸王怕见江东父老在乌江自刎，诸葛亮尊称黔中民族是诚本布衣；龙宫确在镇宁，天堂实为印江；黄果树覆盖村野，红辣椒装扮茅坡！噫！依我看；黔驴技穷不穷，夜郎自大真大！

　　呜呼！皓月当空，把酒临风；星稀月明，孤影独樽。摸摸头莫非酒醒？眨眨眼不见三人[4]！是吸吸鲜气，该揉揉眼睛；酷嗜三杯，开口暴露毛病；性癖固定，动辄得罪友人！呜呼！都匀醉酒人，难得醉开心；心诚醉水静，月白醉风清；醉人乐意境，休嘲醉酒人；醉态多笑柄，醉话莫当真。

　　切！醉话莫当真！

---

[1] 新蒲新区虾子镇洛安江畔有一村为"保和场"。

[2] 天堂镇是一美丽小镇，属铜仁印江县辖，水秀山青、地灵人杰。

[3] 关岭的断桥乡是原210国道通往兴义、关岭、晴隆、普安及云南省之要道，景色秀丽，餐饮有地方特色鱼。

[4] 李白《月下独酌》有："花间一壶酒，独酌无相亲。举杯邀明月，对影成三人。月既不解饮，影徒随我身。暂伴月将影，行乐须及春。……"

第四章　酿酒起源及传说的文化诠释

在古代，往往将酿酒的起源归于某某人的发明，往往把这些人说成是酿酒的祖宗，由于影响非常大，以致成了正统的观点。对于这些观点，宋代《酒谱》曾提出过质疑，认为"皆不足以考据，而多其赘说也"。这虽然不足于考据，但作为一种文化认同现象，这些说流传甚广，早已扎根在中国人的心理结构中，积淀成为丰厚的文化现象。

一、仪狄酿酒

相传夏禹时期的仪狄发明了酿酒。史籍中有多处提到仪狄"作酒而美""始作酒醪"的记载，似乎仪狄乃制酒之始祖。公元前2世纪史书《吕氏春秋》云："仪狄作酒。"汉代刘向编辑的《战国策》则进一步说明："昔者，帝女令仪狄作酒而美，进之禹。禹饮而甘之曰：'后世必有饮酒而之国者。'遂疏仪狄而绝旨酒（禹乃夏朝帝王）。"

一种说法叫"酒之所兴，肇自上皇，成于仪狄"。意思是说，自上古三皇五帝的时候，就有各种各样的造酒的方法流行于民间，是仪狄将这些造酒的方法归纳总结出来，始之流传于后世的。能进行这种总结推广工作的，当然不是一般平民，所以有的书中认定仪狄是司掌造酒的官员，这恐怕也不是没有道理的。有书载仪狄作酒之后，禹曾经"绝旨酒而疏仪狄"，也证明仪狄是很接近禹的官员。

仪狄是什么时代的人呢？比起杜康来，古籍中的记载要一致些，例如《世本》《吕氏春秋》《战国策》中都认为他是夏禹时代的人。他到底是从事什么职务人呢？是司酒造业的工匠，还是夏禹手下的臣属？他生于何地、葬于何处？都没有确凿的史料可考。那么，他是怎样发明酿酒的呢？《战国策》中说："昔者，帝女令仪狄作酒而美，进之禹。禹饮而甘之。曰：'后世必有以酒亡其国者。'遂疏仪狄而绝旨酒。"这一段记载，较之其他古籍中关于杜康造酒的记载，就算详细的了。根据这段记载，情况大体是这样的：夏禹的女人，令仪狄去监造酿酒，仪狄经过一番努力，做出来的酒味道很好，于是奉献给夏禹品尝。夏禹喝了之后，觉得的确很美好。可是这位被后世人奉为圣明之君的夏禹，不仅没有奖励造酒有功的仪狄，反而从此疏远了他，对他不仅不再信任和重用了，反而自己从此和美酒绝了缘。还说什么：后世一定会有因为饮酒无度而误国的君王。这段记载流传于世的后果是，一些人对夏禹倍加尊崇，推他为廉洁开明的君主；因为禹恶旨酒，竟使仪狄的形象成了专事谄媚进奉的小人。这实在是修史者始料未及的。

那么，仪狄是不是酒的始作者呢？有的古籍中还有与《世本》相矛盾的说法。例如孔子八世孙孔鲋，说帝尧、帝舜都是饮酒量很大的君王。黄帝、尧、舜，都早于夏禹，早于夏禹的尧舜都善饮酒，他们饮的是谁人制造的酒呢？可见说夏禹的臣属仪狄始作酒醪是不大确切的。事实上用粮食酿酒是件程序、工艺都很复杂的事，单凭个人力量是难以完成的。仪狄再有能耐，首先发明造酒，似不大可能。如果说他是位善酿美酒的匠人、大师，或是监督酿酒的官员，他总结了前人的经验，完善了酿造的方法，终于酿出了质地优良的酒醪，这还是可能的。所以，郭沫若说，相传禹臣仪狄开始造酒，这是指比原始社会时代的酒更甘美浓烈的旨酒，这种说法似乎更可信。

二、杜康创酒

还有一种说法是杜康"有饭不尽，委之空桑，郁结成味，久蓄气芳，本出于代，不由奇方"，是说杜康将未吃完的剩饭，放置在桑园的树洞里，剩饭在洞中发酵后，有芳香的气味传出。这就是酒的作法，并无什么奇异的办法。由一点生活中的偶尔的机会作契机，启发创造发明之灵感，这是很合乎一些发明创造的规律的，这段记载在后世流传，杜康便成了很能够留心周围的小事，并能及时启动创作灵感的发明家了。

魏武帝乐府曰："何以解忧，唯有杜康。"自此之后，认为酒就是杜康所创的说法似乎更多了。窦苹考据了"杜"姓的起源及沿革，认为"杜氏"本出于刘，累在商为豕韦氏，武王封之于杜，传至杜伯，为宣王所诛，子孙奔晋，遂有杜氏者，士会和言其后也，杜姓到杜康的时候，已经是禹之后很久的事情了，在此上古时期，就已经有"尧酒千钟"之说了。如果说酒是杜康所创，那么尧喝的是什么人创造的酒呢？

历史上杜康确有其人。古籍中如《世本》《吕氏春秋》《战国策》《说文解字》等书，对杜康都有过记载自不必说。清乾隆十九年重修的《白水县志》中，对杜康也有过较详的记载。白水县，位于陕北高原南缘与关中平原交接处。因流经县治的一条河水底多白色头而得名。白水县，系"古雍州之城，周末为彭戏，春秋为彭衙""汉景帝建粟邑衙县""唐建白水县于今治"，可谓历史悠久了。白水因有所谓"四大贤人"遗址而名蜚中外：一是相传为黄帝的史官、创造文字的仓颉，出生于本县阳武村；一是死后被封为彭衙土神的雷祥，生前善制瓷器；一是我国"四大发明"之一的造纸发明者东汉人蔡伦，不知缘何因由，也在此地留有坟墓；此外就是相传为酿酒的鼻祖杜康的遗址了。一个黄土高原上的小小县城，一下子拥有仓颉、雷祥、蔡伦、杜康这四大贤人的遗址，那显赫程度可就不言而喻了。

"杜康，字仲宁，相传为县康家卫人，善造酒。"康家卫是一个至今还有的小村庄，西距县城七八千米。村边有一道大沟，长约10千米，最宽处100多米，最深处也近百米，人们叫"杜康沟"。沟的起源处有一眼泉，四周绿树环绕，草木丛生，名"杜康泉"。县志上说"俗传杜康取此水造酒""乡民谓此水至今有酒味"。有酒味故然不确，但此泉水质清冽甘爽却是事实。清流从泉眼中汩汩涌出，沿着沟底流淌，最后汇入白水河，人们称它为"杜康河"。杜康泉旁边的土坡上，有个直径五六米的大土包，以砖墙围护着，传说是杜康埋骸之所。杜康庙就在坟墓左侧，凿壁为室，供奉杜康造像。可惜庙与像均毁于"十年浩劫"了。据县志记载，往日，乡民每逢正月二十一日，都要带上供品，到这里来祭祀，组赛享"活动。这一天热闹非常，搭台演戏，商贩云集，熙熙攘攘，直至日落西山人们方尽兴而散。如今，杜康墓和杜康庙均在修整，杜康泉上已建好一座凉亭。亭呈六角形，红柱绿瓦，五彩飞檐，楣上绘着"杜康醉刘伶""青梅煮酒论英雄"故事图画。尽管杜康的出生地等均系"相传"，但据古工作者在此一带发现的残砖断瓦考定，商之时，此地确有建筑物。这里产酒的历史也颇为悠久。唐代大诗人杜甫于安史之乱时，曾携家来此依其舅区崔少府，写下了《白水舅宅喜雨》等诗多首，诗句中有"今日醉弦歌""生开桑落酒"等饮酒的记载。酿酒专家们对杜康泉水也作过化验，认为水质适于造酒。1976年，白水县人杜康泉附近建立了一家现代化酒厂，定名为"杜康酒厂"，用该泉之水酿酒，产品名"杜康酒"，曾获得国家轻工作部全国酒类大赛的铜杯奖。

无独有偶，清道光十八年重修的《伊阳县志》和道光二十年修的《汝州全志》中，也都有过关于杜康遗址的记载。《伊阳县志》中《水》条里，有"杜水河"一语，释曰"俗传杜康造酒于此"。《汝州全志》中说："杜康叭""在城北五十里"处的地方。今天，这里倒是有一个叫"杜康仙庄"的小村，人们说这里就是杜康叭。"叭"，本义是指石头的破裂声，而杜康仙庄一带的土壤又正是山石风化而成的。从地隙中涌出许多股清洌的泉水，汇入旁村流过的一小河中，人们说这段河就是杜水河。令人感到有趣的是在旁村这段河道中，生长着一种长约1厘米的小虾，全身澄黄，蜷腰横行，为别处所罕见。此外，生长在这段河套上的鸭子生的蛋，蛋黄泛红，远较他处的颜色深。此地村民由于饮用这段河水，竟没有患胃病的人。在距杜康仙庄北约10多千米的伊川县境内，有一眼名"上皇古泉"的泉眼，相传也是杜康取过水的泉子。如今在伊川县和汝阳县，已分别建立了颇具规模的杜康酒厂，产品都叫杜康酒。伊川的产品、汝阳的产品连同白水的产品合在一起，年产量达1万多吨，这恐怕是杜康当年所无法想象的。

史籍中还有少康造酒的记载。少康即杜康，不过是年代不同的称谓罢了。那么，酒之源究竟在哪里呢？窦苹认为"予谓智者作之，天下后世循之而莫能废"，这是很有道理的。劳动人民在经年累月的劳动实践中，积累下了制造酒的方法，经过有知识、有远见的"智者"归纳总结，后代人按照先祖传下来的办法一代一代地相袭相循，流传至今。这个说法是比较接近实际，也是合乎唯物主义的认识论的。

史籍中有多处提到"仪狄作酒而美""始作酒醪"的记载，似乎仪狄乃制酒之始祖。这是否事实，有待于进一步考证。一种说法叫"仪狄作酒醪，杜康作秫酒"。这里并无时代先后之分，似乎是讲他们作的是不同的酒。醪，是一种糯米经过发酵工而成的醪糟儿。性温软，其味甜，多产于江浙一带。如今的不少家庭中，仍自制醪糟儿。醪糟儿洁白细腻，稠状的糟糊可当主食，上面的清亮汁液颇近于酒。秫，高粱的别称。杜康作秫酒，指的是杜康造酒所使用的原料是高粱。如果硬要将仪狄或杜康确定为酒的创始人的话，只能说仪狄是黄酒的创始人，而杜康则是高粱酒创始人

三、猿猴制酒

唐人李肇所撰《国史补》一书，对人类如何捕捉聪明伶俐的猿猴，有一段极精彩的记载。猿猴是十分机敏的动物，它们居于深山野林中，在巉岩林木间跳跃攀缘，出没无常，很难活捉到它们。经过细致的观察，人们发现并掌握了猿猴的一个致命弱点，那就是"嗜酒"。于是，人们在猿猴出没的地方，摆几缸香甜浓郁的美酒。猿猴闻香而至，先是在酒缸前踌躇不前，接着便小心翼翼地用指蘸酒吮尝，时间一久，没有发现什么可疑之处，终于经受不住香甜美酒的诱惑，开怀畅饮起来，直到酩酊大醉，乖乖地被人捉住。这种捕捉猿猴的方法并非我国独有，东南亚一带的群众和非洲的土著民族捕捉猿猴或大猩猩，也都采用类似的方法。这说明猿猴是经常和酒联系在一起的。

猿猴不仅嗜酒，而且还会"造酒"，这在我国的许多典籍中都有记载。清代文人李调元在他的著作中记叙道："琼州（今海南岛）多猿……。尝于石岩深处得猿酒，盖猿以稻米杂百花所造，一石六辄有五六升许，味最辣，然极难得。"清代的另一种笔记小说中也说："粤西平乐（今广西壮族自治区东部，西江支流桂江中游）等府，山中多猿，善采百花酿酒。樵子入山，得其巢穴者，其酒多至娄石。饮之，香美异常，名曰猿酒。"看来人们在广东和广西都曾发现过猿猴"造"的酒。无独有偶，早在明朝时期，这类的猿猴"造"酒的传说就有过记载。明代文人李日华在他的著述中，也有过类似的记载："黄山多猿猱，春夏采杂花果于石洼中，酝酿成酒，香气溢发，闻娄百步。野樵深入者或得偷饮之，不可多，多即减酒痕，觉之，众猱伺得人，必嬲死之。"可见，这种猿酒是偷饮不得的。

这些不同时代、不同人的记载，起码可以证明这样的事实，即在猿猴的聚居处，多有类似"酒"的东西发现。至于这种类似"酒"的东西，是怎样产生的，是纯属生物学适应的本能性活动，还是猿猴有意识、有计划的生产活动，那倒是值得研究的。要解释这种现象，还得从酒的生成原理说起。

　　酒是一种发酵食品，它是由一种叫酵母菌的微生物分解糖类产生的。酵母菌是一种分布极其广泛的菌类，在广袤的大自然原野中，尤其在一些含糖分较高的水果中，这种酵母菌更容易繁衍滋长。含糖的水果，是猿猴的重要食品。当成熟的野果坠落下来后，由于受到果皮上或空气中酵母菌的作用而生成酒，是一种自然现象。就是我们的日常生活中，在腐烂的水果摊床附近，在垃圾堆附近，都能常常嗅到由于水果腐烂而散发出来的阵阵酒味儿。猿猴在水果成熟的季节，收贮大量水果于"石洼中"，堆积的水果受自然界中酵母菌的作用而发酵，在石洼中将"酒"的液体析出，这样的结果，一是并未影响水果的食用，而且析出的液体——"酒"，还有一种特别的香味供享用，习以为常，猿猴居然能在不自觉中"造"出酒，这是即合乎逻辑又合乎情理的事情。当然，猿猴从最初尝到发酵的野果到"酝酿成酒"，是一个漫长的过程，究竟漫长到多少年代，那就是谁也无法说清楚的事情了。

四、上天造酒

　　更带有神话色彩的说法是酒与天地同时产生，"天有酒星，酒之作也，其与天地并矣"。素有"诗仙"之称的李白，在《月下独酌·其二》一诗中有"天若不爱酒，酒星不在天"的诗句；东汉末年以"座上客常满，樽中酒不空"自诩的孔融，在《与曹操论酒禁书》中有"天垂酒星之耀，地列酒泉之郡"之说；经常喝得大醉，被誉为"鬼才"的诗人李贺，在《秦王饮酒》一诗中也有"龙头泻酒邀酒星"的诗句。

　　此外如"吾爱李太白，身是酒星魂""酒泉不照九泉下""仰酒旗之景曜""拟酒旗于元象""囚酒星于天岳"等等，都经常有"酒星"或"酒旗"这样的词句。窦苹所撰《酒谱》中，也有酒，"酒星之作也"的话，意思是自古以来，我国祖先就有酒是天上"酒星"所造的说法。不过这连《酒谱》的作者本身也不相信这样的传说。

　　《晋书》中也有关于酒旗星座的记载："轩辕右角南三星曰酒旗，酒官之旗也，主宴飨饮食。'轩辕，我国古星名，共十七颗星，其中十二颗属狮子星座。酒旗三星，即狮子座的ψ、ε和ↄ三星'。这三颗星，'1'形排列，南边紧傍二十八宿的柳宿蛉颗星。柳宿八颗星，即长蛇座δ、σ、η、ρ、ε、

3、W、⊙八星。"明朗的夜晚,对照星图仔细在天空中搜寻,狮子座中的轩辕十四和长蛇座的二十八宿中的星宿一,很明亮,很容易找到,酒旗三星,因亮度太小或太遥远,则肉眼很难辨认。

酒旗星的发现,最早见《周礼》一书中,据今已有近3000年的历史。二十八宿的说法,始于殷代而确立于周代,是我国古代天文学的伟大创造之一。在当时科学仪器极其简陋的情况下,我们的祖先能在浩淼的星汉中观察到这几颗并不怎样明亮的"酒旗星",并留下关于酒旗星的种种记载,这不能不说是一种奇迹。至于因何而命名为"酒旗星",度认为它"主宴飨饮食",那不仅说明我们的祖先有丰富的想象力,而且也证明酒在当时的社会活动与日常生活中,确实占有相当重要的位置。然而,酒自"上天造"之说,既无立论之理,又无科学论据,此乃附会之说,文学渲染夸张而已。姑且录之,仅供鉴赏。

这些传说尽管各不相同,大致说明酿酒早在夏朝或者夏朝以前就存在了,这是可信的,而这一点已被考古学家所证实。夏朝距今约4000多年,而目前已经出土距今5000多年的酿酒器具。(《新民晚报》1987年8月23日"中国最古老的文字在山东莒县发现"副标题为"同时发现五千年前的酿酒器具")。这一发现表明:我国酿酒起码在5000年前已经开始,而酿酒之起源当然还在此之前。在远古时代,人们可能先接触到某些天然发酵的酒,然后加以仿制。这个过程可能需要一个相当长的时期。

不管怎样,古人提出剩饭自然发酵成酒的观点,是符合科学道理及实际情况的,我国晋代的江统在《酒诰》中写道:"酒之所兴,肇自上皇,或云仪狄,又云杜康。有饭不尽,委馀空桑,郁积成味,久蓄气芳,本出于此,不由奇方。"人类开始酿造谷物酒,并非发明创造,而是发现。现代科学对这一问题的解释是:剩饭中的淀粉在自然界存在的微生物所分泌的酶的作用下,逐步分解成糖分,酒精,自然转变成了酒香浓郁的酒。在远古时代人们的食物中,采集的野果含糖分高,无须经过液化和糖化,最易发酵成酒。

随着农业生产的发展,酿酒有了充足的原材料,如广为种植的谷物、水果和牲畜的奶汁、蜂蜜等。而经济的发展,使酿酒技术得以大规模化和不断提高。随着奴隶社会和封建社会的形成和发展,人类的酿酒技术也越来越完善。在中国古代的许多书中都有"琼浆玉液"和"陈年佳酿"。"琼浆玉液"表明人类已经懂得酿制许多种类的酒，从中鉴别挑出质量最佳的酒，称之为"琼浆玉液"。"陈年佳酿"则说明了人类已经掌握把酒陈化这种优良技术，懂得了酒经过陈化会使其味道越发香醇。

陶瓷制造业的发展也推动了酿造业的进步。人们制作了精细的陶瓷器具，用以盛载各种酒类并使好的酒能够长期保存。

经过长期实践，人类逐渐完善了酿酒技术，特别是在17世纪，蒸馏技术应用在酿酒业上，使大批多种类、高质量的酒品得以成功地酿制并长期保存。世界著名的法国白兰地和苏格兰的威士忌以及伏特加都是从那时就开始酿造出来的。

迄今为止，人们已掌握了非常完整的酿酒技术，不仅能控制酒的度数，而且可随心所欲地制出各种味道的佳酿。

第五章　浅论道教与酒

　　道教是现存的中国宗教中唯一的本土宗教，是在继承了中国先秦诸子百家学说（主要是道家学说）、殷商以降的鬼神崇拜和神仙方术的基础上发展形成的。它的历史非常悠久，从东汉顺帝时（126—144年）正式创立教团算起，至今已有近2000年的历史。

　　道教，是由道家演化而形成的中国传统的民间宗教，它产生于东汉中叶，奉老子为教祖，以神化老庄、崇拜神仙、追求长生、得"道"为最高境界。道教以《道德经》为主要经典，并作宗教性的解释。其教义主张人经过一定的修炼可以使精神、肉体两者长生永存，成为神仙。被尊为该教教祖的老子及其继承者庄子是先秦思想家，魏晋以后，学术界习惯把老庄学派称为道家。道家同道教既有联系又有区别。老庄学派和道教界人士统称为"道家"，而"道教"则是指东汉以后神化老庄的宗教。从文化的渊源关系上看，也可以说道教是由道家转化而来的；《道德经》中论证的"道"，也是"道教"的最高概念；《庄子》中提到的"真人""至人""圣人""神人"，就是后来道教中所说的"神仙"。

　　道家文化作为中国古代文化的主体之一，不仅对中国传统文化精神的形成发挥了主导作用，也必然地要对中国酒文化的发展产生广泛、深刻、久远的影响，特别是道家的崇拜信仰和道家的美学精神更与酒结下了天生缘分，道教的炼丹术则为中国蒸馏酒的诞生提供了技术条件。如果说儒家的伦理思想对中国的政治、伦理、家庭关系等产生过重大影响的话，那么道家放大、自由、超越、崇尚自然、返璞归真的思想走向，对中国的哲学、文学、美学、艺术和古代科学技术发展的影响则是其他各家所不可比拟的。从酒文化的角度，我们同样可以看出这一点。

一、道家与酒天生机缘

在饮酒问题上，道教一方面与佛教一样，都以不饮酒为根本，认为学道之人"不可惑于酒恶"[1]，主张"学士及百姓不能饮酒失善性"[2]，告诫人们不要沉溺于酒的魔性。但另一方面，又认为"饮食是人之性命，故不能一概而论"。它并不全面禁止饮酒，而是告诫人们，要"减酒量，节行，调和气性，勿伤损精神，勿犯众恶"[3]，以抑制酒的副作用和可能给人们带来的危害。

道教认为，老疾之人可饮药酒；在药酒中，酒可以帮助药力的发散，但也不得过量。道家与医家一样，既认为"酒为五谷之华，味之至"，是饮食中最好的东西，同时也认为酒是损人之物，应当谨慎饮用。道教经典《云笈七签·养性延命录》便曾引用《黄帝内经·素问》的话告诫人们，今时之人不能如上古之人保百岁之寿命，是因为今时之人"以酒为浆，以妄为常，醉以入房，以欲竭其精，以好散其真……无节无度，故半百而衰也。"这表明道家与医家在对酒的认识和态度上一致。道教还主张，"若每日空腹饮一两盏酒甚妙""但不得至昏闷"[4]。

二、道家人生哲学体现的中国酒神精神

道教崇拜的是神仙。在中国人的心目中，仙与酒向来有不解之缘。酒有仙酒，仙有醉仙。道教经典中不乏如此风流的诗句，"无花无酒不神仙"[5]。神仙的本质是自由，而酒恰能使人忘却生存的不自由，"雨后飞花知底数，醉来赢取自由身"（张元干《瑞鹧鸪》）。仙是对尘世的超逸，酒恰是对忧愁的忘却，"五花马，千金裘，呼儿将出换美酒，与尔同销万古愁"（李白《将进酒》）。道教"八戒"中虽有"不得醉酒以恣意"的规定，但其戒律在实施中并不严格，因为道教本身崇尚的是自由，而不像佛教那样很重戒律。就道教内

---

[1] 道家经卷《洞玄灵宝道学科仪》。

[2] 朱法满：《要修科仪戒律钞》。

[3] 道家经卷《太上洞真智慧上品大诫》。

[4] 道家经卷《太清调气经》。

[5] 道家经卷《无根树》。

部来说，各教派也不尽一致，全真道戒律较严，而正一道则十分松弛。因而，道教的仙群中喝酒最有名的"醉八仙"，几乎成为明清以来神仙逍遥不羁形象的代表和酒仙的象征。

仙境是浪漫的，现实是冷峻的，从严酷的人生扑向奇瑰的蓬莱之境，必需得"道"。道教所信仰的"道"是逍遥之途，是自由的象征。它无所不在，却又无形无象，虚渺混沌。"道"是不可言说与实证的，只能依凭高深的内觉和静观方能感悟，这需要"坐忘"和"炼气"。奇妙的是，道教的信仰者们发现，酒的酣醉与醺然使人沉向混沌，令人暂时忘却或消除生与死、苦与乐、人与我的种种差别，使人"与天地并生，与万物为一"，于忘却中重返生动活泼、自由无羁的生命自然与率真本性，这正是道家所孜孜追求的自然德性的复返与重归。"饮酒以乐，法无贵真"，是道家学派论酒的核心和根本出发点。庄子深深领悟到饮酒的真谛，首次把饮酒与老庄道家哲学联系起来，他借渔父之口阐发什么是"真"时说，"饮酒则欢乐""饮酒以乐为主，这就是'真在内者，神动于外，是以贵真也'"[1]。喝酒感到快乐，这种快乐是自我的，真实的，毫无矫饰与枉情，这就是"精神之至"的"真"[2]，而"道"也就寓于这"真"之中[3]。北宋著名道士刘海蟾在代州寿宁壁上题的一首诗，足以令人品味道士们散淡人生、酿酒饮酒的乐趣："独立都市中，不受俗人请。欲携霹雳琴，去上芙蓉顶。吴牛买十个，溪田耕半顷。种秫酿白醪，总是仙家境。醉卧松荫下，仙过白云岭。要却即便去，真入秋霞影。"四川青城山道教徒手酿的"洞天乳酒"，被大诗人杜甫赋诗赞道："山瓶乳酒下青云，气味浓香幸见分。鸣鞭走送怜渔父，洗盏开尝对马军。"[4]该道家古酒现已发展为一定规模的道教自办企业。

不难看出，道士爱酒，是与其热爱自由逍遥、自然恬淡的人生观紧密相关。他们在杯盏中寻求的不是迷狂丧性，而多是寻觅人生那一份淡淡的孤云野鹤般的韵味。道家的这种自由与逍遥，使中国的酒仙、神仙身上叠映出西方酒

[1] 道家经卷《庄子·逍遥游》。

[2] 道家经卷《庄子·渔父》。

[3] 道家经卷《历世真仙体道通鉴》。

[4] 《谢严中丞送青城山道士乳酒一瓶》。

神狄奥尼索斯陶醉而快活的身影。[1]

道家人生哲学所体现的中国酒神精神在酒文化中有着核心地位和主导作用，甚至可以说贯穿于人们日常生活的一切饮酒活动之中。庄子关于饮酒贵真自得观点的提出，实际上就是"适意"。在他看来，酒礼实际上也是违反人性的，过分强调酒礼，往往达到"酒以合欢"的目的。所以他的结论就是无为，以礼饮酒纯属多余。魏晋时期的"竹林七贤"独尊老庄，提倡"越名教而任自然"，提出"无君"主张，对名教、对等级观念进行坚决批判，借酒表达了对礼法社会的不满和反抗。"他们的态度，大抵是饮酒时衣服不穿，帽也不戴。若在平时，有这种状态，我们就说无礼，但他们就不同。居丧时不一定按例哭泣。之于父，是不以提父的名，但在竹林名士一流人中，都会叫父的名号。旧传下来的礼教，竹林名士是不承认的。即如刘伶，他曾做过一篇《酒德颂》，谁都知道，也是不承认世界上从前规定的道理的。曾经有这样的事："有一次，有客见他，他不穿衣服，人责问他，他答人说：'天地是我的房屋，房屋就是我的衣服，你们为什么进我的裤中来？'"骚人墨客，浪子才人，借酒放纵自己被压抑的欲望，倚红偎翠，浅斟低唱，元稹、杜牧、柳永、周邦彦等自不待言，连杜甫、白居易这样的现实主义诗人，范仲淹、欧阳修这样有名望的政治家也乐此不倦。元代最伟大的戏剧家关汉卿在那支有名的《不伏老》曲子中，更把对这种欲望的执著追求表达得淋漓尽致。"文人无行"曾经作为一种独特的现象为社会所认可，但只限于风流纵酒的文人，若二程似的刻板正经，那就难为人们所接受了。黑格尔曾说，在东方这种专制主义的国家里，只有皇帝一人是自由的。但严格说来，皇帝的自由也是有限度的，经常要受许多种条件的约束，因而不少人宁可抛下三宫六院，微服外出，到外边去纵酒玩乐，寻花问柳，以求一时的恣意，如宋代的宋徽宗，清代的同治皇帝等等。在电影《红高粱》中，"我爷爷"借酒发疯，不但当众道出了和"我奶奶"之间的私情（这在中国是最隐秘的），而且大大咧咧地往人家酒缸里尿。在日常生活里，人们在一般情况下很多不敢说的话、不敢做的事，通过酒的媒介都说了、都做了。所以著名画家范曾就说过，酒使人们的情绪经过了一番过滤，其中当然有化学的、生物学的、心理学的复杂过程，而酒过三巡，人都有了变化，这

[1] 《鲁迅全集》三卷，第511页。

却是概莫能外的事实。酒可以点燃情绪、焚稿回忆、引发诗思、激励画兴，酒使你的思维删繁就简，使你的语言单刀直入，你会从种种繁文缛节的思虑中脱颖而出，宛若裸露的胴体，真实不虚。酒使人所感受的精神体验正是酒神精神的典型表现。酒把人们灵魂深处的妖精释放，使人酒醒之后大吃一惊。酒使我们想起一个哲学命题——复归。

最后，道家人生哲学所体现的酒神精神还表现在对中国古典文学的深远影响上。道教给中国古典文学提供了诸多意象，如生死、爱情、仙境、鬼魅、神仙等等，其中有一个共同的精神就是追求自由。中国古典文学在反映这些意象时，所传达的是久已藏在人们心底的忧患，即在自然、社会的双重压抑下，人的精神与肉体都不能获得自由的忧患，所表现的正是人们向往已久的境界，即精神与肉体都能自由的境界。"其实，赢得生命——超越生理条件对人的限制——是追求自由，赢得爱情——打破伦理纲常对情感的束缚——也是追求自由。套用存在主义的一句话来说，现实世界就是人的牢笼，人的生理，决定了人不能飞、不能变化，而且必然逃脱不了死亡；现实的伦理纲常，扼杀了人的感情，不能自由地寻求爱情；现实世界的物质条件，使人不能随心所欲地享受，常常要陷入贫困低贱；世俗的观念，使人的精神受到束缚，不能自由自在地驰骋自己的思绪。在这个现实的世界中似乎有一张虽然看不见，却硕大无比的网，笼罩在每个人的身上。只有在人们想象中的虚幻世界里，人们才能获得'绝对的自由'。……在这里，虚幻世界是现实世界的反衬，人们在现实世界所得不到的，在虚幻世界里都能得到，现实世界中所缺少的自由，在虚幻世界里却无比的丰富。因此，只有追求自由的情欲乘上想象的翅膀飞升到虚幻的世界，现实世界那张潜网才能突破，现实的烦恼、苦闷、彷徨、悲哀才能得到宣泄，心中的企求、欲望、情感才能得到满足。"[1]从哲学的最本质意义上来说，这种"虚幻的自由"与庄周、李白、苏轼的自由又有什么两样呢？

三、道家炼丹术促进了中国蒸馏酒的产生

在讨论道教与中国酒文化密切联系的时候，我们不能忽视的另一个问题，

31

---

[1] 葛兆光：《道教与中国文化》，第407—408页。

就是道教的炼丹术对发明中国蒸馏酒的贡献。1990年7月19日《文汇报》刊载以《东汉蒸馏器，今朝酿美酒》为题的文章，报道了上海马承源和吴德铎两位专家用上海博物馆馆藏的东汉时期的青铜蒸馏器，酿制较高浓度蒸馏酒的试验获得成功的消息，立即在世界酿酒界和科技界引起巨大震动。据此部分学者认为，世界蒸馏酒最迟产生于公元25—220年的中国东汉时期。但大多数学者认为，中国是世界上最早发明蒸馏器和最早研制蒸馏酒的国家，而东汉时可能还没有蒸馏酒，因为东汉以降的众多酿酒史料中都未找到任何蒸馏酒的佐证，东汉蒸馏酒仅限于道家炼丹之用。

东汉时期能够产生炼丹蒸馏器以及后来产生蒸馏酒，这是中国酒文化和中国传统文化共同发展的结果，其中一个重要条件就是道家的炼丹术为蒸馏酒提供了蒸馏技术。炼丹炼汞是古代道家方士的主要业务之一，从战国时期就已经开始，民间也有研究这种冶金术的爱好者或称化学家。汉代葛洪在《抱朴子》一书中记载战国炼丹术时，就记述了很多蒸馏术。进入西汉以后，由于封建统治者为了取得想象中的"长生不老丹"而提倡炼丹，乃使当时的采掘汞砂、炼制丹砂即硫化汞的冶金术十分盛行，尤其是烧丹炼汞，即升炼水银，是最重要的研究工作。而升炼水银，就必须掌握升华技术或蒸馏技术。当这种丹药蒸馏技术发展到一定阶段，在特定的历史条件下，就很自然地要被引用到蒸馏酒的生产实践中去。宋代杨万里《诚斋集》中"新酒歌"说："新酒颜色清澈，酒性浓烈。"歌中"新酒"实际就是蒸馏酒。杨万里又说这种"新酒"的制法"来自太虚中"，喝了就像服丹一样获得"换君仙骨"的效果。"太虚""仙骨"之类，均是道家炼丹术语，这说明杨万里"新酒"的酿法，正是从所谓"太虚中"即道家的炼丹术里传过来的。[1]

道教的思想文化，在漫长的历史发展过程中，一直是中华传统文化的主要支柱之一。它与中华传统文化浑然交融为一体，但又具有自己的风骨与特色，犹如汪洋和大海，中国传统文化是浩瀚的大洋，道教文化则是这大洋中的一片辽阔的大海。道教在中华民族文化中有着深远和广泛的影响，它的许多思想和观念，经千百年的延续阐发，已经在中国人的思维方式、生活方式和行为方式上打下了深深的烙印。道教与中国酒文化的关系，也大致如此。

---

[1] 请参阅徐少华《中国酒与传统文化》.

早在道教形成之前，中国远古酒文化就已经非常发达了，以致有商纣王耽于酒色而丧国之说。我国远古神祀宗教深深浸染了浓厚的酒文化特色。远古神祀宗教不但不禁酒，而且把酒作为祭奠神祇的重要供品，甚至还设有专门掌管宗教活动中敬酒事项的官职，称为"酒人"。据《周礼·天官·酒人》记载："酒人掌为五齐三酒，祭祀则共（供）奉之。"现在出土的殷代古墓随葬品中多有酒具，也是这种事实的照。早期道教受这种文化氛围的影响，并不一概忌酒，至于是否仍然以酒作为祭品，还有待考证。不过道教沿用了祭酒的称号，用来称呼高级神职。张道陵在蜀中创立五斗米道，设二十四治，治首即称"祭酒"。祭酒原为飨宴时酹酒祭神的长者，乃德高望重者才能担任，五斗米道沿用此名，说明早期道士所行宗教职能与原来的祭酒有相通之处。后来，道士的称谓有了很大的变化，祭酒只成对道士神阶的称谓之一，如道教经书《一切道经音义妙门由起》说："所以称为道士者，以其务营常道故也。"并指出道士有天真道士、神仙道士、山居道士、出家道士、在家道士、祭酒道士六阶。

　　道教戒律是约束道士的言行，不使陷入邪恶的条规。早期的道教戒律并无不饮酒的条规。现存最早的道教戒律五斗米道《老君想尔戒》，分上中下三行，每行三条，共九条皆无戒酒之条。金代全真道出，丘处机始创传戒制度，入道者必须受戒才能成道士。明末清初王常月创全真丛林，全真道龙门派声势大振，该教的《初真戒律》《中极戒》《天仙大戒》等合称"三堂大戒"，多达数百条，其中大量吸收了佛教五戒（不杀生、不偷盗、不邪淫、不妄语、不饮酒）和儒家的名教纲常思想，对生活各方面均作出规定。这些教规中有明确的不许饮酒的戒律。此时的一些教内文献，还明确了违犯这些教规的惩罚办法，例如《教主重阳帝君责罚榜》便作出"四酒色财气食荤，但犯一者，罚出"的规定。道教历代仙真、历史人物中也多有与酒有不解之缘者。至今仍广为流传的八仙故事最初即与酒有关。八仙之名从晋代即有，人们对可集在一起的八位名流都可称为八仙。在唐代，人们盛称的八仙，在名义上乃因共好酒而成挚友的八位士大夫，是指李白、贺知章、李适之、汝阳王进、崔宗之、苏晋、张旭、焦遂。《新唐书卷二百二·李白传》把他们叫做"酒八仙人"。他们的酒友诗谊已成为千古佳话，杜甫《饮中八仙歌》更是脍炙人口："李白一斗诗百篇，长安市上酒家眠。天子呼来不上船，自称臣是酒中仙。"至于今天最流行的八仙说法，是信道之士在此基础上历代不断编撰，直到明朝才确定下来的。明·吴元泰《八仙出处东游记》所说的八仙是铁拐李、钟离权、张果老、何仙姑、蓝采和、吕洞宾、韩湘子、曹国舅，即是现在人们所谓的八仙。在道教仙真中甚至有仙真因酒而得度者。传说被全真道教奉为祖师的吕洞宾在唐末、五代之际，少习举业，两举进士不第（一说唐文宗开成二年即837年始成进士，一说唐懿宗咸通三年即862年64岁时始成进士）。后游长安，在酒肆中遇钟离权祖师，经过"十试"，得受长生久视之术而成仙。金代道士王重阳是道教全真道的创始人。他出身在陕西咸阳大魏村富户，早年习文，入府学，后改而习武，于金天眷初（1138年）曾应试武举，考中甲科，慨然有经略天下之志，然长期任征酒小吏？卒未能得志。金正隆四年（1159年）48岁时，自称于甘河镇酒肆中遇异人，饮以神水，授以真诀，自此假装疯颠，自号"王害风"，弃家入终南山南时村穴居修炼，号所居处为"活死人墓"，开始了他立宗创教的历史。清代光绪年间著名道士李涵虚是丹道西派创始人。史载他自小颖悟，年轻时善琴、嗜酒，陶醉于诗词文赋之中，堪称诗酒中人。如此等等，不胜枚举。

道教对普通教徒虽然并不严格戒酒，但是坚决反对酗酒。道教重要经典《太平经·丁部》对酒的害处有专门论述：①酿酒浪费粮食。"盖无故发民令作酒，损废五谷""念四海之内，有几何市，一月之间，消五谷数亿万斗制"。②损害身体健康。"凡人一饮酒令醉，狂脉便作""伤损阳精""或缘高坠，或为车马所克贼"。③影响正常工作。酒醉之后"买卖失职""或早到市，反宜乃归"。④危害家庭。因酗酒"或孤独因以绝嗣，或结怨父母置害，或流灾子孙"。⑤影响社会乃至天地气。酒醉之后，"或为奸人所得""县官长吏，不得推理，叩胸呼天，感动皇灵，使阴阳四时五行之气乖错，复旱（干）上皇太平之君之治，令太和气逆行"。

总之，酒的害处是很多的，"推酒之害万端，不可胜记"。鉴于此，该经还规定了对酗酒者的惩罚办法是鞭笞和贬降："但使有德之君，有教敕明令，谓吏民言：'从今已往，敢有市无故饮一斗者，笞三十，谪三日；饮二斗者，笞六十，谪六日；饮三斗者，笞九十，谪九日。'各随其酒斛为谪。对作酒、卖酒者，则罚以修城郭道路官舍：'酒家亦然，皆使修城郭道路官舍，所以谪修城郭道路官舍，为大土功也。'因为酒属水，建筑属土，以土治水，以补其过：'土乃胜水，以厌固绝灭，令水不过度伤阳也''修道路，取兴大道，以类相占，渐置太平。'"当然，对远行的"千里之客"，或家有老人、病人"药、酒可通"者，或"祠祀神灵"者用酒是不在受罚之列的。

因此不难看出，道士禁酒，是从对生命的尊重而言，认识酒的害处，才对酗酒者予惩罚、鞭笞和贬降；道士爱酒，是与其热爱自由逍遥、自然恬淡的人生观紧密相关。他们在杯盏中寻求的不是迷狂丧性，而多是寻觅人生那一份淡淡的孤云野鹤般的韵味。道家的这种自由与逍遥，使中国的酒仙、神仙身上叠映出西方酒神狄奥尼索斯陶醉而快活的身影。

认知篇

第六章　浅谈饮酒的礼节习俗

酒是大自然赐予人类的礼物，它既是天地的造化，又是人类酿造的液态艺术。自问世之始，酒就伴随着人类的文明，走上了文化的旅程，可谓历史悠久，源远流长。

酒，作为世界客观物质的存在，它是一个变化多端的精灵，它炽热似火，冷酷像冰；它缠绵如梦萦，狠毒似恶魔；它柔软如锦缎，锋利似钢刀；它无所不在，力大无穷；它可敬可泣，该杀该戮；它能叫人超脱旷达，才华横溢，放荡无常；它能叫人忘却人世的痛苦忧愁和烦恼到绝对自由的时空中尽情翱翔；它也能叫人肆行无忌，勇敢的沉沦到深渊的最底处；叫人丢掉面具，原形毕露，口吐真言。

在我国古代，酒被视为神圣的物质，酒的使用，更是庄严之事，非祀天地、祭宗庙、奉佳宾而不用。形成远古酒事活动的俗尚和风格。随酿酒业的普遍兴起，酒逐渐成为人们日常生活的用物，酒事活动也随之广泛，并经人们思想文化意识的观照，使之程式化，形成较为系统的酒风俗习惯。这些风俗习惯内容涉及人们生产、生活的许多方面，其形式生动活泼、姿态万千。我国悠久的历史，灿烂的文化，分布各地的众多民族，酝酿了丰富多姿的民间酒俗。有的酒俗流传至今。

中国是酒的故乡，也是酒文化的发源地，是世界上酿酒最早的国家之一。酒的酿造，在我国已有相当悠久的历史。在中国数千年的文明发展史中，酒与文化的发展基本上是同步进行的。

一、诗画般的称谓——酒的雅号与别名

中国酿酒历史悠久，品种繁多，自产生之日开始，就受到先民欢迎。人们

在饮酒赞酒的时候，总要给所饮的酒起个饶有风趣的雅号或别名。这些名字，大都由一些典故演绎而成，或者根据酒的味道、颜色、功能、作用、浓淡及酿造方法等等而定。酒的很多绰号在民间流传甚广，所以文在诗词、小说中常被用作酒的代名词。这也是中国酒俗文化的一个特色。

杜康是古代高粱酒的创始人，后世将杜康作为酒的代称，这是出自一个有趣的传说，相传，酒是杜康发明制造的，那他怎么会造出酒，又为什么会给这种饮品起名叫酒呢？据说有一天，杜康想研制一种可以喝的东西，可是冥思苦想就是想不出制作方法，晚上睡觉的时候做了一个奇怪的梦，他梦见一个鹤发童颜的老翁来到他面前，对他说："你以水为源，以粮为料，再在粮食泡在水里第九天的酉时找三个人，每人取一滴血加在其中，即成。"说完老翁就不见了。

杜康醒来就按照老翁说的制作。他在第九天的酉时（5点—7点）到路边寻找三人。不一会来了一个书生，文质彬彬，谦虚有礼，杜康急忙上前说明来意，岂料书生欣然允诺，割破手指滴了一滴血在桶里；书生走后，又来了一队人马，带头的是一位威武英气的将军，杜康上前说明来意，将军也捋臂挽袖，支持杜康，也割破手指滴了一滴血在桶里；这时酉时已经快过了（就是马上到七点了）可杜康还没找到第三个人，他有些着急，转念一想，只要是人不都可以吗，于是他找到了村子里的一个无亲无故并且傻乎乎的乞丐，按住他，扎破他的手指滴了一滴血在桶里，疼的乞丐一会大喊大叫，一会晕头晕脑。有了这三滴血，杜康终于制作成了，可是他又犯愁了，起什么名字呢？他一想，这饮品里有三个人的血，又是酉时滴的，就写作"酒"吧，怎么念呢？这是在第九天做成的，就取同音，念酒（九）吧。这就是关于酒来历的传说。

"唯有杜康"出自曹操《短歌行》：何以解忧，唯有杜康。

欢伯： 因为酒能消忧解愁，能给人们带来欢乐，所以就被称之为欢伯。这个别号最早出在汉代焦延寿的《易林·坎之兑》，他说："酒为欢伯，除忧来乐。"陆龟蒙（唐）《对酒》诗："后代称欢伯，前贤号圣人。"杨万里（宋）《题湘中馆》诗："愁边正无奈，欢伯一相开。"钱谦益（清）《次韵徐叟文虹七十自寿》："浮生作伴皆欢伯，白眼看人即睡乡。"

杯中物： 因饮酒时，大都用杯盛着而得名。始于孔融名言："座上客常满，樽（杯）中酒不空。"

自洛之越[1]

　　遑遑三十载，[2]书剑两无成。山水寻吴越，[3]风尘厌洛京。[4]扁舟泛湖海，[5]长揖谢公卿。[6]且乐杯中物，[7]谁论世上名。[8]

　　这首《自洛之越》诗，是唐代诗人孟浩然的作品。此诗作于作者长安应举不第之后，从洛阳动身漫游吴越的前夕。这首诗既写了自洛赴越之事，又抒发了诗人的失意愤懑之情，同时刻画了一个落拓不羁、傲岸不群的抒情主人公形象。

　　孟浩然40岁到长安应举不第，大约在公元728年（开元十六年）到东都洛阳游览。在洛阳滞留了半年多，次年秋，从洛阳动身漫游吴越（今江苏浙江一带）。这首诗就作于诗人从洛阳往游吴越前夕，故诗题作"自洛之越"。

　　诗头两句回顾自己的过去。"遑遑三十载"，诗人此时41岁，自发蒙读书算起，举成数为三十载。"书剑两无成"，《史记》载："项羽年轻的时候，'学书不成，去，学剑又不成'。"诗中用以自况，说自己30多年辛辛苦苦地读书，结果一事无成。其实是愤激之语。

　　"山水寻吴越，风尘厌洛京。"两句前后倒装，每句句中又倒装。本来是因为"厌洛京风尘"，所以"寻吴越山水"一倒装，诗句顿时劲健，符合格律，富于表现力。一个"厌"字，形象地表现出诗人旅居长安洛阳的恶劣心绪。诗人在长安是求仕，从他在洛阳与公卿的交往看，仍在继续谋求出仕。但是，半年多的奔走毫无结果，以致诗人终于厌烦，想到吴越寻山问水，洗除胸

---

[1]　洛：今河南省洛阳市。之：往，到。越：今浙江地区，春秋时越国所在地。

[2]　遑遑：忙碌的样子。出自《列子》"遑遑尔竞一时之虚荣"。

[3]　吴越：今江苏、浙江地区，是古代吴国和越国所在地。

[4]　风尘：比喻世俗的纷扰。洛京：又称京洛，指洛阳，是唐朝的陪都。

[5]　扁舟：小舟。

[6]　长揖：古人拱手为礼称揖，作揖时手自上至极下称长揖。"长揖谢公卿"是委婉表示自己不屈服于权贵。

[7]　杯中物：指酒。借用陶渊明《责子诗》中"且进杯中物"句意。

[8]　谁：何，哪。这里的用法与指人的"谁"不同。

中的郁闷。

　　"扁舟泛湖海"是"山水寻吴越"路线的具体化。诗人游吴越的路线是，乘船从洛阳出发，经汴河而入运河，经运河达于杭州（越中）。诗人计划要游太湖，泛海游永嘉（今浙江温州），因此湖海并非泛泛之辞。公卿，指达官显贵。古代百姓见公卿要行叩拜的大礼，而诗人告别他们却用平辈交往的礼节——长揖，作个大揖，表现出诗人平交王侯的气概。诗人一生为人傲岸，"长揖谢公卿"表现的也正是这种傲岸。诗人并不因为求仕失意，就向公卿摇尾乞怜，因此李白说他"高山安可仰，徒此揖清芬"[1]。

　　"且乐杯中物"，借用陶渊明《责子诗》："天运苟如此，且进杯中物。"末尾两句暗用张翰的话："使我有身后名，不如即时一杯酒。"[2]大意说："我且喝酒乐我的，管他什么名不名。"这也是愤激之辞。诗人素有强烈的功名心，希望像鸿鹄那样搏击长空，一展宏图。但是，怀才不遇，不被赏识，报国无门，只好去游山玩水。

　　这首诗词旨深厚，感情表达恰如其分。诗人原本满腹牢骚，但表达时处处自怨自艾，而流落不偶的遭际却不言自明。

　　诗在选材和布局上独具匠心。中间两联扣题，实写自洛赴越，把洛阳与吴越联系起来，具体而开阔。中间两联意思连接很紧，首尾跳跃很大。首联总结自己勤勉失意的一生，尾联表明自己对人生的态度。两联从虚处着笔，气象悠远阔大。

　　杯中物还有如下称谓：

金波：因酒色如金，在杯中浮动如波而得名。张养浩在《普天乐·大明湖泛舟》中写道："杯斟的金浓滟滟。"

秬鬯：这是古代用黑黍和香草酿造的酒，用于祭祀降神。据《诗经·大雅·江汉》记载："秬鬯一卣。"

白堕：这是一个善酿者的名字。苏辙在《次韵子瞻病中大雪》诗中写道："殷勤赋黄竹，自劝饮白堕。"

[1]　李白《赠孟浩然》。

[2]　《晋书·文苑·张翰传》。

39

认知篇

冻醪：即春酒，是寒冬酿造，以备春天饮用的酒。据《诗·豳风·七月》记载："十月获稻，为此春酒，以介眉寿。"

壶觞：本来是盛酒的器皿，后来亦用作酒的代称，陶潜在《归去来辞》中写道："引壶觞以自酌，眄庭柯以怡颜。"

壶中物：因酒大都盛于壶中而得名。张祜在《题上饶亭》诗中写道："唯是壶中物，忧来且自斟。"醇酎这是上等酒的代称。

酌：本意为斟酒、饮酒，后引申为酒的代称，如"便酌""小酌"。李白在《月下独酌》一诗中写道："花间一壶酒，独酌无相亲。"

酤：据《诗·商颂·烈祖》记载："既载清酤，赉我思成。"故亦酤。

二、传统的饮酒文化根基——酒德和酒礼

中国的酿酒史，历经了5000年，在这5000年中，酒之醇香浸透着中华民族的智慧与情感，正如赵恺先生在《这里涌动液态的诗》中所说："远从世界最古老的典籍——殷墟甲骨文字开始，酒就如血液一般在中国文化的脉络里汩汩流淌了。"它渗入人类的生活尤其是精神活动的各个层面，寄托着人们的愿望与情愫……，"对于生命，诞生是酒，辞世是酒；对于繁衍，联姻是酒，生子是酒；对于情感，愉悦是酒，忧伤是酒；对于友人，相逢是酒，离别是酒；对于稼穑，播种是酒，收获是酒；对于战争，出征是酒，祝捷是酒。至于艺术，'斗酒诗百篇'这一千古绝唱，早已超越时空而成为风流蕴籍、精警简洁的东方文化哲学——与汗同在、与泪同在、与血同在，酒与创造同在。"并与文化同在！"水为酒之骨，酒为诗之魂"是一代诗人对酒的礼赞，中国人在创造辉煌文明史的同时，也赋予了酒的文化灵魂。

酒，在人类文化的历史长河中，它已不仅仅是一种客观的物质存在，而是一种文化象征，即酒神精神的象征，在中国，酒神精神以道家哲学为源头。庄周主张，物我合一，天人合一，齐一生死。庄周高唱绝对自由之歌，倡导"乘物而游""游乎四海之外""无何有之乡"。庄子宁愿做自由的在烂泥塘里摇头摆尾的乌龟，而不做受人束缚的昂头阔步的千里马。追求绝对自由、忘却生死利禄及荣辱，是中国酒神精神的精髓所在。

历史上，儒家的学说被奉为治国安邦的正统观点，酒的习俗同样也受儒家

酒文化观点的影响。儒家讲究"酒德"两字。

"酒德"两字，最早见于《尚书》和《诗经》，其含义是说饮酒者要有德行，不能像商纣王那样，"颠覆厥德，荒湛于酒"，《尚书·酒诰》中集中体现了儒家的酒德，这就是："饮惟祀"（只有在祭祀时才能饮酒）；"无彝酒"（不要经常饮酒，平常少饮酒，以节约粮食，只有在有病时才宜饮酒）；"执群饮"（禁止民从聚众饮酒）；"禁沉湎"（禁止饮酒过度）。儒家并不反对饮酒，用酒祭祀敬神，养老奉宾，都是德行。

饮酒作为一种食的文化，在远古时代就形成了大家必须遵守的礼节。有时这种礼节还非常繁琐。但如果在一些重要的场合下不遵守，就有犯上作乱的嫌疑。又因为饮酒过量，便不能自制，容易生乱，制订饮酒礼节就很重要。明代的袁宏道，看到酒徒在饮酒时不遵守酒礼，深感长辈有责任，于是从古代的书籍中采集了大量的资料，专门写了一篇《觞政》。这虽然是为饮酒行令者写的，但对于一般的饮酒者也有一定的意义。

三、原始宗教、祭祀——丧葬与酒

从远古以来，酒是祭祀时的必备用品之一。

原始宗教起源于巫术，在中国古代，巫师利用所谓的"超自然力量"，进行各种活动，都要用酒。巫和医在远古时代是没有区别的，酒作为药，是巫医的常备药之一。在古代，统治者认为："国之大事，在祀在戎。"祭祀活动中，酒作为美好的东西，首先要奉献给上天、神明和祖先享用。战争决定一个部落或国家的生死存亡，出征的勇士，在出发之前，更要用酒来激励斗志。酒与国家大事的关系由此可见一斑。反映周王朝及战国时代制度的《周礼》中，对祭祀用酒有明确的规定。如祭祀时，用"五齐""三酒"共八种酒。主持祭祀活动的人，在古代权力是很大的，原始社会是巫师，巫师的主要职责是奉祀天帝鬼神，并为人祈福禳灾。后来又有了"祭酒"主持飨宴中的酹酒祭神活动。

我国各民族普遍都有用酒祭祀祖先，在丧葬时用酒举行一些仪式的习俗。

人死后，亲朋好友都要来吊祭死者，汉族的习俗是"吃斋饭"，也有的地方称为吃"豆腐饭"，这就是葬礼期间的举办的酒席。虽然都是吃素，但酒还是必不可少的。有的少数民族则在吊丧时持酒肉前往，如苗族人家听到丧信后，同寨的人一般都要赠送丧家几斤酒及其大米、香烛等物，亲戚送的酒物则更多些，如女婿要送二十来斤白酒，一头猪。丧家则要设酒宴招待吊者。云南怒江地区的怒族，村中若有人病亡，各户带酒前来吊丧，巫师灌酒于死者嘴内，众人各饮一杯酒，称此为"离别酒"。死者入葬后，古代的习俗还有在墓穴内放入酒，为的是死者在阴间也能享受到人间饮酒的乐趣。汉族人在清明节为死者上坟，必带酒肉。

在一些重要的节日，举行家宴时，都要为死去的祖先留着上席，一家之主这时也只能坐在次要位置，在上席，为祖先置放酒菜，并示意让祖先先饮过酒或进过食后，一家人才能开始饮酒进食。在祖先的灵象前，还要插上蜡烛，放一杯酒，若干碟菜，以表达对死者的衰思和敬意。

四、欢欣的庆典——岁时与饮酒

中国人一年中的几个重大节日，都有相应的饮酒活动，如端午节饮"菖蒲酒"，重阳节饮"菊花酒"，除夕夜的"年酒"。在一些地方，如江西民间，春季插完禾苗后，要欢聚饮酒，庆贺丰收时更要饮酒，酒席散尽之时，往往是"家家扶得醉人归"。节日的全新解释是：必须选举一些日子让人们欢聚畅饮，于是便有了节日，而且节日很多，几乎月月都有。代代相传的举国共饮的节日有：

1.春节：俗称过年。汉武帝时规定正月初一为元旦；辛亥革命后，正月初一改称为春节。春节期间要饮用屠苏酒、椒花酒（椒柏酒），寓意吉祥、康宁、长寿。

"屠苏"原是草庵之名。相传古时有一人住在屠苏庵中，每年除夕夜里，他给邻里一包药，让人们将药放在水中浸泡，到元旦时，再用这井水对酒，合家欢饮，使全家人一年中都不会染上瘟疫。后人便将这草庵之名作为酒名。饮屠苏酒始于东汉。明代李时珍的《本草纲目》中有这样的记载："屠苏酒，陈延之《小品方》云：'此华佗方也。'元旦饮之，辟疫疠一切不正之气。"饮用方法也颇讲究，由"幼及长"。"椒花酒"是用椒花浸泡制成的酒，它的饮用方法与屠苏酒一样。梁宗懔在《荆楚岁时记》中有这样的记载："俗有岁首用椒酒，椒花芬香，故采花以贡樽。正月饮酒，先小者，以小者得岁，先酒贺之。老者失岁，故后与酒。"宋代王安石在《元旦》一诗中写道："爆竹声中一岁除，春风送暖入屠苏。千门万户瞳瞳日，总把新桃换旧符。"北周庾信在诗中写道："正朝辟恶酒，新年长命杯。柏吐随铭主，椒花逐颂来。"

2.灯节：又称元宵节、上元节。这个节日始于唐代，因为时间在农历正月十五，是三官大帝的生日，所以过去人们都向天宫祈福，必用五牲、果品、酒供祭。祭礼后，撤供，家人团聚畅饮一番，以祝贺新春佳节结束。晚上观灯、看烟火、食元宵（汤圆）。

3.中和节：又称春社日，时在农历二月一日，祭祀土神，祈求丰收，有饮中和酒、宜春酒的习俗，说是可以医治耳疾，因而人们又称之为"治聋酒"。宋代李在诗中写道："社翁今日没心情，为乏治聋酒一瓶。恼乱玉堂将欲通，依稀巡到等三厅。"据《广记》记载："村舍作中和酒，祭勾芒种，以祈年谷。"据清代陈梦雷纂的《古今图书集成·酒部》记载："中和节，民间里闾酿酒，谓宜春酒。"

4.清明节：时间约在阳历四月五日前后。人们一般将寒食节与清明节合为一个节日，有扫墓、踏青的习俗。始于春秋时期的晋国。这个节日饮酒不受限制。据唐代段成式著的《酉阳杂俎》记载：在唐朝时，于清明节宫中设宴饮酒之后，宪宗李纯又赐给宰相李绛酴酒。清明节饮酒有两种原因：一是寒食节期间，不能生火吃热食，只能吃凉食，饮酒可以增加热量；二是借酒来平缓或暂时麻醉人们哀悼亲人的心情。古人对清明饮酒赋诗较多，唐代白居易在诗中写道："何处难忘酒，朱门美少年。春分花发后，寒食月明前。"杜牧在《清明》一诗中写道："清明时节雨纷纷，路上行人欲断魂。借问酒家何处有，牧童遥指杏花村。"

5.端午节：又称端阳节、重午节、端五节、重五节、女儿节、天中节、地腊节。时在农历五月五日，大约形成于春秋战国之际。人们为了辟邪、除恶、解毒，有饮菖蒲酒、雄黄酒的习俗。同时还有为了壮阳增寿而饮蟾蜍酒和镇静安眠而饮夜合欢花酒的习俗。最为普遍及流传最广的是饮菖蒲酒。据文献记载，唐代光启年间（885—888年），即有饮"菖蒲酒"事例。唐代殷尧藩在诗中写道："少年佳节倍多情，老去谁知感慨生。不效艾符趋习俗，但祈蒲酒话升平。"后逐渐在民间广泛流传。历代文献都有所记载，如唐代《外台秘要》

《千金方》，宋代《太平圣惠方》，元代《元稗类钞》，明代《本草纲目》《普济方》及清代《清稗类钞》等古籍书中，均载有此酒的配方及服法。菖蒲酒是我国传统的时令饮料，而且历代帝王也将它列为御膳时令香醪。明代刘若愚在《明宫史》中记载："初五日午时，饮朱砂、雄黄、菖蒲酒、吃粽子。"清代顾铁卿在《清嘉录》中也有记载："研雄黄末、屑蒲根，和酒以饮，谓之雄黄酒。"由于雄黄有毒，人们不再用雄黄兑制酒饮用了。对饮蟾蜍酒、夜合欢花酒，在《女红余志》、清代南沙三余氏撰的《南明野史》中有所记载。

6.中秋节：又称仲秋节、团圆节，时在农历八月十五日。在这个节日里，无论家人团聚，还是挚友相会，人们都离不开赏月饮酒。文献诗词中对中秋节饮酒的反映比较多，《说林》记载："八月黍成，可为酎酒。"五代王仁裕著的《天宝遗事》记载，唐玄宗在宫中举行中秋夜文酒宴，并熄灭灯烛，月下进行"月饮"。韩愈在诗中写道："一年明月今宵多，人生由命非由他，有酒不饮奈明何？"到了清代，中秋节以饮桂花酒为习俗。据清代潘荣陛著的《帝京岁时记胜》记载，八月中秋，"时品"饮"桂花东酒"。

7.重阳节：又称重九节、茱萸节，时在农历九月初九，有登高饮酒的习俗。始于汉朝。宋代高承著的《事物纪原》记载："菊酒，《西京杂记》曰：'戚夫人待儿贾佩兰，后出为段儒妻，说在宫内时，九月九日佩茱萸，食蓬饵，饮菊花酒，云令人长寿。'登高，《续齐谐记》曰：'汉桓景随费长房游学。'谓曰：'九月九日，汝家当有灾厄，急令家人作绢囊，盛茱萸，悬臂登高山，饮菊花酒，祸乃可消。'景率家人登，夕还，鸡犬皆死。房曰：'此可以代人。'"自此以后，历代人们逢重九就要登高、赏菊、饮酒，延续至今不衰。明代医学家李时珍在《本草纲目》一书中，对常饮菊花酒可"治头风，明耳目，去痿，消百病""令人好颜色不老""令头不白""轻身耐老延年"等。因而古人在食其根、茎、叶、花的同时，还用来酿制菊花酒。除饮菊花酒外，有的还饮用茱萸酒、茉菊酒、黄花酒、薏苡酒、桑落酒、桂酒等酒品。历史上酿制菊花酒的方法不尽相同。晋代是"采菊花茎叶，杂秫米酿酒，至次年九月始熟，用之"，明代是用"甘菊花煎汁，同曲、米酿酒。或加地黄、当归、枸杞诸药亦佳"。清代则是用白酒浸渍药材，而后采用蒸馏提取的方法酿制。因此，从清代开始，所酿制的菊花酒，就称之为"菊花白酒"。

朝鲜族的"岁酒"，这种酒多在过"岁首节"前酿造。岁首节相当于汉族的春节，"岁酒"以大米为主料，配以桔梗、防风、山椒、肉桂等多味中药材，类似于汉族的"屠苏酒"，但药材配方有所不同。用于春节期间自饮和待客，民间认为饮用此酒可避邪，长寿。

哈尼族的"新谷酒"，每年秋收之前，居住在云南元江一带的哈尼族，按照传统习俗，都要举行一次丰盛的"喝新谷酒"的仪式，以欢庆五谷丰登，人畜平安。所谓"新谷酒"，是各家从田里割回一把即将成熟的谷把，倒挂在堂屋右后方山墙上部的一块小箦笆沿边，意求家神保护庄稼，然后勒下谷粒百十粒，有的炸成谷花，有的不炸，放入酒瓶内泡酒。喝"新谷酒"选定在一个吉祥的日子，家家户户置办丰盛的饭菜，全家老少都无一例外地喝上几口"新谷酒"。这顿饭人人都要吃得酒醢饭饱。

五、婚姻饮酒习俗——酒与人生

南方的"女儿酒"，最早记载为晋人嵇含所著的《南方草木状》，说南方人生下女儿才数岁，便开始酿酒，酿成酒后，埋藏于池塘底部，待女儿出嫁之时才取出供宾客饮用。这种酒在绍兴得到继承，发展成为著名的"花雕酒"，其酒质与一般的绍兴酒并无显著差别，主要是装酒的坛子独特，这种酒坛还在土坯时，就雕上各种花卉图案，人物鸟兽，山水亭榭，等到女儿出嫁时，取出酒坛，请画匠用油彩画出"百戏"，如"八仙过海""龙凤呈祥""嫦娥奔月"等，并配以吉祥如意，花好月圆的"彩头""喜酒"，往往是婚礼的代名词，置办喜酒即办婚事，去喝喜酒，也就是去参加婚礼。

满族人结婚时的"交杯酒"，入夜，洞房花烛齐亮，新郎给新娘揭下头盖后要坐在新娘左边，娶亲太太捧着酒杯，先请新郎抿一口，送亲太太捧着酒杯，先请新娘抿一口，然后两位太太将酒杯交换，请新郎新娘再各抿一口。

满族人在举行婚礼前后的"谢亲席"，将烹制好的一桌酒席置于特制的礼盒中，由两人抬着送到女家，以表示对亲家养育了女儿给自家做媳妇的感谢之情。另外，还要做一桌"谢媒席"，用圆笼装上，由一人挑上送到媒人家，表示对媒人成全好事的感激之情。

达斡尔族的"接风酒"和"出门酒"，送亲的人一到男家，新郎父母要斟满两盅酒，向送亲人敬"接风酒"，这也叫"进门盅"，来宾要全部饮尽，以示已是一家人。尔后，男家要摆三道席宴请来宾。婚礼后，女方家远者多在新郎家住一夜，次日才走，在送亲人返程时，新郎父母都恭候门旁内侧，向贵宾一一敬"出门酒"。

"会亲酒"，订婚仪式时，要摆的酒席，喝了"会亲酒"，表示婚事已成定局，婚姻契约已经生效，此后男女双方不得随意退婚，赖婚。

"回门酒"，结婚的第二天，新婚夫妇要"回门"，即回到娘家探望长辈，娘家要置宴款待，俗称"回门酒"。回门酒只设午餐一顿，酒后夫妻双双回家。

"交杯酒"，这是我国婚礼程序中的一个传统仪节，在古代又称为"合卺"（卺的意思本来是一个瓠分成两个瓢），《礼记·昏义》有"合卺而醑"，孔颖达解释道："以一瓠分为二瓢谓之卺，婿之与妇各执一片以醑（即以酒嗽口）。"合卺又引申为结婚的意思。在唐代即有交杯酒这一名称，到了宋代，在礼仪上，盛行用彩丝将两只酒杯相联，并绾成同心结之类的彩结，夫妻互饮一盏，或夫妻传饮。这种风俗在我国非常普遍，如在绍兴地区喝交杯酒时，由男方亲属中，儿女双全，福气好的中年妇女主持，喝交杯酒前，先要给坐在床上的新郎新娘喂几颗小汤圆，然后，斟上两盅花雕酒，分别给新婚夫妇各饮一口，再把这两盅酒混合，又分为两盅，取"我中有你，你中有我"之意，让新郎新娘喝完后，并向门外撒大把的喜糖，让外面围观的人群争抢。

婚礼上的交臂酒，为表示夫妻相爱，在婚礼上夫妻各执一杯酒，手臂相交各饮一口。

六、多彩文化——其它饮酒习俗

"满月酒"或"百日酒"，中华各民族普遍的风俗之一，生了孩子，满月时，摆上几桌酒席，邀请亲朋好友共贺，亲朋好友一般都要带有礼物，也有的送上红包。

"寄名酒"，旧时孩子出生后，如请人算出命中有克星，多厄难，就要把他送到附近的寺庙里，作寄名和尚或道士，大户人家则要举行隆重的寄名仪式，拜见法师之后，回到家中，就要大办酒席，祭祀神祖，并邀请亲朋好友，三亲六眷，痛饮一番。

"寿酒"，中国人有给老人祝寿的习俗，一般在50、60、70岁等生日，称为大寿，一般由儿女或者孙子，孙女出面举办，邀请亲朋好友参加酒宴。

皇帝也不例外，乾隆五十年，乾隆皇帝在"乾清宫"开千叟宴，千叟宴始于康熙，盛于乾隆时期，是清宫中规模最大，与宴者最多的盛大御宴，其影响力比现在的春节团拜会要大的多。按照清廷惯例，每50年才举办一次千叟宴。

1722年康熙帝在阳春园宴请全国70岁以上老人2417人，乾隆皇帝还亲自为90岁以上的寿星一一斟酒，当时推为上座的是一位最长寿的老人，据说已有141岁，当时乾隆和纪晓岚还为这位141岁老人做了一个寿联：

花甲重开，外加三七岁月；
古稀双庆，内多一个春秋。

根据上联的意思，两个甲子年120岁再加三七二十一，正好141岁。

下联是古稀双庆，两个70，再加1，正好141岁，堪称绝对。

这场酒局体现出来的皇家气派自与民间大不相同。不但有御厨精心制作的免费满汉全席，所有皇家贡品酒水也都全免。在这50年一遇的豪宴上，老人们争先恐后，一边说着"多亏了朝廷的政策好"，一边大快朵颐，狼吞虎饮。据说晕倒、乐倒、饱倒、醉倒的老人不在少数。

"上梁酒"和"进屋酒"，在中国农村，盖房是件大事，盖房过程中，上梁又是最重要的的一道工序，故在上梁这天，要办上梁酒，有的地方还流行用酒浇梁的习俗。房子造好，举家迁入新居时，又要办进屋酒，一是庆贺新屋落成，并志乔迁之喜，一是祭祀神仙祖宗，以求保佑。

"开业酒"和"分红酒"，这是店铺作坊置办的喜庆酒。店铺开张，作坊开工之时，老板要置办酒席，以志喜庆贺；店铺或作坊年终按股份分配红利时，要办"分红酒"。

"壮行酒"，也叫"送行酒"，有朋友远行，为其举办酒宴，表达惜别之情。在战争年代，勇士们上战场执行重大且有很大生命危险的任务时，指挥官们都会为他们斟上一杯酒，用酒为勇士们壮胆送行。

七、文化魅力——独特的饮酒方式

"饮咂酒"，这是古代遗留下来的独特的饮酒方式，在西南，西北许多地方流传，在喜庆日子或招待宾客时，抬出一酒坛，人们围坐在酒坛周围，每人手握一根竹管或芦管，斜插入酒坛，从其中吸吮酒汁，人数可达五六人甚至七八个人。饮酒时的气氛热烈。这种独特的饮酒方式，可以加强人与人之间的感情交流。

"转转酒"，这是彝族人特有的饮酒习俗，所谓"转转酒"，就是饮酒时不分场合地点，也无宾客之分，大家皆席地而坐，围成一个一个的圆圈，一杯酒从一个人手中依次传到另一人手中，各饮一口。这个习俗，据说来自一个动人的传说："在一座大山中，住着汉人、藏人和彝人三个结拜兄弟，有一年，三弟彝人请两位兄长吃饭，吃剩的米饭在第二天变成了香味浓郁的米酒，三个兄弟你推我让，都想将酒留给其他弟兄喝，于是从早转到晚，酒也没有喝完，后来神灵告知只要辛勤劳动，酒喝完后，还会有新的酒涌出来，于是三人就转着喝开了，一直喝得酩酊大醉。"

八、中国的特别友情——劝酒

中国人的好客，在酒席上发挥得淋漓尽致。人与人的感情交流往往在敬酒时得到升华。中国人敬酒时，往往都想对方多喝点酒，以表示自己尽到了主人之谊，客人喝得越多，主人就越高兴，说明客人看得起自己，如果客人不喝酒，主人就会觉得有失面子。有人总结到，劝人饮酒有如下几种方式："文敬""武敬""罚敬"。这些做法有其淳朴民风遗存的一面，也有一定的负作用。"文敬"，是传统酒德的一种体现，即有礼有节地劝客人饮酒。

酒席开始，主人往往在讲上几句话后，便开始了第一次敬酒。这时，宾主都要起立，主人先将杯中的酒一饮而尽，并将空酒杯口朝下，说明自己已经喝完，以示对客人的尊重。客人一般也要喝完。在席间，主人往往还分别到各桌去敬酒。

"回敬"，这是客人向主人敬酒。

"互敬"，这是客人与客人之间的"敬酒"，为了使对方多饮酒，敬酒者会找出种种必须喝酒理由，若被敬酒者无法找出反驳的理由，就得喝酒。在这种双方寻找论据的同时，人与人的感情交流得到升华。

"代饮"，即不失风度，又不使宾主扫兴的躲避敬酒的方式。本人不会饮酒，或饮酒太多，但是主人或客人又非得敬上以表达敬意，这时，就可请人代酒。代饮酒的人一般与他有特殊的关系。在婚礼上，男方和女方的伴郎和伴娘往往是代饮的首选人物，故酒量必须大。

为了劝酒，酒席上有许多趣话，如"感情深，一口闷。感情厚，喝个够。感情浅，舔一舔。"

"罚酒"，这是中国人"敬酒"的一种独特方式。"罚酒"的理由也是五花八门。最为常见的可能是对酒席迟到者的"罚酒三杯"有时也不免带点开玩笑的性质。

藏族人好客，用青稞酒招待客人时，先在酒杯中倒满酒，端到客人面前，这时，客人要用双手接过酒杯，然后一手拿杯，另一手的中指和拇指伸进杯子，轻蘸一下，朝天一弹，意思是敬天神，接下来，再来第二下、第三下，分别敬地、敬佛。这种传统习惯是提醒人们青稞酒的来历与天、地、佛的慷慨恩赐分不开，故在享用酒之前，要先敬神灵。在喝酒时，藏族人民的约定风俗是："先喝一口，主人马上倒酒斟满杯子，再喝第二口，再斟满，接着喝第三口，然后再斟满。往后，就得把满杯酒一口喝干了。"这样做，主人才觉得客人看得起他，客人喝得越多，主人就越高兴。说明主人的酒酿得好。藏民族敬酒时，对男客用大杯或大碗，敬女客则用小杯或小碗。

壮族人敬客人的交杯酒并不用杯，而是用白瓷汤匙两人从酒碗中各舀一匙，相互交饮。主人这时还会唱起敬酒歌："锡壶装酒白连连，酒到面前你莫嫌。我有真心敬贵客，敬你好比敬神仙。锡壶装酒白瓷杯，酒到成前你莫推。酒虽不好人情酿，你是神仙饮半杯。"

西北裕固族待客敬酒时，都是敬双杯。主人不论客人多少，只拿出两只酒杯，在场的主人轮番给客人敬双杯。

酒，是一种文化。中国上下五千年就是一个酒的文化，就是一个酒的历史。李白有"举杯邀明月"的雅兴，而苏轼有"把酒问青天"的胸怀，欧阳修有"酒逢知己千杯少"的豪迈，曹操有"对酒当歌，人生几何"的苍凉，杜甫有"白日放歌须纵酒，青春作伴好还乡"的潇洒。酒是好东西，高兴的时候它能助兴，而悲伤的时候，它能为你解忧；酒是坏东西，如果你认为它能为你带来勇气，那么这种勇气不堪一击。如果你认为酒能证明你的忠诚，朋友，当你喝下的时候，你已经开始背叛了，你背叛的是你的健康，你背叛的是你的生命，你背叛的是家人对你的关爱，要珍惜生命，适度饮酒。

酒文化作为一种特殊的文化形式，在传统的中国文化中有其独特的地位。在几千年的文明史中，酒几乎渗透到社会生活中的各个领域。

首先，中国是一个以农立国的国家，因此一切政治、经济活动都以农业发展为立足点。而中国的酒，绝大多数是以粮食酿造的，酒紧紧依附于农业，成为农业经济的一部分，粮食生产的丰歉是酒业兴衰的晴雨表，各朝代统治者根据粮食的收成情况，通过发布酒禁或开禁，来调节酒的生产，从而确保民食。

中国是酒的王国，酒，形态万千，色泽纷呈；品种之多，产量之丰，皆堪称世界之冠。中国又是酒人的乐土，地无分南北，人无分男女老少，族无分汉满蒙回藏，饮酒之风，历经数千年而不衰。中国更是酒文化的极盛地，饮酒的意义远不止生理性消费，远不止口腹之乐。在许多场合，它都是作为一个文化符号，一种文化消费，用来表示一种礼仪，一种气氛，一种情趣，一种心境。酒与诗，从来就结下了不解之缘。

不仅如此，中国众多的名酒不单给人以美的享受，而且给人以美的启示与力的鼓舞。每一种名酒的发展，都包容劳动者一代接一代的探索奋斗，英勇献身，因此名酒精神与民族自豪息息相通，与大无畏气概紧密相接。这就是中华民族的酒魂！与欧洲标榜的"酒神"，堪称伯仲。似乎可以认为，有了名酒，中国餐饮才得以升华为夸耀世界的饮食文化。

世界文化现象有着惊人的相似之处，西方的酒神精神以葡萄种植业和酿酒业之神狄奥尼苏斯为象征，到古希腊悲剧中，西方酒神精神上升到理论高度，德国哲学家尼采的哲学使这种酒神精神得以升华，尼采认为，酒神精神喻示着情绪的发泄，是抛弃传统束缚回归原始状态的生存体验，人类在消失个体与世界合一的绝望痛苦的哀号中获得生的极大快意。

"志气旷达，以宇宙为狭"的魏晋名士、第一"醉鬼"刘伶在《酒德颂》中有言："有大人先生，以天地为一朝，万期为须臾，日月有扃牖，八荒为庭衢。""幕天席地，纵意所如。""兀然而醉，豁然而醒，静听不闻雷霆之声，孰视不睹山岳之形。不觉寒暑之切肌，利欲之感情。俯观万物，扰扰焉如江汉之载浮萍。"这种"至人"境界就是中国酒神精神的典型体现。"李白斗酒诗百篇，长安市上酒家眠。天子呼来不上船，自称臣是酒中仙。"[1] "醉里从为客，诗成觉有神。"[2] "俯仰各有志，得酒诗自成。"[3] "一杯未尽诗已成，涌诗向天天亦惊。"[4]

南宋政治诗人张元年说："雨后飞花知底数，醉来赢得自由身。"酒醉而成传世诗作，这样的例子在中国诗史中俯拾皆是。不仅为诗如是，在绘画和中国文化特有的艺术书法中，酒神的精灵更是活泼万端。画家中，郑板桥的字画不能轻易得到，于是求者拿狗肉与美酒款待，在郑板桥的醉意中求字画者即可如愿。郑板桥也知道求画者的把戏，但他耐不住美酒狗肉的诱惑，只好写诗自嘲："看月不妨人去尽，对月只恨酒来迟。笑他缣素求书辈，又要先生烂醉时。""吴带当风"的画圣吴道子，作画前必酣饮大醉方可动笔，醉后为画，挥毫立就。"元四家"中的黄公望也是"酒不醉，不能画"。"书圣"王羲之醉时挥毫而作《兰亭序》，"遒媚劲健，绝代所无"，而至酒醒时"更书数十本，终不能及之"。李白写醉僧怀素："吾师醉后依胡床，须臾扫尽数千张。飘飞骤雨惊飒飒，落花飞雪何茫茫。"怀素酒醉泼墨，方留其神鬼皆惊的《自叙帖》。草圣张旭"每大醉，呼叫狂走，乃下笔"，于是有其"挥毫落纸如云烟"的《古诗四帖》。

在文学艺术的王国中，酒神精神无所不往，它对文学艺术家及其创造的登峰造极之作产生了巨大深远的影响，因为，自由、艺术和美是三位一体的，因自由而艺术，因艺术而产生美。因醉酒而获得艺术的自由状态，这是古老中国的艺术家解脱束缚获得艺术创造力的重要途径。

51

---

[1] 杜甫《饮中八仙歌》。

[2] 杜甫《独酌成诗》。

[3] 苏轼《和陶渊明〈饮酒〉》。

[4] 杨万里《重九后二月登万花川谷月下传觞》。

第七章　竹林七贤与酒

竹林七贤是魏末晋初七位名士的合称。他们是：嵇康、阮籍、山涛、向秀、刘伶、阮咸、王戎。由于他们互有交往，而且曾聚集于山阳（今河南修武）竹林之下肆意酣畅，故世称竹林七贤。

竹林七贤的政治思想和生活态度不同于建安七子，他们大都"弃经典而尚老庄，蔑礼法而崇放达"。这七人早先都仕魏，但是随着司马氏集团的权倾朝野，渐成取代之势，在政治见解上产生了明显分歧。嵇康、阮籍、刘伶对司马氏集团均持不合作态度，尤其是嵇康，在《与山巨源绝交书》中，以老庄崇尚自然的论点，说明自己的本性不堪出仕，不但与山涛绝交，而且公开表明了自己不与司马氏集团合作的政治态度。嵇康因此被杀；阮籍、刘伶隐避山林。向秀被迫出仕，阮咸入晋为散骑侍郎，但不为司马炎所倚重。而山涛、王戎等则先后主动投靠司马氏，历任高官，最后成为司马氏政权的心腹。

至此，竹林七贤分崩离析，各散西东。

有意思的是，这七个人虽然都是玄学的代表人物，但思想倾向各不相同。嵇康、阮籍、刘伶、阮咸始终主张老庄之学，"越名教而任自然"。山涛、王戎则好老庄而杂以儒术，而向秀则主张名教与自然合一。

按说，道不同不相为谋，他们的思想差异如此之大，那么是什么使他们走到一起呢？那就是酒。是酒的媒介把他们联系到一起，是酒暂时冰释了他们之间的分歧。据传他们个个豪饮，尤其是刘伶，酒量之大，无人与之匹敌。在捧杯换盏之中，行吟高歌，作诗赋文，不亦乐乎。

人说江湖一笑泯恩仇，其实在相当情况下，也可以美酒一杯泯恩仇。竹林七贤的和睦相处为我们提供了一个很好的范例。

一、魏晋风骨与名士

曹魏时期嘉平前后，司马懿发动高平陵事件，阴谋夺取政权，不择手段地铲除异己以巩固政权，朝野内外有识之士感到强烈不满。于是一些名士在河内山阳一带，逐渐形成以阮籍、嵇康为首的竹林名士群体，史称"竹林七贤"。据《世说新语·任诞》载："陈留阮籍，谯国嵇康，河内山涛，三人年皆相比，康年少亚之。"预此契者：沛国刘伶，陈留阮咸，河南向秀，琅琊王戎。七人常居于竹林之下，肆意酣饮，故世称"竹林七贤"。

"名士"一词，最早见于《吕氏春秋》[1]。在汉初尚未普遍化使用，至东汉其涵义指有较高学行成就、受人欣慕而具影响力的有名之士。郑玄《礼记·月令》注云："名士，不仕者也。"蔡邕认为："名士者，谓其德行贞绝，道德通明，王者不得臣，而隐居不在位者也。"[2]汉末以后普遍用以称誉魏晋知识分子的"名士"人格，常兼具儒、道品味的人格特质。那就是儒、道人生理想交融的人格典型，既有经世的使命感，亦带着道家飘逸的生命风格。"风流"一词特别用来赞赏魏晋名士千姿百态的神韵美、人格美，意指由名士的风神气度所蕴发的生命气质和境界。魏晋名士，特别是"肆意酣饮"的竹林七贤，他们的风姿情调多表现在饮酒的品味和格调上。我们若放大视域，则可从魏晋史传中阅读到不少关于以酒为主题的著作，诸如饮酒诗、酒诲、酒诫、酒箴、酒诰、酒颂、酒歌、酒训等，令人目不暇接。令人惊讶的是描述饮酒情态的语汇何其丰富多样，例如乐饮、愁饮、快饮、痛饮、酣饮、闷饮、雅饮、生饮、纵饮、颓饮、礼饮、荒饮、默饮、狂饮、宴饮、独饮、对饮、聚饮、群饮、会饮、怅饮、豪饮、避暑之饮、与猪共饮，令人眼花缭乱。记述魏晋名士生活文化的《世说新语》谈到酒有54处，以《任诞》篇尤其多。本章以名士生活风尚之一的"酒"为着眼点，考察魏晋之际，社会名教繁苛，政治动荡不安，战争频仍，名士生命危险苦闷下蕴发出什么样的文士酒文化，竹林七贤酒品的个别分析及综合性评价，期能藉饮酒这一视角，认识竹林七贤的行为现象和内心世界可能的解读。

[1] 例如《季春纪》篇谓："是月也，……聘名士，礼贤者。"
[2] 见唐代孔颖达《礼记·正义》引。

二、魏晋之际文士的饮酒风尚和意义

人类不分民族与地域，自古即与酒结下不解之缘。西方远在希腊神话中，即产生主司戏剧与酒之神，至近代德国哲学家尼采在《悲剧的诞生》中提出了表征理性的日神阿波罗（Apollo）和象征热情的酒神戴欧尼索斯（Dionysus），这是两种相对的精神象征。诗，是人类精神文化中的精粹品，中国是一个有诗情的古国；酒是人类饮食产物中的精粹品，中国自古即是一个爱好饮酒的古国。《诗经》是中国第一部诗集，其中涉及"酒"者有40多篇。例如《小雅·鹿鸣》云："我有旨酒，以燕乐嘉宾之心。"描写酒人情态。又如《楚辞·东君》谓："操余弧兮反沦降，援北斗兮酌桂浆。"状述南国酣饮之风。把酒置入人际互动的社会生活中形成风尚，才能形成酒文化。

中国上古祭祀之礼是最主要和重大的礼仪，《北山酒经》谓："天之命民作酒，惟祀而已。"周人有监于夏商亡国的教训，在《尚书·酒诰》中颁布严禁酗酒令。然而，酒以成礼，"礼"与"醴"相通，备醴酒以行礼，藉以表达人道之醇厚深挚。《左传·鲁庄公二十二年》载陈完（敬仲）对齐候说："君子曰：'酒以成礼，不继以淫，义也。以君成礼弗纳之淫，仁也。'"就儒家的立场，《礼记·曲礼》有言："夫礼者，所以定亲疏，决嫌疑，别同异，明是非也。"礼教旨在促进人与人之间的相互尊敬，因此，在言行上皆有应遵守的外在行为规范。礼的消极社会功能，旨在避邪防恶，《礼记·坊记》曰："礼者因人之情而为之节文，以为民坊者也。"但是，礼的"节文"即经验性的形式规范，若沦为掌权者箝制臣僚的言行之工具，则为遂行打压异己的政治恶，这是汉朝魏晋名教与自然冲突的原因所在。就道家立场以《庄子·渔父》"法天贵真"说来论酒与人生则曰："其（真）用于人理也，事亲则慈孝，事君则忠贞，饮酒则欢乐，处丧则悲哀。"饮酒的真情流露与外在的礼文有时是相悖反的，因此，儒家"酒以成礼"与道家"饮酒则欢乐"或酒以抒真情形成名教与自然对峙的一种态势。

汉代政权尊经尊孔，厉行森严的礼法之治，文士多感受到制约和束缚。汉魏之际，礼教的社会规范传统犹在，可是文人名士因中央政权的贫弱而得以提升其社会地位及影响力。酒所表征个人真情的道家意识与酒以成礼而定亲疏、别同异、明是非的儒家意识，在汉末魏初名教与自然之裂痕中呈现对峙状态。早在西汉末年杨雄的《酒赋》即呈现出酒客与法度之士对立的状态。这是汉代文士借饮酒以企求个性解放，从而从礼制束缚中自求解脱的自觉表现。汉魏之际，以道家饮酒精神批判儒家名教藩篱，首先发难者当推建安七子之首的孔融。明代夏树芳《酒颂》卷下说："孔融爱才结客……尝有诗曰：'归家酒债多，门客粲几行。高谈惊四座，一夕倾千觞。'"孔融率真自得的饮酒豪情堪谓启发魏晋名士放达风气之先，曹操的《短歌行》说："对酒当歌，人生几何？譬如朝露，去日苦多。慨当以慷，忧思难忘。何以解忧，唯有杜康。"其借酒抒个人雄壮之豪情成为佳话，可是回到政治现实不得不顾忧团体纪律而有禁酒令。刘备入川亦然，为整治军纪，严令禁酒。孔融发表了两次《难曹公禁酒书》，反向的举证历史人物因酒而成就事功而歌颂酒德酒功，反对曹操禁酒令的侵犯个体自由，压抑个性。酒过饮常乱性。平实而言，妇女出宴，男女杂坐，在礼教甚严的汉代当然视为失礼。因此，汉魏时代的文人名士，许多人是基于不同的角色而对酒的社会规范持不同的立场。例如，孔融的朋友蔡邕，在私人领域的生活中可以饮酒一石而醉卧道上，但是在公共领域的政治、社会生活上，著《酒樽铭》一文，老调重弹地说："酒以成礼，弗继以淫。"[1]王弼的嗣祖父王粲在私生活上附庸"邺下之饮"，但是在公共事务上参与了曹操修新礼制的工作，在其《酒赋》中也持酒以成礼的儒理。曹丕于《典论·自叙》中自谓与奋威将军邓展在酒醉后以芰相系，荡然无君臣之礼，可是在政事上作《酒诲》谓："酒以成礼，过则败德，而流俗荒诞。"葛洪《抱朴子·疾廖》对汉末饮酒士风的败坏有着尖锐的批判，谓："汉之末世……及好会，则狐蹲牛饮，争食竞割，制拨淼折，无复廉耻。……诬引老庄，贵于率任，大行不顾细礼，至人不拘检括，啸傲纵逸，谓之体道。"汉末饮酒悖礼败德之风，犹利用道家理论来掩饰，合理化其伤风败俗之异常行径。接下来，我们试着分析竹林七贤的饮酒行为和品味。

三、阮籍的酒品

东晋袁宏《名士传》将魏晋名士分为正始名士、竹林名士和中朝名士。

---

[1] 蔡邕《酒樽铭》收入《艺文类聚》卷七十三《杂器物部·樽》。

"名士"我们可简单地理解成有名望的士人，竹林名士指有社会名望的竹林七贤。近人周绍贤将古来名士分成八类，以"清介超逸"来表述他们共同的品格特征。这些人由于品性高，即便是行为孤僻放达，也被世人津津乐道。周绍贤论断说："因此清高放达，遂形成后世对名士人格之观念。"因此，竹林七贤的酒品亦当有清高放达的种种可观处。七贤虽个个皆能喝酒，可是酒量的大小、情感个性的不同、个人处事态度的不一，遂形成他们之间在酒量、酒品和酒德上亦有差异。《世说新语·任诞》对阮籍任诞之言行记载，在七人中最多，我们的分析因此自阮籍开始。

《晋书·阮籍传》载："（籍）本有济世志，属魏晋之际，天下多故，名士少有全者，籍由是不与世事，遂酣饮为常。文帝初欲为武帝求婚于籍，籍醉六十日，不得言而止。锺会数以时事问之，欲因其可否而致之罪，皆以酣醉获免。"建安二十五年（220年）曹丕篡位，阮籍才11岁，正始十年（249年），司马懿发动政变，将以曹爽为权力核心的八家[1]全部诛三族，无一幸免。嘉平五年（253年），司马懿又诛夏侯玄、李丰。阮籍一生经历兵荒马乱，政争杀戮，危机四伏，生命欠缺安全感的悲哀苦闷之黑暗时代，他为了苟全性命于乱世，从小就培养了喜怒不形于色的个性，他常为了避祸而酣饮酒遁，沉醉不起。为了抒解心中的郁闷，弹琴长啸、放浪形骸。怀抱匡时济世之壮志，遭时不遇，有志难伸，内心彷徨，苦闷难耐，这是他不得不醉酒，登山长啸，驾车无目的之前行而遇穷途大哭的原因。司马昭为了笼络知识分子，利用阮籍的才华与名望，乃为儿子司马炎向阮籍女儿求婚成亲。阮籍不愿被卷入政治是非的漩涡，乃大醉60天避谈联婚事，逼迫司马昭就罢。奸诈的锺会设陷阱谋害阮籍，故意问他敏感的时事问题，阮籍深知任何回答都将被曲解而罗织罪名，乃采酣醉必达的酒遁避祸法。

于是，与酒有趣的事发生了，阮籍得知步兵厨营善酿酒，藏有美酒300斛，他向司马昭要求步兵校尉一职，得以将酒揽为己饮，这是他被世人称为"阮步兵"的由来，他到任后，与刘伶酣饮，又邻家有一美少妇，当垆沽酒，阮籍欣然前往，风流而不下流，好色而不淫，乃纯真浪漫的天性所使然。与酒相关的大非大痛之事也发生在阮籍身上，《晋书·阮籍传》载曰：

---

[1] 曹爽、何晏、邓飏、李胜、丁谧、毕轨、桓范等。

籍性至孝，母终，正与人围棋，对者求止，籍留与决赌。既而饮酒二斗，举声一号，吐血数升。及将葬，食一蒸肫，饮二斗酒，然后临诀，直言穷矣，举声一号，因又吐血数升。毁瘠骨立，殆致灭性。

按《礼记·曲礼》："居丧之礼，毁瘠不形。"意指居丧者应节哀应变，只许羸瘦，不许过哀而不思饮食，瘦到皮包骨，阮籍母丧，闻噩耗，强忍哀痛坚持与棋手完局，不守奔丧之礼。返家后，哀痛难忍而饮酒二斗，吐血数升。至丧葬告别礼时，又悲痛欲绝，再饮二斗酒，吐血数升，以致于"毁瘠骨立，殆致灭性"。阮籍虽不守世俗名教规范下的丧礼，而被视为方外之士，《世说新语·任诞》篇载：

阮步兵（籍）丧母，裴令公（楷）往吊之。阮方醉，散发坐床，箕踞不哭。裴至，下席于地，哭吊毕，便去。或问裴："凡吊，主人哭，客乃为礼；阮既不哭，君何为哭？"裴曰："阮方外之人，故不崇礼制；我辈俗中人，故以仪轨自居。"时人叹为两得其中。

57

"两得其中"指"仪轨自居"和"为崇礼制"乃有其理据，都是合理的。其中的区别，"仪轨自居"的仪轨是儒家名教规约下的世俗礼规。"不崇礼制"是不崇外在的规范形式，而崇道家的礼，礼者，理也，道家的"礼"，指实质运行的天理，生与死皆天数天理，人所能做的是理解和因循，一切顺乎自然律的运化，不以人的主观意志来逆天。对像裴楷这样的魏晋名士，豁达地视阮籍不拘礼教，也是一种礼，只不过是道家崇尚因任自然之礼罢了。当然，儒礼和玄理冲突时，礼法之士对崇尚玄理的阮籍不守世俗之礼的酒规是深恶痛绝的，《晋书·阮籍传》载云：

籍又能为青白眼，见礼俗之士，以白眼对之。（籍遭母丧）及嵇喜来吊，籍作白眼，喜不怿而退。喜弟康闻，乃赍酒挟琴造焉。籍大悦。乃见青眼。由是礼法之士，疾之若仇。

按儒家名教的世俗之礼，在葬礼的告别式中，为人子者不应饮酒弹琴，可

认知篇

是依顺天理自然的道家是超脱这一人为造设之礼规的。嵇康慕好老庄，与阮籍同调，且是好友，二人皆不崇世俗的礼制。彼此相悦相惜，嵇康的兄长嵇喜彼时已投靠标榜儒家道德礼法之治的司马昭，为阮籍所不齿而以白眼予以否定。《世说新语·任诞》亦说：

> 阮籍遭母丧，在晋文王（司马昭）坐（通座），进酒肉。司隶何曾亦在坐曰："名公方以孝治天下，而阮籍以重丧，显于公坐，饮酒食肉，宜流之海外，以正风教。"文王曰："嗣宗毁顿如此，君不能共忧之，何谓？且有疾而饮酒食肉，故丧礼也。"籍饮啖不辍，神色自若。

何曾是当时礼法之士的样板，阮籍居母丧期间犹赴司马昭的酒宴，饮酒食肉显然是公然对名教权威挑战，司马昭所以为他解难，是因为阮籍对司马昭政权的威胁在其可承受的压力范围内。笔者认为主要的是阮籍对司马昭有重大的政治利用价值。我们从后来司马昭要阮籍写篇替他夺权篡位的劝进表，阮籍虽故技重施，烂醉如泥，可是这次酒遁失败，不得不在酒醉中敷衍，挥笔成文。

四、嵇康的酒品

竹林七贤里，年龄最轻的王戎曾敬佩嵇康平日喜怒不形于声色的大肚量，所谓："与嵇康居二十年，未尝见其喜愠之色。"盖从嵇康的诗文中可知他自述生不逢时，托生于衰乱的末世中。他在《太师箴》说："大道沉沦，智慧日用，渐私其亲，惧物乖离，攘臂立仁。名利愈竞，繁礼屡陈。刑教争驰，天性丧真。季世陵迟。"尽管如此，我们从他所撰的《养生论》可看出他是珍惜生命，热爱生命，对人生的意义和价值有深厚愿景的知识分子。他是深情之中还蕴含睿智的高人。他深知时不可为，而退思保全性命，归真返璞，以活出个人生命中可能的诸般情趣为念。因此，他重视亲情、友情，且能挥洒其多才多艺的艺术天分，享受审美与创作之兴趣的才性，追求至真、至善和至美的彩色人生。从史料记载观之，《珮玉集》引《晋抄》："（嵇康）为性好酒，傲然自纵，与山涛、阮籍无日不兴。"可是他的喜欢饮酒当是小酌雅饮，与朋友酒叙，以增加生活情趣及健康养生为旨意。这是就酒在怡情养生的正向价值面而言。同时，嵇康在告诫人们酒在养生延年的负向价值面着墨甚深。

归真返璞以宝性全真是嵇康采取道家道教的价值取向，他在所归纳的养生五难中提及"滋味不绝"，有害健康。他在《与山巨源绝交书》中也特别强调这一项，所谓："吾顷学养生之术，方外荣华，去滋味，游心于寂寞，以无为为贵。"以今日饮食健康而言，高糖、高盐、高油调味下的食物是刺激性高的厚重口味，长期嗜好此种滋味，实有害健康，为心血管疾病、糖尿痛、肥胖症者等所宜忌口的，烟酒无节制所造成对健康的贻害，已是现代人所普遍认识到的健康常识。其中，嗜酒，特别是酒精含量高的烈酒，是饮料中的厚重滋味者，对人体健康的伤害最严重，是高血压、中风、痛风等的主要元凶。因此，嵇康认为应以知识和理性的生活态度养生，必须弃酒色，遗名位，他说："古之人，知酒色为甘鸩，弃之如遗，识名位为香饵，逝而不顾。"（《答难养生篇》）"鸩"是一种有毒的鸟，其羽毛有剧毒，嵇康用以喻示，古人深刻认识到酒色好像是甜美的毒药，应如废物般地丢弃它。他还提出抛弃它的治本和治标的功夫，治本的功夫取自《老子》第三章："不见所欲，使民心不乱。"亦即杜绝诱惑物的方法，他说："知其所不得，则未当生心也。……知吉凶之理，故背之不惑，弃之不疑也。岂恨不得酤饮与大嚼哉？"（《答难养生篇》）以理性知识和实践性的经验，彻底了解酒在养生上的吉凶之理后，应毅然远离它，毫不犹豫地抛弃它。养生者要做到心气恬淡虚静，心中不起欲念的功夫。对积习已久的嗜酒者，他也提出一项治标的自我警惕法，他说："酒色何物！自令不辜。歌以言之，酒色令人枯。"[1]这是以简明而有节奏的诗歌方式来做养生的座右铭，治标和治本的方式宜视实际的情况而交互使用。

然而，嵇康也认识到饮酒在怡养身心的健康、营造生活情趣上的正面价值。在他所留存的著作中，难得的有一首《酒会诗》，诗中有言："临川献清酤，微歌发皓齿。素琴挥雅操，清声随风起。斯会岂不乐，恨无东野子。酒中念幽人，守故弥终始。但当体七弦，寄心在知己。"这首诗当作于三国时期的高士阮侃（德如）离去后不久。嵇康有山水之游，亲临林木芳华、崇台流水的情景，对着清澈流动的江水，饮一杯清酒，哼唱着美妙的轻歌，索来素琴以弹奏出高雅的乐曲，清亮的琴声随风飘扬，这样的山林间之酒会令人不自觉地沉

59

---

[1] 《嵇中散集·重作六言诗十首代秋胡歌七首》。

浸在人与自然交融、人与人和谐感通的幸福氛围中。嵇康在沉缅当前美景中，不禁举酒杯怀念起那位已离去的幽人高士，那坚贞不渝的品节。这份令人难忘的情谊只能体现在七弦琴上，托付知已深情在心声中。嵇康在其《答难养生论》中还认为当人被大自然生动的和谐美吸引感动后，人生理想境界提升，这也是逐渐疏离酒色的实践法，他说："若以大和为至乐，则荣华不足顾也；以恬澹为至味，则酒色不足钦也。"另外，他在《与山巨源绝交书》中也自述："游山泽，观鱼鸟，心甚乐。"且谓在生不逢时，有志难伸的不可作为之时局，自许"今但愿守陋巷，教养子孙，时与亲旧叙离阔，陈说平生，浊酒一杯，弹瑟一曲，志愿毕矣。"小酒一杯，居家与亲旧细叙旧情，则微酒温克，适体颐性，可活畅血气的流通，洗涤心中积累的郁闷，不但有益身心的健康，且蕴发出人的生命情趣。

嵇康让人记住的，一是他临终前弹奏了永成绝响的《广陵散》，一首《广陵散》，千古绝唱，令三千太学生请以为师，无惧暴政，傲然挺立，他以自己的行为，诠释了何谓虽千万人吾往矣；当司马暴政来临，当天下人皆默不作声时，他站了出来，两封绝交信，一表无畏心。在刑场中，一代伟大文人的离去，将使他千古流芳，永垂不朽。他以自己的行为，践踏了暴政的"尊严"。二是他的学问，他的学问主要是对庄子的研究和注解，有学者说，在庄子世俗化的路程史，嵇康功不可没，也就是说，在他之后，人们心中多了条通途，文人墨客在失意之时，又可以多几副傲骨、几份清凉和几分悠闲。

五、刘伶的《酒德颂》

刘伶的酒品与人品，向来是有争议的，我们先就相关的史料对刘伶的载述来绘出其可能的形象，《晋书》本传载：

（伶）尝渴甚，求酒于其妻，妻捐酒毁器，涕泣谏曰："君酒太过，非摄生之道，必宜断之。"伶曰："善！吾不能自禁，惟当祝鬼神自誓耳。便可具酒肉。"妻从之。伶跪祝曰："天生刘伶，以酒为名。一饮一斛，五斗解酲，妇儿之言，慎不可听。"仍引酒御肉，隗然复醉。

若这段描述属实，则刘伶这位酒痴，简直就是活着的酒囊了。他自谓以酒得名，五斗才能解酒瘾，不顾夫妻情义，因酒而悖伦，也可想见，他在当时系礼法之士眼中因酒而伤风败俗的名教叛逆了。《世说新语·任诞》载："刘伶恒纵酒放达，或脱衣裸形在屋中，人见讥之。"伶曰："以天地为栋宇，屋室为裈衣，诸君何为入裤中？"可说是因酒而狂放至怪诞的地步了。《昭明文选》五君咏注引臧荣绪《晋书》说："伶常乘车，携一壶酒，使人荷锄而随之，谓曰：'死便埋我。'"饮酒是他人生的至乐，只要能满足饮酒得生命最高快乐，也可死而无憾了。就伶自身而言，在他的人生境遇里痛饮美酒似乎是他所能活出生命意义的唯一事情。但是在一般人眼中却是位纵酒颓放的社会败类。例如，《晋书·刘伶传》评他为"遗形骸""陶兀昏放""以无用罢"；《名士传》评他"肆意放荡""土木形骸，遨游一世""伶处天地之间，悠悠荡荡，无所用心"。《世说新语·容止》描述他"貌甚丑顇，而悠悠忽忽，土木形骸"。至于刘伶的个性，本传谓："放情肆志，常以细宇宙，齐万物为心。澹默少言，不妄交游。……初不以家产有无介意。尝醉与俗人相忤，其人攘袂奋拳而往，伶徐曰：'鸡肋不足以安尊拳。'"又说他"虽陶兀昏放，而机应不差"。他的"机应不差"可谓透悟了老庄无为之道的玄理，他看不起俗人，也不介意俗人看不起他。"酒"使他心灵境界超尘脱俗，使他洒脱自如，与世俗无争，与不宽容的黑暗时局无争。他的灵活应变，以一句鸡肋怎能挡得了尊拳，使对方转怒为笑，收回拳头而去，化解一场危机。

　　他不与俗人俗事争，他要争的是俗人所不敢之争，他要争的是与天地顺合自然，与日月争自然之理。他的宇宙豪气，天地深情寄文托意于他享名于后世的《酒德颂》。这百余字的《酒德颂》文简意赅，意境深远，豪情万丈，全文如下：

　　大人先生，以天地为一朝，万期为须臾，日月为扃牖，八荒为庭衢。行无辙迹，居无室庐，幕天席地，纵意所如。行则操卮执瓢，动则挈榼提壶，唯酒是务，焉知其余？有贵介公子，缙绅处士，闻吾风声，议其所以。乃奋袂攘襟，怒目切齿，陈说礼法，是非锋起。先生于是方捧罂承槽，衔杯漱醪，奋髯箕踞，枕麹藉糟。无思无虑，其乐陶陶。兀然而醉，恍尔而醒，静听不闻雷霆之声，熟视不见太山之形，不觉寒暑之切肌，利欲之感情。俯观万物之扰扰焉，若江海之载浮萍。二豪侍侧焉，如蜾蠃之与螟蛉。

文中他以"大人先生"自喻，唯酒是务地形神相亲，进而与天地自然交融，与万物浑然一体。他以豪情高志，透过宇宙眼、天地情睥睨名教机制中为个人私利搬弄是非、竞相攻击的礼法之士。刘伶深得庄子的神韵，《庄子·列御寇》有言："吾以天地为棺椁，以日月为连璧，星辰为珠玑，万物为赍送。吾葬具岂不备耶？"大自然才是人原始要终的真宰、永恒的归宿。刘伶的饮酒裸身或许是师习阮籍[1]。他们透过酒所催化散发人的原始生命力，与天地万物自然浑合为一。人赤裸裸地从自然而来，赤裸裸地回归大自然，与天地并生，万物合一，与道冥合，和天地精神相往来。他们皆有得于庄子的旷达神韵。

通过阮籍、嵇康和刘伶三人，基本可以了解到竹林七贤饮酒的目的，即避祸、享乐和自我超越。七贤因有着相似的特点而被称为七贤，他们的处境与心态都有共性。显而易见的是，他们都反对封建的礼法制度，因此他们饮酒长啸，恣意随性，抛却礼制。然而他们身处矛盾交织的社会，绝不可能独善其身，或历经坎坷，或谨小慎微，饮酒便成为他们避祸全身的一种途径。受老庄玄理影响，饮酒成为一种享乐，而他们的享乐，是将自己从黑暗的社会现实中拉出来，从巨大的悲哀中升华出来，痛苦与享乐融为一体，达到酒神精神的境界。酒神精神更是自我超越回归自然的精神，因此竹林七贤借饮酒完成自我的超越，实现物我两忘。他们纵情饮酒，酩酊大醉，此时现实成为虚幻，而他们的幻觉则超越现实，达到一种真我的境界。西方酒神精神强调回归自然本真，形式多表现为狂欢。对于七贤来说，他们以饮酒为狂欢的形式，达到道家的超脱之境，本身已是一种超越。他们的行为和精神都使他们区别于一般的文人，本质上体现了一种狄俄尼索斯式的精神，因而在饮酒文人中有非典型性。

鲁迅先生在《魏晋风度及文章与药及酒之关系》中提出一个观点："魏晋时代，崇奉礼教的看来似乎很不错，而实在是毁坏礼教，不信礼教的。表面上毁坏礼教者，实则倒是承认礼教，太相信礼教。"在他看来，"魏晋的破坏礼教者，实在是相信礼教到固执之极的。"[2]他以阮籍和嵇康为例证明自己的

---

[1] 曹春梅·竹林七贤与酒[J]. 中州学刊，P.187，P.162.

[2] 鲁迅. 而已集[M]. 北京：人民文学出版社，1980.

观点。阮籍的侄子阮咸也是七贤之一，但他拒绝让自己的儿子加入七贤，可见他并不真正赞同自己的行为。同样，嵇康在《家诫》中教导儿子做一个庸碌的人。鲁迅先生认为他们是身在乱世中，不得已才做出这样狂放不羁的姿态，实则也是避祸的手段罢了。

尼采在提出酒神精神的同时也提出了日神精神，酒神精神意味着一种痛苦，通过个体解构痛苦，通过狂欢回归自然，日神精神则是拯救酒神精神的痛苦。尼采又将日神精神称为梦的精神，即白日梦。酒神精神让人处于醉的状态，然而现实的痛苦仍然存在，与狂欢交织。日神精神则促使个体恢复意识，从痛苦中升华出来，达到超我境界。根据鲁迅先生的观点，我们可以认为，竹林七贤的内心都尊崇着一种礼教，但并非他们所处社会的现行礼教。他们正是在酒神精神中承受社会现行礼教带来的痛苦，也在某些方面以日神精神进行自我拯救与超越，但往往他们并不能够全然达到日神精神的境界，而是处于酒神精神中痛苦与享乐集于一身的状态。我们或许可以认为，正是因为他们具备酒神精神而非日神精神，所以他们承受着巨大的痛苦，却不能真正从中解脱，只在痛苦中狂欢。我们可认为，正是因为他们深知自己并不能从痛苦中解脱，才不愿让自己的儿子再承受同样的痛苦。

六、阮咸、向秀、山涛与王戎的酒品

阮咸字仲容。父阮熙系阮籍之兄，曾任武都太守，阮咸与叔父同游于竹林，以妙解丝竹而著名于世。他将"中和"视为音乐美感的本质，诉诸大自然的本体"道"之体性。《世说新语·任诞》注引《竹林七贤论》曰："诸阮前世皆儒学，善居室。唯咸一家尚道弃事，好酒而贫。旧俗，七月七日，法当晒衣。诸阮庭中灿然锦绮，咸时总角，乃竖长竿，挂犊鼻裈也。"阮家子弟都以放达任诞闻名于时，阮咸在母亲去世行丧礼时，仍纵情越礼，目无礼法不亚于阮籍。在酒品上，《世说新语·赏誉》注引《名士传》称阮咸："任达不拘，……少嗜欲，哀乐至到，过绝于人。"《任诞》篇载："诸阮皆能饮酒，仲容至宗人间共集，不复用常杯斟酌，以大瓮盛酒，围坐相向大酌，时有群猪来饮，直接去上，便共饮之。"山涛曾企图推荐阮咸任官，阮咸因酒失态败德，结果以耽酒虚浮而不被重用。他饮酒不用酒杯而用大瓮，且不介意与猪共饮，他的喝酒已至荒诞荡突的地步。阮籍之放达是有所为而作"达"，故得"至慎"美名，相较之下，阮咸是无所为而作"达"，始终沉沦于闾巷而未获擢进。

向秀字子期，河南怀（今河南省武陟西南）人。《世说新语·言语》注引《秀别传》曰："少为同郡山涛所知，又与谯国嵇康、东平吕安友善，并有拔俗之韵。……常与嵇康偶锻于洛邑，与吕安灌园于山阳，不虑家人有无，外物不足怫其心。"他在竹林七贤中个性沉静，最甘淡泊，随遇而安，怡淡自适。《世语》所引《秀别传》又云："秀与嵇康、吕安为友，趣舍不同。嵇康傲世不羁，安放逸迈俗，而秀雅好读书，二子颇以嗤之。后秀将注庄子，先以告康、安，康、安咸曰：'书讵复须注，徒弃人作乐事耳。'及向秀注成，以示二人，嵇康问：'尔故复胜不？'吕安乃惊曰：'庄周不死矣！'"可见向秀雅好读书又深爱庄子，足推测他是七贤中心境较澄静内敛、处事随和平易的，不像嵇、阮那般激越。他对名教与自然采平衡、折中、调和的态度，不咄咄逼人，锋芒毕露。在饮酒的态度上可说是七贤中最平淡的了。在史料中除《世说新语·任诞》述及他与其他六人"常居竹林之下，肆意酣饮"外，殊难得知他的酒品和酒德。赵剑敏说："他喝酒，说是和群贤一起喝，与其说喝酒，毋宁说是喝那众人共饮的感觉，场面酣畅了，他跟着酣畅。"[1]不过向秀在《难养生论》驳嵇康养生论绝滋味的论调，谓："夫人含五行而生，口思五味，目思五色，感而思室，饥而求食，自然之理也。但当节之以礼耳。"可推论出他对饮酒，兼容儒家的礼教和道家的循天理之自然，但求中和之理以两全自然与名教之美，亦颇得庄子不齐之齐之深意。

山涛字巨源，河内怀人，与向秀同乡，性好老庄，有名士器量，卓然不群。山涛擅饮酒以交友，他的饮酒一方面是为了自身的怡情遣性，另一方面也是藉以应酬助兴。他一生历三朝三姓，得名在50岁后，忠勤晋室，爵高位尊。《世语·赏誉》载曰："王戎目山巨源如璞玉浑金，人皆钦其宝，莫知名其器。"后人也品点山涛的人品是通简有德或度量弘远。《世语·贤媛》载曰："山公与嵇、阮一面，契若金兰。……他日，二人来。（山公）妻勤公止之宿，具酒肉，夜穿墉以视之。达旦忘返。公入曰：'二人何知？'妻曰：'君

---

[1] 赵剑敏. 竹林七贤. 上海学林出版社, 2000. 263.

才殊不如，正当以识度相友耳。'公曰：'伊辈亦常以我度为胜。'"山涛深谙世故，出处进退，与人交往，颇能捉拿节度分寸。他的饮酒态度亦是如此，他的酒量是八斗内不醉，每次聚饮，将至八斗时便不再逞强。司马炎有次暗备八斗酒劝灌山涛，"山涛慢饮而不计量数，饮至八斗自然止杯不饮。"可知这位在险恶官场上的不倒翁，其应酬恰得其分寸，连饮酒也如此而未醉倒过。

王戎字濬冲，琅邪临沂（今山东临沂）人。父王浑，凉州刺史，出身望族。王戎身材矮小，相貌寻常，但神采清秀，裴楷评赏他说："戎眼灿灿，如岩下电。"富名士气质，在魏晋名士品鉴人物的时尚中，除容止外，还慕风韵。阮籍与王浑为友，每次到王浑家，都会与王戎清谈良久，王戎参与竹林之游，为七贤中最年轻者。王戎饮酒有时狂饮似阮籍，有时掌握节度似山涛。史料中有三则述及王戎饮酒处，值得我们注意。《晋书·王戎传》载："戎尝与阮籍饮，时兖州刺史刘昶，字公荣，在坐，籍以酒少，酌不及昶，昶无限色，戎异之。"王戎在这次的饮酒中初见阮籍，酒只有二斗，阮籍只斟酒予王戎，刘昶不介意，三人各得其所。王戎不解，请教阮籍，阮籍说："（饮酒）胜公荣者，不可不与饮酒；弱于公荣者，则不敢不共饮酒；唯公荣可不与饮酒。"真是妙答中透显名士的饮酒亦不乏宽简有大量者。可是随着政局的恶化，王戎为苟安而逐步投靠司马氏集团，而遭阮籍的不齿。《世语·排调》载："嵇、阮、山、刘在竹林酣饮，王戎后往，步兵（阮籍）曰：'俗物已复来，败人意！'王笑曰：'卿辈意亦复可败耶？'"尽管王戎日后在政治立场上转变而与嵇、阮不同调，不过他仍真情感念旧时与老友的竹林之游。《世语·伤逝》载云："王濬冲为尚书令，……经黄公酒垆下过，顾谓后车客：'吾昔与嵇叔夜、阮嗣宗共酣饮于此垆，竹林之游，亦预其未……今日视此虽近，邈若山河！'"此条记述王戎乘车路过当年七贤竹林之游"黄公酒垆"的地点，触景生情，不禁悲感泉涌，回忆当初鸿鹄比翼悠游，多么自适自在！对比于现今的自己犹羁绁的笼中鸟，不但失去自由身，也有莫名的无安全感。

总之，竹林七贤个性、才情、出身的家世及其与世俗的牵连，各有其历史及生活世界，却面对共同的政治境遇和时代困境。《世语·任诞》有言："名士不必奇才，但使常得无事，痛饮酒，熟读《离骚》便可称名士。"虽然，他们共同感受到时光飘忽，政局多变且无情和人生无常，他们在精神上是透过饮酒来提升心境至庄子物我两忘、齐物以消解是非、荣辱、生死、苦乐的偏执，企求臻于与道冥合、逍遥自适的超世俗之至境。南朝梁代沈约的《竹林七贤论》有段精辟的见解，谓：

> 嵇、阮二生，志存保己，既托其迹，宜慢其形。慢形之具，非酒莫可，故引满终日，陶兀尽年。酒之为用，非可独酌，宜须用侣，然后成欢，刘伶酒性既深，子期又是饮客，山王二公，悦风而至，相与莫逆，把臂高林，徒得其游，故与野泽，衔杯举樽之致，寰中妙趣，固冥然不睹矣。

历来学者们对魏晋名士之饮酒意涵多所诠解，诸如消忧解愁、隐讽暗规、养生延年、宽乐雅适等，不一而足。其中以消忧解愁及酒遁避难最能为人所接受。这是持之有故而言之成理的，盖阮籍《咏怀诗》诗第六十四首云："临觞多哀楚，思我古时人。对酒不能言，凄怆怀酸辛。"在天下多变故，名士危在旦夕而少有全者的时代，阮籍借酒浇愁，把酒当做身心痛苦的止痛药或精神上的吗啡或避祸幸免于难的"庇难所"，是当时七贤及大多数名士饮酒心态的普遍写照。

七、是非留与后人公断

那么，我们如何理解名士们饮酒与《离骚》的内在关联呢？借用《四库全书总目提要》评清钱澄之《庄屈合诂》的诠释是"以《离骚》寓其幽思，而以《庄子》寓其解脱"来理解，真正名士风度是既能面对现实感发忧愤，又能超越忧愤而不执。

换言之，人与社会群体同在，不离世俗又能在心境上脱落异化的名教而享受饮酒微醉时沉浸在与道浑然一体的真切感，以及与天地万物及朋友交融的无限美感。因此，笔者认为，就名士饮酒的多样化价值中，饮酒韬晦以远祸避害，或解忧以养生未必是最高价值。最高价值应是饮酒后焕发出形神相亲的生命元真力量，将心境提升到与道相契，由玄理神游万物，超越一切世俗利害而以纯真纯美的心灵享受人与自然交融下的无尽美感。因此，笔者认为嵇康的《酒会诗》的诗心、诗情与诗境最可贵。那就是人在山青水绿、鸟语花香的大自然中与志趣投合的友人聚饮佳酒，琴歌助兴，从异化的名教牢笼中解放出来，超脱原对世俗是非、荣辱、得失价值的执迷，将精神上的悲苦升华为无限的玄美。这是由"醉者神全"来体现《庄子·达生》所点出的人之健全完整的生命与自然浑合，在无尽的和谐中体现出人在微醉中精神的纯净与祥和。德国哲学家尼采《悲剧的诞生》中提出"酒神精神"，这是他对异化的基督教道德之批判中，认为酒神精神是一种具有形上深度的悲剧性情绪。人们为了追求解脱个体化束缚而复归于原始自然的体验。此种体验系通过痛苦与狂喜交织的癫狂状态，达到与精神本体融合之境界。庄子的"醉者神全"之玄理，在名士超脱名教的宰割而复归于道合一的心境体验，也是一种痛苦与欣喜交织的心灵高峰经验。这种高攀的精神生活经验，是由酒、道、玄美及臻于至极的自我实现所交织出来的，与尼采的"酒神精神"有异曲同工之妙[1]。

竹林七贤是魏晋时期的风流名士，落拓不羁，淡泊名利，看似更接近老庄学说的无为思想，但我们不能忽略他们内心所潜藏的悲哀。阮籍避世，嵇康与山涛绝交，向秀被迫求仕，他们内心死守着一套最本真美好的礼教，反对着另一套他们不能认同的礼教，在入世和出世之间徘徊。有人说酒神精神里的动态是一种骚动，一种内在骚动，而七贤的狂狷则体现了他们内心的骚动，他们的淡泊也是尊崇着内心的礼法，不以名利为追求。

此外，竹林七贤也是中国历史上鲜有的集体饮酒的文学团体，且以饮酒闻名于后世，他们还一同弹琴长啸。相较于后世的陶渊明、李白等人来说，他们的好饮是一种团体式的狂放与欢畅，他们被现世礼教压迫，迫切需要释放压抑的本能。因此，有了类似于西方狄俄尼索斯式的民俗性的狂欢暴饮。这样的恣情欢谑使他们回归原始自然，达到如痴如醉的精神状态。尼采说："那种人们称之为醉的状态，不折不扣是一种高度的强力……时间感和空间感改变了，天涯海角一览无余，简直像头一次得以尽收眼底，眼光伸展，投向更纷繁遥远的事物；器官变而精微，可以明察秋毫，明察瞬息；未卜先知，领悟力直达于蛛丝马迹，一种'智力的'敏感、强健，犹如肌肉中的一种支配感，犹如运动的敏捷和快乐，犹如舞蹈，犹如轻松和快板；强健，犹如强健得以证明之际的快乐。犹如绝技、冒险、无畏、置生死以度外。"[2]竹林七贤饮酒的目的不能单

[1] 曾春海. 竹林七贤与酒[J]. 中州学刊.

[2] 尼采. 悲剧的诞生[M]. 北京：三联书店，1986.

67

认知篇

单归结为避世的需要或是享乐，饮酒所产生的醉的感觉仅是外在，是神经的麻痹，他们饮酒实则是精神的醉所引导的行为，他们从中感受前所未有的快乐，感受血液的澎湃，感受欲望的释放，感受生命的膨胀，由此迷醉。

尽管竹林七贤中的每个人都有着痛苦与无奈，但他们在历史上留下的仍然是洒脱狂放的风流名士形象，他们在动荡的时代中仍然渲染一种独到的畅快氛围。西方酒神精神体现了一种人性的解脱，对人类心灵的关切。在儒家正统思想与道家无为思想的矛盾中，以竹林七贤为代表的文人的自我意识渐渐觉醒，形成本质上与西方酒神精神不谋而合的精神状态。生命的本能得到激发，从中达到形而上的精神境界，最惊世骇俗的恣肆行为恰是生命本真的自然流露。

第八章　历史上的画家与酒

从古至今，文人骚客总是离不开酒，诗坛书苑如此，那些在画界占尽风流的名家们更是"雅好山泽嗜杯酒"。他们或以名山大川陶冶性情，或花前酌酒对月高歌，往往就是在"醉时吐出胸中墨"。酒酣之后，他们"解衣盘薄须肩掀"，从而使"破祖秃颖放光彩"，酒成了他们创作时必不可少的重要条件。酒可品可饮，可歌可颂，亦可入画图中。纵观历代中国画杰出作品，有不少有关酒文化的题材，可以说，绘画和酒有着千丝万缕的联系，它们之间结下了不解之缘。

一、古代画家的酒与情怀

中国绘画史上记载着数万位名画家，喜曲蘖者亦不乏其人。我们只能从有"画圣"头衔和"三绝"美誉的吴道子和郑虔说起。吴道子名道玄，画道释人物有"吴带当风"之妙，被称之为"吴家样"。唐明皇命他画嘉陵江三百里山水的风景，他能一日而就。《历代名画记》中说他"每欲挥毫，必须酣饮"，画嘉陵江山水的疾速，表明了他思绪活跃的程度，这就是酒刺激的结果。吴道子在学画之前先学书于草圣张旭，其豪饮之习大概也与乃师不无关系。郑虔与李白、杜甫是诗酒友，诗书画无一不能，曾向玄宗进献诗篇及书画，玄宗御笔亲题"郑虔三绝"。又如王洽（？—825年），以善画泼墨山水被人称之为王墨，其人疯颠酒狂，放纵江湖之间，每欲画必先饮到醺酣之际，先以墨泼洒在绢素之上，墨色或淡或浓，随其自然形状，为山为石，为云为烟，变化万千，非一般画工所能企及。

五代时期的励归真，被人们称之为异人，其乡里籍贯不为人所知。平时身穿一袭布裹，入酒肆如同出入自己的家门。有人问他为什么如此好喝酒，励归真回答："我衣裳单薄，所以爱酒，以酒御寒，用我的画偿还酒钱。除此之外，我别无所长"励归真嗜酒却不疯颠狂妄，难得如此自谦。其实励归真善画牛虎鹰雀，造型能力极强，他笔下的一鸟一兽，都非常生动传神。传说南昌果信观的塑像是唐明皇时期所作，常有鸟雀栖止，人们常为鸟粪污秽塑像而犯愁。励归真知道后，在墙壁上画了一支鹊子，从此雀鸽绝迹，塑像得到了妥善的保护。

活动在五代至宋初的郭忠恕是著名的界画大师，他所作的楼台殿阁完全依照建筑物的规矩按比例缩小描绘，评者谓："他画的殿堂给人以可摄足而入之感，门窗好像可以开合。除此之外，他的文章书法也颇有成就，史称他"七岁能通书属文"。然而在五代这个政治动荡的时代，他的仕途遭遇极为坎坷，可是，他的绘画作品却备受人们欢迎。郭忠恕从不轻易动笔作画，谁要拿着绘绢求他作画，他必然大怒而去。可是酒后兴发，就要自己动笔。一次，安陆郡守求他作画，被郭忠恕毫不客气地顶撞回去。这位郡守并不甘心，又让一位和郭忠恕熟悉的和尚拿上等绢，乘郭酒酣之后赚得一幅佳作。大将郭从义就要比这位郡守聪明了，他镇守岐地时，常宴请郭忠恕，宴会厅里就摆放着笔墨。郭从义也从不开口索画。如此数月。一日，郭忠恕乘醉画了一幅作品，被郭从义视为珍宝。

二、文豪硕儒的画与酒

宋代的苏轼是诗书画俱精的一代宗师，尤其是他的绘画作品往往是乘酒醉发真兴而作，黄山谷题苏轼竹石诗说："东坡老人翰林公，醉时吐出胸中墨。""恢诡诵怪，滑稽于秋毫之颖，尤以酒为神，故其筋次滴沥，醉余频呻，取诸造化以炉钟，尽用文章之斧斤。"苏轼集诗人、书画家于一身的艺术大师，尤其是他的绘画作品往往是乘酒醉发真兴而作，看来，酒对苏东坡的艺术创作起着巨大的作用，连他自己也承认："枯肠得酒芒角出，肺肝搓牙生竹石。森然欲作不可留，写向君家雪色壁。"苏东坡酒后所画的正是其胸中蟠郁和心灵的写照。

元朝画家中喜欢饮酒的人很多，著名的元四家（黄公望、吴镇、王蒙、倪瓒）中就有三人善饮。倪瓒（1301—1374年）字元镇，号云林。元末社会动荡不安，倪瓒卖去田庐，散尽家资，浪迹于五湖三柳间，寄居村舍、寺观，人称之为"倪迂"。倪瓒善画山水，提出"逸笔草草，不求形似""聊写胸中逸气"的主张，对明清文人画影响极大。倪瓒一生隐居不仕，常与友人诗酒留连。"云林遁世士，诗酒日陶惰""露浮磐叶熟春酒，水落桃花炊鲸鱼""且须快意饮美酒，醉拂石坛秋月明"，自"百壶千日酝，双桨五湖船"，这些诗句就是倪瓒避俗就隐生活的写照。吴镇（1280—1354年）字仲圭，号梅花道人，善画山水、竹石，为人抗简孤洁，以卖卡蕾画为生。作画多在酒后挥洒，但云林称赞他和他的作品时说："道人家住梅花村，窗下松自要满石尊。醉后挥毫写山色，岚军云气淡无痕。"王蒙（1308—1385年）字叔明，号黄鹤山樵，元末隐居杭县黄鹤山，"结巢读书长醉眼"。善画山水，酒酣之后往往"醉抽秃笔扫秋光，割截匡山云一幅"。王蒙的画名于时，饮酒也颇出名，向他索画，往往许他以美酒佳酿，袁凯《海叟诗集》中的一首诗，就向王蒙提出"王郎王郎莫爱情，我买私酒润君笔"。

元初的著名画家高克恭（1248—1310年）是维吾尔族人，字彦敬，号房山老人。首至用部向书。他就带画山水、竹石，又能饮酒，"我识房山紫篝曼，雅好山泽嗜杯酒"。他的画学米氏父子，但不肯轻易动笔，遇有好友在前或酒酣兴发之际，信手挥毫，被誉为元代山水画第一高手。虞集《道园学古录》中说："不见湖州（文同）三百年，高公尚书生古燕，西湖醉归写古木，吴兴（赵孟俯）为补幽重册。国朝名笔谁第一，尚书醉后妙无敌。"这首诗告诉我们高克恭酒后作画精妙绝伦，无可匹敌。

还有一位叫郭异的书画家，和元朝最著名的书画家赵孟頫、鲜于枢过从甚密。他的书法受赵孟頫影响。俞希鲁撰写的《郭天锡文集序》中说，郭异"身长八尺余，美须髯，善辩论，通国语，惆傥略边幅，堂堂然伟丈夫也"。郭异的酒量更是大得惊人，"有鲸吸之量"，醉后信笔挥洒，墨神淋漓，尺嫌片楠，得之者如获至宝。郭异还善画，杨铁崖在他画的一幅《春山图》上题了一首诗，写道："不见朱方老郭髦，大江秋色满疏帘。醉倾一斗金壶汁，貌得江心两玉尖。"这首诗把郭异其人其画及醉态都形象地为我们勾画出来了。

元朝有不少画家以酒量大而驰誉古今画坛，"有鲸吸之量"的郭异算一位。山水画家曹知白的酒量也甚了得。曹知白（1272—1355年）字贞素，号云西。家豪富，喜交游，尤好修饰池馆，常招邀文人雅士，在他那座幽雅的园林里论文赋诗，筋咏无虚日。"醉即漫歌江左诸贤诗词，或放笔作画图"。杨仲弘总结他的人生态度是："消磨岁月书千卷，傲院乾坤酒一缸。"另一位山水画家商琦（字德符，活动在14世纪）则能"一饮一石酒"。称他们海量都当之无愧。当然，也有的画家喜饮酒却不会饮，如张舜咨（字师费，善画花鸟）就好饮酒，但沾酒就醉，"费翁八十双鬓蟠，饮少辄醉醉辄欢"，所以他又号辄醉翁。

明朝画家中最喜欢饮酒的莫过于吴伟。吴伟（1459—1508年）字士英、次翁，号小仙。江夏（今武昌）人。善画山水、人物，是明代主要绘画流派一浙派的三大画家之一，明成化、弘治年间曾两次被召入宫廷，待诏仁智殿，授锦衣镇抚、锦衣百户，并赐"画状元"印。明朝的史书典籍中有关吴伟嗜酒的记载，笔记小说中有关吴伟醉酒的故事比比皆是。《江宁府志》说："伟好剧饮，或经旬不饭，在南都，诸豪客时召会伟酣饮。"詹景凤《詹氏小辩》说他"为人负气傲兀嗜酒"。周晖《金陵琐事》记载："有一次，吴伟到朋友家去做客，酒阑而雅兴大发，戏将吃过的莲蓬，蘸上墨在纸上大涂大抹，主人莫名其妙，不知他在干什么，吴伟对着自己的杰作思索片刻，抄起笔来又舞弄一番，画成一幅精美的《捕蟹图》，赢得在场人们的齐声喝彩。"姜绍书《无声诗史》为我们讲了这么一个故事："吴伟待诏仁智殿时，经常喝得烂醉如泥。一次，成化皇帝召他去画画，吴伟已经喝醉了。他蓬头垢面，被人扶着来到皇帝面前。皇帝见他这副模样，也不禁笑了，于是命他作松风图。他跟跟跄跄碰翻了墨汁，信手就在纸上涂抹起来，片刻，就画完了一幅笔简意赅，水墨淋漓的《松风图》，在场的人们都看呆了，皇帝也夸他真仙人之笔也。

汪肇也是浙派名家。画人物、山水学戴进、吴伟，亦工花鸟。善饮。《徽州府志》记载他"遇酒能象饮数升"，真可称得上是饮酒的绝技表演了。《无声诗史》和《金陵琐事》都记叙了一则关于汪肇饮酒的故事："有一次，他误附贼船，为了博取贼首的好感，他自称善画，愿为每人画一扇。扇画好之后，众贼高兴，叫他一起饮酒，汪肇用鼻吸饮，众贼见了纷纷称奇，各个手舞足蹈，喝得过了量沉睡过去，汪肇才得以脱险。"汪肇常自负地炫耀自己："作画不用朽，饮酒不用口。"唐伯虎是家喻户晓的风流才子，他名寅（1470—

1523年），字伯虎，一字子畏，号六如居士。诗文书画无一不能，曾自雕印章曰"江南第一风流才子"。山水、人物、花卉无不臻妙，与文征明、沈周、仇英有"明四家"之称。唐伯虎总是把自己同李白相比，其中包括饮酒的本领，他在《把酒对月歌》中唱出"李白能诗复能酒，我今百杯复千首"。看来，他也是位喝酒的高手。唐寅受科场案牵连被革除南京解元后，治圃苏州桃花坞，号桃花庵，日饮其中。民间还流传着许许多多唐伯虎醉酒的故事："他经常与好友祝允明、张灵等人装扮成乞丐，在雨雪中击节唱着莲花落向人乞讨，讨得银两后，他们就沽酒买肉到荒郊野寺去痛饮，而且自视这是人间一大乐事。"还有一天，唐伯虎与朋友外出吃酒，酒尽而兴未阑，大家都没有多带银两，于是，典当了衣服权当酒资，继续豪饮一通，竟夕未归。唐伯虎乘醉涂抹山水数幅，晨起换钱若干，才赎回衣服而未丢乖现丑。《明史》记载："宁王震潦以重礼聘唐寅到王府，唐伯虎发现他们有谋反的企图，遂狂饮装疯，醉后丑态百出，才免遭黑手被放出王府，后来，震潦事败露，唐伯虎得以幸免。

著名的书画家、戏剧家、诗人徐渭也以纵酒狂饮著称。徐渭（1521—1593年）字文长，号青藤。曾被总督胡宗宪召入幕府，为胡出奇谋夺取抗倭战争的胜利，并起草《献白鹿表》，受到文学界及明世宗的赏识。徐渭经常与一些文人雅士到酒肆聚饮狂欢。一次，胡宗宪找他商议军情，他却不在，夜深了，仍开着鞍门等他归来。一个知道他下落的人告诉胡宗宪："徐秀才方大醉嚎嚣，不可致也。"胡并没有责怪徐渭。后来，胡宗宪被逮，徐渭也因此精神失常，以酒代饮，真称得上嗜酒如命了。《青在堂画说》记载着徐渭醉后作画的情景，文长醉后拊写过字的败笔，作拭桐美人，即以笔染两颊，而丰姿绝代。这正如清代著名学者、诗人朱彝尊评论徐渭画时说的那样，"小涂大抹"都具有一种潇洒高古的气势。行草奔放着荡，蕴含着一股狂傲澎湃的激情。

明代画家中另一位以尚酒出名的就是陈洪绶。陈洪绶（1597—1652年）字章侯，号老莲。画人物"高古奇贼"。周亮工《读画录》说他："性诞僻，好游于酒。人所致金银，随手尽，尤喜为贫不得志人作画，周其乏，凡贫士藉其生者，数十百家。若豪贵有势力者索之，虽千金不为捕笔也。"陈洪绶醉酒的故事很多。例如，他曾在一幅书法扇面上写："乙亥孟夏，雨中过申吕道兄翔鸿阁，看宋元人画，便大醉大书，回想去年那得有今日事。"《陶庵梦，也》还记载张岱和陈洪绶西湖夜饮的情景，他们携家酿斗许，"呼一小划船再到断桥，章侯独饮，不觉沉醉"。陈洪绶醉酒之后会洋相百出，"清酒三升后，闻予所未闻"（《赖古堂集训》）。当然，陈洪绶醉后作画的姿态更特殊，周亮工说他："急命绢素，或拈黄叶菜佐绍兴深黑酿，或令萧数青倚槛歌，然不数声，辄令止。或以一手爬头垢，或以双指搔脚爪，或瞪目不语，或手持不幸口戏顽童，率无片刻定静，凡十又一日计，为予作大小横直幅四十有二。"陈洪绶酒后的举止正是他思绪骚动，狂热和活力喷薄欲出的反映。其神其态大概也是别人"闻所未闻"吧！

三、"扬州八怪"的饮酒情怀

"扬州八怪"是清代画坛上的重要流派。"八怪"中有好几位画家都好饮酒。高凤翰（1688—1753年）就"跌宕文酒，薄游四方"。那位以画《鬼趣图》出名的罗聘（字两峰，1733—1799年）更是"三升酒后，十丈嫌横"。他死后，吴毅人写诗悼念他，还提到了他生前的嗜好，"酒杯抛昨日"，可见他饮酒的知名度了。罗两峰的老师金农（字冬心，1687—1763年）是一位朝夕离不开酒的人，他曾自嘲地写道："醉来荒唐咱梦醒，伴我眠者空酒瓶。"《冬心先生集》中就收录了他与朋友诗酒往来的作10余首，如"石尤风甚厉，故人酒颇佳。阻风兼中酒，百忧诗客怀""绿蒲节近晚酒香，先开酒库招客忙。酒名记清细可数，航舟令版艳同品尝"。金冬心不但喜欢痛饮，大概还擅品酒，他自己曾自豪地说："我与飞花都解酒。"所以，他的朋友吴瀚、吴潦兄弟就把自己的酒库打开，让他尝遍了家藏名酝。那位以画竹兰著称，写过"难得糊涂"的郑板桥一生也与酒结缘。郑板桥名燮（1693—1765年），他在自传性的《七歌》中说自己"郑生三十无一营，学书学剑皆不成。市楼饮酒拉年少，终日击鼓吹竿笙"。说明他从青年时代就有饮酒的嗜好了。郑板桥喝酒有自己熟悉的酒家并和酒家结下了深厚的友谊，"河桥尚欠年时酒，店壁还留醉时诗"。他在外地还专门给这位姓徐的酒店老板写过词，题目是《寄怀刘道士并示酒家徐郎》，这首词的下半阙是这样写的："桃李别君家，霜凄菊已花，数归期，雪满天涯。吩咐河桥多酿酒，须留待，故人除。"是河桥酒家的徐老板风流惆怅，还是赫赫有名的板桥先生礼贤下士，我们就不得而知了。不过，他们之间的友谊和交往总是以酒为"媒"吧！

"八怪中最喜欢酒的莫过于黄慎。黄慎（1687—1768年）字恭懋，号瘿瓢。福建宁化人，流寓扬州以曹宇卖画为生。善画人物、山水、花卉，草书亦精。清凉道人《听雨轩笔记》中说他："性嗜酒，求画者具良酝款之，举爵无算，纵谈古今，旁若无人。酒酣捉笔，挥洒迅疾如风。"其实黄慎爱饮酒但酒量却小得可怜，清凉道人大概有点夸大其词了。许齐卓《瘿瓢山人小传》中说他："一团辄醉，醉则兴发，濡发献墨，顷刻飘飘可数十幅。"马荣祖在《蚊湖诗钞》序中说："黄慎'酒酣兴致，奋袖迅扫，至不知其所以然'。"权且不考证黄慎酒量的大小，几条记载共同讲述黄慎的上乘佳作，多是酒酣耳热之际信笔挥洒而成，意足而神完。黄慎作画时运笔疾速如骤雨狂风，清凉道人见过黄慎作画时的情景，说黄慎的画"初视如草稿，寥寥数笔，形模难辨，及离丈余视之，则精神骨力出也"。黄慎是以草书的笔意对人物的形象进行高度的提炼和概括，笔不到而意到，在《醉眠图》里，把铁拐李无拘无束，四海为家的生活习性，粗犷豪爽的性格，淋漓尽致地刻画出来。正如郑板桥说的那样："画到神情飘没处，更无真相有真魂。"

四、现代画家的酒与精神

清末，海派画家蒲华可以称得上是位嗜酒不顾命的人，最后竟醉死过去。蒲华（1833—1911年）字作英。善草书、墨竹及山水。住嘉兴城隍庙内，性落拓，室内陈设极简陋，绳床断足，仍安然而卧。常与乡邻举杯酒肆，兴致来了就挥笔洒墨，酣畅淋漓，色墨沾污襟袖亦不顾。家贫以卖画自给，过着赏花游山，醉酒吟诗，超然物外，寄情翰墨的生活。曾自作诗一首："朝霞一抹明城头，大好青山策马游。桂板鞭梢看露拂，命侍同醉酒家楼。"这正是他的生活写照。

现在，全国各地一方有灾，八方支援，义演义卖，赈济灾区。第一位以书画义卖形式赈灾的人就是喜欢杯中之物的金继先生。郑逸梅先生《逸梅杂记》中介绍："金继一名慎继，字勉之，谐音以免痴为号，又号酒庵。"善画兰花。"时值鲁水灾，海上味药园特开助赈会，鱼龙曼衍，百戏杂陈，售券所得，悉以捐输，免痴慈善为怀，自告奋勇，携笔墨赴园，当众挥洒，顷刻而就，随求随应，绝不停滞，开书画助赈之风"。金继生活中是离不开酒的，"每晚必备绍酒两壶，佐以少许菜肴，浅斟低酌，自得其乐，又复置雪茄烟二枝，停搏则吸烟，吞吐之余，则又浮白者再，烟尽壶罄，颓然僵息，晚餐为废，如是者凡二十年。"金继开书画赈灾之先河，足以为酒神的书画家们增光添彩。

1.醉瞠白眼看青天

酒强烈的刺激作用，能焕发出人们隐蔽在内心的本真之性，所谓"酒后吐真言"，正是如此，一些文艺家恃才傲世，酒后更加癫狂，言谈举止一反常态，所以，人们就给他们冠以"狂人"和"癫疯"的雅号。草圣张旭就有张癫之称。宋朝还有位以画列仙出名的甘姓画家，用细笔画人物头面，以草书笔法画衣纹，顷刻而成，形象生动。然而他酒性不佳，佯狂垢污，恃酒好骂，酒后作画，画后往往毁裂而去。"富豪求画，唾骂不与"，被人称为甘疯子，他的名字反而不被人知道了。

艺术家追求真善美，他们酒后的这种追求更加强烈，更无顾忌，或蔑视权贵，或痛斥势利小人，这样的例子不胜数举。李白酒后敢于让炙手可热的杨国忠、高力士磨墨、脱靴，这种奴视权贵的狂劲，可亲！可爱！可敬！南宋的梁楷就更加狂放了。梁楷是南宋时期的减笔人物画家，平时嗜酒自乐，醉来亦复成淋漓，行为狂放，得了个梁疯子的绰号。《图绘宝鉴》记载："梁楷在宋宁宗时任画院待诏，皇帝赐梁楷金带，梁楷竟然不受，挂在了院内，把皇帝的赏赐晾了起来。"在封建社会，皇帝赏下的东西必须恭恭敬敬地保存、供奉起来，梁楷此举是常人所不敢为和不理解的。明末的归庄（1613—1673年）能写行草，又善画墨竹。明亡后，他不肯与清政府合作，常借酒消愁，酒后悲歌，旁若无人，归庄和当时的大思想家顾炎武齐名，有"归奇顾怪"之称。明代的宫廷画家吴伟出入宫廷，但看不起权贵。当时的太监们权力很大。太监们专权祸国的行为被人们蔑视，同时，也有些人慑于他们的气焰，卑躬奉迎。吴伟则表里如一，爱憎分明，内侍们求画，决拿不到片张半幅。还有些向吴伟求画的人，如果礼貌不周，他也决不动笔。只有他醉酣之时，就自动抽纸乱抹，画完就掷扔地上，任其被人取走。

酒神型艺术家的作品往往是自己本性的化身，是他对真善美认识的具体反映。作品大多都痛快淋漓，自然天成，透出一种真情率意，毫无矫揉造作之态。

2.酒酣落笔皆成趣

饮酒和书画创作有着密切的关系。"画圣吴道子每欲挥毫，必须酣饮"。元朝画家马瑰作画更是离不开酒。马碗字文璧，秦淮（今南京）人。他的山水、书法和诗文在当时被誉为"三绝"。贝琼《清江诗集》里描写马文璧作画的情景说："长忆秦溪马文璧，能诗能画最风流。酒酣落笔皆成趣，剪断巴山万里秋。"看来，他只有在酒酣时候才能产生创作欲望和激情。另一位元朝画家商琦也是"酒酣时把墨濡头""呼酒尽扫溪藤纸"的著名画家，他的山水画被誉为"天下无双比"，因此"累蒙天子知"。马祖常在《南田文集》中说商琦把酒酣后的激情全部倾注在笔墨之中，"曹南商君儒家子，身登集贤非画史。酒酣气豪不敢使，挥洒山水立一纸。"这些例证足以说明嗜酒的书画家们都喜欢酒酣之际创作。但是，酒酣要到什么程度很有讲究。元朝画家钱选最能把握创作的最佳时刻。钱选字舜举，号玉潭。活动在宋末元初。宋亡后不肯应征去做元朝的官，甘心"隐于绘事以终其身"。钱选于山水、人物、花鸟、鞍马无不擅长。戴表元《划源文集》总结钱的最佳创作状态时说："吴兴钱选能画嗜酒，酒不醉不能画，然绝醉不可画矣。惟将醉醺醺然，手，心调和时，是其画趣。"我想，心手调和时应该是每位嗜酒画家最理想的创作时刻。

嗜酒的书画家能用酒为自己营造一个良好的创作氛围，酒酣的人精神兴奋，头脑里一切理性化和规范化的藩篱统统被置之度外，心理上的各种压力都被抛到九霄云外，创作欲望和信心增强了，创作能力得到了升华，自己掌握的技法不再受意识的束缚，作起画来，得心应手，挥洒自如，水平得到了超常的发挥，这时，往往会有上乘的佳作产生。郭异常自磋其醉后之作"不减古人也勾张旭也以其醉后书不可复得"，高克恭醉后之作"神施鬼役，不可端倪"。

3.我买私酒润君笔

嗜酒的职业书画家们常常是"明窗点染弄颜色"，作品卖出去之后，"得钱沽酒不复疑"（张羽《静居集》题钱舜举《溪邮图》）。袁凯则更直接了当，他想得到王蒙（叔明）的画，知道王蒙喜欢喝酒，就流露出"我买私酒润君笔"的企图，其求画的迫切心情和王蒙善饮的事实跃然纸上。有些贪杯的书画家，无论谁家有酒，都可以去写去画。晋朝的王精（宇仲祖）就常往驴肆，家画辄车。这在等级制度森严的封建社会让人难以理解。王蒙说："我嗜酒，好肉，善画，但人有饮食美酒精绢，我何不往也。"（张彦元《历代名画记》）看来，无论谁家有这三种东西，他决不计较其身分贵贱。清末的蒲华"人索其画，往往不之应。若为付酒资，则兴致勃发。人知其如此，乃备素椿俞靡，置于槽壶侧。蒲酒酣落笔，顷刻若干幅，山水也，花卉也，植联也，应有尽有矣。"（郑逸梅《逸梅杂札》）书画家们酒醒的时候，都清楚请他们吃酒的目的就是要巧取他们的佳作，但是，他们见了酒就顾不上这些了，正如郑板桥说的那样："看月不妨人尽去，对花只恨酒来迟。笑他嫌素求书辈，又要先生烂醉时。"

嗜酒如命并不是谁请都去喝，而是要看看对方的品格和为人，这一点宋末元初的温日观最令人钦佩。温子观字仲言，号日观。在杭州玛瑞寺出家。酷嗜酒，"醒涂醉抹不可测，其言皆足警懦夫"（郑天佑《侨吴集训》），被人们称之为狂僧。温日观善画葡萄，"夜于月下视葡萄影，有悟，出新意，以飞白书体为之。酒酣兴发，以手泼墨，然后挥墨，迅于行草，收拾散落，顷刻而就。"所以，人们评他的葡萄"书法悟入葡萄宫""醉里葡萄墨为骨"，能自成一格。温日观为人正直，心地善良，得钱出户即散施贫者。元初，元世祖忽必烈的亲信，江南释教总统杨瑾真伽曾把南宋历朝皇帝的坟墓全部挖掘。为了附庸风雅，他也多次请温日观喝酒，温日观"终不一濡唇"，在路上见了杨瑾真伽，就骂他是"掘坟贼"，杨瑾真伽对他施以残酷的刑罚，温日观照样不屈服，许多人都对他表示深深的同情和赞赏："杨伽婆死曾不畏，故老言之泪尚滑。"

4.法酒调神气双生

饮酒可以给艺术家带来灵感，为艺术增添不少珍品；但酗酒却会误事，甚至酿成伤身大祸。北宋三大山水画家之一的范宽就是因为"嗜酒"落魄的。郭忠恕的画深受宋太宗的喜爱，于是被召入宫廷，并当上了国子监主簿。但是他益发纵酒，酒后又大肆抨击时政。宋太宗听到郭忠恕的所作所为后，非常气愤，给他定了罪发配到登州去，可怜一代名画家竟死在流放的路上。饮酒过度必然伤身，元代书法家沈右说"中酒如卧病"，他在《中酒杂诗》里说他曾在朋友处借一件篆书千字文欣赏，却"因亲戚会宴，为酒所困，终日愤愤，近者始觉神清。"所以写信要求"尚欲借观数日"。沈右只不过是误了点事，真是受酒之害的最轻者。明代浙派名画家吴伟就因为平时饮酒过量，最后酒精中毒死的。正德三年五月，吴伟正在南京，皇帝派人召他去北京，使者向他传达了皇帝旨意之后，还没等上路，他就酒精中毒死去了。近代海派画家蒲华则真是喝酒喝过量死去的。有一天，蒲华喝得大醉不能动。人们都以为他死了，第二天，蒲华酒醒之后，"又赴市鹰间小酒肆，倚鬼脸青酒瓮倾筋者再"。看来，他是不汲取纵酒伤身教训的，1911年夏天的一个晚上，他竟真的醉眠于上海登撒里寓所，留下的只是一批不朽的书画作品和一束诗稿。天津当代著名油画家李昆祥先生平时并不善饮酒，却酒精中毒而亡。1976年，打倒"四人帮"，万民欢腾，艺术家们更是欢欣鼓舞，集会庆贺，昆祥先生饮酒过量，送医院抢救无效死亡。

酒能启动善饮的艺术家们的灵感，让他们洗净胸中的烦愁，荡涤现实的无情而带来的浊流和各种麻烦，甚至危及性命。何子贞说的"法酒调神气"这句话颇值得酒神型艺术家们仔细玩味。

5.真堪画入醉僧图

酒文化还是画家们创作的重要题材，诸如文会、雅集、夜宴、月下把杯、蕉林独酌、醉眠、醉写……无一不与酒有关，无一不在历代中国画里反反复复出现过，仅《宣和画谱》就记载有：黄荃《醉仙图》，张妖寿《醉真图》《醉道图》，韩一晃《醉学士图》，顾闳中《韩熙载夜宴图》，顾大中《韩熙载纵乐图》等等。传说南北朝时期南朝梁武帝时的名画家张僧踩就画过《醉僧图》壁画，唐朝的大书法家怀素曾写过这么一首诗称赞《醉僧图》："人人送酒不曾沾，终日松间系一壶。草圣欲成狂便发，真堪画入醉僧图。"后来，僧道不睦，道士每每用《醉僧图》讥讽和嘲笑和尚。和尚们气恼万分，于是聚钱数十万，请阎立本画《醉道图》来回敬道士。阎立本（？—673年）与其兄立德俱以善画名于时。阎立本擅画道释人物、写真及鞍马，师法张僧踩，曾去观摹张僧画系的《醉僧图》，初见不以为然，再见为之所吸引，第三次去参观，竟卧于壁画之下而不肯离去，所以，他能得到张僧踩用笔用墨的真髓。据记载，他曾画过《外国图》《职贡狮子图》《卤簿图》《秦府十八学士图》《贞观中凌烟阁功臣图》及唐太宗像等。阎立本官至工部尚书、右相，同时的姜格以战功拜任左相，所以，民间就流传着"左相宣威沙漠，右相驰誉丹青"之说。据说阎立本把《醉道图》画得十分生动，道士们酒醉之后，洋相百出，滑稽之态，令人捧腹。

与酒有关可入画的内容还很多，如以酒喻寿，所谓寿酒就是以酒作为礼品向人表示祝寿。中国画就常以石、桃、酒来表示视寿。八仙中的铁拐李、吕洞宾也以善饮著称。他们也常常在中国画里出现，杨州八怪之一的黄慎就喜欢画铁拐李。《醉眠图》是黄慎写意人物中的代表作："铁拐李背倚酒坛，香甜地伏在一个大葫芦上，作醉眼态。"葫芦的口里冒着白烟，与淡墨烘染的天地交织在一起，给人以茫茫仙境之感，把铁拐李这个无拘无束，四海为家的"神仙"的醉态刻画得独具特色，画面上部草书题"谁道铁拐，形肢长年，芒鞋何处，醉倒华颠"十六个字，再一次突出了作品的主题。齐白石画过一幅吕纯阳像，并题了一首诗："两袖清风不卖钱，缸酒常作枕头眠。神仙也有难平事，醉负青蛇（指剑）到老年。"这件作品诗画交融，极富哲理的语言，令人深思。

《春夜宴桃李园》也是画家们喜欢的题材。这个题目取材于李白的《春夜宴桃李园序》，描绘李白等四人在百花盛开的春天，聚会于桃李之芳园，叙天伦之乐事。时值夜阑，红烛高照，杯觥交错，表现了文人雅士"非璋锥川也在.职锵而醉日"的牛活情景。

《文会图》虽然描绘的也是文人雅集，但作者赵佶是宋朝的徽宗皇帝，所以，他的作品所表现出的人物性格及恢宏的场面，都有别于普通的文人雅集。《文会图》宴饮的地方面临一泓清池，三面竹树丛生，环境幽雅。中间设一巨榻，榻上菜肴丰盛，还摆放着插花，给人以富贵华丽之感。他们使用的执壶、耳杯、盖碗等也都是当时的高级工艺品，再次显示了与会者的身分。在座的文人雅士神形各异，或持重，或潇洒，或举杯欲饮，或高谈阔论，侍者往来端杯捧盏，为我们展示了宋代贵族们宴饮的豪华场面。

《卓歇图》是辽代画家胡瓌的作品。胡瓌擅画北方契丹族人民牧马驰骋的生活。卓歇是指牧人搭立帐篷休息而言，此图描绘契丹部落酋长狩猎过程中休息的一个场面：主人席地用餐，捧杯酣饮，其身后侍立四个身佩雕弓和豹皮箭束的随从，席前有人举盘脆进，有人执壶斟酒，还有一男子作歌舞状，作品对研究契丹贵族的精猎生活和饮食情况颇有参考价值。

《韩熙载夜宴图》是描绘五代时南唐大官僚韩熙载骄奢淫逸夜生活的一个场面。韩熙载（902—970年），字叔言，北海（今山东潍坊）人。其父韩光嗣被后唐李嗣源所杀，韩熙载被迫投奔南唐，官至史馆修撰兼太常博士。韩熙载雄才大略，屡陈良策，希望统一中国，但频遭冷遇，使其对南唐政权失去信心。不久，北宋雄兵压境，南唐后主李煜任用韩熙载为军相，妄图挽回败局，韩熙载自知无回天之力却又不敢违抗君命，于是采取消极抵抗的方式，沉溺于酒色。李煜得知韩熙载的情况，派画院待诏顾闳中、周文矩等人潜入韩府，他们目识心记，绘成多幅《韩熙载夜宴图》，《韩熙载夜宴图》原有两幅，周文矩作的已失传，故宫博物馆现存的一幅为顾闳中所作，画中夜宴的气氛异常热烈，宾主觥筹交错，大有一醉方休之势，揭示了韩熙载及豪门贵族"多好声色，专为夜宴"的生活情景。[1]图中的注子、注碗的形制是研究酒具发展变化的重要资料。

《月下把杯图》是马远的作品。马远字遥父。南宋画院待诏。画山水以偏概全，往往只画一角或半边，打破了以往全景山水的构图方法，被称之为"马一角"，是南宋四大家之一。《月下把杯图》描绘一对相别已久的好友在中秋的夜晚相遇的情景，中秋是团圆的佳节，好友重逢，痛饮三五杯，以示庆视。正如画上宋宁宗的皇后杨妹子写的那样"相逢幸遇佳时节，月下花前且把杯。"

《蕉林酌酒图》是陈洪绶人物画中的代表作。此图描绘一个隐居的高士摘完菊花之后，在蕉林独自饮酒的情景。图中，主人正在举杯欲饮，一个童子兜着满满一衣襟的落花，正向一个盛落花的盘子里倒去，另一书童正高捧着酒壶款款而行，这情景描绘的不正是孤傲的文人雅士们所向往的"和露摘黄花，煮酒烧红叶"的隐逸生活吗！

杜甫写过一首题为《饮中八仙》的诗，讴歌了贺知章、汝阳王李进、李适之、李白、崔宗之、苏晋、张旭、焦遂等八位善饮的才子。此后，《饮中八仙》也就成了画家们百画不厌的题材了。此图作者尤求，字子求，明代画家。号凤丘，长洲（今江苏苏州）人。工山水人物，亦善道释画，画学刘松年、钱

81

认知篇

---

[1]　经典赏析《韩熙载夜宴图》，新华网（引用日期2014-11-25）

舜举，工山水，尤其擅长人物仕女、白描，亦善道释画。《饮中八仙》所用笔法细腻，用八个场景，描绘了一幅栩栩如生的群像图，画中八人神态各异，他们地位不同，性格迥然，却都被描绘得栩栩如生；有借酒消愁的、有借酒壮胆的，无论诗仙李白斗酒诗百篇的狂放不羁，还是草圣张旭酒后，挥毫落纸如云烟的潇洒率性，都刻画生动，以精细的笔触表现，中国古代名人与酒为友的独特风貌。

6.葡萄美酒夜光杯

绘画与葡萄酒之间有着密切的联系，因为在绘画中所要反映和表现的许多主题和内容题材都是与葡萄酒相关的，或者说，葡萄酒的文化内涵有时必须借助于绘画这一艺术形式充分地体现出来。在我看来，绘画也应该算是葡萄酒文化中不可缺少的一个组成元素，比如在许多酒标设计艺术中就采用了众多绘画名家们的经典之作，还有就是用绘画（如漫画《神水之滴》）来图解葡萄酒文化及葡萄酒知识，再有就是葡萄酒幽默漫画等等，它们共同组成了葡萄酒文化中的一个重要部分。

有人还发现在精神和气质层面上，葡萄酒与绘画有着许多相通之处。并写到："人常说，绘画是画家用色彩、用颜料、用画布，展现自己眼中世界，表达自己内心感受的一种形式。而葡萄酒何尝不是酿酒师用土地、用葡萄、用木桶，酿制体现自己理念、才情的结晶。同样是画，同样是酒。画与画的层次不同，酒与酒的境界天壤。而这一切很大程度上会取决于创造它们的人。只有真正用心、用情感、用真诚去画、去酿的人，那画那酒才是艺术品，才不是色彩的堆砌，才不是解渴的饮料。"

我们素知酒是文学家、诗人的良师益友，像李白"举杯邀明月，对影成三人"就有无酒不成诗的境界，画家与酒也有不舍的关系，不管是古代还是近现代，酒文化与书画文化也是一脉相承的，像草书大家张旭、怀素，在酒的微醉下能抒怀狂舞，精劲舒畅，还有书圣王羲之等等诸人，都喜欢在酒意的陪伴下留下绝世名篇，画家们亦是如此，像苏轼、米芾、倪瓒等人都非常嗜酒，唐伯虎也留下了"酒醒只在花前坐，酒醉还来花下眠"的名句，徐渭更是嗜酒如命，以至于因酒误事，反而狂饮之后让他有了大写意的灵感，留下多幅旷世名作。像近现代的书画家们也都与酒文化有不解之缘，国画大家傅抱石就是一例，他才华横溢，极为喜欢饮酒，据说还曾经向周恩来讨过酒，画上落款亦喜欢写上"酒后画"等词，可以看出酒对他书画艺术的重要性。

爱喝酒的书画家们能用酒为自己营造一个良好的心理空间，为自己带来灵感，饮酒后可以让各种技法的束缚统统置之度外，不再有世俗上的心理压力，增强了创作的欲望和信心，使自己的创作能力得到了升华，作起画来，得心应手，挥洒自如，水平得到了超常的发挥，往往上乘佳作就会应运而生。

第九章　论酒令的历史演变及文化价值

　　酒令对酒礼的变革、丰富和发展有着重要意义，它不仅是佐酒助兴、活跃宴席的重要手段，更是使中华文化入于酒，而为之"酒中的文化"。据历史记载，最早的酒令是辅助"礼"的工具，后来才发展为佐酒助兴、宾主尽欢的方法，甚至成了劝酒、赌酒、逼酒的手段。

一、酒令的由来

　　酒令由来已久，开始时可能是为了维持酒席上的秩序而设立"监"。总的说来，酒令是用来罚酒。但实行酒令最主要的目的是活跃饮酒时的气氛。何况酒席上有时坐的都是客人，互不认识是很常见的，行令就像催化剂，顿时使酒席上的气氛就活跃起来。

　　饮酒行令，不光要以酒助兴，有下酒物，而且往往伴之以赋诗填词、猜谜行拳之举，它需要行酒令者敏捷机智，有文彩和才华。

　　因此，饮酒行令既是古人好客传统的表现，又是他们饮酒艺术与聪明才智的结晶。

　　酒令的产生与中国古代酒文化的发达有很大的关系。中国是一个具有悠久的酿酒历史的国家，中国的古人历来都很喜欢喝酒。夏王朝的夏桀，曾"为酒池，可以运舟"，商王朝的纣王，曾"造酒池肉林"，好为"长夜之饮"，周王朝的穆王，曾有"酒天子"之称，他们都是中国历史上有名的爱喝酒的皇帝。到了汉代，由于国家统一，经济繁荣，人民生活较为安定，因此饮酒之风更为盛行。西汉初，朱虚侯刘章在一次宴会中以军法行酒，其中有一人不堪其醉逃席，被刘章追回后斩首。西汉时的梁孝王曾集许多名士到梁苑喝酒，并令枚乘、路侨、韩安国等作赋玩乐。韩安国赋几不成，邹阳替他代笔，被罚酒，而枚乘等人则得赏赐。这种在喝酒时制定出一定的规则，如有违反则必须受到处罚的做法，实际上已经开创了酒令的先河。

酒令是中国酒文化中戛戛独造的一朵别有风姿的奇葩，它是劝酒行为的文明化和艺术化。今天，我们掌握酒令的有关知识，并把它适当地应用到饮酒活动当中，可以调节气氛，增添乐趣，陶情冶情，增进智力，提高饮酒的文明程度。

行酒令的方式可谓是五花八门。文人雅士与平民百姓行酒令的方式大不相同。文人雅士常用对诗或对对联、猜字或猜谜等，一般百姓则用一些既简单又不需作任何准备的行令方式。

酒令是筵宴上助兴取乐的饮酒游戏，最早诞生于西周，完备于隋唐。饮酒行令在士大夫中特别风行，他们还常常赋诗撰文予以赞颂。白居易诗曰："花时同醉破春愁，醉折花枝当酒筹。"后汉贾逵并撰写《酒令》一书。清代俞敦培辑成《酒令丛钞》四卷。

春秋战国时代的饮酒风俗和酒礼有所谓"当筵歌诗""即席作歌"。从射礼转化而成的投壶游戏，实际上是一种酒令。秦汉之间，承前代遗风，人们在席间联句，名曰"即席唱和"，用之日久，便逐渐丰富，作为游戏的酒令也就产生了。唐宋时代是我国游戏文化发展的一个高峰，酒令也相应地得以长足发展。酒令到明清时代则进入另一个高峰期，其品种更加丰富，可谓五花八门，琳琅满目。举凡世间事物、人物、花木、虫禽、曲牌、词牌、诗文、戏剧、小说、中药、月令、八卦、骨牌以及种种风俗、节令、无不入令。清人俞敦培的《酒令丛钞》把酒令分为古令、雅令、通令、筹令四类，当代人何权衡等编著的《古今酒令大观》把酒令分为字词令、诗语令、花鸟鱼虫令、骰令、拳令、通令、筹令七类，今人麻国钧、麻淑云编《中国酒令大观》将酒令分为射覆猜拳、口头文字、骰子、牌、筹子、杂六类。按其流行范围分，酒令中较为复杂、书卷气重的大多在书本知识较丰富的人士之间流行，称为雅令；而在广大民众之间则流行比较简单的酒令，称为俗令。当然，这种区分并不是绝对的。酒令的形式千变万化，可以即兴创造和自由选择。酒令可以说是中国特有的一种酒文化。

二、酒令的发展

最早的酒令，完全是在酒宴中维护礼法的规。在古代还设有"立之监""佐主史"的令官，即酒令的执法者，这中酒令是限制饮酒而不是劝人多饮的。随着历史的发展，时间的推移，酒令越来越成为席间游戏助兴的活动，以致原有的礼节内容完全丧失，纯粹成为酒酣耳热时比赛劝酒的助兴节目，最后归结为罚酒的手段。

从历史来源来看，汉代有了"觞政"，就是在酒宴上执行觞令，对不饮尽杯中酒的人实行某种处罚。在远古时代就有了射礼，为宴饮而设的称为"燕射"，即通过射箭，决定胜负，负者饮酒。古人还有一种被称为投壶的饮酒习俗，源于西周时期的射礼。酒宴上设一壶，宾客依次将箭向壶内投去，以投入壶内多者为胜，负者受罚饮酒。《红楼梦》第四十回中鸳鸯吃了一盅酒，笑着说："酒令大如军令，不论尊卑，唯我是主，违了我的话，是要受罚的。"

"今人饮酒，不醉不欢，古人皆然，唯醉必由于劝酒。古人习以冠带劝酒，劝而不从，饮不尽兴，自生佐饮助兴之趣。"所谓"酒令"，即由此而生，沿习成俗，并流传至今。刘向《新序》云："为酒池糟堤，纵靡靡之乐，一鼓而牛饮者三千人。"《汉书·张骞传》载："行赏赐，酒池肉林。""鸣鼓而饮。""行赏赐"似已包含"酒令"之义。酒令名词，汉代始有。《后汉书》云："朱卢……令章为酒令，章曰：'臣请以军法行酒令。'"何以"军法行酒令"实为宴会中饮酒助兴为乐，君臣不分，同遵游戏规则。必有司令之人。司令之人称监史，或称录事，名异实同。清代俞敦培编《酒令丛钞》卷一，列举酒令多达三百种，皆为账目式记载，并无系统之叙述。古人聚宴饮酒，助兴为乐的佐饮活动繁多，酒令花样翻新，层出不穷，是为饮酒一大习俗。初以鸣鼓、投壶、赋诗、吟词等形式居多，继而发展到跳舞、听曲、骰盘、莫走、鞍马、打令、押妓等。余留学日本时，于《东洋文库》见陈元靓《学林广记·癸集》卷十二载酒令数则，皆为词体，尤足为送摇招抛诸动态注解，爱不惮繁，录之如下[1]：

---

[1] 见百度"酒令"词条（引用日期2014-6-15）.

1.唐代的酒令

酒令成俗盛于唐代的士大夫间。在唐代诗文中酒繁出现。宋代不但沿袭了酒令习俗，而且还丰富发展了酒令文化。单就记载介绍各种酒令的书就有《酒令丛钞》《酒杜刍言》《醉乡律令》《嘉宾心令》《小酒令》《安雅堂酒令》《西厢酒令》《饮中八仙令》等。酒令是中国酒文化的一枝色彩卓异的奇葩。宋蔡宽夫《诗话》云："唐人饮酒必为令，以佐欢乐。"从地下发掘的考古材料也证明，唐代是一个喝酒成风，酒令盛行的时代。如1982年在镇江丹徒丁卯村一座唐代银器窑中，发现了"论语玉烛"酒筹筒和五十根酒令筹，这是十分宝贵的唐代酒令资料。唐代的酒令名目已经十分繁多，如有历日令、罨头令、瞻相令、巢云令、手势令、旗幡令、拆字令、不语令、急口令、四字令、言小字令、雅令、招手令、骰子令、鞍马令、抛打令等等，这些酒令汇总了社会上流行的许多游戏方式，这些游戏方式为酒令增添了很多的娱乐色彩。唐代以后，酒令游戏仍然盛行不衰，其名目也越来越多。这些酒令中有很大一部分是猜测性的，他们或猜诗，或猜物，或猜拳，总之，他们都是以猜测某些东西的方式来决定胜负，然后进行赏赐或罚酒。

如王定保《唐摭言》载："赵公令狐绹镇维扬，张祜，公因熟视祜，改令曰：'上水船，风太急，帆下人，须好立。'祜答曰：'上水船，船底破，好看客，莫依柁。'"这是一种诗文类的行令方式。前人念一句酒令诗后，后人必须以相同的格式应对，否则便算输，必须罚酒。猜物类的酒令也叫做"猜枚"，玩时由行令的人拳中藏握一些小件物品，如棋子、瓜子、钱币、干果等等，供人猜测。有猜单双、猜颜色、猜数目等多种猜法，猜中者为胜，猜不中者为负，负者要罚酒。

2.历代行令

（1）春秋战国：投壶

最古老而又持久的酒令当首推投壶。投壶产生于春秋前，盛行于战国。《史记·滑稽列传》就载有投壶盛况。时至今日，在河南南阳卧龙岗汉画馆里就有一幅生动形象的投壶石刻图。

投壶的壶口广腹大、颈细长，内盛小豆因圆滑且极富弹性，使所投之矢往往弹出。矢的形态为一头齐一头尖，长度以"扶"（汉制，约相当于四寸）为单位，分五、七、九扶，光线越暗距离越远，则所用之矢越长。投壶开始时，司射（酒司令）确实壶之位置，然后演示告知"胜饮不胜者"，即胜方罚输方饮酒，并奏"狸首"乐。

投壶因其最具封建礼仪教仁意义，所以沿袭最久。在《礼记》中慎重地写着《投壶》专章。三国名士邯郸淳的《投壶赋》描绘最为出色："络绎联翩，爰爰兔发，翻翻隼隼，不盈不缩，应壶顺入。"可窥见当时盛况。

（2）魏晋：流觞曲水

魏晋时，文人雅士喜袭古风之向，已之整日饮酒作乐，纵情山水，清淡老庄，游心翰墨，作流觞曲水之举。这种有如"阳春白雪"的高雅酒令，不仅是一种罚酒手段，还因被罚作诗这种高逸雅致的精神活动的参与，使之不同凡响。

所谓"流觞曲水"，是选择一风雅静僻所在，文人墨客按秩序安坐于潺潺流波之曲水边，一人置盛满酒的杯子于上流使其顺流而下，酒杯止于某人面前即取而饮之，再乘微醉或啸吟或援翰，作出诗来。最著名的一次当数晋穆帝永和九年三月三日的兰亭修禊大会，大书法家王羲之与当朝名士41人于会稽山阴兰亭排遣感伤，抒展襟抱，诗篇荟萃成集由王羲之醉笔走龙蛇，写下了名传千古的《兰亭集序》。当然在民间亦有将此简化只饮酒不作诗的。

南北朝时期，除了"流觞曲水"此种酒令外，继而演化而来的吟诗应和。此酒令令文人墨客十分喜爱，流行较盛。南方的士大夫在酒席上吟诗应和，迟者受罚，已成风气。

（3）唐朝：藏钩·射覆

唐朝，"唐人饮酒必为令以佐欢"。《胜饮篇》中有："唐皇甫嵩手势酒令，五指与手掌节指有名，通呼五指为五峰，则知豁拳之戏由来已久。"白居易诗曰："花时同醉破春愁，醉折花枝当酒筹。"《梁书·王规传》记载："湘东王时为京尹，与朝士宴集，属视为酒令。"欧阳修《醉翁亭记》："觥筹交错起座而喧哗者，众宾欢也。"

当酒令繁衍到唐代时，形式多种多样，丰富多彩，当时较盛行为"藏钩""射覆"等几种。"藏钩"也称"送钩"，简便易行。即甲方将"钩"藏于手中或匿于手外，握成拳状让乙方猜度，猜错罚酒。这好似"猜有无"

一样。

"射覆"是先分队，也叫"分曹"，先让一方暗暗覆物于器皿下让另一方猜。射就是猜或度量之意，唐代诗人李商隐就精于此道，他在诗中写道："隔座送钩春酒暖，分曹射覆蜡灯红。"

（4）明清：拧酒令儿

明清两朝流行的酒令当推"拧酒令儿"，即不倒翁。先拧着它旋转，一待停下后，不倒翁的脸朝着谁就罚谁饮酒，粤人称"酒令公仔"。

为此，俞平伯先生引《桐桥倚棹录》称其为"牙筹"。它是一种泥胎，苏州特产，一般为彩绘滑稽逗乐形象。《红楼梦》六十七回写薛蟠给薛姨妈和宝钗带的礼物中就有这种惟妙惟肖的酒令儿。

酒令繁衍到清代来，其形式越来越丰富多彩比度着或投壶猜枚，或联诗对句，或拆字测签，或猜拳行令，经过一番"游戏"，最后由令官仲裁，输者或违令者必须"饮满一大杯"。

酒令，按形式可分为雅令、通令和筹令。雅令，是指文人的酒令，这类酒令按内容可分为字令、诗令、词令和花鸟虫令。前者要求象形、会决心书兼有。形体结构随意增损离合变化殊多，或遣词造句，或意义通联，或妙语双关，或双声叠韵，或顶针回环……真是变化万千，趣味盎然，后者又要敏捷与智慧，心快、眼快、手快、嘴快四者缺一不可。

以诗人的"智力竞赛"为内容的雅令，虽然情趣古雅，然而一般人做不来，所以又有一类酒令应运而生，它不必劳神，几乎人人皆可为之，这种大众化的酒令被称作"通令"。凭投骰子，划酒拳的运气，当然不必动脑筋。只是此类两军对垒，"火药味"似乎太浓了点。击鼓传花，则是通令中较为雅致的形式了。

雅令、通令和筹令，可以分别进行，也可以结合在一起进行。考之历史，酒令实无定制，当筵者可以依据座中情况加以发挥。酒令若是制得巧，自然是宴乐无穷。

三、酒令的类别

1.雅令

（1）古代有名的雅令

中国的酒令五花八门，大致分雅令和通令两大类。见于史籍的雅令有四书令、花枝令、诗令、谜语令、改字令、典故令、牙牌令、人名令、快乐令、对字令、筹令、彩云令等。

（2）卜箕子令

原注：先取花一枝，然花行令，口唱其词，逐句指点，举动稍误，即予罚酒……。

我有一枝花（指自身复指花），斟我紫儿酒（指自令斟酒），唯愿花似我心（指花指自心头），几岁长相守（放下花枝叉手），满满泛金杯（指酒盏），我把花来嗅（把花以鼻嗅），不愿花枝在我旁（把花向下座人），付与他人手（把花付下座人去）。

（3）调笑令

花酒（指花指酒）满筵有（指席上），酒满金杯花在手（指酒指花），头上戴花方饮酒（以花插头举杯饮），饮罢了（放下杯），高叉手（叉手），琵琶发尽相思调（作弹琵琶手势），更向当筵口舞袖（起身举两袖舞）。

（4）浪淘沙令

今日一玳筵中（指席上），酒侣相逢（指同饮人），大家满满泛金钟（指众宾指酒盏），自起自酌还自饮（自起自酌举盏），一笑春风（止可一笑），传语主人翁（持盏向主人），两目口侬（指主人指自身），侬今沉醉眼蒙眬（指自身复拭目），可怜舞伴饮（指酒），付与诸公（指酒付邻座）。

（5）花酒令（词律甘）

花酒（左手把花右指酒）是我平生结为亲朋友（指自身及众宾），十朵五枝花（以手伸五指反复成十朵又将五指应五枝，乃指花），三杯两盏酒（伸三指又伸二指应三杯，盏数指酒），休问南辰共北斗（伸手作休闲状指南北），任他从鸟飞兔走（以手发退作任从状，又作飞走状），酒樽金杯花在手（指酒樽、指酒盏指花），且戴花饮酒（左手插花右手持酒饮）。

细读此词，并其原注，诸样表演情态极为细腻有趣，丰富多彩。此类手打令如何演变为今人之猜拳类酒令，尚有待考证。但古今酒令，趣味相异，一目了然。[1]

作为古代专门监督饮酒仪式的酒官，最早出现于西周后期。《诗经·宴之初筵席》："凡此饮酒，或醉或否。既立之监，又立之史。"所谓酒监、酒史就是酒官。

2.雅令的行令方法

先推一人为令官，或出诗句，或出对子，其他人按首令之意续令，所续必在内容与形式上相符，不然则被罚饮酒。行雅令时，必须引经据典，分韵联吟，当席构思，即席应对，这就要求行酒令者既有文采和才华，又要敏捷和机智，所以它是酒令中最能展示饮者才思的项目。例如，唐朝使节出使高丽，宴饮中，高丽一人行酒令，唐使即应对曰："许由与晁错争一瓢，由曰：'油葫芦'，错曰：'醋葫芦。'"名对名，物对物，唐使臣应对得体，同时也可以看出高丽人熟识中国文化。《红楼梦》第四十回写到鸳鸯作令官，喝酒行令的情景，描写的是清代上层社会喝酒行雅令的风貌。

唐代传奇《申屠澄》记载了一则关于雅令的动人故事。布衣秀才申屠澄赴任县尉，风雪阻途，夜投茅屋。好客的主人烫酒备席，围炉飨客。风流才子申屠澄举杯行令："厌厌夜饮，不醉不归。"引用《诗经》句行雅令。不料话音刚落，坐在对面的主人之女就咯咯笑了起来，说："这样的风雪之夜，你还能到哪里去呢？"说完，少女多情地看了申屠澄一眼，脱口出令："风雨如晦，鸡鸣不已。"申屠澄听后，惊叹万分。他知道少女是用《诗经·郑风·风雨》里的诗句，隐去"既见君子，云胡不喜？"后两句，说明少女已含蓄而巧妙地向他表达了爱慕之意。于是，申屠澄向少女的父母求婚，喜结良缘。

（1）四书令

是以《大学》《中庸》《论语》《孟子》四书的句子组合而成的一种酒令，在明清两代的文人宴上，四书令大行其时，用以检测文人的学识与机敏程度。

花枝令，是一种击鼓传花或彩球等物行令饮酒的方式。唐白居易的《就

[1] 黄现璠. 古书解读初探[M]. 广西师范大学出版社，2004. 7（1）.

花枝》诗曰："就花枝，移酒海，令朝不醉明朝悔。且算欢娱逐来，任他容鬓随年改。"徐某《抛球乐辞》："……灼灼传花枝，纷纷度画旗。不知红烛下，照见彩球飞。"可见唐人饮酒击鼓传花递球的场面何等热闹。《红楼梦》七十五回就有一段"花枝令"的描写。

（2）筹令

筹令是唐代一种筹令饮酒的方式，如"论语筹令""安雅堂酒令"等。后者有五十种酒令筹，上面各写不同的劝酒、酌酒、饮酒方式，并与古代文人的典故相吻合，既活跃酒席气氛，又使人掌握许多典故。"如孔雀开樽第一""孔融诚好事，其性更宽容"。座上客常满，杯中酒不空。得此不饮，但遍酌侍客，各饮一杯。至于"牙牌令"，是唐代筹令的一种变异形式，它与安雅堂酒令相似，也盛行于明清。《红楼梦》四十四对"牙牌令"作了精彩细致地描写。

（3）通令

行令方法：

主要掷骰、抽签、划拳、猜数等。通令很容易造成酒宴中热闹的气氛，因此较流行。但通令掳拳奋臂，叫号喧争，有失风度，显得粗俗、单调、嘈杂。

如划拳，唐代人称为"拇战""招手令""打令"等。即用手指中的若干个手指的手势代表某个数，两人出手后，相加后必等于某数，出手的同时，每人报一个数字，如果甲所说的数正好与加数之和相同，则算赢家，输者就得喝酒。如果两人说的数相同，则不计胜负，重新再来一次。划拳中拆字、联诗较少，说吉庆语言较多。如"一心一意（1），哥俩好（2），三星高照（3），四季发财（4），五金魁（5），六六大顺（6），七七巧（7），八仙过海（8），快升（9），十全十美（10）""快得利""满堂红"或"金来到"等等。这些酒令词都有讨吉利的涵义。由于猜拳之戏形式简单，通俗易学，又带有很强的刺激性，因此深得广大人民群众的喜爱，中国古代一些较为普通的民间家宴中，用得最多的也就是这种酒令方式。

酒令是古代沿袭至今的一种宴饮和郊游中助兴取乐的游戏，酒令除能助欢愉畅饮令气氛和增添融洽友谊外，还是古代礼仪教化的方式之一，因此盛行于各个朝代，形式多种多样。

（4）大众令

大众酒令以通俗易懂、简单易学特色，不管文化水平高低都能很快地操作运用，在威信宴席上都占有压倒优势。大众酒令主要有以下十种形式：

①骰令。骰（亦称"色子"）令是古人常用的酒令之一。有时用一格骰子，最多可达六枚，依令限数，因人、因时而定。此令简单快捷，带有很大的偶然性，不需要什么技巧，全凭运气，特别受豪饮者欢迎。骰令各目繁多，主要有猜点令、六顺令、卖酒令等。

②猜物。把某物藏起来，使在席之人猜测其所藏之处。猜中者胜，猜错者饮。主要有藏钩、猜枚（又称猜拳）、猜花等。

③指掌令。以指为戏，故称指掌令，主要有五行生克令、一官搬家讼、抬桥令、石头令剪子布令（此为日本拳）、大小葫芦令、拳（又称猜拳、拇戏）、打更放炮令等。

④击鼓传花令。令官拿花枝在手，使人于屏后击鼓，客依次传递花枝，鼓声止而花枝在手者饮。

⑤虎棒鸡虫令。二人相对，以筷子相声，同时或喊虎，喊棒，喊鸡，喊虫，以棒打虎、虎吃鸡、鸡吃虫、虫嗑棒论胜负，负者饮。若棒兴鸡或虫兴虎同时出现，则不分胜负，继续喊。

⑥汤匙令。着一汤匙于盘中心，用于拨动匙柄使其转动，转动停止时匙柄所指之人饮酒。

⑦地方戏名令。行令者每人说一种地方戏名，并指出一个名演员，说不上者饮两杯，说出一半者饮一杯。

⑧拍7令。从一数起，上数不限，明7（如7、17、27等）拍桌上，暗7（即7倍数，如14、21、28）拍桌下，误拍者饮。

⑨投壹。设特制之壹。宾主依次投矢其中，中多者胜，负者饮。

⑩揭彩令。令官将一张写有数字的纸条用杯子扣在桌子上。合席之人除令官外均不知此数字，但要求这个数字必须在6—36之间。令官饮完，口中说出"6"字后再送给席间的任何一人，依次类推。如果所加数字之和刚好与杯中所扣数字相等，叫做得彩，则该人饮一杯酒。倘若又轮到令官而数字又未超过杯中之数，则令官只许加"1"再送给他人，如果累计已超过杯中数，那么该人与接者猜拳，过几个数猜几拳，输者饮酒。

（5）花样令

酒令是一种有中国特色的酒文化。饮酒行令，是中国人在饮酒时助兴的一种特有方式。酒令由来已久，最早诞生于西周，完备于隋唐。可以说是酒文化中的一个异类，它讲究的是雅俗共赏，既有文人雅士的"当筵歌诗"的酒令，又有凡夫俗子吆喝佐欢的酒令，真可谓萝卜青菜，各有所爱。不同的活动，不同的场所，不同的人群会选择不同的酒令形式。常用的酒令大致有以下几种：

①两只蜜蜂令。口令：两只小蜜蜂呀，飞到花丛中呀，嘿！石头、剪刀、布，然后猜赢的一方就做打人耳光状，左一下，右一下，同时口中发出"啪、啪"两声，输方则要顺手势摇头，作挨打状，口喊"啊、啊"；如果猜和了，就要做出亲嘴状还要发出两声配音、动作，声音出错则饮！适合两个人玩，有点打情骂俏的味道，玩起来特别逗！

②玩骰子。酒桌上，将两颗骰子装于一玻璃杯，摇骰子的人为首，在座各位依次排序，骰子摇到几就该几号人喝，喝酒的人又当庄为首，继续摇。两颗骰子的点数一样，喝酒数加倍，各地以不同的规则定喝酒数量。

③猜骰子。猜骰子可以2个人玩，可以3个人玩，或者多人玩，本处只举出2人玩的例子，3人以上依次类推。利用骰子6面不同点数的数量来比胜负。

每个人用1个盖碗，盖碗里面装上5个骰子（也可更多）。两个人晃动盖碗，将骰子打乱以后，自己看自己杯中的骰子点数，根据杯子中骰子的点数，来猜测对方骰子的点数，然后报出一个数字。对方根据自己盖碗中骰子的点数，以及自己报出的点数，来决定自己报出的点数，或者看对方的点数确定输赢家。

一般点数从2说起，则骰子的1点什么都顶替的。如果先报一方报出了1点（例如说5个1），则1点不能顶替其他点数。在猜骰子时，先从小的说起，比如一方说2个1，对方说出的数字必须比这个大，如果也说2个，则只能报2以上的数字（如2个2或2个6），如果要说1数字，则只能报3个以上（如3个1或6个1）。

一方如果觉得对方报出的点数的数量超出了你们两个盖碗中这个点数数量之和，可以要求看。这样大家掀开盖碗，数报出点数骰子的数量，刚才说出的数量超过2个盖碗中此点数的数量，则要求看的一方赢，反之则报数字一方赢。注意：报出数字之和不应超过两人盖碗中骰子的总数。

④读数字。读数字，玩法也是变化无穷，但最基本的玩法也是由自成数与

喝数相符者胜，负者饮酒。"15、20"。两人玩，两双手，轮流喊数，分别有"收齐、5、10、15、开晒"五种数字，喊数者可出手也可不出，看双方一共凑成多少数目。

（6）3人玩法

1、4、7一组数字，2、5、8一组数字，3、6、9一组数字，3个人每人选一组数字。这种玩法，每人只能用1只手出手指，可以出任意几个手指，然后3个人出的手指数相加，数字是几就是选择这组数字的人喝酒。0、10都不喝酒，超出10的数字取尾数。

这种3人的数字玩法，很有趣，简单易学。

（7）**青蛙落水**

口令：一只青蛙一张嘴，两只眼睛四条腿，扑通一声跳下水；两只青蛙两张嘴，四只眼睛八条腿，扑通，扑通，跳下水；三只青蛙三张嘴，六只眼睛十二条腿，扑通，扑通，扑通，跳下水；四只青蛙……如此类推，每人说一句，以分号隔开为标志，出错者喝酒。此游戏也可以不发声，仅仅用手令，动作来表示。适合多个人一起玩，因为在过程中还要顾及到数字的，所以玩起来还真的不轻松呢！

玩法有很多种，可是最基本的原理就是一方随意作出手势，如果对方顺应作出相同的手势则对方输，要罚酒。

①青蛙青蛙跳。两人手指拱在桌面，一人首先喊"青蛙青蛙跳"，在"跳"字发出的时候五指弹起一个手指作"跳"状，如本方出中指，对方出中指则输，喝酒，出其他四指则过，然后轮到对方喊"青蛙青蛙跳"，一直下去。

②两人猜"石头、剪刀、布"。赢方立即用手指向上下左右各一方，输方顺应则喝酒。

（8）**传花**

用花一朵或用其他小物件如手帕等代替。令官蒙上眼，将花传给旁座一人，依次顺递，迅速传给旁座。令官喊停，持花未传出的一人罚酒。这个罚酒者就有权充当下一轮的令官。也有用鼓声伴奏的。称"击鼓传花令"。令官拿花枝在手，使人于屏后击鼓，座客依次传递花枝，鼓声止而花枝在手者饮。过去运用较多。

（9）猜谜

是群众性的智力游戏。行令时通常可以和传花、拍7结合进行。如由罚酒人出谜面，由下一轮传花、拍7的输家猜谜底。猜不中者罚酒，如猜中则出谜人罚酒，猜中者并有下一轮出谜权。猜谜还可以限定范围，加限于席上所有物或室内所有物之类，由令官行令前宣布。

（10）说笑话

可由令官开始或上一轮行令受罚者开始，依次轮流说一个。如能逗引全席或多数人发笑，说笑话者算是成功，全席各饮一杯；倘若无人被逗笑，说笑话者认罚；如仅有一人或少数人笑，则罚笑者饮酒。

（11）酒牌令

以牌的形式，上刻所行酒令的内容。如咸丰年间产生的《列仙勒挝人》，上刻48位仙人的名字面存留。根据每位仙人的不同身份、经历、特点，限定铁面的法则。使用时，只荐任过抽取其中的一张牌，援服牌面上的次政法则施行。[1]如"老子"脉，上写"寿者欢"，即在席年龄大的人饮；如"黄石公四"脉，上写"有著述营一杯"，即在场有著作的人喝一杯酒，等等。

（12）筹令

竹制筹令，始于唐代盛行于明清。用时不必费脑筋而又颇有趣味，因此文人聚饮和闺房集宴多用之。他们在酒筹上铭刻经书或诗、词、曲成句，或《西厢记》《水浒》《红楼梦》中人名，并由此引申出敬酒、劝酒、罚酒等名目。1982年，在江苏丹阳县丁卯桥出土的金龟背负《论语》玉烛筒一种，酒令筹50枚。这是迄今为止发现的最古筹令。

（13）占花名

若干根签放在签筒里，每根签上画一种花草，题一句旧诗，并附有饮酒规则，行令时一人抽签，依签上规则饮酒。

3.游戏种类

（1）游戏1　循环相克令

用具：无

---

[1]　参见百度"酒令"词条（引用日期2014-6-15）.

人数：两人

方法：令词为"猎人、狗熊、枪"，两人同时说令词，在说最后一个字的同时做出一个动作——猎人的动作是双手叉腰，狗熊的动作是双手搭在胸前，枪的动作是双手举起呈手枪状。双方以此动作判定输赢，猎人赢枪、枪赢狗熊、狗熊赢猎人，动作相同则重新开始。

兴奋点：这个游戏的乐趣在于双方的动作大，非常滑稽。

缺点：只是两个人的游戏。

（2）游戏2　幸运大白鲨

用具：幸运大白鲨

人数：两人以上

方法：幸运大白鲨的构造非常简单，但玩起来却趣味无穷。方式是将大白鲨的嘴掰开，然后按下它的下排牙齿，这些牙齿中只有一颗会牵动鲨鱼嘴，使其合上，如果你按到这一颗，鲨鱼嘴会突然合上，咬住你的手指。当然，鲨鱼牙是软塑料做的，不会咬痛你的。

你可以在酒桌上把它作为赌运气的酒具，几个人轮流按动，如果被鲨鱼咬到罚酒。

兴奋点：适合男孩女孩一起玩，对于胆小的女孩子来说比较惊险。

缺点：首先你要先去买一个"大白鲨"，虽然价钱不贵。

（3）游戏3　官兵捉贼

用具：分别写着"官、兵、捉、贼"字样的四张小纸。

人数：4个人

方法：将4张纸折叠起来，参加游戏的4个人分别抽出一张，抽到"捉"字的人要根据其他3个人的面部表情或其他细节来猜出谁拿的是"贼"字，猜错的要罚，由抽到"官"字的人决定如何惩罚，由抽到"兵"字的人执行。

兴奋点：简单易行，不受时间地点场合的限制。

缺点：人数不易过多。

（4）游戏4　拍7令

用具：无

人数：无限制

方法：多人参加，从1－99报数，但有人数到含有"7"的数字或"7"的

97

认知篇

倍数时，不许报数，要拍下一个人的后脑勺，下一个人继续报数。如果有人报错数或拍错人则罚酒。

兴奋点：没有人会不出错，虽然是很简单的算术。

缺点：无

（5）游戏5　心脏病

用具：扑克牌

人数：越多越好

方法：将一副扑克牌给酒桌上的每个人平均分发，但是不能看自己和他人手里的牌。然后以酒桌上的人为序，按照人数排列。例如，酒桌上有5个人，可编为1－5的序号。如果该人出的牌和自己的序号相同，那大家的手就是拍向那张牌，可以手叠手的拍，最后拍上去的人是输家。

兴奋点：非常刺激，经常是大家的手红的一塌糊涂。

缺点：对桌子不利

（6）游戏6　开火车

用具：无

人数：两人以上，多多益善

方法：在开始之前，每个人说出一个地名，代表自己。但是地点不能重复。游戏开始后，假设你来自北京，而另一个人来自上海，你就要说：“开呀开呀开火车，北京的火车就要开。”大家一起问：“往哪开？”你说：“上海开”。那代表上海的那个人就要马上反应接着说：“上海的火车就要开。”然后大家一起问：“往哪开？”再由这个人选择另外的游戏对象，说：“往某某地方开。”如果对方稍有迟疑，没有反应过来就输了。

兴奋点：可以增进人与人的感情，而且可以利用让他或她“开火车”的机会传情达意、眉目传情。

缺点：无

（7）游戏7　抓扑克牌

用具：扑克牌

人数：两人以上，多多益善

方法：抓扑克玩法，把扑克摆在中间，从一个人开始抓（一般年长者或者领导），他抓到的扑克为A－K，代表1－13个数，抓到的数字，即从他开始数这个数字的那个人喝酒，那个人喝完了开始再抓。如果抓到A，就自己喝，如果抓到大王，要喝5杯，如果抓到小王，要喝3杯了。

（8）游戏8　投壶

用具：壶，箭

人数：不限

方法：以壶口为目标，宾主每人持4支箭，依次投入壶中，以投中多少决定胜负，最少者罚酒。

（9）游戏9　流觞

用具：觞

方法：聚会于环曲的水流边，临水设宴，在上流放置酒杯，任其顺流而下，杯在谁面前打转或停下，谁即取饮，叫做流觞，也叫流杯。

4.限酒令

限酒令是国家对酒的生产和消费等有关行为的约束禁止。它属于酒政的一部分内容。

（1）限酒令的起源

远古时代，由于粮食生产并不稳定，酒的生产和消费一般来说是一种自发的行为，主要受粮食产量的影响。同时要明确的是，在奴隶社会，有资格酿酒和饮酒的都是有身份，有地位的上层人物。酒在一定的历史时期内并不是商品，而只是一般的物品。人们还未认识到酒的经济价值。这种情况一直延续到汉朝前期。

从夏禹绝旨酒开始及周公发布《酒诰》以来，随着时代的进步，酒的管理制度和措施的内容越来越丰富，形式越来越多样化。酒政的具体实施形式和程度随各朝而有所不同，但基本上是在禁酒、榷酒和税酒之间变来变去。此外还有一些特殊的形式。实行不同的酒政，往往涉及到酒利在不同社会集团之间的分配问题，有时经济斗争和政治斗争交织在一起。另外，由于政权更迭，酒政的连续性时有中断，尤其是酒政作为整个经济政策的一部分，其实施的内容和方式往往与国家整个经济政策有很大的关系。

酒政：是国家对酒的生产、流通、销售和使用而制订实施的制度政策的总和。

禁酒：即由政府下令禁止酒的生产、流通和消费。

禁酒的目的：主要是减少粮食的消耗，备战备荒。这是历代历朝禁酒的主要目的。防止沉湎于酒，伤德败性，引来杀身之祸，禁止百官酒后狂言，议论朝政。这点主要针对统治者本身而言。

禁群饮：在古代主要是为了防止民众聚众闹事。

由于酒特有的引诱力，一些贵族们沉湎于酒，成为了严重的社会问题，最高统治者从维护本身的利益出发，不得不采取禁酒措施。

（2）古代的限酒令

在中国历史上，夏禹可能是最早提出禁酒的帝王。相传"帝女令仪狄作酒而美，进之禹。禹饮而甘之。遂疏仪狄而绝旨酒。曰：'后世必有以酒亡其国者。'"（《战国策·魏策二》）在此，"绝旨酒"可以理解为自己不饮酒，但作为最高统治者，"绝旨酒"的目的大概不仅仅局限于此，而是表明自己要以身作则，不被美酒所诱惑，同时大概也包含有禁止民众过度饮酒的想法。

事实证明夏禹的预见是正确的。夏朝和商朝的末君都是因为酒而引来杀身之祸而导致亡国的。从史料记载及出土的大量酒器来看，夏商两代统治者饮酒的风气十分盛行。夏桀"作瑶台，罢民力，殚民财，为酒池糟。纵靡靡之乐，一鼓而牛饮者三千人"。夏桀最后被商汤放逐。商代贵族的饮酒风气并未收敛，反而越演越烈。出土的酒器不仅数量多、种类繁，而且其制作巧夺天工，堪称世界之最。这充分说明统治者是如何的沉湎于酒。据说商纣饮酒七天七夜不歇，酒糟堆成小山丘，酒池里可运舟。据研究商代的贵族们因长期用含有锡的青铜器的饮酒，造成慢性中毒，致使战斗力下降。商代的灭亡被普遍认为酗酒成风是其重要的原因。西周统治者在推翻商代的统治之后，发布了我国最早的禁酒令《酒诰》。其中说道，不要经常饮酒，只有祭祀时，才能饮酒。对于那些聚众饮酒的人，抓起来杀掉。在这种情况下，西周初中期，酗酒的风气有所敛。这点可从出土的器物中，酒器所占的比重减少得到证明。《酒诰》中禁酒之教基本上可归结为无彝酒、执群饮、戒缅酒，并认为酒是大乱丧德，亡国的根源。这构成了中国禁酒的主导思想之一。成为后世人们引据经典的典范。

西汉前期实行"禁群饮"的制度，相国萧何制定的律令规定："三人以上无故群饮酒，罚金四两。"（《史记·文帝本纪》文颖注）这大概是西汉初，新王朝刚刚建立，统治者为杜绝反对势力聚众闹事，故有此规定。禁群饮，这实际上是根据《酒诰》而制定的。

禁酒时，由朝廷发布禁酒令。禁酒也分为数种，一种是绝对禁酒，即官私皆禁，整个社会都不允许酒的生产和流通；另一种是局部地区禁酒，这在有些朝代如元朝较为普遍，主要原因是不同地区，粮食丰歉程度不一。还有一种是禁酒曲而不禁酒，这是一种特殊的方式，即酒曲是官府专卖品，不允许私人制造，属于禁止之列。没有酒曲，酿酒自然就无法进行。还有一种禁酒是在国家实行专卖时，禁止私人酿酒、运酒和卖酒。

在历史上禁酒极为普遍，除了以上的政治原因外，更多的还是因为粮食问题引起的。每当碰上天灾人祸，粮食紧张之时，朝廷就会发布禁酒令。而当粮食丰收，禁酒令就会解除。禁酒时，会有严格的惩罚措施。如发现私酒，轻则罚没酒曲或酿酒工具，重则处以极刑。

处罚制度是为了保证官府的酒业政策得到顺利实施的必要手段，在国家实行专卖政策、税酒政策或禁酒政策时，都对私酿酒实行一定程度的处罚。轻者没收酿酒器具、酿酒收入或罚款处理，重者处以极刑。

（3）限酒的影响

禁酒的结果无疑会使酿酒业受到很大的摧残，酒的买卖少了，连酒的市税也收不到。唐代宗广德元年，安史之乱终于结束。唐朝政府为了应付军费开支和养活皇室及官僚，巧立名目，征收苛捐杂税。据《新唐书·杨炎传》的记载，当时搜括民财已到了"废者不削，重者不去，新旧仍积，不知其涯"的地步。为确保国家的财政收入，再次恢复了180多年的税酒政策。代宗二年，"定天下酤户纳税"（《新唐书·食货志》）。《杜佑通典》也记载："二年十二月敕天下州各量定酤酒户，随月纳税，除此之外，不问官私，一切禁断。"

唐朝的税酒，即对酿酒户和卖酒户进行登记，并对其生产经营规模划分等级，给予这些人从事酒业的特权。未经特许的则无资格从事酒业。大历六年的作法是："酒税一般由地方征收，地方向朝廷进奉，如所谓的'充布绢进奉'是说地方上可用酒税钱抵充进奉的布绢之数。"

（4）国外的限酒

①在澳大利亚，禁酒运动始于1830年代中期，并不主张绝对禁酒。

1880年代，澳大利亚建起了许多咖啡馆，在这里并不提供酒精饮料。不过随着禁酒运动的衰弱，这些咖啡馆的准则便改变。

在1880年代中期，美国的基督教妇女禁酒联合会在澳大利亚成立分部，这个联盟的宗旨要比以前澳大利亚人见过的更为激烈。虽然后来失败了，但是至少在第一次世界大战时它是成功的，大战期间一些酒吧被强制关闭，另外一些则被勒令于下午6点之前关门，而原本的时间是晚上11点或11点半。第一个关闭令是南澳大利亚州在1925年颁布的。1916年新南威尔士州、维多利亚州和塔斯马尼亚州也都采取了6点之前停止酒吧营业的措施。西澳大利亚州为9点停业，昆士兰州直到1923年才宣布于晚上8点前停止酒吧营业。不过早期的酒吧停业令收效不大。因为酒吧6点钟停业产生了著名的"Six O'clocks Will"（下班后的痛饮），顾客们会在酒吧停业之前迅速冲到酒吧中痛饮一番。

②1920年代，加拿大的禁酒运动达到高峰。后来禁止酒精消费的法律被废除了，而代以禁止对未成年人销售酒精饮料和对酒类增收高额赋税。

③1836年，新西兰第一场有记录的禁酒会议在北岛的岛屿湾举行。1860年出现了许多禁酒组织。1873年的授权法允许在有2/3的居民表决同意禁酒的地区禁止酒精销售。1886年，新西兰抑制和废除酒精贸易联盟（New Zealand Alliancefor Suppression and Abolition of the Liquor Traffic）形成，推动新西兰对酒精贸易的控制。

1911年，新西兰举行了是否颁发禁酒令的公民投票，支持者占55.8%，但因没有达到要求的60%而失败。1914年，举行了另一场公投，支持者有49%。在这之后还举行过一些其他的公投，但都无疾而终。

和澳大利亚一样，一战期间"Six O' clocks Will"在新西兰也很盛行。

④在英国，禁酒运动大量发生在19世纪。在这之前，禁酒是相当不受欢迎的。最早的禁酒运动由爱尔兰长老宗牧师约翰·埃德加发起，1829年他将一桶威士忌从自家的窗户倒了出去，同时主要是针对烈酒而不是普通的酒和啤酒。Joseph Livesey是另一个倡导禁酒者，并用他从干酪生产中获得的财富支持禁酒运动。"Teetotal"（绝对禁酒）这个词就是产生自他的追随者理查德·透纳1833年发表的一场演讲。同年，Livesey开设了第一家不提供酒精饮料的旅馆，次年创建了第一家禁酒杂志《普林斯顿禁酒倡导者》（The Preston Temperance Advocate，1834—1837年）。不列颠提倡禁酒协会成立于1835年。

1847年，青年终身戒酒团在里兹成立，目标是令孩子们远离酒精。其成员必须宣誓远离一切酒精饮料。

1853年，受美国禁酒法通过的鼓舞，约翰·巴塞洛缪·高夫领导的英国联盟成立，宗旨是令英国政府颁布同样的法律。这个组织的强硬风格没有得到其他禁酒运动组织的支持，后者更提倡精神上的节制。这种分歧也影响了英国禁酒运动的发展。1854年啤酒销售法案导致了一场暴动。1859年，英国下议院以压倒性多数驳回了一项禁酒法案。

1873年，天主教枢机亨利·爱德华·曼宁成立了十字架联盟，这是一个主张完全禁欲的组织。1876年，英国女性禁酒协会形成，目标是说服男性停止饮酒。1880年至1882年间，一些美国的禁酒组织派遣成员来英国推动他们的事业发展。1884年，与英国自由党有关系的国家禁酒联合会成立。

因为政府的介入，禁酒运动得到了意想不到的发展，1914年第一次世界大战爆发不久，英国政府通过了保卫王国法案（Defence of the Realm Act），法案规定了酒吧营业时间，要求降低啤酒的度数并类征收一品脱一便士的额外税收。

⑤1829年，长老宗牧师约翰·埃德加发起了一场禁酒运动。同时，许多橙带党成员也有戒酒节欲的表现。

在爱尔兰，天主教神父西奥博尔德·马修鼓励数千名民众签名，并在1838年建立了绝对禁欲学会。

⑥1898年，詹姆斯·卡伦成立先锋绝对禁欲协会，试图重新激起人们对禁酒运动的关注。

A.早期禁酒运动：1784—1861年

在18世纪和19世纪之交，酗酒越来越受民众的反对。公众的压力迫使政府颁布限制酒精销售的法规。

班哲明·拉许1784年发表的小册子《关于烈酒对人类身心影响的调查》（An Inquiry Intothe Effects of Ardent Spirits Uponthe Human Bodyand Mind）判定酒精对于人的身心健康毫无益处。受此影响康涅狄格州的200个农民在1789年形成了一个禁酒协会，目标是禁止威士忌的制造。1800年在弗吉尼亚州、1808年在纽约州也成立了相同的组织。接下来的数十年间，其他的禁酒组织也在别的州成立了。

南北战争削弱了禁酒运动的影响，南方的支持者被强势的北方反对者压倒了，直到1870年代禁酒运动才得以复兴。

B.第二波禁酒运动：1872—1893年

1870年代，重建时期结束，许多白人改革家开始重新投身于禁酒运动。这一时期产生了包括基督教妇女禁酒联合会（WCTU）在内的许多禁酒组织。南方的禁酒运动再次兴起。1873年，基督教妇女禁酒联合会在一些学校和学院成立了科学禁酒指导部，玛丽·亨特任监督员。WCTU也关注无关于酒的其他女性权利，例如抚养权、女性教育、工作权和所有权。

美国禁酒大学成立于1893年，位于田纳西州哈里曼。次年接受来自美国20个州的345名学生，1908年关闭。

南北战争之后美国各地建起了许多公共自动饮水器。全国基督教妇女禁酒联合会（NWCTU）在1874年举行的一场集会上鼓励与会者在她们生活的地方建造自动饮水器，认为这样可以减少男性在感到口渴时寻求酒精解渴的可能性。

俄勒冈州的木材商西蒙·本森希望自己的工人能够戒酒，1912年，他向俄勒冈州波特兰政府捐赠了1万美元，建立了20个青铜戒酒饮水器，后来被称作"本森饮水器"。现在这些饮水器依然可以使用。

C.第三波禁酒运动：1893—1933年

第三波禁酒运动和反沙龙联盟一起兴起，众多的禁酒组织使得1919年美国宪法第十八修正案最终得以通过，在全国开始了禁酒。1933年，美国宪法第二十一次修正案通过，第十八次修正案被取消。

D.反沙龙联盟

霍华德·海德·拉塞尔（Howard Hyde Russell）在1893年成立了反沙龙联盟。他们只关注政客是否投票反对禁酒，而不在乎他们本身是否饮酒。

19世纪末，很多新教和天主教教派都支持依法限制酒精饮料的销售和消费。这些教派相信酒精消费会导致贪污、卖淫、配偶虐待以及其他一些犯罪行为。

反沙龙联盟以1919年美国宪法第十八次修正案的通过达成了其主要目标。不过禁酒令虽然阻止了人们在公共场合饮酒，却也滋生了私酿酒行业的兴起。因此也产生了许多相应的黑社会行为。

到了七八十年代，流行群交和吸毒的美国人对于酒的心态彻底解禁，甚至没有把违法喝酒看作追求精神自由的象征。

到了21世纪的今天，他们已经把酒看做一项目非常平常的事情。

（5）中国限酒的规定

对未成年人的限酒令。中国商务部于2005年11月7日颁布了《酒类流通管理办法》，将于2006年1月1日正式实施。办法明确规定，酒类经营者不得向未成年人销售酒类商品，并应当在经营场所显著位置予以明示。对违反规定的，由商务主管部门或会同有关部门予以警告，责令改正；情节严重的，处2000元以下罚款。

另世界各国大都有不同程度地限制未成年人饮酒的法令。

第十一章　酒礼探微

酒礼即饮酒的礼节，使饮酒成为一种庄重的活动、一种仪式。这种礼节，使饮酒成为文明进程或文化氛围的一部分，现在宴会上碰杯即为酒礼。

一、酒礼的历史典故

传说，钟毓和钟会幼时，一次，他们都以为父亲睡着了，遂邀约偷喝酒。其实父亲并未熟睡，不过是想窥视他们兄弟二人偷喝酒时的情状。父亲发现，毓喝酒"拜而后饮"，会则"饮而不拜"。于是各问其缘由。毓曰："酒以成礼，不敢不拜。"而会则曰："偷本非礼，所以不拜。"这个典故很有趣，说明古人饮酒时都讲究一定的礼节。这种礼节，使饮酒成为一种庄重的活动、一种仪式。所以，饮酒不能失礼。

二、中国古代酒礼

我国古代饮酒有以下一些礼节：主人和宾客一起饮酒时，要相互跪拜。晚辈在长辈面前饮酒，叫侍饮，通常要先行跪拜礼，然后坐入次席。长辈命晚辈饮酒，晚辈才可举杯。长辈酒杯中的酒尚未饮完，晚辈也不能先饮尽。

古代饮酒的礼仪约有四步：拜、祭、啐、卒爵。就是先作出拜的动作，表示敬意，接着把酒倒出一点在地上，祭谢大地生养之德；然后尝尝酒味，并加以赞扬令主人高兴；最后仰杯而尽。

在酒宴上，主人要向客人敬酒（叫酬），客人要回敬主人（叫酢），敬酒时还有说上几句敬酒辞。客人之间相互也可敬酒（叫旅酬）。有时还要依次向人敬酒（叫行酒）。敬酒时，敬酒的人和被敬酒的人都要"避席"，起立。普通敬酒以三杯为度。

中华民族的大家庭中的56个民族中，除了信奉伊斯兰教的回族一般不饮酒外，其它民族都是饮酒的。饮酒的习俗各民族都有独特的风格。

三、中国当代酒礼

在当代，古代的酒礼已经成为了一种中国独有的传统文化，而随着现代生活因素的改变，平等与民主的思想影响越来越深，中国酒桌上的礼仪也随之改变，形成了中国独特的现代酒礼文化。与此同时，各大白酒的生产厂商也开始运用酒礼来作为自我品牌建造的方式，开始尝试利用教育消费者的方式来提升自身品牌，加强企业文化，其在推行品牌的同时也影响着当代酒礼的形成。

四.中国酒的礼与德

这里所说的"礼"，即指人们的行为规范、规矩、仪节等。中国古代文化史专家柳诒征先生认为："古代初无尊卑，由种谷作酒之后，始以饮食之礼而分尊卑也。"（《中国文化史》）由此可知两点：一是酒与礼结缘之早之深；二是礼之作用是"分尊卑"。

中国素有"礼仪之邦"的美誉。自三代以来，礼就成为人们社会生活的总准则、总规范。古代的礼渗透到政治制度、伦理道德、婚丧嫁娶、风俗习惯等各个方面，酒行为自然也纳入了礼的轨道，这就产生了酒行为的礼节——酒礼，用以体现酒行为中的贵贱、尊卑、长幼乃至各种不同场合的礼仪规范。到了西周，酒礼成为最严格的礼节。周公颁布的《酒诰》，明确指出天帝造酒的目的并非供人享用，而是为了祭祀天地神灵和列祖列宗，严申禁止"群饮""崇饮"，违者处以死刑。秦汉以后，随着礼乐文化的确立与巩固，酒文化中"礼"的色彩也越来越浓，《酒戒》《酒警》《酒觞》《酒诰》《酒箴》《酒德》《酒政》之类的文章比比皆是，完全把酒纳入了秩序礼仪的范畴。为了保证酒礼的执行，历代都设有酒官。周有酒正、汉有酒士、晋有酒丞、齐有酒吏、梁有酒库丞、隋有良酝署、唐宋因之。如果说典籍文化中所定之礼集团代表了统治阶级维护统治、保护特权的利益，那么文人雅士所言之礼则集中体现了士大夫阶级的审美情趣和文化心理。比如，有人认为理想的饮酒对象是"高雅、豪侠、直率、忘机、知己、故交、玉人、可儿"，饮酒地点是"花下、竹林、高阁、画舫、幽馆、曲涧、平畴、荷亭"，饮酒季节是"春郊、花时、清秋、新绿、雨霁、积雪、新月、晚凉"（吴斌《酒政》）。有人认为理想的酒友是"款于词而不佞者，娱于色而不靡者，怯猛饮而惜终欢者，抚物为令而不涉重者，闻令即解而不再问者，善戏谑而不虐者，语便便而不乱者，持屈爵而不诉者，偕众乐而恶外嚣者，飞爵腾觚而德仪无愆者，坐端宁而神逸者，宁酣沉而倾泼者"（田世衡《醉公律令》）。理想的醉地是"醉花宜昼，袭其光也；醉雪宜夜，消其洁也；醉文人宜谨节奏章程，畏其侮也；醉俊人宜加觥盂旗帜，助其烈也；醉楼宜暑，资其清也，醉水宜秋，泛其爽也……"（袁宏道《酒令》）。凡此种种，都可看出士大夫阶层对超俗拔尘境界的推崇，对温文尔雅风度的追求。在这里，酒被诗化、雅化了，由一个桀骜不驯的"野人"变成了一个温柔娴静的"淑女"。

当然，对于一般老百姓来说，就没有统治阶级和文人雅士那么多的酒礼，但是他们对于年长者和领导者的尊从，对某种仪式的默契，对饮酒对象的选择等等，都不难发现"礼"的影响。

对于中国人的酒礼，外国人自然感到好奇。俄国大作家契诃夫在《萨哈林游记》中讲到他去中国东北一个小酒馆看到中国人喝酒的情况时说："他们一口一口地喝，每一次都端起酒杯，向同桌邻近的人说一声'请'，然后喝下去，真是怪有理的民族。"

酒德，即酒行为的道德，它是与酒礼互为表里的。龚若栋先生认为："如果说礼是中国酒文化内核的话，那么酒德就是中国酒文化的外壳。"此话很有见地。古人认为，酒德有凶和吉两种。《孔氏传》云："以酒为凶谓之酗，言讨心迷政乱，以酗酒为德，戒嗣王无如之。"（《书经集传》）故首先提出"酒德"概念的周公（《十三经注释》）所反对的是酗酒的酒德，所提倡的是"毋彝酒"（《尚书·酒诰》）的酒德。所谓"毋彝酒"，就是不要滥饮酒。怎样才算不滥饮酒呢？《礼记》中作了具体的说明："君子之饮酒也，一爵而色温如也，二爵而言斯，三爵而冲然以退。"被后世尊为"圣人"的孔子曾提出"唯酒无量，不及乱"，就是说各人饮酒的多少没有什么具体的数量限制，以饮酒之后神志清晰、形体稳健、气血安宁、皆如其常为限度。"不及乱"即为孔子鉴往古、察当时、戒来世提出的酒德标准。先秦时符坚的黄门侍郎赵整目睹符坚与大臣们泡在酒中，就写了一首劝戒的《酒德歌》，使之反省而接受了劝谏。酒德更牵涉到文明礼貌。古人吴彬在《酒政》中提出饮酒要禁忌"华诞、连宵、苦劝、争执、避酒、恶谑、喷秽、佯醉"。程洪毅在《酒警》中指出饮酒要"欧洲骂座、警苛令、警趋附""警喧谈""警煞风景"。

古今医学从保健的角度也极为提倡酒德。战国时期的名医扁鹊就说："久饮酒者溃髓蒸筋，伤神损寿。"唐朝"药王"孙思邈曰："空腹饮酒多患呕逆。"明代大家李明珍也说："过饮不节，杀人倾刻。"现代医家还总结了不少饮酒的科学方法。

总之，制止滥饮，提倡节饮，文明饮酒，科学饮酒，这就是中国酒文化所提倡的饮酒之德。

除此之外，酒德还反映在酒的酿造和经营行为上。按现在的话来说，就是酒的酿造，要严格的按工艺程度和质量标准去做，不能偷工减料，以次充好；酤酒必须货真价实，不缺斤少两。我国许多传统名酒之所以千百年盛誉不衰，一个根本的原因，就是始终保持重质量、重信誉的高尚酒德。

中国酒史如此之长且尚酒之风又如此普遍，但酗酒之害却并不严重，与西方国家大不一样。原因之一就是中国从周代就大力倡导"酒礼"与"酒德"，并设有酒官，强制限酒，把禁止滥饮、防止酒祸法律化，从而保证了中国酒文化始终沿着正确的方向在发展。原因之二就是中国历代的"禁酒"主要是从"节粮"这个角度提出来的。当年夏禹之所以"疏仪狄，绝旨酒"，正是因为这种酒都是用粮食酿造的，如果都用粮食来造酒喝，势必会使天下因为缺粮而祸乱丛生，危及社稷。此后历史上大规模的真正的禁酒，如齐景公、汉文帝、汉景帝、曹操、刘备、西晋赵王、北魏文成帝、北齐武成帝、北周武帝、隋文帝、唐肃宗、元世祖、明太祖、清圣祖等时的禁酒，绝非仅仅因为酗酒造成社会问题，而主要是为了备战积聚粮草，或因天灾人祸，"年荒谷贵"所使然。所以每次禁酒基本上令行禁止，收效显著。相比之下，西方社会的大规模禁酒运动，只是从试图改善社会矛盾和保护人身健康的角度提出来的，所以屡禁不止。这说明了西方酒文化从概念上来说，也缺乏中国酒文化所具备的博大精深的内涵和特征。

综观中国酒文化的酒礼和酒德，固然有许多必须扬弃的东西，如等级尊卑观念、酒仪中的繁文缛节，以及形形色色的封建迷信色彩等，但客观地剖析，酒礼和酒德仍有许多值得继承和发扬的精华，如尊敬父兄师长，行为要端庄，饮酒要有节制，酿酒、酤酒要讲质量、重信誉等。

在社会经济文化高度发展的今天，我们仍应该认真地吸收传统酒礼和酒德中的精华，扬弃其糟粕，这对于当前的两个文明建设仍然具有现实意义。

第十一章 也谈历史上的饮酒诗

中国是一个以诗传世的古国，又是一个盛产名酒的古国。

诗，是人类精神劳动产生的高雅的文学奇葩；酒，是人类物质生产的精华琼浆。在中国，从远古以来，诗与酒就交织在一起，结下了不解之缘，从而形成独具中国特色的"中国诗酒文化"。

在中国文化漫长发展过程中，诗依从文学而出现，在其他文学样式尚处于胎眠时期，诗就在人们精神劳动中脱颖而出。诗是概括生活、浓缩语言、凝炼真情、富于内在、旋律优美的文学样式。它为时代脉搏跳动，是人们精神世界最敏锐的触须。以诗的总体而论，它是人类进入文明的象征。在人类精神领域和文化艺术领域里，它对哲理、道德、文学、美学进行广泛而深远的探索，从中凝聚、提炼诗的真谛。

一、名家吟名诗

短歌行（曹操）

对酒当歌，人生几何？譬如朝露，去日苦多，慨当以慷，幽思难忘。何以解忧，唯有杜康。青青子衿，悠悠我心。但为君故，沉吟至今。呦呦鹿鸣，食野之苹。

我有嘉宾，鼓瑟吹笙。明明如月，何时可掇？忧从中来，不可断绝。越陌度阡，在用相存。契阔谈䜩，心念旧恩。月明星稀，乌鹊南飞，绕树三匝，何枝可依？

山不厌高，海不厌深，周公吐哺，天下归心。

将进酒（李白）

君不见黄河之水天上来，奔流到海不复回。

君不见高堂明镜悲白发，朝如青丝暮成雪。

人生得意须尽欢，莫使金樽空对月。

天生我材必有用，千金散尽还复来。

烹羊宰牛且为乐，会须一饮三百杯。

岑夫子，丹丘生，将进酒，杯莫停。

与君歌一曲，请君为我倾耳听。

钟鼓馔玉不足贵，但愿长醉不复醒。

古来圣贤皆寂寞，惟有饮者留其名。

陈王昔时宴平乐，斗酒十千恣欢谑。

主人何为言少钱，径须沽取对君酌。

五花马，千金裘，呼儿将出换美酒，与尔同销万古愁。

襄阳歌（李白）

落日欲没岘山西，倒著接䍠花下迷。

襄阳小儿齐拍手，拦街争唱白铜鞮。

傍人借问笑何事，笑杀山公醉似泥。

鸬鹚酌，鹦鹉杯。

百年三万六千日，一日须倾三百杯。

遥看汉水鸭头绿，恰似葡萄初酦醅。

此江若变作春酒，垒麹便筑槽丘台。

千金骏马换小妾，笑坐雕鞍歌落梅。

车旁侧挂一壶酒，凤笙龙管行相催。

咸阳市中叹黄犬，何如月下倾金罍。

君不见晋朝羊公一片石，龟头剥落生莓苔。

泪亦不能为之堕，心亦不能为之哀。

清风朗月不用一钱买，玉山自倒非人推。

舒州杓，力士铛，李白与尔同死生。

襄王云雨今安在，江水东流猿夜声。

送元二使安西（王维）

渭城朝雨浥轻尘，客舍青青柳色新。

劝君更尽杯酒，西出阳关无故人。

劝醉（元稹）

窦家能酿销愁酒，但是愁人便与销。

顾我共君俱寂寞，只应连夜复连朝。

独醉（元稹）

一树芳菲也当春，漫随车马拥行尘。

桃花解笑莺能语，自醉自眠那藉人。

宿醉（元稹）

风引春心不自由，等闲动席饮多筹。

朝来始向花前觉，度却醒时一夜愁。

遣怀（杜牧）

落魄江湖载酒行，楚腰纤细掌中轻。

十年一觉扬州梦，赢得青楼薄幸名。

玉楼春（晏殊）

闻琴解佩神仙侣，挽断罗衣留不住。

劝君莫作独醒人，烂醉花间应有期。

野色（范仲淹）

非烟亦非雾，幂幂映楼台。

白鸟忽点破，夕阳还照开。

肯随芳香歇，疑逐远帆来。

谁会山公意，登高醉始回。

饮湖上初晴后雨（苏轼）

水光潋滟晴方好，山色空蒙雨亦奇。

欲把西湖比西子，淡妆浓抹总相宜。

绝句（吕岩）

先生先生莫外求，道要人传剑要收。

今日相逢江海畔，一杯村酒劝君休。

饮酒想起诗，赋诗想起酒。酒与诗好像是孪生兄弟，结下了不解之缘。《诗经》是我国最早的一部诗歌总集，我们从中闻到浓烈的酒香。文学作品因酒而有灵性。李白、王维、李煜、苏轼等许多文人墨客的作品中不乏酒的身影。

酒能使人精神亢奋，又能使人袒露真实情感，历史曾留下了诗人许多论酒的精妙诗句，杜甫的《可惜》写道："宽心应是酒，遣兴莫过诗。"《独酌成诗》中："醉里从为客，诗成觉有神。"戴叔伦《醉中作》："醉后乐无极，弥胜未醉时。动容皆是舞，出语总成诗。"苏轼《和陶渊明〈饮酒〉》："俯仰各有志，得酒诗自成。"杨万里《重九后二月登万花山川谷月下传觞》："酒入诗肠风火发，月入诗肠冰雪泼。一杯未尽诗已成，诵诗向天天亦惊。"

酒也是诗人的一种抒情言怀的媒介，同样留下了许多脍炙人口的诗句。李白的《把酒问月》："青天有月来几时？我今停杯一问之。人攀明月不可得，月行却与人相随。皎如飞镜临丹阙，绿烟灭尽清辉发。但见宵从海上来，宁知晓向云间没。白兔捣药秋复春，嫦娥孤栖与谁邻？今人不见古时月，今月曾经照古人。古人今人若流水，共看明月皆如此。唯愿当歌对酒时，月光长照金樽里。"苏轼的《水调歌头》："明月几时有？把酒问青天。不知天上宫阙，今夕是何年？我欲乘风归去，惟恐琼楼玉宇，高处不胜寒。起舞弄清影，何似在人间？转朱阁，低绮户，照无眠。不应有恨，何事长向别时圆？人有悲欢离合，月有阴晴圆缺，此事古难全。但愿人长久，千里共蝉娟。"从酒写到月，从月归到酒，从空间感受写到时间感受。悠悠万世，明月的存在对于人间是一个魅人的宇宙之谜。因酒起兴，借月发端，表现出一般人难有的宇宙意识。

二、盛宴尽欢

宴会是比较轻松的时刻，往往是喜庆的日子或者是朋友团聚集会的场合，此时此刻，人头颤动，觥筹交错，呼五喝六，热闹非凡，酒是宴会必不可少的兴奋剂。李白就有《春夜宴从弟桃李园序》："开琼宴以坐花，飞羽觞而醉月，不有佳咏，何伸雅怀？如诗不成，罚依金谷酒数。"张继的《春夜皇甫冉宅欢宴》："流落时相见，悲欢共此时。兴因尊酒洽，愁为故人轻。"岑参的《凉州馆中与诸判官夜集》："一生大笑能几回，斗酒相逢须醉倒。"李世民的《帝京篇十首并序》其八："欢乐难再逢，芳辰良可惜。玉酒泛云罍，兰肴陈绮席。千锺合尧舜，百兽谐金石。得志重寸阴，忘怀轻尺璧。"

三、饯行凝重

临别饯行，友人们既共叙美好回忆，又对未来充满憧憬，绵绵的离愁，真诚的祝福，都留在饯行的酒席上。把所有的离情别绪全都倾注在浓浓的美酒中吧，朋友啊朋友，让我们举杯畅饮，祝愿你一路保重。让我们一醉方休，今日一别，不知何时能重逢矣。如王维的《送元二使安西》："渭城朝雨浥轻尘，客舍青青柳色新。劝君更尽一杯酒，西出阳关无故人。"李白的《金陵酒肆留别》："风吹柳花满店香，吴姬压酒劝客尝。金陵子弟来相送，欲行不行各尽觞。请君试问东流水，别意与之谁短长？"白居易《琵琶行》："浔阳江头夜送客，枫叶荻花秋瑟瑟。主人下马客在船，举酒欲饮无管弦。醉不成欢惨将别，别时茫茫江浸月。"贾至的《送李侍郎赴常州》："今日送君须尽醉，明朝相忆路漫漫。"

四、节日联想

中国古代传统节日如春节、清明节、中秋节、重阳节等往往是"每逢佳节倍思亲"之时。传统佳节，诗人自然饮酒舒怀。如白居易的《喜入新年自咏》："白须如雪五朝臣，又入新正第七旬。老过占他蓝尾酒，病余收得到头身。销磨岁月成高位，此类时流是幸人。大历年中骑竹马，几人得见会昌春。"杜牧的《清明》："清明时节雨纷纷，路上行人欲断魂。借问酒家何处有，牧童遥指杏花村。"卢照邻的《九月九日登玄武山旅眺》："他乡共酌金花酒，万里同悲鸿雁天。"孟浩然的《积登万山寄张五》："何当载酒来，共醉重阳节。"韩愈的《八月十五日夜赠张功曾》："一年明月今宵多，人生由命不由他。有酒不饮奈明何！"

五、独酌咏怀

诗人们有时空闲，独酌杯酒，抒发人生感慨，或激进慷慨，催人自新，促人奋进；或感叹仕途失意、怀才不遇、想念佳人、人生坎坷而处于矛盾、苦闷和焦灼中的彷徨和痛苦，他们以酒寄情，托物言志，咏成不少千古佳作。如王绩的《过酒家》："眼看人尽醉，何忍独为醒。"李世民的《赋尚书》："寒心睹肉林，飞魄看沉湎。纵情昏主多，克己明君鲜。灭身资累恶，成名由积善。既承百王末，战兢随岁转。"孟浩然的《过故人庄》："开轩面场圃，把酒话桑麻。"李白的《月下独酌》："花间一壶酒，独酌无相亲。举杯邀明月，对影成三人。"及《行路难》："金樽清酒斗十千，玉盘珍羞直万钱……长风破浪会有时，直挂云帆济沧海。"杜甫的《独酌成诗》："醉里从为客，诗成觉有神。"罗隐的《自遣》："今朝有酒今朝醉，明日愁来明日愁。"韦庄的《谴兴》："乱来知酒圣，贫去觉钱神。"

六、边塞抒臆

酒，也是诗人离愁别绪真情流露的载体。王维的《送元二使安西》："渭城朝雨浥轻尘，客舍青青柳色新。劝君更尽一杯酒，西出阳关无故人。"表达了强烈的惜别之情，千言万语溶化到这一杯酒中。那真诚感人的劝慰，既有悠长的离情又有伤而不悲的别苦；李白的《金陵酒肆离别》："风吹柳花满店香，吴姬压酒劝客尝。金陵子弟来相送，欲行不行各尽觞。请君试问东流水，别意与之谁短长。"写的是色彩斑斓的离愁别绪，春色迷人，畅饮佳酿，在离别中亦充满欢聚的快乐；白居易的《何处难忘酒》有七首之多："何处难忘酒，天涯话旧情。青云俱不达，白发递相惊。二十年前别，三千里外行。此时无一盏，何以叙平生。"这是其中之一，把酒作为友谊的象征，表达了依依惜别之情。

边塞酒诗较少，但尤以王翰《凉州词》最为优美："葡萄美酒夜光杯，欲饮琵琶马上催。醉卧沙场君莫笑，古来征战几人回。"此诗悲壮雄浑，抒发了征夫们视死如归的悲壮和激昂；其他如李欣的《塞下曲》："金笳吹朔雪，铁马嘶云水。帐下饮葡萄，平生寸心是。"鲍防的《杂感》似乎与边塞有关："汉家海内承平久，万国戎王皆稽首。天马常衔苜蓿花，胡人岁献葡萄酒。"畅当的《军中醉饮，寄沈八刘叟》："酒渴爱江清，余酣漱晚汀。软莎欹坐稳，冷石醉眠醒。野膳随行帐，华音发从伶。数杯君不见，都已遣沉冥。"

七、祭祀虔敬

饮酒是乐事，但由于受到生产力的制约，酿造一点酒并不容易。所以有了一点酒，往往想到我们的祖先，用作祭祀之用，与神灵共享，"清酒既载，骍牡既备。以享以祀，以介景福"。

祭祀者并不是白白地请吃请喝，而是对神都抱有希望，水旱风雷，常常威胁着人们的生存，在无法主宰自然的情况下，只能向神灵祈祷风调雨顺，禾稼丰收，免于饥馑。"自今以始，岁其有。君子有谷，诒孙子。于胥乐兮"。从春而复，由夏而冬，人们一面披风雪，冒寒暑，不停耕耘，也一面向神灵膜拜，暗暗祝祷，然而真正让人们眉开眼笑，饮得安乐，饮得热闹的，当是在禾稼登场的时候，这是饮酒中场面最为壮观、气氛最为活跃的时刻，往往是上下三村，群贤毕至，少长咸集，妇孺全到。

中国传统节日以祭祀神灵、集社欢庆丰收最为热闹，此时人山人海，熙熙攘攘，锣鼓喧天，欢歌狂舞，痛饮豪赌，游戏玩耍，热闹场面，应有尽有。如王驾的《社日》："鹅湖山下稻粱肥，豚栅鸡埘半掩扉。桑柘影斜春社散，家家扶得醉人归。"李嘉佑的《夜闻江南人家赛神因题即事》："南方淫祀古风俗，楚妪解唱迎神曲。枪枪铜鼓芦叶深，寂寂琼筵江水绿。雨过风清洲渚闲，椒浆醉尽迎神还。听此迎神送神曲，携觞欲吊屈原祠。"刘禹锡的《阳山庙观赛神》："汉家都尉旧征蛮，血食如今配此山。曲盖幽深苍桧下，洞萧愁绝翠屏间。荆巫脉脉传神语，野老娑娑启醉颜。日落风生庙门外，几人连踏竹歌还。"

八、社会多彩

在人世间诸多情感之中，最炽烈、最真诚、最持久、最感人的莫过于爱情。李清照的《醉花阴》："薄雾浓云愁永昼。瑞脑消金兽。佳节又重阳，玉枕纱厨，半夜凉初透。东篱把酒黄昏后。有暗香盈袖。莫道不消魂，帘卷西风，人比黄花瘦。"从生活片断的点点滴滴，生动塑造了不堪忍受离别之苦的少妇形象。而陆游的《钗头凤》："红酥手，黄滕酒，满城春色宫墙柳。东风恶，欢情薄。一怀愁绪，几年离索。错！错！错！春如旧，人空瘦，泪痕红浥鲛绡透。桃花落，闲池阁。山盟虽在，锦书难托。莫！莫！莫！"则把因爱而被迫分离的痛苦，和对家长制扼杀美好爱情的控诉表现得淋漓尽致。柳永的《雨霖铃》："寒蝉凄切，对长亭晚，骤雨初歇。都门帐饮无绪，留恋处、兰舟催发。执手相看泪眼，竟无语凝噎。念去去、千里烟波，暮霭沉沉楚天阔。多情自古伤离别，更那堪、冷落清秋节。今宵酒醒何处？杨柳岸、晓风残月。此去经年，应是良辰好景虚设。便纵有、千种风情，更与何人说？"执手告别，依次层层描述离别的场面和双方惜别的情态，犹如一首带有故事性的剧曲，展示了令人伤心惨目的一幕。

任何社会都有它的阴暗面，封建的唐帝国也不例外，诗人们以他们敏锐的视觉，发现了社会底层的劳苦大众的疾苦，也感受到达官贵人们的奢侈和糜烂，这些酒诗是有积极的社会意义的。如杜甫的《自京奉先县咏怀五百字》："朱门酒肉臭，路有冻死骨。"白居易的《轻肥》："食饱心自若，酒酣气益振。是岁江南旱，衢州人食人。"郑遨的《伤农》："一粒红稻饭，几滴牛额血。珊瑚枝下人，衔杯吐不歇。"释贯休的《富贵曲》："太山肉尽，东海酒竭；佳人醉唱，敲玉钗折。宁知耘田车水翁，日日日炙背欲裂。"等，都把社会的全时空表现得淋漓尽致。

古往今来，在中国诗酒文化形成的过程中，还涌现出许多传诵至今的佳话，魏晋时代，曹操的"对酒当歌，人生几何""何以解忧，唯有杜康"成为广为传诵的名句。东晋诗人陶渊明的诗有一半谈到酒，如"试酌百情远，垂觞忘忘天"。唐代，诗歌大盛，诗人们嗜酒成风。代表人物首推诗仙李白，其中"李白斗酒诗百篇"，更是成为诗酒交融的名句；杜甫的咏酒绝唱，称著于世。与李白同代的爱酒诗人，先后还有贺知章、孟浩然、王昌龄、白居易、刘禹锡、元稹、李商隐、皮日休等等。从唐代诗人嗜酒，诗歌繁荣，可以看出诗酒交融的盛况。从史料上看，诗的形成到酒的出现，两者即结合在一起，诗酒撞击的灿烂火花，一直照耀着诗酒文化漫长的画卷。

中国诗酒文化，逐渐发展成为一个独立文化体系。

九、结句

纵观诗酒文化发展史，酒醉诗情，诗美酒醉；诗借酒神采飞扬，酒借诗醇香飘溢。诗与酒，相映生辉，形成绚烂的文明景观。诗人艾青把诗酒交融，比喻为"诗酒联姻，源远流长"，诗人贺敬之把诗酒交融誉为"诗情如酒，酒意如诗"，诗人绿原对诗酒从各自的内涵向对方伸延，说："诗是水中酒，酒是文中诗。"

从古至今，诗酒交融，诗酒联姻的轶闻趣事，脍炙人口，传为佳话，丰富美化了人的感情世界。

酒事千年，千年酒事，酒香传万世，充分显示出酒寄寓于文化、生活的价值。可以说，在中国古代漫长的历史进程中，有文学诗词创作，就有酒的相伴。何处有酒，何处有诗词。

一句"何以解忧，唯有杜康"，道尽酒的解忧之功效。"酒助文兴，文助酒香，酒文为伍，似体魂相伴"。从诗中可以看出酒是解忧的良药，也只有酒才能解忧，酒与诗词是密切关联的。中国酒业发展到唐宋，达到了空前的规模。这时期的酒文化体现的是酒与文人墨客大结缘，出现了辉煌的"酒章文化"的特征。借酒浇愁的千古名句更是空前的繁多，不胜枚举。最为耳熟能详的有"抽刀断水水更流，举杯消愁愁更愁""酒入愁肠，化作相思了"等，这些都体现了古人以酒解忧的习惯和依赖性。虽然不能达到解忧的目的，但却是忧愁之人的一种寄托、一种自我慰藉。在借酒解忧的时候，写成了一篇篇的诗词佳作。辛弃疾在壮志难酬，倍感失意之时，流连于酒堆，写成了《西江月•遣兴》词一首："醉里且贪欢笑，要愁那得工夫。"竟是酒催化了诗词的创作，诗词中体现了酒的解忧功效。酒、诗词与解忧，三者密切联系，酒助诗词兴，以酒解忧，诗词中体现以酒解忧。

众多的文人墨客尚酒，而他们又是诗词的创造者，这就注定了酒与中国古代诗词结下不解之缘。就促进了诗词作品的产生、创作和发展。同时，诗词作品中体现了酒的各种作用，二者是相互依存的。真可谓是酒助文兴佳章多，文助酒文化的传播并体现其存在的历史及作用。

践行篇

　　蜗角虚名，蝇头微利，算来著甚干忙。事皆前定，谁弱又谁强。且趁闲身未老，尽放我、些子疏狂。百年里，浑教是醉，三万六千场。

——苏轼

第一章 水族酒文化及旅游功能

酒文化是传统文化的一个分支，它的形成和发展存在于传统文化的形成和发展中，有专家这样说到："酒文化是一种以酒为物质载体，以酒行为为中心，反映人类世代劳动成就的文化形态。它既包含了物的成分——酒，也包含了人类在改造自然的环境中所形成的品格和行为方法，以及由此积聚起来的风俗、礼仪、意识等精神复合体。"水族是贵州特有的民族，水族的酒具有多种功能，作为饮料和由此产生的饮酒行为，是物质与精神的结晶，贯穿于历史、社会礼仪、宗教、娱乐之中，从一个侧面反映和体现了一个民族的传统文化。水族人有句俗话叫做"无酒不成礼"，这句话道出了水族人民对酒的特殊且深厚的感情。这些酒文化所包含的特点无疑都具备了少数民族风情旅游开发的价值，中国是一个传统饮酒的国家，从酒入手来开发旅游产品能使旅游更具特色。如让人在观赏水族当地的风光、品尝美食美酒的同时，能在当地购买一瓶独特酿制的美酒回去。回味无穷的九阡酒是一个很好的选择。水族是一个喜食糯米的民族，在水族简史里这样说到："饮食以大米为主，清中叶以前还以糯米为主食。"[1]也因为如此，水族人家培育出了许多特殊的糯稻品种，有白糯、香糯、黑糯、半边糯等。这么多种不同的糯米，也让他们酿制出来各种不同的美酒。可以说水族人把酒渗透到生活的每一个角落，婚丧嫁娶、喜庆佳节、祭祀祖先都离不开酒，不同场合的不同用酒习俗都体现了水族人民的性格特征，水族人用酒来表达自己复杂的思想感情，在酒中融入真性情。这些都恰巧是少数民族风情旅游开发中非常具有价值的部分。

123

践行篇

---

[1] 水族简史编写组. 水族简史[M]. 贵州民族出版社，1985.

一、水族的酒

水族人在长期的生产生活中创造了丰富多彩的酿酒工艺，水族喜食糯食，他们的酒以糯米酒为主，还酿制大米酒、杂粮酒、甜酒等。水族人无论男女老少都喜爱饮酒，离不开酒。值得一提的是，在水族，酿酒的工作通常是由妇女来担任，人们都说水族的人家，家家妇女会酿酒。

九阡酒在水族地区具有悠久的历史，俗语说"不喝九阡酒，枉到水乡走"，九阡酒与水族的文化和历史具有直接的关系。水族人爱饮酒，生产劳累，逢年过节，始终离不开酒，因此水族民间世代都传承有酿造酒的技术，就这样造就了最负盛名的九阡酒。九阡是贵州省三都水族自治县的一个镇，因当地水族生产出了独特的糯米酒，故以地名来命酒名。九阡酒以糯米为主要原料，酿制过程中加入多种药材。酒色棕黄，状若稀释的蜂蜜，味微甘，酒香馥郁。九阡酒下窖的时间越长越醇。陈年九阡酒通常在孩子出生时酿造下窖，直至结婚时，甚至到寿终时才饮用。[1]

九阡酒是历代水族民间向皇宫敬贡的主要特产。曾在国宴上，得到了毛主席的赞赏。国家领导人中的周总理也曾经对九阡酒表示赞誉。20世纪90年代后，三都把九阡酒做为主要代表水族的特色产品开始推广。2002年，九阡酒成为我省对外宣传的包含茅台在内的四个酒类产品之一，为此贵州电视台在《发现贵州》栏目专门以《酒乡传奇》为题拍摄了四集电视片。其中《山香野趣》就推介了九阡酒，中央电视台也因为九阡酒中传承的水族文化，很有民族特色，所以特选《山香野趣》在中央电视台播放。

节日习俗是一个民族的文化的重要组成部分，是历史的沉淀下来的综合文化现象。节日的欢庆需要酒的助兴，酒独特的色香味和所含的酒精都能让过节的人们热情高涨。水族历史悠久，文化璀璨，有着很多自己民族所特有的节日，其中最为人所知的就是水族的"端节"和"卯节"。

端节是水族重大的节日，就是水族过大年。从10月要一直过到11月，是世界上最长的一个节日。水族人民也称"端节"为"借端"（"借"水语"吃"的意思）吃端、过端，水族人欢庆团聚、辞旧迎新、庆丰收而举行的节日。端

[1] 潘朝霖. 水族佳酿——九阡酒[J].

节的当天也是整个节日期间最热闹、最快乐的一天。在这一天的大清早，族里的人就会在长老的指挥下敲起神圣的铜鼓，聚集在周围互祝人寿年丰，然后挨家挨户的去吃庆贺的年酒。每到一家，大家便会按辈分依序入座，挽着手臂在"秀！秀"（水族语：好！好！）的欢呼声中拿起手中香醇的糯米酒，一饮而尽。水族人民用他们所特有的糯米酒欢庆这个丰收的日子，人们会尽情的喝酒，因为这时候的酒不再只是一种饮料，更多的代表着富足。

卯节，水语称"借卯"，意译为"吃卯"，是水族别具特色的又一传统节日。卯节实际上是歌节、情人节，水族青年男女会在节日这一天，在卯坡上以歌声传情达意，寻觅自己的意中人。在卯节当天，人们也会喝着糯米酒，唱起"姨娘歌"。同时，每家都会设置"歌堂"，女歌手和伴音姑娘坐在房间里，男歌手与同伴、听众坐堂屋中，欢歌达旦，甚至连绵数昼夜。[1]

水族待客以酒为贵，不管用什么样的方式，一定要让客人尽兴而饮。在水族的村寨里，只要一家来客人，全村的人都会轮流请到自家中做客，一直到客人离开。客人进寨还要喝可口的拦路酒，这是水家人向你表示友好，是必须要喝的。水族是一个很讲究待客礼仪的民族，有许多待客的方式。

125

二、水族酒文化的旅游功能

随着贵州少数民族民俗旅游的不断发展，需要挖掘更多的旅游资源来丰富旅游市场，而水族独具魅力和丰富多彩的酒文化为我们开发新的旅游产品提供了可能。将其与旅游业相结合不仅对旅游业的发展有着积极作用，同时也是对水族酒文化很好的展示。

1.娱乐功能

旅游有六大要素，即吃、住、行、游、购、娱，其中：娱乐、愉快是十分重要的，旅游的目的说到底就是享受，心灵的享受，愉快的享受，物质享受，娱乐享受，视觉享受最终都要转变为心情愉快，脱离愉快的旅游是不可想象的。因此，在旅游开发中，是否具有娱乐功能成为留住游客的关键。

---

[1] 潘朝霖. 端节——水族的盛大节日[J]. 40.

水族酒文化的内容，许多都有娱乐的成分在里面，这是因为在古代，由于经济条件的限制，水族的娱乐生活时比较贫乏的，喝酒能给生产劳动需要提供一定的能量，同时也是精神上的享受。因此许多娱乐活动都是围绕酒展开的。水族人喝酒的娱乐主要体现在酒舞、酒歌、乐器演奏、劝酒等。

2.观赏功能

对于外出旅游的人们来说，生理和心理的享受应该是统一的，体验彼此的不同文化成为人文旅游的重点。水族人酒的做法是很考究和有意思的，拿肝胆酒来说，其本身是一种即做即饮的酒，因此到当地旅游的人能在喝到肝胆酒的同时观看到过程，肝胆酒的做法是特别的，其制作的过程本身就很具观赏性，当你去到一个水族村寨，酒过三巡，主人拿出猪肝，将胆汁注入酒壶为你斟上一杯代表肝胆相照兄弟情谊的肝胆酒，是何等的豪气万千。水族的名酒九阡酒用特制酒曲配以用糯米酒在温火上熬成的棕黄色的浆汁，然后用坛密封，置于无震动、避光的泥地上，每年要破封检查一次。当酒的色香味正常了，还要加入适量的上等糯米酒，填补挥发散失的部分。密封达30年的酒，会结成状若蜂蜜的浆汁体。饮用时，以1比10的比例搅入冷开水中，倘若再掺入少许鲜米酒，即成为佳酿。色泽金黄的九阡酒开封、稀释给客人饮用的过程，相信同样给游客带来视觉上不同的观感。九阡酒不光酿制工艺特殊，饮酒习俗也是很特殊的，在水族，九阡酒不是婚丧嫁娶、重大节日或者贵客临门时不轻易开封的，节日里，贵客临门的人家常会听到这样的对歌："九阡米酒美，九阡窖酒美。亲戚啊朋友，大家来干杯……"[1]试问在这样的热情洋溢的场面中，你还能无动于衷吗？水族酒文化观赏性还存在于许多的酒俗中，在水族传统的婚礼中，酒宴时要唱歌敬酒，通常是由女主人来唱歌，女主人每唱一首，到场的客人就要喝一杯，在这时候最好方式就是一口喝光新娘的敬酒，用喝醉的方式为新人送上最深的祝福和对新人们热情款待的回报。唱着水族原生态歌曲的新娘，欢声笑语中喝作一团的宾客，这些场面对于生活在都市生活节奏紧张的人来说，可以使身心得到很好的释放。

---

[1] 韦成波. 水族人民饮酒习俗漫谈[J]. 民俗研究，1990，15（3）：81.

3.体验功能

少数民族民俗旅游本身就是一种体验性很强的旅游类型。可以说，如果不能让人们在参与旅游的过程中体验到当地的民族风情，那这样一次民俗旅游无疑是失败的。而水族的酒文化通过酒俗让人们最大程度地在参与中体验到当地的民俗民风。如果你在端节这个水族人重大的节日当天来到水乡，那你一定会参加长达数小时的吃年酒活动，在水乡人不厌其烦的热情中，每一户人家都会备好美酒热情地招待带来的客人，同行的小孩子用他们纯真的嬉笑打闹为这场丰收的庆典装点上了无比快乐的色彩。在席间，水家人会提议喝交杯酒或者是团团酒，这些独特而热情的酒俗都是生活在都市所感受不到的，喝着一杯杯香醇可口的自制米酒，听着一首首好听的原生态水歌，还可能时不时走来几个水家人对你唱歌劝酒，这时候所有的人都是微笑着的，都是友好的，工作中遇到的不顺心、都市生活的紧张等等在这样一个时刻都不存在了，你所能体味到的都是水家人溶在酒里的热情，一种最纯净和原始的生活态度。

4.保健功能

在注重养身的今天，越来越多的人在追求口感的同时，也关注到了酒的营养价值和保健功能。水族的酒是原生态健康营养酒，除了醇厚幽香，味感谐和，营养丰富之外，度数还在15度到25度左右，酒味浓而不烈，可以说得上是老少皆宜，同时还有着很高的药用价值，能强身健体，活血舒经。在观赏和体验了水族当地文化后，很多人都会选择带点当地的特产回去。中国人都爱喝酒，水族的酒如此特别就更要带点回去了，不管是送人还是自己食用，都是很好的选择。

三、水族酒文化旅游开发的对策思路

在酒文化旅游的开发中，若能让酒文化在旅游文化中占有一席之地并发挥其特殊作用的话，那将对旅游开发尤其是少数民族民俗旅游的开展起到有力的促进作用。

1.开发水族酒风俗旅游

水族酒风俗形式独特而丰富多彩，具有很强的娱乐性和参与性。"交杯酒""团团酒"等都很有特色。旅游的实质在于特色，旅游的成败在于特色。而"交杯酒""团团酒"等是为其他民族所少有的，其特色正好满足了游客猎古寻奇的旅游心理，迎合了外国游客来华领略中华水族酒文化的旅游动机。酒风俗旅游可以在酒乡进行，在非酒乡也同样可以，如举办水族酒文化旅游节或者举行水族特色酒品会等，并以水族特有的酒礼、酒俗待客，充分发挥水族酒文化的吸引力，以求大幅度地提升水族酒文化的旅游价值，使水族旅游在众多的民俗旅游地竞争中占据有利地位。在旅游活动的开发中，可以在席间有组织的开展如"交杯酒""团团酒"等都很具民俗特色的饮酒活动，不光可以活跃气氛，同时酒还可以开胃，让游客在"吃"这一旅游要素中更加尽兴，对水族酒文化本身也是一种很好的宣传和资源利用；还可以在重大的节日旅游路线中，穿插一系列的酒文化旅游活动，如在端节这天带着游客一起吃年酒，对歌中相邀饮酒等；对酒俗旅游的开发正好能最大限度地提升旅游者娱乐和参与的热情。

2.开发酒乡产地旅游

九阡酒远负盛名，有四五百年的历史，是水族的族酒，也是贵州很具代表性的少数民族酒。人们都说，凡产美酒的地方必然山美水美，九阡镇作为九阡酒的产地，环境优美，民风质朴，寨子里，古树上垂挂着的铜鼓声声作响，浑厚的音律在古寨回荡，而这些都可以构成风光旅游开发的资源条件。也为酒乡旅游提供了先决条件。酒乡旅游一般包括：领略酒乡风情、习俗、酒艺，深入酒厂、酒家观看制酒表演、品酒等。除自然景观之外，九阡酒悠久的历史也让九阡镇拥有了极为丰富的人文景观，当地可以举行水族酒具、酒史图片实物展览会，组织参观九阡酒的酿酒工艺。可以在领略九阡镇美丽风光的同时，也满足了人们对九阡酒酿制的好奇心理。这种开展酒文化与自然、人文景观相结合的酒乡旅游，是潜力无穷的，也是相得益彰的。水族民俗每年三月三采药，六月六制曲，九月九烤酒。完全可以在这些特殊的日子里，开展一些旅游活动，让人们参与到采药、制曲、烤酒的过程中，比如在九月九这天就可以开展酿酒活动，让旅客自己酿制一壶酒，放到酒窖，来年来取。这样既可以让游客参与到其中，又可以宣传当地的酿酒文化。

3.充分利用水族酒的保健功能开发旅游商品

利用酒的药用功能以及酒医药的丰富资料，迎合老龄游客、海外游客的心理，在科学饮酒的前提下，大力宣传酒的保健药用功能。水族酒中的肝胆酒和九阡酒等都具有很好的保健功能，肝胆酒在米酒中注入胆汁，可以消炎灭菌、清火明目、降低血压。而九阡酒是很好的保健酒，因用多种药材作原料，所以有活血舒筋、健身提神的功能；九阡酒风格特点是：棕黄晶澈、蜜香清雅、落口爽净、口味恰畅，香气浓而不艳，酒度低而不淡，过量不口干、不伤头。旅游的目的之一就是享受，部分游客尤其是中老年游客的唯一目的就是享受，因此，保健酒、滋补性药酒常常得到部分中老年游客的青睐。通过旅游购物，得到治病、保健、强身的功效，这样的旅游会得到游客的推崇。在对水族酒文化旅游资源的开发中，充分发掘其所具有的治病、强身、保健功能，大力宣传，把原本单一的饮用商品做成水族具有代表性的旅游商品之一。

4.政府对旅游产业的支持和当地民众的积极参与

旅游离不开当地政府的支持和当地民众的积极参与，三都作为我国唯一一个水族自治县，对水族民俗旅游的开发更是应该不遗余力，应充分利用地域优势对水族酒文化旅游进行开发，在旅游路线的设计上，有意识的把水族酒文化旅游同其他民俗旅游相结合，实现酒文化旅游与民俗旅游的互融。[1]所谓"酒香也怕巷子深"有力地宣传是必不可少的，可以通过拍摄电视专题片、民俗风光片等形式，对水族酒文化的独特魅力做一个全面的介绍。也可在全国的一些旅游品牌推荐会中大力推荐水族的酒文化旅游。当然光有政府的大力支持，没有当地民众的积极参与，酒文化旅游还是开展不起来的，所以在当地酒文化旅游进行开发，应重视调动当地民众的参与性，为酒文化旅游开发创造良好的外围环境。

129

践行篇

---

[1] 王仕佐. 浅谈酒与旅游[D]. 贵州大学旅游系，1997.

第二章　略论贵州酒文化及旅游功能[1]

　　中国贵州地处云贵高原，气候温和，冬无严寒，夏无酷暑，无论是被广泛赞誉为"公园省""春城"，还是"高原明珠"等都不过分。在这块神奇的土地上，多彩多姿的少数民族风情、超凡脱俗的喀斯特自然景观，特别是色彩斑斓、内涵丰富的酒文化，都展现着中国西南这块土地上的地域特色，构成了中国贵州旅游一道亮丽的风景。

一、中国的名酒之乡

　　贵州位于中国西南的高原地带，地理位置独特，有着温和的雨水和丰润的气候特征，有利于各种谷物和水果、药材的生长，到处有清澈的水泉，为贵州酿酒业创造了有利条件，加上贵州各族人民千百年来积累的精湛的酿酒技艺，酿出的白酒品种繁多、风格各异，尤以酱香酒最负盛名。以茅台、董酒、青酒、贵州醇、鸭溪等为代表。

　　贵州各地都产好酒，黔北地区有茅台、董酒、习酒、鸭溪窖酒、湄窖酒等；贵阳地区有贵阳大曲、黔春酒、筑春酒、朱昌窖、阳关大曲等；安顺地区有平坝窖酒、贵府酒、安酒、黄果树窖酒等；黔南地区有匀酒、泉酒和惠水大曲等；黔西南有贵州醇、南盘江窖酒等；黔东南有青酒、从江大曲等；六枝有九龙液；还有以贵州珍贵药材天麻、杜仲泡制的天麻酒、杜仲酒等；花溪、惠水一带苗族同胞酿制的刺梨糯米酒、黑糯米酒，清香醇厚，富有营养，应是黄酒中的姣姣者。

　　贵州酒尤以茅台酒为骄傲，"茅台美酒盛名扬，与众不同韵味长，风来

---

[1]　2005年中国贵州黄果树瀑布节"黔台旅游研讨会"交流论文。

隔壁三家醉，雨过开瓶十里芳"。这首诗形象地写出了茅台酒享誉世界和它独特的风韵，茅台酒的酿造是贵州人民的一大创造，贵州酿酒历史悠久，早在2000多年前，贵州一带即产一种枸酱酒，为人们所称道。茅台酒的酿造不仅与这里的独特的自然条件有关，在原料与工艺上也独树一帜，茅台酒以它超乎寻常的风格誉满五洲，中国政府常以它作国宴酒，宴请来自世界各地的贵宾，在中美建交和中日建交的日子里，美国总统尼克松和日本总理大臣田中角荣都曾为茅台酒香冽醇美的风味所倾倒，所以茅台酒又被誉为代表中国的"国酒"。"来中国不可不饮茅台酒，来贵州更不可不饮茅台酒"早已成为世界各地人民的共识，茅台酒是贵州秀丽山川的缩影，是贵州各族人民智慧的结晶。

贵州各地盛产名酒，有着浓厚的地域民族文化特色。贵州是一个多民族的省份，除汉族外，还居住着苗族、侗族、布依族等17个民族以及其他待识别的共同体，他们主要分布在贵州东南部、南部和西南部。

如果我们把"茅台酒""青酒""贵州醇"称为贵州酒的代表，那么，这几种酒确实也代表了不同的地理方位，不同的民族文化自然也有其不同的风格特征。茅台酒的产地遵义地区同时也是贵州文化之乡，在这里，有平叛入播，经历了七个王朝，统治遵义（古称播州）长达近800年历史的杨氏家庭而形成的"播州文化"；有在晚清代表贵州在文坛、政坛等显赫卓著的文豪硕儒郑（郑珍）、莫（莫有芝）、黎（黎庶昌）而形成的"沙滩文化"；有中国工农红军长征途经黔北时召开遵义会议、突破乌江、四渡赤水、娄山关战役等形成的"长征文化"；更有赤水河两岸酒厂密布，四时飘香的美酒河畔而形成的"美酒文化"等等[1]。这些文化既各具特色，又相互交融，使其更显无穷魅力。今天，人们到黔北来，在感受地域文化与巴蜀文化相融的文化氛围时，似乎从呷一口国酒的荡气回肠中得到了验证。

青酒的产地在黔东南镇远县，黔东南是贵州苗族、侗族的主要居住地，这里民族风情浓郁，人民好客，酒作为他们日常生活的重要组成部分，形成了他们独特丰富的少数民族酒文化，在艺术上、在礼仪上、在劳作上都有众多的体现。在黔东南，几乎每个县都有展示其地域文化的民族节日，如"台江姊妹节""苗山鼓藏节""凯里芦笙节""榕江西瓜节""从江碰柑节"等，这些节日无不以酒为待、以酒为歌，整个节日始终飘溢着酒的芳香，这些少数民族世代以自己酿造的低度糯米酒（或称"Biangdang"酒），自酿自饮，接物待客，吸引着人们，也赢得了人们，这使我们不由想到"青酒"正是以它那低度、甘甜、浓浓的乡情，广泛得到人们的接受与赞誉而香飘四海，"喝杯青酒，交个朋友"的著名的广告语，它绝不是表面上的人际交往的套词，而应该是或正体现的是黔东南苗族、侗族同胞坦诚、朴实、热情的处世原则与价值观。难怪来这里的国际友人，特别是日本客人，他们在领略了当地的习俗民风时，喝牛角酒、唱酒歌的动人情景，常常使他们心旷神怡，流连忘返。

"贵州醇"的产地在黔西南兴义市，与黔东南不同的是这里居住的主要是苗族、布依族，尤以布依族为多。布依族村寨多依山傍水，靠近河谷平坝，值得一提的是，布依族喜欢喝自酿自烤的米酒和苞谷酒，酒同样是他们日常生活的重要内容之一，可以说他们是好酒的民族，任何情况下都离不开酒，如他们的节日"三月三""六月六""查白歌节"等节日，表现的是布依族人不畏强暴、追求爱情、热爱生活的民族气质，酒在其中担当了重要角色。在此文化地理环境下酿出的"贵州醇"当然有着厚重的文化底蕴，"贵州醇"以及那盘江水的清澈，丰富的五谷特产，典型的地域口味，使它享誉神州、扬名海外，在一些地区，据说还出现了"非贵州醇不喝"的现象。布依族是智慧的民族，他们创造的蜡染服饰，风格奇异，在某种意义上已成为布依族的标志和贵州旅游的代名词，同样，"贵州醇"酒也从未停步，充分发挥其民族智慧，坚持创新、不断提高产品质量和创立特色，他们近年推出的"奇香"酒，就是中国优雅型白酒的开山之作，它以葡萄和高粱为主要原料，小麦天然制曲，采用传统工艺混合发酵，精心酿制，长期贮存而得。真谓口味"奇香"，不仅如此，"贵州醇"独特的创造，先进的工艺无论对文化酒或酒文化都具有划时代的意义。

中国的贵州盛产名酒，名酒的产地不仅如前所述的民族风情浓郁，文化积淀厚重，而且这些地区都是绿水青山，有着雄浑秀丽的自然景观和风景名胜，作为喀斯特之最的贵州，喀斯特面积占全省国土面积的73.6%，面积达13万平方千米之多，比以此喀斯特地貌著称的前南斯拉夫多出近一倍，经过大自然亿万年的自然演变，贵州被雕琢得奇幻瑰丽，超凡脱俗。这里空气清新，水质优良，真谓"好山好水出好酒""举目出酒处，一派好风光"，如国酒之乡的赤水河，两岸青山相对，河中渔舟唱晚，岸边灯火闪烁，河水伴流酒香，"美酒河"犹如一条飘香的彩带，镶嵌在贵州的北部，沿着赤水河，仁怀市的"国酒门""国酒城""国酒文化博物馆"，美酒河的景观、赤水市的独特景观如丹霞地貌奇观、竹子海洋奇观、珍稀植物桫椤奇观、众多的瀑布奇观及人文景观都会浮现在你的眼帘，自然会使你拍案称奇，倘你此时正呷上一口国酒，完全会使你感到人与大自然融合的完美与统一。在青酒的故乡黔东南也是如此，凡稍知道青酒的人们，都把它与㵲阳河风景区相提并论，青酒的产地镇远县是一著名的历史重镇，古代一直是西南进入中原地区的咽喉，时至今天，县城仍保留了众多的历史古迹，著名的"三教合一"的青龙洞古代宗教建筑群依山而建，雄奇壮丽，早已引起海内外人们的关注，我们不知道"青酒"的"青"与青龙洞有何直接联系，但是它们在文化上的联系应是必然的。今天，随着青酒的走向世界和㵲阳河的旅游开发，它们相得益彰，黔东南的旅游发展扩大了青酒的知名度，青酒的飘香也促进了地方的旅游业发展。再有就是"贵州醇"，它的故乡黔西南兴义也是著名漂流胜地马岭河所在地，兴义地理位置独特，处在与广西、云南交界处（或称滇、黔、桂地区），此地不仅产美酒，也产黄金，电力丰富，煤炭藏量大，真谓"金三角"，随着天星桥梯级电站开发而形成万峰林湖区，更把兴义点缀得奇光异彩。一年一度的"马岭河国际漂流节"和"贵州醇"的奇香，来这里"既玩山、也玩水、更喝酒"的人群不断涌现，在游览山水、体验文化、品尝美酒的同时，从内心里感受到这里的确是一块美丽、神奇的土地。

　　如诗如画的山水，辉煌灿烂的文化，随地飘香的土地，这就是名酒之乡，中国的名酒之乡。

二、名酒之乡的民族酒文化

　　如上所述，贵州是块神奇的土地，在这块土地上，生活着17个少数民族，是民族文化的百花园，在这块土地上生活的，由这里的奇山异水滋养的贵州人，具有独特的心理性格与民族气质，他们世代生栖繁衍在这块土地上，依山傍水而居，披金戴银而饰，能歌善舞而娱，热情好客而为，热爱生活、热爱自然、与环境和谐共处，形成了内涵丰富的民族文化，如苗族文化、布依族文化、侗族文化、土家族文化、水族文化、瑶族文化等，这些文化现象中，以酒形成的文化是其民族文化的重要组成部分，它以其内涵丰富、多彩多姿展现其民族风貌，越来越引起人们关注。

酒，在贵州各民族的生产、生活、社交等方面，都是一种不可或缺的饮食文化。对于他们，酒绝不是一种单纯的饮料，它是贵州少数民族悠久的历史和灿烂的文化相掺和，并经漫长岁月"发酵""蒸馏提纯"出来的玉液琼浆，酒，又是贵州少数民族丰富多彩的文化载体。各民族绚丽多姿的酒礼酒俗，构成了令人陶醉的贵州酒文化。

贵州少数民族，当孩子初降人世始，就与酒结下了不解之缘，诸如三朝酒、百日酒不胜枚举，成年之后，酒更是无时不在生活中涌流。

1.姑娘酒

侗族和苗族都有酿制姑娘酒的习俗，即姑娘出生时，马上为她煮一坛甜酒，将其窖在地下或埋藏在池塘底，待姑娘长大成人，婚嫁之日才开窖启用。与江南地区酿造的"女儿红"异曲同工。

侗族是作为姑娘陪嫁，谓之姑娘酒。

苗族又叫女酒，是在女儿出生时酿的甜米酒，经过滤后密封于小口大腹的土罐中，至冬腊月之际，池塘水干涸时，埋于池塘底部，直至女儿出嫁后回到娘家，才取出用以招待亲友宾客。

姑娘酒由于长期窖藏之故，酒液高度浓缩、色泽绿中透红、酒香浓郁持久，酒味甘甜醇和，是可遇而不可求的佳酿美酒。

2.讨八字酒

黔西南布依族婚俗中，盛行着一种有趣的讨八字酒习俗。男女青年经过恋爱、说媒之后，双方父母已无异议，就需择出婚期，在定婚期前，男方家的媒人要到姑娘家来讨八字，女方家要在堂屋中的神案前摆上八碗便当酒（音"Biangdang"即家酿米酒），并将姑娘的年庚生辰八字写在一张纸上，再压在其中一碗酒的底下，这时，主持人就请媒人去揭姑娘八字，媒人只能凭直觉去找，当揭起一碗若没有姑娘的八字时，媒人就将该碗酒一饮而尽，然后再揭，直至揭出八字为止，才能带回与男方八字合在一起，由阴阳先生推算出良辰吉日，作为选定的婚期。

3.栽花竹酒

苗族家庭中，或婚后无子，或小孩体弱多病，久治不愈的，为求子或为小孩消灾祛病，都要用栽花竹酒这一形式以求达到自己的愿望。

栽花竹酒要请巫师主持。家人从山上竹林中挖取两株连根竹，栽在自家房屋中柱的旁边。还要请12位上有父母、下有儿女的有福之人参祭，并由主人家以酒肉盛情款待，此为喝栽花竹酒。另外，还要在所栽花竹根下，埋一坛密封好的米酒，使其终年不干，以示吉利。

4.滴酒祭祖

水族待客请酒，无论什么场合，都有一个滴酒祭祖的习俗。

主客入席坐定后，一般由主人提议，请在座中一位辈分年岁最大的人先执筷。于是这位被推出来的老人就用筷子蘸一滴酒洒在桌面上，以示先向祖先敬酒。接着，主人才双手捧杯将酒敬给客人，客人则要接过酒杯放在桌上，亦用筷头蘸酒祭奠，以示对祖先的敬仰和怀念。滴酒祭祖的习俗，在苗族中也普遍盛行。

5.敬客酒

贵州少数民族是好客的民族，他们常用酒来表达自己的好客、无私、友好、热情，但敬客酒的习俗又依民族和地区不同，形式和内容也不相同。

黔东南地区的苗族敬客，先由男主人向客人敬酒，每人必须先喝两杯，寓意"你是用两只脚走来的"，这两杯酒都要一饮而尽，第三杯开始，主人便可随意。待到一定时候，其主人便同姑娘、媳妇们一起上阵，手持酒海（盛酒的土钵）、酒碗站立客人身后以歌敬酒。先从长者开始敬完一轮，再反方向敬一轮。有的好客者，为挽留客人住下，妇女们就会选择一"关键"客人，势图将其灌醉，使得"群龙无首"，只好乖乖留下。苗家真情可谓"酒如其人"，令人陶醉。

6.鸡头酒

生活在黔西南地区的布依族，每逢节日庆典、贵宾临门，都要杀鸡备酒款待客人，其中主要客人有几位就要杀几只鸡，此鸡谓之"凤凰头"。入席后，主人就将"凤凰头"对着主要客人双手献上，客人接过"凤凰头"后，要饮酒一杯，再将鸡头对着其他客人，示意大家共同举杯，并一饮而尽。

7.转转酒

生活在贵州的各民族都有饮转转酒的习俗，转转酒包含着两种不同的内容和形式。一种是指饮酒时，大家围坐成一个圆圈，席上只有一碗酒，在座的顺一个方向将酒碗依次传饮，以示亲密无间，无所猜忌。这种习俗在彝族、苗族、侗族中尤为盛行。另一种是指同一村寨，以家为单位，轮流邀请外来客人也叫转转酒。贵州的布依族有"一家来客全寨亲"的说法，所以这种转转酒在布依族村寨尤为盛行，谁家来了客人，这家的亲戚、邻居以及全寨各家都要轮流转到，否则视为不合群。

8.交杯酒

在贵州的苗、布依、侗、水等民族地区，普遍盛行着一种颇具特色的酒俗——交杯酒。交杯酒有三种形式：一种是二人各持一杯，相互同时递到对方嘴边，并同时饮下；第二种是主客各自举杯与对方持杯的手臂相勾，再将自己手中的酒同时饮下。这两种多是主人对客人敬酒时所行的酒俗，取交杯即"交情""交心"之意。第三种是在集体的酒宴中，众人围坐，各持一碗同时顺同一方向举起至相邻客人嘴边，再同时饮尽，此俗取心心相印，肝胆相照之意。

9.打酒印

贵州黔东南一带的苗族盛行一种打酒印的习俗，无论是婚嫁或是节日的酒席上，主人家用萝卜或红苕等做些"大印"，礼节性的酒过三巡，主客群情激动就开始打酒印。客人每饮一杯，就有人用"大印"蘸上蓝靛（染布的青色染料）或墨汁、锅烟等，在客人脸上盖一印记，脸上印多，标志着主人盛情，客人海量。打酒印是饮酒计量的一种方式，但更主要的还是一种娱乐形式，往往这种场合优美动听的酒歌伴着满室飘香的米酒，频频劝饮的嘻闹映着张张打满酒印的笑脸，使酒宴达到尽欢尽乐的境地。

10.拦路酒

这是贵州少数民族迎客的一种酒俗，广泛流行于苗、布依、侗、水等民族中。拦路酒礼俗，不同的民族有不同的形式和程序。一般都是在进寨的必经之路上，由主方备酒恭候于路中，有的还在路上设置障碍。客至，先以酒歌劝酒，饮后方得进寨，有的主客双方还需对歌，然后才能饮酒"过关"。

苗族的拦路酒通常都有三五道，多的可设十二道，真所谓"过五关斩六将"，若是酒量平平者，早已望而却步了。不过，贵州的民族是文明的，你若不善饮，就记住别用手触摸酒杯，只需将苗家姑娘敬上的酒，示意性的饮过即可过"关"。你若是海量，接下酒来，那一碗或一牛角酒就必须喝完。

11.送客酒

当你在黔东南一带苗家作客，终朝伴随你的就是苗家的盛情和醇香的米酒。在你准备告别启程时，主人还会为你准备一次情意缠绵，令你终生难忘的送客酒。客人上路时，主人手持酒海、酒碗，边唱边走，三步一道歌，五步一碗酒，其歌绵绵，其酒浓浓，惜别之情会令你热泪盈眶。

若是贵客离别，那送客酒就更为激动人心。主人家会在铜鼓坪上踩铜鼓、吹芦笙，以此召来寨中男女老少加入送客队伍，自有寨老安排铺桌摆酒，人们则自发前来为你唱送客歌、敬送客酒，还有人会为你披红绸，献上五颜六色的花带，然后亦步亦趋将你送出寨门，这其间歌不断邮，酒不停碗，出寨门时，主人会劝你喝最后一口酒，并在客人脸上彬彬有礼地盖上一个红色酒印或写一个酒字，以此留下主人以及全寨苗胞的深情厚谊，然后主客才挥手依依惜别。

12.咂酒

咂酒之俗，盛行于贵州苗、彝、仡佬、土家等民族中，其历史悠久，源远流长。

制作咂酒的原料，依地区和民族的不同而不同，多以本地所产的主、杂粮酿制，不蒸馏、不除糟。饮咂酒，一般是将经发酵并存放一段时间的原酒连坛端上，当场启封。

每当盛大节日、庆典或贵客临门，主人就捧出一坛原酒，启封后，将数支咂管插入，咂管系用一米多长的细竹制成。酒礼开始，主客便分批围坛捧杆吸饮，未饮者在一旁歌舞助兴，再逐渐轮换。旁边还有人随时向坛内注入清凉的泉水或井水，使坛中玉液永不干涸。有的地区饮咂酒时，饮者还要手捧咂杆围坛边咂边舞，其欢乐豪爽之状令人难忘。

三、民族酒文化的旅游功能

作为一种社会现象，旅游是社会文明发展到一定阶段的产物；作为一种文化现象，旅游随着人们观念的变化，也不断地改变着它的形态。从现代旅游发展规律的趋势来看，随着现代科技的发展，信息社会的到来，交通条件的改善，全球一体化趋势的深入，自然环境的恶化，人际关系的异化等社会因素的影响，传统的、原有的、单纯的、观光式的旅游逐渐成为过去，代之的是人们追求的文化认知、文化融合价值观，山水地貌景观已不再或不完全是现代旅游的吸引物因素，人们渴望在紧张而繁忙的都市工作中去找寻清静空寂的环境，去寻求或建立新的人际关系，以了解别人的文化，体验别人的文化，以求达到文化观念、精神上的互补，进而寻找新的精神家园。于是，近年来，生态旅游（Ecotoursim）的兴起就是其标志。

生态旅游，按照有代表性的日本自然保护协会的定义，它是旅游业的一种形式，它意味着旅客不再破坏自己所观光地区的生态系统和文化，而是去理解并且欣赏该地区的环境，为了使他们从自己的经历中获得乐趣，要对他们进行环境教育，还要组建与环境有关的机构。最终目的是使游客全力保护该地区的文化、自然以及经济状况。按照以上的定义，获得乐趣当然包括文化层面上的，而理解与欣赏，同样是文化层面上的，这就展示了生态旅游重要的一面，就是理解文化，而这种"文化"当然是原生态或次生态的文化。贵州由于众多的社会经济原因，历史上长期被封闭，与外界交流甚少，就使得它的文化生态保持完好。积淀深厚的酒文化正是这一体现。今天，贵州这块土地及这块土地上产生的现象，正引起中外的广泛关注，都把贵州的自然与文化作为生态旅游的最具魅力的吸引物，贵州成了当今中国乃至亚太地区生态旅游的最佳去处之一，如到贵州黔东南苗族、侗族居住地的外国游客每年均以35%的速率在增长，而在这些游客中，又以日本客人为最多，他们对黔东南地区的风土人情，包括民居、服饰、饮食、语言、艺术（当然也包括酒文化）等都产生了极为浓厚的兴趣，同时又对日本的生活习惯与他们的习俗在许多方面有惊人的一致或相似表示困惑不解[1]。这或许将成为一个难解开的迷团，和今后不少日本客人来黔的主要动因，事实上也如此，古朴神秘的贵州文化，特别是酒文化必将以它的神秘与魅力作为旅游的重要吸引物而存在。

内涵丰富的贵州酒文化在贵州旅游业上的独到地位，是因为作为一种文化载体，它有着重要的和众多的旅游功能。

1.体验功能

文化作为人类创造的物质财富和精神财富的总和，它是一种无形的现象。看不见，也摸不着，人们通过田野作业，深入其间，亲自参与去琢磨，去理解，去认知。现代兴起的文化旅游，人们已不满足去观光式的猎奇，或以现代文明式的眼光去观看落后文明的景象，而是谋求去了解对方的作为：他们想些什么？做些什么？为什么要那样做？假若我是他们？假若他们是我？……从而从理性上得到一种升华。为此，现代兴起的民族节日游、民间乡村游、文化生态游等方面都给游客提供了参与，进而感受、体验的机会，使他们能很快与社区居民融为一体。"做一天"或"做一月"地方居民，贵州许多民族地区的旅游产品都在此方面进行打造。

贵州酒文化在"体验"功能上可很容易做到，同时，也极具体验功能，如：黔东南地区的敬客人的酒，当你迈入苗家的门坎时，他们朴实的迎接方式，也是豪华的迎接方式，作为远方异乡的你顿时会被这种盛情所打动，你会更加体会到场面的动情与自身的价值，即使你大醉一场，也会发出"醉人之意不在酒"的会心一笑，令你回味无穷。此外，还有交杯酒、打酒印、送客酒，甚至其他带有宗教崇拜的酒文化，都会使你在体验中得到意外的感受。

---

[1]　王恒富等. 美丽神奇的贵州[M]. 贵阳：贵州人民出版社. 2001.

践行篇

2.娱乐功能

贵州酒文化的内容，许多都有娱乐的成分在里面，喝酒除了生产劳动需要一定的能量提供外，更多的则是精神上的享受。人们常说，酒既可解忧亦可浇愁，庆功贺喜更要喝酒，同时，喝酒的乐趣还在于活跃气氛，如酒舞、酒歌、乐器演奏、劝酒，智慧机智的体现；如行令猜拳，胆略的体现，如猜拳中的技巧等。值得一提的是，这种娱乐还体现在喝酒后，"智者"若无其事的"傲气"而直抒内心的胸臆，而"失意"者，酩酊大醉时的"表演"也使游客在疲劳时得一阵欢笑，一身的疲惫顿时烟消云散。

3.审美功能

酒文化之所以内涵丰富，当然是它具有文化属性上的传承性，今天无论从酒歌、酒舞、礼仪、酒品等都是历代历辈传承的结果，自然、文化的封闭性原因，它可能传下来一些落后的、封建的糟粕，但之所以能传承下来，也说明它经历了时间的考验，能够为广大的民众所实用、所利用、所接受，我们想，除了它有着实用的功利目的外，其审美功能也是明显的。

贵州民族酒文化在审美功能上体现在其艺术性方面较明显，举凡贵州各地，凡遇重大民众节日或家族、亲族重大活动时，或迎接重要客人时，其隆重的场面都离不开酒，而饮酒的方法、方式或礼仪复杂但有序，极易使人们在参与时常进入一种新的境界，得到一种美的享受，贵州名扬中外的"苗族飞歌"就是苗家在迎接远方的朋友时给予最高的待遇的敬酒歌，那动人的弦律，穿着苗族盛装的姑娘的演唱，给人一种如痴如醉的感觉，贵州著名苗族歌唱家阿旺的演唱，唱遍了全世界，可以说若今天到任何一个苗寨，敬酒歌都是随处可闻之动人心声。此外，布依族的查白歌节上男女相恋后饮酒的场面，侗族送客、迎客，苗族在鼓藏节上唱酒对歌、芦笙伴舞等体现的高超的民族民间艺术，令人倾倒。随着人们追求返璞归真，回归大自然的趋势越加明显，这种文化所显示的审美功能就更易被强化。

4.经济功能

旅游业的发展就是要推动地域经济的发展，作为一种产业，它的目的就是要将资源优势转变为经济优势，今天，旅游业已成为超过石油、汽车的第一大产业，而文化旅游资源的开发凸现的经济潜力正在显示出来，作为民族文化大省的贵州，如云南省一样，民族文化是其高品位的旅游资源。

贵州酒文化所显示的经济功能是显而易见的，茅台国酒系列酒的出现，不仅在国酒上增添许多新品种，而且对于带动地方产业和经济起到巨大作用，其无形的资产，如知名度、品牌效应都在相当的程度上潜移默化地影响着地域产业，当然也极大地影响着旅游业。我们更要指出的是，随着贵州旅游业的进一步发展，酒文化产生的经济效应正在显现。我们前面讲过，贵州的名酒产地都是旅游业发达的地区，如黔东南镇远县、黔西南兴义市、黔北遵义、仁怀、赤水等市，也是经济较发达的地区，酒文化所显示的功能一方面体现在由酒文化导致的一种生态文化，众所周知，贵州的酒之所以为名酒，一是因为有优质的原料、水质和环境，在名酒产地"喝酒喝出健康来"已成为人们的一种"现代意识"，据说在国酒产地仁怀市，至今未发现一例癌症患者，患其他病的几率也低，在美酒河畔的赤水市自然生态良好，全市粮食产量连续15年获得丰收，社区居民患病率低于贵州全省平均水平，我们认为这决不是偶然的，美酒的飘香，酒的文化自然是其重要因素，由此来黔旅游的人、"闻酒"而来的人在逐渐大幅度上升，充分体现了贵州酒文化强大的旅游经济功能。另一方面，在贵州旅游的中外客人，他们饱览了贵州黄果树大瀑布等天下奇观外，也饮尝了贵州的名酒后，对酒文化参与后的体验难以忘怀，禁不住将当地的美酒或多或少要带回去，藉此纪念。据笔者所知，苗族的糯米酒、布依族的米酒系列在贵州旅游业发展的今天，他们在酒的包装、产量、质地等方面都发生了巨大变化，在他们看来，"米酒"已不是一种纯粹的饮品，已经成了一种文化，他们生产的是一种文化，输出的也是一种文化，人们来品尝的更是一种文化，这种文化—经济—文化的螺旋上升式的转化在文化相融和文化经济协调发展趋势的今天，将会更加明显，内涵丰富的贵州酒文化也必将在此局面下大放异彩。

中国的贵州是名酒的故乡，是酒文化产生的丰润土地，更是饮者的乐园。今天随着中国经济迅猛高速的发展，西部大开发也给贵州社会经济的发展，特别是旅游产业的发展带来了难得的机遇，近年来贵州旅游业以年增长率30%以上的速度发展，贵州秀丽奇特的山水，灿烂多姿的民族文化正在吸引着人们来

141

践行篇

体验贵州酒文化，贵州酒文化也将以它特有面貌展示出云贵高原这方古朴神奇的土地，贵州酒文化与旅游业的互动作用必将日益明显地体现出来。

第三章　浅谈与酒旅游

一般来说，无论是作为饮料之一的酒，还是作为精神与物质享受的旅游活动，都与人们的日常生活密切相关，从某种意义上讲，甚至是日常生活质量提高的重要标志。然而，酒与旅游之间是否也有某种内在的联系？他们的发展是否有其必然性的相互影响？这便是本文企图探讨的问题。

一、酒是旅游的物质基础

我们这里讲的"物质基础"是指一定的生理需求。从旅游来看，无论是早期的有无目的的旅游，还是发展到今天作为产业的旅游，旅途的疲劳和艰辛是不容置疑的。现代旅游与古代旅游显著的不同点之一就是交通条件的改善。即旅行的疲劳减轻程度与交通密不可分，交通情况在一定程度上可反映一定时期的旅游发展。但无论如何，旅行中所消耗的体力是巨大地。从营养学的角度上讲，一个人体力和精力消耗量与身体所需要的食物转变成热能成正比。从一段较长的时间来看，健康的成人从食物中摄取的热能与消耗的热能经常保持相对的平衡状态。作为酒类主要成分的乙醇，它虽属碳水化合物，但它全部燃烧的产热量为每克7千卡，远比其他碳水化合物如米饭、面粉（4千卡）为高。在三大产热物质中仅次于油脂，并且产热的70%可被有机体利用。这大概就是酒作为从事体力劳动者所喜爱的重要原因。旅游活动虽属"享受"型。但紧张的时间安排，异地习俗的陌生，其精神上的极度紧张其实也不亚于某些体力劳动，人们常说"苦中求乐"就是最好的注释。因此，人们在紧张的旅游活动中，酒经常成了最好的伴侣，或旅行余暇疲急时，饮一口酒，顿时浑身力量倍增；或晚饭之余，慢饮一杯酒，自然会感到疲劳消除，一身轻松。

酒这种功能如果说在今天因许多因素掩盖的话，那么旅游环境相对恶劣的古代表现就尤为明显，如以大诗人李、杜为代表的士人漫游，以张骞、郑和为代表的公务旅行，以玄奘、鉴真为代表的宗教旅行，以及隋炀帝和清乾隆帝为代表的帝王巡游，或更多的是商人的商务旅行。都不乏对酒在其中的重要作用记载。古书上记载秦时"驰道"市镇酒店、荒野酒店千姿百态，东穷齐燕、南及吴楚、江湖之上，濒海之观毕至（《汉书.贾山转》）。施耐庵在《水浒》中，把酒这种功能体现在"酒助英雄胆"上，武松的一腔英雄气，正是靠酒精熊熊燃烧起来的。赤手空拳打死猛虎，很大程度上得利于酒的神奇力量。明代旅行家徐霞客在他那不朽的名作游记中就有几种特殊功能，酒对于他的艰苦旅程更是分不开，文中有大量出自自然的内心深处的表述：当有酒时"彼以酒资奉，虽甚鲜而意自可欺"；无酒时，叹"囊中钱尽，不能沽浊醪解愁"；酒足后"逐举大觥，登期就道"。真实体现了酒在他的旅途中是何等的重要，然而，酒虽然给了他无尽的力量，但由于长期的野外生活和毒瘴湿气致使他两足俱废，酒却不能使他继续旅行，成为永远的遗憾。这当然丝毫不影响酒对他旅行所起的神奇功效。因此，我们认为，尽管社会和经济的发展，旅游在形态上的变化，可能会引起饮酒的生活习性、价值取向相应的变化，但酒的生理功能，它在旅游中的这种功用则是不会改变的，在古代的旅行中是如此，在今天的旅游中也同样如此。

二、酒是旅游的文化内涵

对于旅游者来说，旅游活动作为享受是生理和心理需要的统一，如果说我们前面述及的酒作为旅行提供一定的能量保证是属于生理层面的话，那么酒作为一种特殊的物质或饮食还是起着旅行者满足某种心理需求的作用，及它可以发挥起文化的功能。

旅行活动从生理上是一种消耗体力的复杂的劳动形式，同样，旅行活动是从心理上也有复杂的内容，如像徐霞客式的无心仕途，素慕古代圣贤纵情山水，比照风物的豁达自在，更是一腔热情，立志遍游祖国名川大山的旅游动机。如李白、陶潜等的官场失意，看破红尘，遍游山水在于一种精神上的解脱，求得心理上的一种平衡。这样，不同的旅游目的当然就有不同的心理需求，而这种需求同样需要酒才能获得。徐霞客在这方面也有生动的体现，他既是一位旅行家，也是一位伟大的学者，他旅行家的风范、游记中优美的文字和大儒士的才情，都可以从酒中窥见一斑。他在旅行中没有饮酒以后的沉沦，而是以此交朋结友，"昧爽饭，索酒而酌""竟日欢饮，洗盏更酌"。在他看来，在旅途中和朋友饮酒，既可解除疲劳，更为重要的是能把所见所闻一吐为快，充分喧泄，以求得共鸣和沟通，乃人生之乐趣。我们认为这种心境才是旅游者的终极目的。因此，不同的旅游动机与酒的结合必然是得出的不同人生哲学。李白在"人生得意须尽欢，莫使金樽空对月"的价值观下。面对名山名地，达到了"三杯通大道，一斗和自然"的某种内心境界，凭借酒之神力已达到对人生的追求和对自然的感悟。像李白这样的"旅游"心态同样在其他人中不为鲜见，如韩愈就有"我来无伴侣，把酒对青山"，陶潜也有"重离照南路，鸣鸟声想闻"，苏东坡则发出的是"一樽还酹江月"的感慨。总之不管怎样，即便是在今天，人们需要时时逃避紧张的城市生活和拥挤嘈杂的环境压力。产生对返回自由、宁静的大自然环境中去的追求，活在生活、工作、家庭中遭遇到某些不悦需要外出求得艺术放松时，以及为纯粹的商务和某些考查时，都随时要和别人联络感情结拜定交、增进了解，酒自然是起着催化剂和粘合剂的双重作用。有道是"酒逢知己千杯少"，旅游中，与人的交往是必要的，它丰富着旅游者旅游活动，为此，恐怕除了酒有着这种特殊的效能外，很难找到其他第二种。当然，至于酒后吐真言闹至不愉，因酒误大事导致旅行失败，那已不是我们所要讨论的范畴了。我们只是强调了酒的文化内涵可以调节人们在旅行中的心态平衡，丰富人们在旅行中的生活内容及这种趋势的长期性和必然性。

三、酒是旅游的独特资源

什么是旅游资源，我们赞成这样一种观点："即能激发旅游者的旅游动机，为旅游业所利用，并由此产生经济效益与社会效益的因素和条件，成为旅游资源。"在这个意义上，酒作为旅游资源在实践中以不证自明，自是在开发规模、策略上似乎尚未引起人们普遍重视。我们认为，酒作为旅游资源，它实际上体现在以下方面：

1.酒作为旅游产品

酒在世界上不分地域、不分肤色、不分老少，都是人们喜欢的。贵州茅台自1915年获巴拿马金奖后，一直为享誉全球的席中珍品，同样外国的佳酿也在中国有一席之地。我国酿酒有几千年的历史，酒的品种伴随地方色彩，融民俗民风为一体，不少酒驰名中外，在世界酒市场中独领风骚，只要在质量上"宁缺毋乱"，在宣传上实事求是，就应当是一大旅游资源。

2.酒作为一种文化现象

酒被发明出来后，就如同其所具有的挥发性一样，迅速地进入了人类生活，被纳入人类之中，渗透到社会生活的各个领域，作为一种特殊的文化现象。由于地域特征导致的饮酒习俗千姿百态，由于文化背景和民族心理的不同导致饮酒礼仪各具特色，丰富多彩，饮酒习俗和礼仪既可起到烘托旅游活动气氛的作用，更为重要的是它是地域文化的长期积淀，人们可透过它达到对目的地更深层次的了解。如中国在儒家文化氛围下，对饮酒而言，大概从宋代开始，人们比较强调节饮和礼饮。至清代时，文人们著书立说，将礼饮的规矩一条条的陈述出来，约束自己，也劝诫世人。如《觞政》《酒评》《酒箴》等，即表现了我们这样的传统，主人为了表示自己的殷勤好客，不但劝菜，还要劝酒。更有以劝醉某某而以为乐趣的，特别是少数民族地区，诸如接风酒、进寨酒、牛角酒等更把这种礼仪之邦的传统习俗表现得淋漓尽致。这些少数民族古朴的饮酒习俗加上原始的山水风光，成为吸引远方游客的重要因素。假如，我们能对诸如"酒令"等中国酒文化中最有特点的内容加以发掘，并在旅游景区或生活中成为常见的文化活动，使其由此得到文化传统的广大发扬，我们认为，它并不比几间旧房和几处石墓价值要小。

3.酒的生产地及工艺

酒的出名除了它本身的口感、香味、色泽及其他原因外，名人效应、神仙传说、工艺考究等因素也是其中重要的原因。一首唐诗使"杏花村"酒飘香世界，当旅游者到晋中大地，势必要顺着"牧童遥指"处访问"酒家"，亲口品尝这酒中美味。如前所述，茅台酒，国家以它独特的香型和酿制工艺，两千多年的酒文化传承，几十代人的不缀劳作，使其享有"东方第一壶"的美誉，"风来隔壁三家醉，雨后开瓶十里香"道出了茅台酒的神韵，一片赫红，一缕香醇，这便是中国的酒给人的印象。不少来黔的中外游人，都争向把去茅台镇当做旅游的一大目的。不久前，笔者因公前去国酒都城，登上马鞍山的国酒亭，鸟瞰茅台胜境，把酒临风，令人心旷神怡，酒厂内的苏式园林，酒文化博物馆，确实可使旅游者沉醉在酒的海洋。虽然，它目前交通条件正在改善，但如潮的游人使人感到酒的产地作为旅游资源所显示出的巨大潜力，茅台酒文化的旅游热点已见端倪。

综上所述，酒作为一种独特的旅游资源，它在旅游业上的地位是不容取代的。旅游的性质决定了酒必将长期伴随着它，酒的功用也决定了它离不开人们余暇在物质和精神的消费。中国的旅游业正在同它的经济一样在大踏步向前，中国的酒工业也在根据人们消费观上和其他方面调整其产业结构，在这种背景下，正确认识它们两者之间的内在默契，对于我们加深民族文化的扬长避短，加深对旅游产业的正确认识，科学地、合理地规划和开发，旅游资源已达到振兴旅游业，都有其重要意义。

第四章 "国窖·1573"，于无声处响惊雷

——访泸州老窖集团副总经理张良先生

近年中国白酒市场出现了两种不和谐的倾向：一是部分酒厂生产能力和营销能力不匹配，靠降低酒质求得"量"的增长；二是强势品牌受到"白酒泡沫"覆盖，引起市场秩序混乱。于是，"国窖·1573"于无声处响惊雷，警醒了无数的仁人志士。始建于1573年持续使用430年的泸州老窖池窖泥中富集的微生物达400余种，体现了"国窖·1573"作为中国最高品质浓香型白酒鉴赏标准的至高品味和核心价值。建立"统一品牌管理，统一策划宣传，统一销售区域，统一销售人员"的营销策略，提出"用一流人才搞生产，用超一流人才做营销"的管理思想，让"品质和品牌"两个轮子一起转。让国人喝到真正高品质的传统白酒，享受中国悠久的酒文化；同时走向国际市场，与世界名酒一比高低。泸州老窖的发展原则："有进有退，优化产业结构，以酒业为主，相关多元发展。"

泸州老窖集团董事长袁秀平先生早先提出"统治酒类消费的是文化"，指出中国白酒在经历"买金牌吹天下""做广告打天下"到"织网络做天下"之后必将走一条"以人性原则为基础，以人本精神作规则，以文化资源为素材，为品牌扩充文化价值和魅力的文化营销"之路。

泸州老窖集团通过整合文化酒市场，推出高品位的"国窖·1573"，让"品质和品牌"两个轮子一起转，成效卓著，2001年销售收入达13亿余元，跃升白酒行业第3位，销量近4万吨，居白酒行业第9位，其营销策略有独到之处。就其成功的市场运作，记者专程采访了泸州老窖集团副总经理张良先生，现整理如下，供同行借鉴。

记：泸州老窖是中国浓香型白酒的鼻祖，也是培养中国白酒界诸多后来者

的摇篮，许多酒厂的酿酒师都师从泸州老窖，泸州老窖对中国白酒的技术进步发挥过很多积极作用。作为中国酒文化的代表之一，您怎样评判中国白酒市场和老窖的品牌内涵？

张：目前，中国白酒市场千变万化，给消费者的印象相对也比较混乱。这种现象的形成有以下几个原因：第一，有些厂家对消费者需要什么样的白酒弄不清楚，违背市场需求盲目生产；第二，对于酒的品质标准和档次，一些厂家向消费者交代的较少，只是仿照名牌滥竽充数；第三，一些劣质酒利用低成本、高包装的促销手段，在市场上与质量好的酒拼杀，对白酒市场的酒体标准造成了严重干扰。上述现象导致两种恶性循环：一是许多酒厂生产能力和营销能力不匹配，只能靠降低酒质来求得"量"的增长，这就出现了酒体质量下降的问题；二是强势品牌无端被这些白酒泡沫所覆盖，市场份额难以正常攀升。

我们公司始终遵循酿酒技术和市场规律，稳健发展。因为窖池的技术指标是逐步形成的，是靠时间来培育的，不是人为短期能实现的。我们注重一种稳固的质量基础，因为根基是否牢固十分重要。"量"的扩张上我们不会盲目追求，因为失去"质"的保证，再大的"量"也没有意义。

因此，无论酒的世界多么精彩和无奈，我们都不会浮燥，更不会去拔苗助长。老窖酿美酒的根本原因，是窖池在长期不间断地发酵过程中形成有益的微生物种群。通常情况下，百年以上窖龄的窖池一旦空置3—5个月，便只能被废弃，而持续酿酒429年的国窖，已形成了庞大神秘的微生物生态体系。在"国窖"窖泥中，至今已查明的有益微生物有400多种，比一般窖池窖泥中的微生物多出170多种，这些神秘的微生物，造就了"国窖·1573"丰满醇厚、窖香优雅的风格。而这400多种微生物群落，充分体现了"国窖·1573"酒作为中国最高品质浓香型白酒鉴赏标准的至高品味和核心价值。

"国窖""老窖"都是国宝，也是中国酒文化的根，我们要一代一代传下去，决不能因市场的狂潮而失去理性，更不能为发横财而将这笔宝贵财富断送掉。我相信，历史是公正的，当今白酒强势品牌群体化的出现，充分说明推动中国白酒发展的源动力必须是具有深厚文化底蕴的民族品牌。

记：目前，许多酒厂都实行买断经营，您是否赞同走这条路？泸州老窖的营销策略是怎样的？

张：买断经营在前两年我们也探索过，但现在规范了。这其中的主要症结是厂家鞭长莫及，无法整体调控，造成质量和价格背离，经销商垄断利润。长此下去，势必会伤害消费者的利益。

我们的营销策略是以"统一品牌管理，统一策划宣传，统一销售区域，统一销售人员"为整合原则，在品牌销售中，从长远和大局出发，进行市场区隔，实行差位定价，实现销售资源有效整合。集团提出的"用一流人才搞生产，用超一流人才做营销"的管理思想，就是要让品质和品牌两个轮子一起转。

在销售思路上，集团提出"销售本地化、产品区域化、运作市场化、经营厂商双赢化"的构想，大力提高销售队伍人员素质和本土作战能力，实施产品差异化策略，用产品区分客户，突出差异定位，减少跨区销售行为，所有市场运作方案的制定必须源于市场、高于市场，真正实现厂商"双赢"。由于公司营销策略得当，一大批经销商成绩显著，每年都受到可观的奖励。

在这样一个营销策略的背景下，集团加快产品革新换代步伐，在规范原有产品线的基础上，推陈出新，重建健康的产品体系，占领国内市场，开拓国际市场。

记：许多消费者都认为，泸州老窖是中国最有资格谈文化营销的，可令人不解的是，在一些没有文化基础的厂家都把"酒文化"喊得震天响时，你们却荣辱不惊，不争不辩，这是为什么？

张：酒文化营销这一概念是我们集团总裁袁秀平先生一贯倡导的，也是具有本土特色的新营销理念。酒文化必须是客观真实存在的，决不是人为杜撰和异想天开。我们凭借丰厚的文化底蕴锤炼出"泸州老窖"独特的品牌价值，是通过老窖、国窖的文化美、历史美、资源美和酒质美为基石构筑起来的。我们之所以提出酒文化营销工程，决不是凭空想象，而是我们自身各方面都具备了成熟的条件。从历史的角度讲，泸州老窖地处中国著名酒城泸州，酿酒历史始于秦汉，兴于唐宋，盛于明清。在泸州市博物院，有一只当地出土的陶制饮酒高脚杯，经专家考证是2000多年前秦汉时期的器物。在现存的泸州老窖池群中，持续使用百年以上的就达300多个。其中4个最古老的建造于明朝万历年间，连续使用距今已有429年的历史。1996年，国务院颁发〔1996〕47号文件，把这4口完好无损的老窖池列入全国重点文物保护单位。这在中国还是第一次，也是酒类行业唯一的殊荣。著名经济学家厉以宁教授曾说，泸州老窖成为国宝，是一笔巨大的资产。目前，经国家权威机构认定，"泸州老窖"和"国宝窖池"的品牌价值已高达102亿元。

所以说，市场上一些不正常的声音不会淹没真正酒文化之声。我们之所以对酒文化营销充满信心，是因为重诚实、守信用的原则是我们泸州老窖一贯秉承的作风。如果没有真实性和可信度作为酒文化的基础，头重脚轻根底浅，是做不长久的。尤其面对现在的理性消费，人们已经越来越清醒了。

记：泸州老窖在继承古法酿酒和浓香型绝技的同时，在生产管理上有哪些具体突破？

张：我们公司作为中国最早的白酒上市企业，内部机制已日趋科学和完善。生产管理上，实行订单制管理。下游产品和上游产品不是传统意义上的你给什么，我就要什么，而是相对独立，互相监督，采用模拟市场方式运作。比如说，勾调环节是酒库的用户，酒库又是酿酒车间的用户。勾调的人如果向酒库买酒，就要控制质量和成本，这样在每一个环节上，都形成了"竞争、约束和激励"的工作氛围，保证了酒的质量。在生产人员和后勤保障人员的管理上，我们实行小机关、大实体，精减高效，降低人员成本，避免人浮于事的现象，在人员结构上为生产提供有力的保障。

记："国窖·1573"是在何种背景下诞生的，上市后走什么样的路线？准备达到怎样的预期效果？

张："国窖·1573"在1995年就开始作了准备。1999年9月9日，我们在"中国第一窖"国宝窖池举行了隆重的出酒大典。将窖池中平时只作为老窖公司调味酒的原浆酒装瓶，制成"国窖酒"，该酒限量、绝版共1999瓶，每瓶1999毫升。

其中编号为0003、0002的已分别赠给香港特首董建华和澳门特首何厚铧。编号为0001的国窖酒将赠给将来实现统一后的台湾特首。

编号为0009、0099、0999、1999的4瓶国窖酒于1999年9月10日被拍卖，4瓶美酒各得其主。编号为1999的最终以18万元成交，创下了中国乃至世界白酒单支拍卖的天价，被收入吉尼斯世界纪录。

其余1992瓶国窖酒将成为泸州老窖珍藏品，每当重大节日或庆典活动才能启封。

为了让平常百姓同样可以喝到这一名贵的"酒中之王"，我们公司开始出产编号2000以后的国窖酒，并正式对外公开发售，"国窖·1573"便是这类国窖酒。

公元1573年，即明朝万历元年。据编年史记载，泸州老窖就是从那时开始形成了规模酿酒窖池群，窖龄为429年，被国家确认为中国连续使用时间最长、最古老的"活文物"酿酒窖池群。"国窖·1573"由此得名。其酿制工艺与1915年获得旧金山万国博览会巴拿马金奖的"泸州老窖"酿造工艺完全相同。古法酿造工艺从明代到现在一直未曾改变。主要酿造过程为原粮发酵、蒸馏、陈酿和勾调，一个完整的酿造过程要花费3年时间。

"国窖·1573"走高精品路线，推出此酒至少要达到两个效果：一是让国人真正喝到高品质的传统白酒，享受中国悠久的酒文化；二是我国加入WTO之后，与世界名酒展开竞争，走向国际市场。

记：泸州老窖一直坚持"科技领先"的酿酒方针，而科技领先要依靠人才积累，集团是怎样储备人才的？

张：我们以"事业、环境、感情、待遇"留住人才，建立良好的人才工程。一方面，加大招聘力度，有计划引进各类人才；另一方面，通过项目制临时聘用人才。在人才引进中，注重引进紧缺的专业人才和懂技术会经营善管理的复合型人才。在收入分配上，通过加大绩效考核管理，减少固定收入部分，加大活工资部分。建立与现代企业制度相适应的收入分配规则，让人力资本成为科技发展的第一资本，让泸州老窖成为人才的乐园。多年来，公司每年都大量引进大学毕业生、技术干部，以保证公司技术人才不出现断层。全国评酒员考试，我们公司得了两个冠军、一个亚军、一个第五名，强劲的年轻技术后备人才，确保了泸州老窖集团在酿酒生物技术上的领先地位。管理干部中，公司袁秀平董事长被称为中国最年轻的白酒少帅，今年34岁，也是上市公司中最年轻的管理干部。

记：伴着新世纪应运而生的泸州老窖集团，在继承前人优良传统的同时，怎样续写辉煌？

张：集团公司成立后，实现了企业型管理向市场型管理的整体转型，形成了有利于节约资本、降低消耗、提高资产利用率的经营机制。通过各类资源的最佳配置，以强大的经济实力打造泸州老窖航空母舰。我们坚持"有进有退，优化产业结构，以酒业为主，相关多元发展"的原则，吸纳优势产业进入集团，强化集团公司的凝聚力和向心力，发挥上市公司优势，形成传统生物工程产业与高新科技产业优势并存。在五年规划期内，实现营业收入50亿元，利税17亿元，用10年时间发展成为中国酒业巨子。今年，集团公司主推国窖酒、百年老窖、新品特曲和改进型特曲4个品种。"国窖·1573"就是我们的急先锋。

本着"人才相关、技术相关、资源相关"三相关原则，采用大食品的战略架构，不盲目涉足不熟悉行业，发挥我们自身的优势，以酒、醋、饮料和大米为发展目标，减少运行成本，实行资源整合，理性地带领企业发展。"共生"是我们经营理念的主旋律。

后记：附袁秀平先生的"共生"理念。

共生——泸州老窖经营理念

"共生"所追求的是"在中国灿烂名酒文化熏陶中，全人类共享幸福美满的生活"。为此，泸州老窖将自觉融入人类、地球、社会之中，与社会同行、与环境相依、与人类共存，在发展经济的同时，注重环境保护和社会公益事业，建立起与人类、地球、社会良好的关系，为人类美好的明天而不懈努力。

第五章 "国窖·1573"，中国活文物的数字体现

——访泸州老窖集团董事长袁秀平先生

泸州老窖集团公司的"国宝老窖群"是中国两大活文物之一（另一个为成都都江堰），也是中国酒业唯一的重点文物，其可贵之处在于不仅具有文物价值，而且具有很高的使用价值，自1573年建窖始，一直沿用至今，其酿造出来的酒品质至高无上。泸州老窖集团公司集老窖之大成，融现代科技之精华，配合建窖时间之体现，开发出中国白酒鉴赏标准级产品"国窖·1573"，使中国活文物物化和数字化体现在广大消费者面前，让消费者既享受美妙的酒品，更感受丰厚的文化。

2000年年初，泸州老窖集团公司总裁袁秀平先生提出了"统治酒类消费的是文化"这一新的理念，并对中国酒业进入市场经济以来的发展过程作了概括，指出："……酒类企业的发展过程中曾有4个个性明显的主题。第一个主题是'主张量的增长，以量取胜'。第二个主题是'求质的发展，以质取胜'。第三个主题是'企业力的扩张，以变取胜'。第四个主题是'主张销售力的组建，重筑通路，加强促销，以市场网络取胜'。"近两年，业界掀起了文化营销热，纷纷亮出文化牌，《中国十大文化名酒经典案例》的出版，对文化营销作了理论总结。

2001年，"国窖·1573"正式以高贵的身份推向市场。带着几分好奇，几分迷惑，何以数字作酒名？记者专程采访了泸州老窖集团公司董事长袁秀平先生，现将采访记录整理如下，供同行参考。

记："国窖·1573"这个酒名很奇特，就我所知，用数字作酒名尚无先例，其中必有寓意，能否请袁先生向本书读者介绍一下"1573"这组数字的涵义？

袁：回答这个问题，请允许我先介绍一下泸州的酿酒史。泸州有着得天独

厚的酿酒自然条件，是我国酿酒历史最悠久的地区之一，据当地文物考证，泸州酒史可追溯到秦汉时期，距今已有2000多年的历史。在宋代就已有"小酒"和"大酒"的酿造，"小酒"就是一种发酵酒"米酒"，"大酒"就是蒸馏酒，是泸州老窖酒的雏型。到明清时期，泸州酿酒业已十分发达。在泸州老窖股份有限公司酿酒一车间（泸州营沟头），有至今保持完好并连续服役的百年老窖池300多口，其中，1958年经专家认定建于明代万历年间（1573—1619年）的老窖池就有数百口，有4口窖池建于1573年，距今已有429年历史，并连续服役至今，从未间断，这一奇迹在我国白酒界是唯一的，其酿制出来的酒质无可比拟，具有唯一性和排他性。

从以上泸州酒史的介绍可以看出，我们将数字1573作为酒名，一是寓意此酒源自1573年始建老窖池酿制的酒，其酒质已达到无以复加的高度，无独有偶，1573这组数字具有唯一性和排他性，寓意此酒的高贵；二是寓意"举世无双"，因为1573均为质数，寓意除泸州外，再无第二家同类老窖池和酒质；三是1573这组数相加，其和为16，寓意"国窖·1573"的发展将带动整个公司的发展"一路顺风""一路高歌"。

记：袁先生对"国窖·1573"的诠释入木三分，精辟至极。可见公司启用"国窖·1573"是用心良苦。接下来请袁先生谈谈开发"国窖·1573"的战略意图。

袁：我在2000年年初就提出了"统治酒类消费的是文化"这一理念，酒类消费者在经历了"满足生理需求""要喝""要喝好""择优而取"后，随着生活水平的提高，逐步走向"满足心理需求"的"生感消费"和"文化消费"，可以说"文化消费"是酒类消费者的理想境界。《中国十大文化名酒（经典案例）》中介绍的营销策略，无一不是着眼于文化营销。

我们有全国唯一的活文物400多年历史的"国宝窖池"，1999年被载入《世界吉尼斯纪录》；有6米×9米的巨型酒字图"白酒图"，1995年载入《世界吉尼斯纪录》；有由一号国宝窖池酿制的1999毫升、编号1999的绝版精品"国窖图"，在1999年拍卖会上以18万元成交，"酒中之贵"载入《世界吉尼斯纪录》；2000年，泸州老窖营沟头酿酒作坊以世界上最古老的酿酒作坊被收入《世界吉尼斯纪录》；此外，还有"最古老的酿酒作坊、含有益微生物最多酿制的白酒、文物保护规格最高的酿酒窖池"等吉尼斯世界纪录，这些都是我们的优势和丰厚的文化底蕴。

为了发挥我们的优势，有效地进行文化营销，进入更高层次，体现产品的品位和品牌价值，针对当前白酒同质化日趋明显，产品内在质量差异越来越小，产品文化内涵的差距越来越大的有利时机，果断推出"国窖·1573"，主要基于其文化底蕴，其战略意图就是对国窖进行再开发，使其具有现代感，代表民族文化，定位在国际品牌，成为中国白酒最有品位的广告。"1573"赋予"国窖"以历史，注重理性，标明具体时间，"1573"均为质数，相加之和为16，很有品位。其推出给白酒业带来了新的希望，在消费者中口碑很好。我们希望藉此提升品牌形象，进而提升企业形象，给企业带来更丰厚的利润。今年在全国作重点推出和形象推出，树立"喝国窖酒，非富即贵"的全新形象。

记：请问开发"国窖·1573"的潜在优势和价值是什么？

袁：开发"国窖·1573"的潜在优势上面基本上都谈到，归纳起来有如下几方面。

1."国窖·1573"有三高，即：定位高，起点高，价值高。我们把它当作"旗舰"产品来开发，突显"浓香型典型代表"的尊贵，成为浓香经典典范。

2.有丰厚的"国宝窖池"文化底蕴，是我们"文化营销"得天独厚的自然资源，是全国唯一的连续服役429年的老窖池，是"国窖·1573"坚实的质量保证体系。体现了科技和文化的完美结合。

3.有一支训练有素的技术人员队伍，具有大专以上学历者占职工人数35%以上，在他们中间有国际、国内酿酒大师，有国家级评酒员、高级工程师、高级经济师、高级政工师等数十名，有坚实的质量保证体系，因此，该队伍软硬件过得硬。

4.有设备完善的全国最大的大曲生产基地，微生物生态环境优异，大曲质量好且稳定，为酿酒生产提供曲药打下坚实基础。

5.老窖池窖泥中富含400多种有益微生物，所产酒质有保证，且有数万吨多年洞藏的老窖基酒做后盾。

6.老窖公司有一个年富力强、富有敬业精神和创业精神的领导班子，必将在新世纪将公司带入新的理想境界。

基于以上优势，我想"国窖·1573"作为"浓香型酒"的一面旗帜，其价值是无可估量的。

记：请问"国窖·1573"的市场前景如何？

袁：上面我已经谈过，"国窖·1573"是作为"旗舰"产品和"旗帜"产品来开发的，其定位很高，非同一般产品，重点赋予其丰厚的文化内涵。人们消费"国窖·1573"不仅仅是消费酒本身，更重要的是体验高尚的文化。因此，消费"国窖·1573"，非富即贵，我们最大的希望在于此，最大的风险也在于此。我们认为，其市场前景看好，当然，市场还需要培育，也需要必要的投入，属于战略性开发，要有质量的速度，需要晓以时日，退一步进两步，我们计划用3－5年时间完成这一战略性开发。我们的指导思想是长远打算，短期安排，以质量为基础，稳妥运作，逐步拓展国内外市场，掌握资源的稀有性，宁缺毋滥，开发收藏型、礼品型产品，限量供应市场，提高附加值。

记：请问老窖公司今后的发展思路是什么？

袁：有三大战略：（1）品牌质量战略。以质取胜，把质量管理意识贯穿整个生产过程；（2）品牌营销战略。市场营销、文化营销、社会营销的整合营销思路；（3）品牌扩张战略。以一体化扩张与多元化扩张相结合，以无形资产的资本优势进行扩张，以成本低廉的效益行为，通过资产联合和资源互补，充分发掘管理、资本、技术、品牌等要素资源，创造性实施新世纪的品牌发展战略，不断壮大泸州老窖的综合经济实力。我们公司的经营理念是"共生"，倡导"与社会同行、与环境相依、与人类共存""以人性为基础，以人本精神作规则，以文化资源为素材，为品牌扩充文化价值和魅力的艺术化营销"。今后公司的发展是酒业为主，渗透相关产业多元化发展。我们的酒业有价格空间和份额空间，1999年我们销了4万吨产品，产量达到8－12万吨是有可能的。1999年产量较上年增长25%，比1998年翻了一番。在相关产业方面，我们采用大食品的战略架构，不盲目涉足不熟悉的行业，注意发挥我们自身的优势，掌握"人才相关、技术相关、资源相关"原则，以酒、醋、饮料和米为发展目标，减少运行成本，实行资源整合，不去追求没有条件的高科技领域，要理性地带领企业发展。

第六章　挖掘国酒潜力打造文化品牌

——国酒之乡旅游业发展刍议

　　酒文化是黔北地域文化丰厚底蕴的重要组成部分，更是黔北地区发展旅游的吸引力因素，随着贵州旅游业的超常规发展，文化旅游资源的开发已成为业内高度重视的理论问题和实践问题，充分挖掘黔北酒文化在旅游业发展的潜力，打造好"国酒之乡""中国酒都"等品牌形象，无论对于仁怀市旅游业乃至贵州旅游业，还是提升国酒企业文化品位、扩大经济效益等都具有其重要意义。

　　黔北地区的仁怀市是国酒茅台的产地，因而素有"国酒之乡""中国酒都"等称誉，最近又被国家有关单位确定为"全国十大旅游工业城"。品茅台美酒，早已超过了其"饮酒"的本身意义，人们更多的则是体验其深厚的文化内涵。仁怀市地理位置特殊，位于贵州西北部赤水河中游、大娄山西段，背靠历史名城遵义，"赤水""遵义""娄山关"等富有长征色彩的名词都与仁怀茅台联系在一起；此外，仁怀市历史悠久、文化发达、人才辈出、古迹繁多、山川秀美，尤以作为国酒产地名扬天下，这些都为仁怀市发展旅游业提供了得天独厚的有利条件。贵州省旅游业"九五""十五"草案中，都对黔北旅游业的发展设计了蓝图，也为仁怀市国酒之乡旅游业的发展提供了良好的外部条件。但就目前来看，贵州旅游业的北线和其他线路相比还较滞后，这与黔北地区无论是从经济还是从资源上看都是极不协调的。从我们所接触了解的情况来看，可以认为国酒之乡旅游业的发展对于黔北旅游的整体发展具有举足轻重的作用，仁怀旅游业如何发挥其资源优势，加速纵深发展以带动其他相关产业，无论是对于区域性经济增长，还是对黔北地区旅游业乃至贵州旅游业发展的促进都具有重要和特殊的意义。

一、对旅游资源的把握是规划开发的关键

什么是旅游资源？仁者见仁，智者见智。我们赞成这样一种说法，即"现代社会能够吸引旅游者产生的旅游动机并实施旅游行为的因素的总和。它们能够被旅游业利用，并且在通常情况下能够产生社会效益、环境效益和经济效益"。[1]这较为合理地给"旅游资源"作了界定，也有利于对旅游资源的深层次了解，因为对旅游资源的把握，即实事求是地确立品位，是旅游实践中进行开发决策、制订开发规划、实施开发步骤的重要依据，对旅游开发至关重要。

因此，在实践中，由于人们常常不从"关联度"（如吸引物、环境效益等）来考虑，片面地理解、夸大资源，都易给决策、规划造成失误，从以下3个方面表现较为明显：（1）忽视了"吸引物"因素的作用，所认识的旅游资源实际上对某些"旅游产品"（我们将开发并达到一定程度的旅游资源称为产品）的简单模拟，如某个溶洞、某块石碑在某些地方是很好的吸引物，但在另一地区相同规模的溶洞、相同历史年代的石碑就不一定会吸引人，或者说就不一定是旅游资源。（2）忽视了"关联度"或评价的角度。旅游资源的评价有不同的角度，如旅游资源本身评价和旅游资源开发评价，二者之间关系密切，但差别也很明显。事实上我们经常听到别人讲资源如何丰富，实际上他是从资源本身角度来讲的，不一定具有开发价值，如西夏王陵是国家级文物重点保护单位，就其形制而言，在中国独一无二，具有垄断性，然而因其地理区位和环境、旅游接待设施等所限制，开发评价就大受影响。相反，重庆北温泉公园内有一溶洞，规模很小，若单从旅游资源本身评价，几乎不具备开发价值，然而从旅游资源开发角度进行评价，因温泉是重庆主要旅游点之一，所以旅游价值大为提高。（3）忽视了旅游资源的"时效性"，这既体现在有些资源在某些社会经济文化条件下可能暂时是热点，随着时间的推移或条件的变更后即成为冷点，也体现在某些资源的潜力在某些条件变更后才能逐渐显示出来。前者如前些年许多地区开辟的"人工景点"，后者如贵遵高等级公路的开通对息烽、乌江一带山、水、洞等的开发热点。由此可见，正确地、科学地评价把握本地的旅游资源的开发价值，以此来确立品位，这对于制订可行的、长远的规划及开发方

159

[1] 刘振礼. 中国旅游地理[M]. 北京：中国旅游出版社，1996.

践行篇

案，避免盲目性，无疑是十分重要和必要的。

从资源本身来看，国酒之乡拥有众多的、品位高的、开发潜力大的旅游资源。

自然旅游资源方面，仁怀市地下热源丰富，是贵州省温泉较多的地区之一，如盐津河温泉：是一个高达60℃的高温温泉，它依山傍水，水量丰富，不盈不缩，风景异常优美；坛厂温泉：水压极大，能喷出水面两丈高，水温39℃；团结温泉：水温40℃，泉水从一个小山脚下3个并排的泉眼中涌出，是仁怀市温泉中流量最大的一处。赤水河沿岸风光，盐津河峡谷景观的有机组合都形成了仁怀的天然风景线；以"三涨水""十涨水""葡萄井""鱼跳瀑布"为主的神奇的泉井、瀑布；以怀阳洞群、长岗洞群为典型的奇特的洞穴景观；以"夫妻杉""白果神树""人面竹""黄桷树王""树根桥"等为特色的珍稀植物；以"石头开花""伟人石""一碗井"等景观为代表的奇观。特别是仁怀市位于赤水河畔，又是黔北门户，入滇要道，其本身就构成了旅游资源的天然的内在的特点。

人文旅游方面，蜚声中外的"贵州茅台酒"就出自该地区，仁怀酿酒条件得天独厚，酿酒历史源远流长，素有"国酒之乡""中国酒都"的美誉，茅台酒的神秘工艺，神秘酿造环境形成了内涵丰富的茅台酒文化，围绕茅台酒的人造景点，如盐津河大桥桥头堡的国酒门、马鞍山巅的国酒亭、茅台酒厂厂区内的苏式园林、国酒文化街、中华酒博物馆；仁怀又是红军长征经过的地方，被誉为毛泽东军事思想史上得意之笔的四渡赤水之战就发生在这里，给这一方热土留下了彪炳千秋的胜迹。有毛泽东在长岗镇居住过的颇具传奇色彩的小屋及红军高级干部会议会址及红军医院遗址；有聂荣臻将军在此指挥战斗的鲁班战场及烈士陵园；更有与茅台酒厂隔河相望的震惊中外的红军四渡赤水之战第三次渡河的唯一渡口——茅台渡口、渡口纪念碑、纪念塔。仁怀还是贵州近现代人才辈出的地方，明清期间的武翼将军任曜，著名学者郑之桥，农民起义领袖杨金、唐兴和，民间治河义士吴登举，著名佛学家僧果瑶等均为仁怀人士，原外交部副部长韩念龙，原贵州省省长周林等的故乡也在仁怀。此外，还有不少早期历史古迹，如始建于清雍正十三年（1573年）的鹿鸣塔，以及永安寺、万应宫、三洞桥、永济桥、茅台贞节坊、舍马西汉坑墓、东汉砖墓两岔宋墓群、众多的摩崖石刻等。

不容置疑，以上我们列举的不完全的自然及人文景观及史料，它们都是国酒之乡仁怀旅游业宝贵的资源财富，但旅游业是一种特殊产业，它与社会经济文化有着必然的联系，也有其发展的规律，旅游业发展的水平体现了旅游资源的开发程度，而决定这种开发的规划至少需要考虑如下的因素：

（1）时间因素。这种因素既包含了旅游资源随时间推移而品位增加的特性，体现长征文化的纪念地、纪念建筑如茅台渡口、渡口纪念碑、毛泽东驻地、周林故居等就需要这一因素，也包含了人们在不同时期所追求的旅游价值，如现阶段人们对国酒茅台的神秘感，另一阶段则可能对赤水河，对盐津河峡谷的自然生态产生旅游动机等，都需要我们了解旅游发展动态以注意开发的时机。

（2）空间因素。即空间组合，对仁怀市来说，我们认为其旅游中心当然在中枢——茅台镇一带，在这一带的自然及人文资源应优先考虑，在离此较远的地带，尽管其"资源"独特，也必须要考虑其可进入性，正如把酒文化街建在靠近遵义枫香镇一样显然不现实，因此景点空间的组合在开发战略上理应引起重视。

（3）替补性因素。旅游景点之所以成为其"吸引物"，其本质原因就是与替补性成反比，即可替补性越小，其吸引力越大。中国的万里长城、西安兵马俑、桂林山水、黄果树瀑布等，在世界上几乎都是独一无二、不可替补。在仁怀市，茅台酒的神秘，酒文化的内涵，就有着很明显的不可替补性，而像境内的溶洞、峡谷瀑布等景观，在开发战略上就需要结合客源市场定位，比较周围开发程度较深的"产品"的"互补性"及"可替代性"科学地进行认证和决策。

因此，全面正确认识了解"旅游资源"，真正从内涵上把握其质量的规定性，决不仅仅是个理论问题，更重要的是有助于在开发旅游产品过程中克服盲目性。

二、一定要强化名牌产品意识

所谓名牌产品，应是既使旅游者满意，社会经济效益又好、知名度也高的产品。实施名牌战略，创名牌产品，我们认为至少要坚持以下3条原则：

第一，突出特色的原则。特色就是价值，个性就是魅力。如就全国而言，黄山就是安徽旅游的特色，长城就是北京旅游的特色，桂林山水就是广西旅游的特色，也是区域旅游名牌。黄果树是贵州旅游名牌产品，从目前来看，贵州民族风情、贵州森林生态等产品在某种程度上还得受黄果树关联度影响，即依靠其黄果树的名牌效应，就因为其特色就是"人无我有"的喀斯特山水奇观。

第二，少而精的原则。一个区域一个局部都有各种类型的资源，但作为其吸引物，要进行旅游者心态分析。旅游者对同类旅游产品（或同一旅游项目）的兴趣持续时间是有限的，很少有把一个地域的各种风貌都遍览无遗的需求。如游览张家界，不会出现把6条漂流线都各漂一次的欲望。

第三，补充配套的原则。创造一条游览线，其名牌产品固然是前提，但也要使其既突出主题，又需要产品起烘托作用，使其相互协调，优势互补，这既是名牌带动普通产品的增值，也更提高了名牌之品位。

因此，从前面所述的仁怀市的旅游产品来看，我们认为酒文化旅游不仅成为仁怀旅游的主题，也是黔北旅游业发展的突破口。贵州省旅游业"九五"规划及"十五"规划草案中也提出"建设以考察革命历史文物为主和以酒文化为特色的贵州—息烽—遵义—赤水至重庆的黔北专项旅游线"。但我们认为，就现阶段而论，把考察、体验酒文化作为其主要产品开发恐怕更为适合。遵义是名牌特优酒品的故乡，在广告大战中显赫一时的外省酒已是日渐衰落，赤水河流水所酿的玉液正香溢九洲，越发激起人们的探秘、猎奇兴趣。并且，要真正领略黔北酒文化，不到仁怀市，不到茅台镇，就大有"不到长城非好汉"之感。因此仁怀市是理所当然的黔北酒文化的中心。

把酒文化旅游作为仁怀的名牌产品，还具备了实施名牌战略的多方面的优势。

从产品角度来看，仁怀市政府在宣传、规划方面已作了大量工作，发行量及影响较大的中国优秀旅游期刊《西南旅游》曾从不同侧面对仁怀旅游进行了大量篇幅的介绍，图文并茂，市委市政府领导亲自撰文，体现了地方的重视程度。在酒文化为题的人文景观方面也初具规模，有马鞍山的国酒亭、国酒厂高楼林立下的江南苏式园林、神奇高雅的酒博物馆及酒文化街的古典庄重、市区国酒宾馆高高耸立，与立于盐津河大桥北端巍巍的国酒门及挺立于国酒门左侧山峦之上的巨型茅台酒瓶相望，汇成了茅台"中国酒都"酒文化旅游的一道亮丽风景。

从资源角度来看，仁怀国酒文化内涵尚可深层发掘，茅台酿酒历史悠久，早在汉代就有创制"枸酱"的记载，在世间还有不少有关酒的美丽动听的神话和传说，为茅台酒的神秘增添了无穷魅力。如相传吕洞滨在蟠桃盛会上献艺祝寿，王母娘娘赐御酒一坛，"玉液珠"一颗的故事的所在地杨柳湾成为茅台酒之源，今天杨柳湾垂柳飘飘，"天降宝珠生灵泉"的传说更增添了几分神秘色彩；又如位于城南坛厂镇庙林村的怀阳洞，《遵义府志》有详细记述。两位仙女酿酒与怀阳洞的经历，都为茅台酒留下了传世佳话，以致黔北大儒郑子尹有诗云："小夫人乳数百道，乳头一一仙草敷。"另外，赤水河流域，酒厂林立，酿酒工艺各异，风格各有千秋，以茅台酒为龙头的一系列名优产品如低度茅台、怀酒、酒中酒、亚洲醇等，领略其工艺及风味也是其旅游功能的体现。

从地理位置来看，仁怀市东邻遵义，距历史名城遵义约130千米，西靠四川，北接习水，与素有"千瀑之市""桫椤王国""楠竹之乡""丹霞世界"美誉之称的赤水旅游区相连，既是酒文化旅游线路的中心点，又是遵义到赤水旅游区的必经之地。

依据仁怀市所拥有的优势，把酒文化旅游作为名牌战略实施，应该是可行的。以酒文化带动长征文化旅游，配合以仁怀市山水旅游、文物古迹浏览，能起到相得益彰之效果。同时，在旅游业高速发展、竞争日益激烈的今天，发掘旅游文化资源，提高旅游地的文化开发品位，也是旅游业上档次、树形象、开拓市场、形成效益型增长的重要途径。对仁怀酒文化进行旅游开发如何以旅游项目设计来吸引游人，展示其文化底蕴，做到尽可能少的投入、尽可能高的产出；尽可能短的周期、尽可能大的市场，这就需要旅游部门管理者、决策者、开发者结合旅游业发展的一般规律来综合考虑，将酒文化的潜在价值转化为旅游产品。在这个过程中，我们认为以下几点显得尤为重要。

（1）文化导向旅游开发的文化导向即确定旅游地的文化主格调或旅游文化开发方向。重点是确定旅游地的文化属性和审美价值。如果我们确定仁怀市为酒文化旅游区，那么它的酒文化属性就不能有过度的人为冲击，在这一导向下旅游区的人工景点或其他项目均应围绕着衬托、强化酒文化的主题。同时，在项目的设计上要强调文化含量，切忌平庸；强调创意新颖，切忌雷同。盐津河大桥一带，突出的国酒亭、国酒方门与峡谷风光的有机组合，确为黔北不可多得胜景，当游人驱车来到桥上时，似乎一股酒香迎面扑来，国酒的神韵即刻使人陶醉，但我们想倘若过了鸭溪酒厂后，在刚进入仁怀境内时耸立一座类似"国酒门"之类的建筑物，是否可使游人易触景生情，既能使他们不脱离酒文化话题引发的种种联想，又可减轻因路途景观单调造成的疲倦而缩短时间概念。

（2）内容策划文化主题是旅游区建设的灵魂。总体来讲，旅游地的文化个性鲜明，主题就越突出，也就越具特色，从某种意义讲，可以称作主题公园，因此从内容策划上当然要围绕主题进行拓展，丰富有趣、格调高雅的内容使文化主题有血有肉。在仁怀市进行酒文化旅游项目设计应建立有系列化和个性化的原则，发掘中华酒文化（大文化）、黔北酒文化（地域文化）、茅台酒文化（企业文化）相关的内容，以历史为轴线，以史实和相应的传说、故事为依据，构建基本文化内容。防止项目设计建设中的从众化、时尚化和趋同化倾向。例如河南安阳殷商古都旅游区，笔者根据其在中国七大古都中的排列时序和它是中国有文字记载的第一处稳定都城的历史事实[1]，将其文化主题定位为"中华第一都"，其文化内涵就不仅限于首都，而是打出三块并列的品牌，即"古都""易都""商都"，构建了一处内容丰富、知识性强、雅俗共赏的系列化大型文化旅游区，产生了良好的社会效益和经济效益。

（3）娱乐性和参与性。现代旅游中的时间余暇、猎奇寻密等因素的文化认知通常以娱乐和参与的特性体现出来。酒文化的开发项目中，娱乐性和参与性更需要得到体现，酒文化本身的内容也易提供这两种特性的想象的广阔空间。在酒资源的旅游开发中，国外的一些成功经验都可以借鉴，前苏联一些加盟共和国如塔吉克、摩尔多瓦等及一些东欧国家都把葡萄酿酒的文化开发成了参与性极强的旅游项目并形成了他们的名牌产品。在葡萄酒的著名产地法国波尔多、布艮地等地，当地的旅游部门推出了游客参与性极强的葡萄种植园观光、风格各异的葡萄酒生产工艺观赏、游人亲自下地窖体验劳动情趣、品尝各个时代、各种风味的上乘佳酿，获得了意想不到的成功，游人与日俱增，既提高了酒厂企业的声誉，又拉近了人们对工厂的距离，更主要的是游人在参与和

---

[1] 段长山. 安阳发展战略, 安阳古都研究[M]. 郑州：河南人民出版社, 2995.

娱乐的同时，也满足了对酒的求知欲，充分享受了从酒文化中获得的乐趣。在仁怀市，开展以酒文化为题材的会议旅游，以茅台国酒为主题的酒文化节，品尝国酒、参观工艺、旅游购物（国酒系列产品）等专项旅游，只要形式新颖，应该说是富有极大吸引力的。如1997年、2000年召开的第三、四届国际酒文化学术研讨会上，笔者就明显感觉到组委会就有能在国酒所在地举办下届（2003年）国际研讨会的强烈愿望，参会的众多的外国学者及酿酒专家谈到茅台时更是眉飞色舞。这样，仁怀旅游业可依托茅台酒厂而发展，茅台酒厂也可从地方发展旅游业中获得实惠。当然更主要是适应旅游业的这一发展趋势。

（4）文化形象设计是对主题的形象化，使旅游地的文化主题与内涵转变为旅游者直接认知的形象。在仁怀酒文化开发中，对所设计的景观综合形象、建筑格调及小品造型设计、宣传品等都尽可能引导游人从不同侧面认知酒文化内容，这一工作对旅游区的建设、管理与市场开拓非常有意义，是文化产品向经济效益转化的重要环节。

总之，要使酒文化成为仁怀旅游的名牌产品，强化其文化含量、科技含量、地方特色及形象设计，强化名牌意识是旅游业发展的关键。旅游开发的最终目的是占领市场，获得良好的经济效益，在这个层面上，旅游产品和其他商品一样，都受市场经济规律制约，要以良好形象占领市场，而这个形象塑造就依赖于旅游区文化品位的提高，这也就是某种文化开发的目的。

三、必须弄清楚制约因素的"瓶颈"

从前面的分析我们知道，仁怀市得天独厚的条件是旅游业发展的坚实基础和重要前提，但我们也要清楚看到其明显的制约因素。

首先是自然条件导致可进入性差，仁怀市离中心旅游城市遵义尽管只有100多千米，但公路坡度起伏大，路况待改造。我们知道通达的交通是沟通客源地与接待地空间联系的基础，是旅游行为得以实现的基本条件，也是旅游地能否开发的先决条件。但交通运输业又有投资大、回收率低、回收周期长的特点，对旅游业的发展起了明显的制约作用。交通通达有两层含义：其一是完整的网络体系；其二是配套的运输能力。若没有疏畅的交通，即使两地间存在着极强吸引力，也不可能产生旅游客流。如我国著名风景区九寨沟、张家界、西双版纳等地都曾一度受到交通不畅的困扰，交通条件改善后导致了旅游业的腾飞。我们将这种作用称作"瓶颈"效应，将旅游交通称为旅游业中的"瓶颈行业"。仁怀市尽管是遵义到赤水旅游线的必经地，交通区位好，但由于不是国道，在短时期内改造为高等级公路的可能性不大，这对该市的旅游业无疑起着限制作用。贵阳至遵义的高等级公路贯通后在息烽、乌江等地出现旅游热潮对此就是最好的说明。因此，仁怀旅游业的发展速度在相当程度上取决于交通状况的改善速度。

其次，国酒之乡尽管资源富有，但仍是经济相对落后地区（山地面积73.8%），旅游业遵循的是"钱能生钱"的原则，在经济不发达地区发展旅游业受"马太效应"影响明显[1]。加上国家一般不投资在基础设施上，这又给区域旅游业带来不利影响。

以发展旅游业带动经济欠发达地区脱贫致富，是近年来旅游部门主动参与扶贫工作的创举，也是从实践中总结出来推动旅游业深入发展的新思路。对于仁怀市来说，要付诸实施并取得成效，既要具备一定的客观条件，也要充分发挥主观能动性。根据我们前面的分析，在客观条件方面，除了交通条件不尽理想和经济实力相对薄弱等制约因素外，而资源优势和区位优势还是较为明显的。"穷则思变"，这也可以刺激主观能动力的发挥，只要地方领导重视，甘于奉献；只要有灵活的政策扶持；千方百计解决资金投入，"以旅游养旅游"；只要遵循旅游开发的基本规律，科学地进行资源考察、市场分析、项目选定、建全和加强管理体系，发挥优势，开发酒文化为主题的旅游产品，在仁怀市实施旅游扶贫战略是能见成效的。我省的这方面经验也说明了这一点。

黔北地区多年来受贵州以观光型旅游为主的影响，在不少地方可能尚未完全树立旅游产品的商品观念，其实北线旅游是贵州省待开发潜力最大的地区之一，集仁怀酒文化、赤水生态文化、遵义红军长征文化、桐梓古夜郎文化、古播州文化、遵义新舟沙滩文化等于一地，享有"贵州文化在黔北"的美誉，遵义市是国务院首批公布的24个历史文化名城之一，全市有国家级风景名胜区1处，省级风景名胜区3处，2个全国重点保护文物单位，此外还有5个国家级生态旅游资源单位。并且仁怀市占有其特殊的地位，不少旅游专家预测，对文化的

---

[1] 王仕佐，杨明. 略论马太效应与旅游业 [J]. 贵州大学学报，1999（2）：58.

了解将是激发未来旅游者产生旅游动机的决定因素之一。因此仁怀市的酒文化旅游与周围的文化氛围有很强的互补性。从目前来看，仁怀市市区酒店林立，穿梭不息的出租车繁忙景象在县级城镇甚为鲜见，构成了仁怀一道独特的风景线，也显示了一定的硬件设施及接待能力。在软件建设方面有关部门也极为重视提高旅游服务质量，强调行业规范。笔者就曾专程为国酒宾馆职工进行过专门培训，培训期间主管部门领导的重视、员工的敬业精神，时至今日，印象尤深。这在一定的程度上昭示了仁怀旅游业发展的广阔前景。但我们又认为，要使旅游业走健康、可持续发展之路，使酒文化旅游真正成为其黔北旅游的突破口，至少以下两点可能要引起重视：

其一，要加强旅游促销，强化宣传攻势。一方面可以通过新闻媒介宣传优质名酒产品，以提高仁怀市作为名酒生产基地的知名度（茅台酒厂近年来已加强了宣传工作）；另一方面，还应通过各种手段挖掘仁怀内涵丰富的酒文化潜力及赤水河畔的迷人风光，如以文艺作品（戏剧、小说等）、电视风光片、电视专题片、酒文化题材的电视剧等。在息烽集中营于1999年由江苏电影电视部门摄制的电视剧《小萝卜头》推出后，正如一部《红岩》使重庆渣滓洞闻名天下一样，对息烽集中营的知名度提高、旅游功能的强化程度是不言而喻的。1998年在五粮液的故乡宜宾举行的首届四川酒文化节，浩大气势，动人的场景，似乎显示了五粮液人特有的精神风貌。"悠悠岁月久（酒），滴滴暖人心"如雷贯耳，美妙的语言家喻户晓。泸州老窖集团由国家文物保护单位的"国窖"而推出的"1573"字样，尤如划破天空的一道闪电，给人们以震撼之感；全国足球甲A赛场上的"全兴"字样更是通过卫星传播，全球共同关注"雄起"的节奏。比较起来，我们倒觉得国酒之乡显得稍冷清一些，看来，强化这方面的意识对于营造招商引资的外部环境、对于仁怀酒文化的深度开发和国酒系列走向市场都至关重要。

其二，要强调对专业人才的重视，旅游对我们来说还是近10年的事，发展速度远超过我们的适应程度，我省将旅游业列为主要支柱产业之一后，贵州省委、省政府及省旅游局、省教委在专业人才培养方面也给予了高度重视。贵州大学旅游系1999年招收硕士首届旅游研究生，就是这一举措的具体体现。21世纪是知识经济时代，实力的竞争就是人才的竞争、知识的竞争，旅游管理从业者的素质对能否实现其预定目标是关键，从宏观的全省来看是如此，作为微观的区域也是如此。因此充分发挥专业人员的作用，创造条件让他们施展聪明才智，即注重人才、善用人才，在旅游管理中加大科学技术的含量，最大限度地实现旅游业服务和管理的现代化、标准化、规模化，也是减少制约因素，加速旅游业发展的重要步聚。

以上，我们对国酒之乡旅游业发展的优势及制约因素进行了分析，作为一种特殊的新兴的经济产业，其内部和外部影响因素都很多。但只要注意利用黔北地区的旅游的综合优势，充分发挥酒文化优势并创出名牌，以此带动其他相关产业的发展，就有可能在寻求区域经济新增长点方面发挥应有的作用。

求索篇

会良朋，逢美酒，酒频斟。昔人已矣，松下泉底不如今。幸遇重阳佳节，高处红萸黄菊，好把醉乡寻。淡淡飞鸿没，千古共销魂。

幸遇三杯酒好，况逢一朵花新。片刻欢笑且相亲。明日阴晴未定。

——朱敦儒

第一章　浅谈中国的葡萄酒文化

引　言

只要提到中国独特的酒文化，用"源远流长""博大精深"等字眼来形容是绝不过分的。在中国现存的先秦古籍中，不涉及酒的书是很少，中国最古老的文字甲骨文和金文都有"酒"字。而翻开史籍，在记载着政治、经济、文化、风俗的变化沿革和天文地理、礼乐制度、科学技术的重大事件的同时，同样记载着酒的精彩故事，由此可知没有酒参与的事件是不可想向的。从商纣王的酒池肉林，到秦代末的鸿门盛宴，从曹刘的煮酒论英雄，到宋祖的杯酒释兵权，酒无不与政治、军事、经济、社交、礼仪密切相连。中国的56个民族，如女真族的酒宴，苗族、侗族、仫佬族的重阳酒，土家族的咂酒之俗，苗族、布依族的酒歌等等也都与酒有着不解之缘。同时，"兰陵美酒郁金香，玉宛盛来琥珀光""劝君更进一杯酒，西出阳关无故人"等的千古绝妙诗句，更是数不胜数。

但是，说到中国的葡萄酒文化，却是有点遗憾是众所周之的，在不少人眼中，葡萄酒是舶来品，代表的是浓重的西洋文化，是品位和情调的象征，我国传统的豪饮十大碗的气势与葡萄酒专家的眼中的葡萄酒文化简直是格格不入。那么，中国是否有葡萄酒及葡萄酒的文化？如果有其有哪些特征？影响其形成的深层原因又是什么呢？我们试作如下分析。

一、中国古代的葡萄种植

葡萄酒文化是指葡萄酒作为文化的载体，而使葡萄酒具有了文化内涵，主要指葡萄酒的物质技术、人们的心理意识和行为规范的总和，包括葡萄酒的酿造、斟饮方式与人体健康的关系等一系列葡萄酒科学知识，政府有关政策、营销战略、战术、葡萄酒文化交流以及与葡萄酒有关的文艺作品等。从广义上讲，葡萄酒文化包括几千年来不断改进和提高的葡萄栽培管理技术、葡萄酒酿造技术，法律制度，酒俗酒礼，饮酒器皿以及文人墨客所创作的与葡萄酒相关的书画、诗文词句等，狭义上的葡萄酒文化则仅指葡萄酒品饮的礼节、风俗、逸闻等。如果把葡萄酒文化作为西方文化的"专利"，那么要问：中国有无葡萄酒及葡萄酒文化？这个问题无论从典籍上还是事实上回答都是肯定的，中国具有几千年栽培、种植葡萄和酿造酒的历史，在这个意义上，葡萄酒文化并非是西方文化的专利，它与中国酒文化是分不开的，需要指出的是它们经历的是一个既交织又脱离的历史进程，进而形成了中国独特的葡萄酒文化现象。

葡萄酒在中国是"古而有之"，葡萄，中国古代曾叫"蒲陶""蒲萄""蒲桃""葡桃"等，葡萄酒则相应地叫做"蒲陶酒"等。此外，在古汉语中，"葡萄"也可以指"葡萄酒"。关于葡萄两个字的来历，李时珍在《本草纲目》中写道："葡萄，《汉书》作蒲桃，可造酒，人酺饮之，则醄然而醉，故有是名。""酺"是聚饮的意思，"醄"是大醉的样子。按李时珍的说法，葡萄之所以称为葡萄，是因为这种水果酿成的酒能使人饮后醄然而醉，故借"酺"与"醄"两字，叫做葡萄。中国最早有关葡萄的文字记载见于《诗经》。《诗·周南·蓼木》："南有蓼木，葛藟累之；乐只君子，福履绥之。"《诗·王风·葛藟》："绵绵葛藟，在河之浒。终远兄弟，谓他人父。谓他人父，亦莫我顾。"《诗·豳风·七月》："六月食郁及薁，七月亨葵及菽。八月剥枣，十月获稻。为此春酒，以介眉寿。"从以上诗歌里，可以了解到《诗经》所反映的殷商时代（前17世纪初—前11世纪），人们就已经知道采集并食用各种野葡萄了。《周礼·地官司徒》记载："场人，掌国之场圃，而树之果蓏、珍异之物，以时敛而藏之。"郑玄注："果，枣李之属。蓏，瓜瓠之属。珍异，蒲桃、批把之属。"这句话译成今文就是："场人，掌管廊门内的场圃，种植瓜果、葡萄、枇杷等物，按时收敛贮藏。"这样，在约3000年前的周朝，中国已有了家葡萄和葡萄园，人们就已经知道怎样贮藏葡萄了。

在今天，葡萄的栽培在中国各地区已非常普遍，葡萄资源非常丰富，现中国东部、中部、西部三大块逐渐形成了九个葡萄酒产区，分别是：东北产区、渤海湾（昌黎）产区、银川产区、怀涿盆地产区、清徐（黄河故道）产区、烟台产区、吐鲁番产区、云南高原产区、甘肃武威产区，这些产区差异巨大，风格各异，为生产出不同种类、不同风味的葡萄酒提供了得天独厚的条件。

二、中国古代的葡萄酒酿造

中国葡萄酒酿造也有悠久的历史，但在不同时期又有不同的发展状况，这与当时的社会政治经济因素分不开，我们可从众多的历史文献中可见其概貌。

1.西汉——中国葡萄酒业的开始

据史料载："中国的欧亚种葡萄（即全世界广为种植的葡萄种）是在汉武帝建元年间，著名的大探险家张骞出使西域时（前138—前119年）从大宛（今中亚的塔什干地区）带来的。"《史记·大宛列传》："宛左右以蒲桃为酒，富人藏酒至万余石、久者数十年不败。""汉使（指张骞）取其实来，于是天子始种苜蓿、蒲桃。"在引进葡萄的同时，还招来了酿酒艺人。据《太平御览》，汉武帝时期，"离宫别观傍尽种蒲萄"，[1]可见汉武帝对此事的重视，并且葡萄的种植和葡萄酒的酿造都达到了一定的规模。

中国的葡萄栽培从西域引入后，先至新疆，经甘肃河西走廊至陕西西安，其后传至华北、东北及其它地区。到了东汉末年，由于战乱和国力衰微，葡萄种植业和葡萄酒业也极度困难，葡萄酒异常珍贵。《三国志·魏志·明帝纪》中，裴松子注引汉赵岐《三辅决录》："孟佗又以蒲桃酒一斛遗让，即拜凉州刺史。"孟佗是三国时期新城太守孟达的父亲，张让是汉灵帝时权重一时、善刮民财的大宦官。孟佗仕途不通，就倾其家财结交张让的家奴和身边的人，并直接送给张让1斛葡萄酒，以酒贿官，得凉州刺史之职。汉朝的1斛为10斗，1斗为10升，1升约合现在的200毫升，故1斛葡萄酒就是现在的20升。也就是说，孟佗拿26瓶葡萄酒换得凉州刺史之职！可见当时葡萄酒身价之高。

173

求索篇

---

[1] 王仁湘. 饮食与中国文化. 人民出版社，1994.

2.魏晋南北朝时期——中国葡萄酒业的恢复及葡萄酒文化的兴起

到了魏晋及稍后的南北朝时期，葡萄酒的消费和生产又有了恢复和发展。从当时的文献以及文人名士的诗词文赋中可以看出当时葡萄酒消费的情况。魏文帝曹丕喜欢喝酒，尤其喜欢喝葡萄酒。他不仅自己喜欢葡萄酒，还把自己对葡萄和葡萄酒的喜爱和见解写进诏书，告之于群臣。魏文帝在《诏群医》中写道："三世长者知被服，五世长者知饮食。此言被服饮食，非长者不别也。……中国珍果甚多，且复为说蒲萄。当其朱夏涉秋，尚有余暑，醉酒宿醒，掩露而食。甘而不饴，酸而不脆，冷而不寒，味长汁多，除烦解渴。又酿以为酒，甘于鞠蘖，善醉而易醒。道之固已流涎咽唾，况亲食之邪。他方之果，宁有匹之者。"作为帝王，在给群医的诏书中，不仅谈吃饭穿衣，更大谈自己对葡萄和葡萄酒的喜爱，并说只要提起葡萄酒这个名，就足以让人唾涎了，更不用说亲自喝上一口，这恐怕也是空前绝后的。

《三国志·魏书·魏文帝记》是这样评价魏文帝的："评曰：文帝天资文藻，下笔成章，博闻疆识，才艺兼该。"有了魏文帝的提倡和身体力行，葡萄酒业得到恢复和发展，使得在后来的晋朝及南北朝时期，葡萄酒成为王公大臣、社会名流筵席上常饮的美酒，葡萄酒文化日渐兴起。这在当时的不少诗文里都有反映。陆机在《饮酒乐》中写道："蒲萄四时芳醇，琉璃千钟旧宾。夜饮舞迟销烛，朝醒弦促催人。春风秋月恒好，欢醉日月言新。"陆机（261—303年）是三国时东吴名臣陆逊的孙子。吴亡后，他于晋太康末应诏入洛阳，曾为太子洗马、中书郎等职。《饮酒乐》中的"蒲萄"是指葡萄酒。诗中描绘的是当时上流社会奢侈的生活：一年四季喝着葡萄美酒，每天都是醉生梦死。这时的葡萄酒是王公贵族们享用的美酒，但已比较容易得到，决非汉灵帝时孟佗用来贿官时的价格，否则谁也不可能一年四季都喝它。

3.唐代——灿烂的葡萄酒文化

盛唐时期，社会风气开放，不仅男人喝酒，女人也普遍饮酒。女人丰满是当时公认的美，女人醉酒更是一种美。唐明皇李隆基特别欣赏杨玉环醉韵残妆之美，常常戏称贵妃醉态为"岂妃子醉，是海棠睡未足耳。"当时，女性化妆时，还喜欢在脸上涂上两块红红的姻脂，是那时非常流行的化妆法，叫做"酒晕妆"[1]。近年港台和沿海城市流行的"晒伤妆",可以说就是1000多年前唐朝妇女的"酒晕妆"。盛唐时期,人们不仅喜欢喝酒,而且喜欢喝葡萄酒。因为到唐朝为止,人们主要是喝低度的米酒,但当时普遍饮用的低度粮食酒,无论从色、香、味的任何方面,都无法与葡萄酒媲美,这就给葡萄酒的发展提供了市场空间。

当时葡萄酒面临着的真正的发展机遇是:"在国力强盛,国家不设酒禁的情况下,和最高统治者重视不无关系,唐高祖李渊、唐太宗李世民都十分钟爱葡萄酒,唐太宗还喜欢自己动手酿制葡萄酒。"《太平御览》记载,唐太宗贞观十三年(640年),唐军在李靖的率领下破高昌国(今新疆吐鲁番),唐太宗从高昌国获得马乳葡萄种和葡萄酒法后,不仅在皇宫御苑里大种葡萄,还亲自参与葡萄酒的酿制。酿成的葡萄酒不仅色泽很好,味道也很好,并兼有清酒与红酒的风味。

盛唐时期社会稳定,人民富庶。由于帝王、大臣喜好葡萄酒,民间酿造和饮用葡萄酒也十分普遍。这些在当时的诗歌里都反映。诗人李欣的《唐才子传》称其"性疏简,厌薄世务"。他在《古从军行》中写道:"年年战骨埋荒外,空见蒲桃入汉家。"李欣这首写了边塞军旅生活和从军征戎者的复杂感情,借用汉武帝引进葡萄的典故,反映出君主与百姓、军事扩张与经济贸易、文化交流与人民牺牲之间尖锐而错综复杂的矛盾。自称"五斗先生"的王绩不仅喜欢喝酒,还精于品酒,写过《酒经》《酒谱》。他在《题酒家五首》中写道:"竹叶连糟翠,蒲萄带曲红。相逢不令尽,别后为谁空。"这是一首十分得体的劝酒诗。朋友聚宴,杯中的美酒是竹叶青和葡萄酒。王绩劝酒道:"今天朋友相聚,要喝尽樽中美酒,一醉方休!它日分别后,就是再喝同样的酒,也没有兴致了。"李白,又称"诗仙""酒仙",素有"斗酒诗百篇"的名声,十分钟爱葡萄酒,甚至在酒醉奉诏作诗时,还忘不了心爱的葡萄酒。他在《对酒》中写道:"蒲萄酒,金叵罗,吴姬十五细马驮。"实际上,李白不仅是喜欢葡萄酒,更是迷恋葡萄酒,恨不得人生百年,天天都沉醉在葡萄酒里。《襄阳歌》就是他的葡萄酒醉歌。他在诗中写道:"鸬鹚杓,鹦鹉杯,百年三万六千日,一日须倾三百杯。遥看汉江鸭头绿,恰以蒲萄初酸醅。此江若变

[1]　王昆吾. 唐代酒令艺术[M]. 东方出版中心, 1995.

作春酒，垒曲便筑糟丘台。"诗人李白幻想着将一江汉水都化为葡萄美酒，每天都喝它三百杯，一连喝它一百年，也确实要喝掉一江的葡萄酒。从诗中也可看出，当时葡萄酒的酿造已相当普遍。在唐代的葡萄酒诗中，最著名的莫过于王翰的《凉州词》了。诗中写道："葡萄美酒夜光杯，欲饮琵琶马上催；醉卧沙场君莫笑，古来征战几人回？"边塞荒凉艰苦的环境，紧张动荡的军旅生活，使得将士们很难得到欢聚的酒宴。这是一次难得的聚宴。酒，是葡萄美酒；杯，则是"夜光杯"。据《十洲记》："周穆王时西胡献夜光常满杯，杯是白玉之精，光明夜照。"鲜艳如血的葡萄酒，满注于白玉夜光杯中，色泽艳丽，形象华贵。如此美酒，如此盛宴，将士们莫不兴致高扬，准备痛饮一番。正值大家"欲饮"之际，马上琵琶奏乐，催人出征。此时此地，琵琶作声，不为助兴，而为催行，谁能不感心头沉重？这酒还喝不喝呢？这时，座中有人高喊，男儿从军，以身许国，生死早已置之度外。有酒当开怀痛饮！醉就醉吧，就是醉卧沙场也没有什么丢脸的，自古以来有几人能从浴血奋战的疆场上生还呢！于是，出征将士豪兴逸发，举杯痛饮。明知前途险厄，却仍然无所畏惧，勇往直前，表现出高昂的爱国热情。在众多的盛唐边塞诗中，这首《凉州词》最能表达当时那种涵盖一切、睥睨一切的气势，以及充满着必胜信念的盛唐精神气度。此诗也作为千古绝唱载入中国乃至世界葡萄酒文化史。

4.宋代——中国葡萄酒业发展的低潮期

宋代葡萄酒发展的情况可以从苏东坡、陆游、元好问等的作品中看出来。苏东坡的《谢张太原送蒲桃》写出了当时的世态："冷官门户日萧条，亲旧音书半寂寥。惟有太原张县令，年年专遣送蒲桃。"苏东坡一生仕途坎坷，多次遭贬。在不得意时，很多故旧亲朋都不上门了，甚至连音讯都没有。只有太原的张县令，不改初衷，每年都派专人送葡萄来。从诗中，我们还知道，到了宋朝，太原仍然是葡萄的重要产地。到了南宋，小朝庭偏安一隅。当时的临安虽然繁华，但葡萄酒却因为太原等葡萄产区已经沦陷，显得稀缺且名贵，这可从陆游（1125—1210年）的诗词中反映出来。陆游的《夜寒与客烧干柴取暖戏作》："稿竹干薪隔岁求，正虞雪夜客相投。如倾潋潋蒲萄酒，似拥重重貂鼠裘。一睡策勋殊可喜，千金论价恐难酬。他时铁马榆关外，忆此犹当笑不休。"诗中把喝葡萄酒与穿貂鼠裘相提并论，说明葡萄酒可以给人体提供热量，同时也表明了当时葡萄酒的名贵。经过战乱，真正的葡萄酒酿酒法在中土差不多已失传。除了从西域运来的葡萄酒外，中土自酿的葡萄酒，大体上都是按《北山酒经》上的葡萄与米混合后加曲的"蒲萄酒法"酿制的，且味道也不好。

5.元代——我国葡萄酒业和葡萄酒文化的鼎盛时期

元朝立国虽然只有90余年，却是我国古代社会葡萄酒业和葡萄酒文化的鼎盛时期。元朝的统治者十分喜爱马奶酒和葡萄酒。据《元史·卷七十四》记载，元世祖忽必烈至元年间，祭宗庙时，所用的牲齐庶品中，酒采用"潼乳、葡萄酒，以国礼割奠，皆列室用之"。"潼乳"即马奶酒。这无疑提高了马奶酒和葡萄酒的地位。至元二十八年五月（1291年），元世祖在"宫城中建葡萄酒室"（《故宫遗迹》），更加促进了葡萄酒业的发展。

考虑到粮食短缺等原因，元世祖十分重视葡萄栽培与葡萄酒生产，在政府重视、各级官员身体力行、农业技术指导具备、官方示范种植的情况下，元朝的葡萄栽培与葡萄酒酿造有了很大的发展。葡萄种植面积之大，地域之广，酿酒数量之巨，都是前所未有的。当时，除了河西与陇右地区（即今宁夏、甘肃的河西走廊地区，并包括青海以东地区和新疆以东地区和新疆东部）大面积种植葡萄外，北方的山西、河南等地也是葡萄和葡萄酒的重要产地。此外，为了保证官用葡萄酒的供应和质量，据明朝人叶子奇撰《草木子》记载，元朝政府还在太原与南京等地开辟官方葡萄园，并就地酿造葡萄酒。在元代，葡萄酒常被元朝统治者用于宴请、赏赐王公大臣，还用于赏赐外国和外族使节。同时，由于葡萄种植业和葡萄酒酿造业的大发展，饮用葡萄酒不再是王公贵族的专利，平民百姓也饮用葡萄酒。这从一些平民百姓、山中隐士以及女诗人的葡萄与葡萄酒诗中可以读到。以骑驴卖纱为生计的何失在《招畅纯甫饮》中有"我瓮酒初熟，葡萄涨玻璃"的诗句，尽管家贫靠卖纱度日，还是有自酿的葡萄酒招待老朋友。刘诜，多次被推荐都未能入仕，一辈子为穷教师，在他的《葡萄》诗中有"露寒压成酒，无梦到凉州"的诗句，说明他也自酿葡萄酒。

元朝政府对葡萄酒的税收扶持以及葡萄酒不在酒禁之列的政策使得葡萄酒的普及成为可能。同时，朝廷允许民间酿葡萄酒，而且家酿葡萄酒不必纳税。

当时，在政府禁止民间私酿粮食酒的情况下，民间自种葡萄，自酿葡萄酒十分普遍。元朝葡萄酒有较大发展的另一重要原因，就是中央政府的政策扶持。主要表现为税收政策上。因为葡萄酒的酿造不用粮食与酒曲，所以，就是要与粮食酒区别对待，葡萄酒不消耗粮食，就是要坚决有力地予以扶持。据《元典章》，元大都葡萄酒系官卖，曾设"大都酒使司"，向大都酒户征收葡萄酒税。大都坊间的酿酒户，有起家巨万、酿葡萄酒多达百瓮者。可见当时葡萄酒酿造已达相当规模。此外，元代葡萄酒文化逐渐融入文化艺术各个领域。除了大量的葡萄酒诗外，在绘画、词曲中都有表现。

6.明朝——中国葡萄酒业的低速发展时期

明朝是酿酒业大发展的新时期，酒的品种、产量都大大超过前世。明朝虽也有过酒禁，但大致上是放任私酿私卖的，政府直接向酿酒户、酒铺征税。由于酿酒的普遍，不再设专门管酒务的机构，酒税并入商税。据《明史·食货志》，酒就按"凡商税，三十而取一"的标准征收。这样，极大地促进了蒸馏酒和绍兴酒的发展。

而相比之下，葡萄酒则失去了优惠政策的扶持，不再有往日的风光。明朝人顾起元所撰写的《客座赘语》中对明代的数种名酒进行了品评："计生平所尝，若大内之满殿香，大官之内法酒，京师之黄米酒，……绍兴之豆酒、苦蒿酒，高邮之五加皮酒，多色味冠绝者。"并说："若山西之襄陵酒、河津酒，成都之郫筒酒，关中之蒲桃酒，中州之西瓜酒、柿酒、枣酒，博罗之桂酒，余皆未见。"《客座赘语》多载明故都南京故实，而于嘉靖、万历年间社会经济、民情风俗的变化尤为注意。顾起元所评价的数十种名酒都是经自己亲自尝过的，包括皇宫大内的酒都喝过了，可葡萄酒却没有尝过，可见当时葡萄酒并不怎么普及，然而也要看到，尽管在明朝葡萄酒不及白酒与绍兴酒流行，经过1000多年的发展，毕竟已有相当的基础。例如明朝李时珍所撰《本草纲目》，对葡萄酒的酿制以及功效也作了研究和总结，大致有以下几方面：1.葡萄酒有3种不同的酿造工艺；2.葡萄酒的质量与葡萄品种有密切关系："葡萄皮薄者味美，皮厚者味苦。"3.认识到葡萄酒的产地属性，即由于葡萄酒产地不同，质量也有区别。4.葡萄酒经冷冻处理，可提高质量。5.对葡萄酒的保健与医疗作用的认识。李时珍提出的这些见解，已被现代医学的理论和实践所证实。

7.清末民国初期——我国葡萄酒业发展的转折期

清朝，尤其是清末民国初，是我国葡萄酒发展的转折点。首先，由于西部的稳定，葡萄种植的品种增加。据《清稗类钞》："葡萄种类不一，自康熙时哈密等地咸录版章，因悉得其种，植渚苑御。其实之色，或白或紫，有长如马乳者。又有一种，大中间有小者，名公领孙。又有一种小者，名琐琐葡萄，味极甘美。又有一种曰奇石密食者，回语滋葡萄也，本布哈尔种，西域平后，遂移植于禁中。"清朝后期，由于海禁的开放，葡萄酒的品种明显增多。除国产葡萄酒外，还有多种进口酒。据《清稗类钞》："葡萄酒为葡萄汁所制，外国输入甚多，有数种。"据清《西域闻见录》载："深秋葡萄熟，酿酒极佳，饶有风味。""其酿法纳果于翁，覆盖数日，待果烂发后，取以烧酒，一切无需面蘖。"这可是地道的葡萄蒸馏酒。清末民国初，葡萄酒不仅是王公、贵族的饮品，在一般社交场合以及酒馆里也都饮用。这些都可以从当时的文学作品中反映出来。曹雪芹的祖父曹寅所作的《赴淮舟行杂诗之六•相忘》写道："短日千帆急，湖河簸浪高。绿烟飞蛱蝶，金斗泛葡萄。失薮衰鸿叫，搏空黄鹘劳。蓬窗漫抒笔，何处写逋逃。"曹寅官至通政使、管理江宁织造、巡视两淮盐漕监察御史，都是些实实在在的令人眼红的肥缺，生前享尽荣华富贵。这首诗告诉我们，葡萄酒在清朝仍然是上层社会常饮的杯中美酒。费锡璜的《吴姬劝酒》中也写出了当时社交场合饮用葡萄酒的情景。

1892年，爱国华侨实业家张弼士在烟台芝罘创办了张裕葡萄酒公司，并在烟台栽培葡萄。这是中国葡萄酒业经过2000多年的漫长发展后，出现的第一个近代新型葡萄酒厂，贮酒容器也从瓮改用橡木桶。1914年，公司正式酿酒产品问世，即在当年举办的"南洋劝业会"上获得最高优质奖章。1915年，在"巴拿马万国博览会"上，张裕所产的"红葡萄酒""白兰地""味美思"以及用欧洲著名优良葡萄品种命名的"雷司令""解百纳"葡萄酒等荣获金质奖章，自此，烟台葡萄酒名声大振。此后，太原、青岛、北京、通化相继建成葡萄酒厂。这些厂的规模虽不大，但中国葡萄酒工业已初步形成，葡萄酒的消费面扩大。但随后由于军阀连年混战，帝国主义的摧残，官僚资本的掠夺，中国的葡萄酒业难以生存，连赫赫有名的张裕葡萄酒公司也难以维持，于1948年公司宣告破产。

纵观汉武帝时期至清末民国初的2000多年，中国的葡萄酒产业经历了从创建、发展到繁荣的不同阶段，其中，有过繁荣和鼎盛，也有过低潮和没落，但积淀了灿烂的中国葡萄酒文化。它极大地丰富和发展了中华的民族文化，并成为其中的一个重要组成部分。但又不得不指出的是，清末半殖民地时代，中华民族再一次面临生存的危机，文化被践踏，虽然难以摧毁具有强大生命力的汉文化，而葡萄酒却在这一时期，从此披上西方文化的外衣，以一种特殊面目登上中国历史的舞台。

三、中国葡萄酒文化的误区及对策

酒的文化，一般来说它总的体现在科技观念及饮酒礼仪这两个元素中，对葡萄酒文化而言，东西方的文化差异固然在饮酒礼仪上形成了其明显特征，仅从餐桌礼仪上讲，在相当长一段时间内，西方人不断探索，逐渐形成了一套享受葡萄酒的餐桌礼仪。如注重酒杯与葡萄酒种的搭配、葡萄酒种与菜肴的搭配；讲究在恰当的温度范围内饮用香槟酒、干红、干白等各种葡萄酒。另外，他们在斟酒、倒酒、品尝、菜肴的配搭各方面都有近乎严格的要求。这些可谓繁琐的餐桌礼仪显然还不能被中国人普遍接受。如中国的葡萄酒文化是集体主义的，讲究的是呼朋引伴，开怀畅饮。而西方的葡萄酒文化更为侧重个人主义，表现在两方面：一是既有群聚而饮，也颇多浅尝独酌；二是产品多样化，个性化，突出酿酒师的作用。又如中国葡萄酒文化的权力距离大，表现在饮酒礼仪上，就是尊卑、长幼、主客、亲疏分明，一旦破坏距离，就会有人不爽。而西方葡萄酒文化的权力距离较小，更为率意随心。再如中国葡萄酒文化是偏男性主义的，"醇酒美人"都不过是男人舒怀、消愁的玩物。而西方葡萄酒文化更多加入了女性主义的因素，偏于中性等。但其在科技观念的影响更是其重要的影响因素，前面述及，由于多种原因，虽然中国古代有着很灿烂的葡萄酒文化，可是遗憾的是，它却并没有随着时代的前进而进步，当中国经济发展水平较低时，人们还在为温饱奔忙，葡萄酒遥不可及，远远不能充当"信号商品"，这是改革开放前中国的情况，中国葡萄酒市场的真正兴起是在20世纪90年代，葡萄酒仅仅被作为一个新酒种来推广，人们多出于猎奇心理和跟风心理来购买葡萄酒，有相当一部分消费者对葡萄酒的认知度还很低，甚至可以说葡萄酒在中国的发展，更多的还是作为一种奢侈品或者说是一种身份的象征，对葡萄酒本身的追求者则是寥寥无几，尤其对葡萄酒的酿造工艺及品质规定更缺乏了解，人们总习惯于用中国的白酒文化来对待葡萄酒。由于缺乏对葡萄酒的欣赏与辨别能力，缺乏科技文化的支撑，缺乏有关的标准、监督和引导，很多人喝葡萄酒是还是一种尝鲜的心理，尝鲜最重要的是感受与自己所习惯地的截然不同。因此，葡萄酒无论从颜色到口味、从标注到饮用都与中国传统的白酒、黄酒有着很大的区别，于是畅饮葡萄酒的人们就表现出诸多的消费心态和误区。当然，我们绝不是非要以国外的葡萄酒文化作为参照体系而崇媚，而只是强调葡萄酒文化中本身的科学文化的内涵。

1.葡萄酒的饮用环境氛围

中国酒文化讲究"干"，葡萄酒文化讲究"慢饮细品"；中国人说"醉翁之意不在酒"，西方人却是"醉翁之意就在酒"；中国酒文化说的是率性而为，想哭就哭，想闹就闹，在中国的餐厅里你就找不到一个安静的地方，即便是洗手间也是"哇哇……"吐酒的声音，但你却很难在西餐厅里听到大呼大叫。

中国人喝酒讲的是一种感情，"感情深，一口闷；感情浅，舔一舔"。只要有恰当的理由，中国人就会以此表达友好。不管你酒量如何，上了餐桌，你就得遵守这不成文的规矩。要不就会被视为对对方不敬，"敬酒"不吃就得吃"罚酒"。酒成为一种表达感情的工具，至于酒本身味道是好是坏已无关重要。相比之下，西方人则多为了喝酒而喝酒，更注重喝酒的过程，注重对酒本身的品尝和欣赏。在宴会上，敬酒一般选择在主菜吃完、甜菜未上之间，敬酒时将酒杯高举齐眼，注视对方，且最少要喝一口酒，以示敬意，喝多少酒则随个人喜好，轻松自在。

2.把葡萄酒简称红酒

在许多场合，不少人把葡萄酒简称红酒，以至出现"霞多丽红酒"的谬误。其实，在葡萄酒的酿造工艺中，即使是天才般的酿酒师，也不可能用"霞多丽白葡萄"酿造出红酒来。中国的消费者，未必都知道，实际上红酒只是葡萄酒的一种，葡萄酒还包括白葡萄酒、桃红葡萄酒、香槟、起泡葡萄酒、甜白葡萄酒、冰酒、雪利酒、波特酒、马德拉酒以及各种加香葡萄酒（味美思等）；还可能也正是对"红酒"的特殊情感，"红"较之"白"等其他葡萄酒品种，更具鲜明的个性，更具突出的口味，恰恰对上了中国人的口味，自然而然，中国人也就不知不觉中认同了干红，把干红推到了至上的地位。

3.葡萄酒加雪碧

在中国许多娱乐场所，甚至不乏正式场合，"葡萄酒加雪碧"的饮用模式似乎已成"定势"，电影《夜宴》上映后，冯小刚导演曾说："我想拍这么一个电影，现在中国有钱人迅速分化成两派，一边是海归派，一边是本土派。海归派喜欢去户外运动、上健身房；本土派喜欢去夜总会、蒸桑拿。本土派喝红酒加雪碧，这海归派说，欧洲人研究了几百年，最难的事就是从红酒里把这糖份给提出去，结果咱们中国同胞都给兑回来了。"

其实，若具备一点基本常识的话，如果你觉得不够甜，干脆换一瓶甜白葡萄酒；如果你觉得过浓烈，可以换一瓶酒精含量低一些的——实际上红葡萄酒的酒精含量已经很低了，通常只有12%—14%。

4.连上6瓶不变样

经常可以看到，一餐饭，连续上6—8瓶一样的葡萄酒，而不懂得是应该上6—8瓶种类不同的葡萄酒。在酒水服务中，根据西餐宴会体系，餐前要喝开胃酒，比如香槟、起泡葡萄酒、干雪利、味美思；正式进餐当然要佐餐酒，基本原则是：白肉（海鲜）配白葡萄酒、红肉配红葡萄酒，桃红葡萄酒可在二者之间回旋；上甜品时配甜酒，比如甜白葡萄酒（贵腐酒）、冰酒；餐后还该来一杯消化酒，比如波特酒、马德拉酒以及白兰地。

当然，"白肉配白葡萄酒、红肉配红葡萄酒"是建立在西餐基础上的，而中餐与西餐的烹调理念有很大的出入，所以我们也不一定固守这个原则。搭配葡萄酒，除了要看红肉还是白肉，还要看烹饪方法和调味原料。我们要配合的不是食物的颜色，而是食物的味道。比如西湖醋鱼，就不一定非要选择白葡萄酒了，不妨尝试用一款黑比诺红葡萄酒，也许别有洞天。

5.相信"酒是老的香"

中央电视台《每周质量报告》曾经报道，北京某葡萄酒公司2001年才投产，但酒标上的年份却有"1992"的。更荒唐的是，"1992"卖198元、"1998"卖42元、"1999"卖23元，他们为年份与价格建立了成正比的数学关系："年份越老，价格越高。"

中国葡萄酒的"早产现象"，正是迎合了消费者的"中国白酒"观念的惯性思维——"酒是老的香"。实际上，葡萄酒的品质和价格，是随不同的年份呈曲线波动的，而不是随酒龄呈直线上升形态。因为葡萄酒的品质不是取决于酒龄，而是取决于葡萄园的土质和葡萄生长采收那一年的日照、降雨量及气温的适时与适量（酒标上年份不是灌装日期，而是葡萄生长采收的年份）。同一块土地，由于每年的气候不同，葡萄酒的品质也就存在相应的差异。所以，同样是1箱（12瓶）拉图红酒，1981年的现在卖1000多英镑，而1982年的却要卖9400多英镑。

6.认为葡萄酒越放越好

同样是受"酒是老的香"的影响，认为葡萄酒越放越好。理论上，葡萄酒是一种有生命的东西，装瓶后仍然会继续成熟和变化，在良好的储藏条件下，葡萄酒会在岁月的历练中使得单宁酸逐渐柔顺圆润，酒香更加富有深度，口感也更为均衡协调。顶级酒庄的黄金年份出品可能要放到十几年以后才渐入佳境；甚至在半个世纪以后，仍然会大放异彩。不过，美国葡萄酒教育家、原纽约世贸中心顶楼世界之窗餐厅总侍酒师凯文·兹拉利在《葡萄酒入门》曾指出："并非所有葡萄酒愈陈年愈好。事实上，世界上90%以上的葡萄酒在1年以内喝掉最好。"

一瓶葡萄酒的生命周期，就像一个女孩的成长一样，童年有天真烂漫的可爱，豆蔻年华有楚楚动人的娇媚，花样年华有婀娜多姿的风情万种，徐娘半老有风韵犹存的华贵雍容。葡萄酒带给我们的享受，在每一个阶段都会有不同的体验。如果我们都教条地期待陈年，整天惦记着什么时候才会达到高峰，那将会失去多少品尝的体验和乐趣？从这个意义上说，一瓶葡萄酒在任何时刻打开，应该都是合适的时宜。

7.握住高脚杯的杯壁

现在许多房地产广告流行以葡萄酒来表现"欧陆风情"，甚至直接以葡萄酒产区的名字来为楼盘命名，比如深圳有"香槟广场"、广州有"波尔多花园"、天津有"玛歌庄园"、北京有"纳帕溪谷别墅"。但是，那位高贵的形象代言人却用拿啤酒杯的姿势，端着一杯红葡萄酒——我们喝惯了啤酒，一不留神就会用拿啤酒杯的方式，握住高脚杯的杯壁——这其实就像接受电视台采访时，喜欢把手按在主持人的话筒上一样，已成为一个根深蒂固的陋习。

正确的持杯姿势应该是用拇指、食指和中指夹住高脚杯杯柱。首先，夹住杯柱便于透过杯壁欣赏酒的色泽，便于摇晃酒杯去释放酒香。如果握住杯壁，就用手指挡住了视线，也无法摇晃酒杯；其次，饮用葡萄酒讲究一定适饮温度，如果用手指握住杯壁，手温将会把酒温热，影响葡萄酒的正常水平。当然，如果仔细考究持杯姿势，根据不同的鉴赏时段，还可分出另外两种姿势：在观察酒色、欣赏酒香阶段，用拇指和食指夹住杯柱底端——拇指竖起垂直倚在杯柱上，食指弯曲卡在杯座上面，其余手指以握拳形式垫在杯座底下起固定作用。这样，无论是向外倾斜45度去观察酒色，还是向内倾斜45度来探询酒香，都能控制自如，特别有力度，感觉很带劲儿。在宴会上，如果需要走动，需要拿着酒杯与别人交谈时，请把所有手指撤离杯柱，直接用拇指和食指夹住杯座——拇指压在上面，食指垫在下面，其余手指以握拳形式支撑在食指下面。这样拿酒杯，有暂停、期待和聆听的意思，而且看上去也比较得体和自然。

8.喜欢满上和挂杯就是好酒

苏东坡在《行香子》写道："清夜无尘，月色如银。酒斟时、须满十分。"但若是葡萄酒，只须满三分，好给葡萄酒的芳香留下回旋、对流和集中的空间。另外，如果倒得太满，1瓶750毫升的葡萄酒，即使用容量较小的215毫升ISO标准品酒杯，也不够三五知己酒过三巡。

另外"挂杯"现象只表明酒精、糖分和甘油含量比较高，并非好酒的绝对标准。比如那年的气候比较炎热，导致葡萄的糖分过高、葡萄酒的酒精含量过高，自然也会出现密集的"酒腿"。而与此同时，炎热的气候往往也会导致葡萄的酸度不足，这样的葡萄酒就会缺乏坚实的结构。

9.动不动就闻软木塞

在正规的西餐厅，侍酒师在开瓶之后，照例会把软木塞放在一个小碟里，端过来请点酒人检查，看软木塞是否干裂或发霉——如有上述现象，说明此酒保存不当，可以请求换一瓶。但有些顾客喜欢冒充行家，往往还要装模作样拿起软木塞放在鼻子底下闻一闻，然后摇头晃脑。

美国《葡萄酒观察家》专栏作家马特·克雷默在《葡萄酒好喝的秘密》告诉大家："摆在你眼前的软木塞不是给你闻的，而是给你看的。你不可能从一个软木塞的气味得知一瓶葡萄酒的好坏，就如你不能从鞋垫的味道得知一双鞋子的好坏那样。"在这里，我们仅用这些例子来说明中西葡萄酒文化的差异，我们多次强调，造成这些现象的原因多种多样，科学合理的饮用宣传引导则更加主要，随着葡萄酒产业在中国的发展和人们认识程度的逐步深入，葡萄酒在中国当然不会只停留在以上的层面上，越来越多的中国人要真正了解葡萄酒，了解他的文化，了解他的内涵，这些现象才可能逐步消失或发生转化。

为此，我们认为，中国也要有、也应该有自己特色的葡萄酒文化，一种不同于外国所宣扬的葡萄酒文化。长久以来，由于接触到的都是国外的葡萄酒文化的宣传，所以很多人都认为真正的葡萄酒文化应该是以国外的葡萄酒文化为模板的，至少也应该是大同小异的，值得指出的是，一方面，国外的葡萄酒文化并非都适合中国国情，但许多合理的、科学的内核当然值得借鉴，文化都具有通融性，取长补短和采取扬弃的方法才是科学的态度，中国特色的葡萄酒文化建设，应该采取如下的措施。

（1）宣传普及葡萄酒知识，引导葡萄酒消费

虽然中国的酒文化源远流长，但相当一部分消费者对葡萄酒的认知度还很低，缺乏了解。目前还没有形成一个良好的葡萄酒文化和葡萄酒饮用氛围以及一个成熟的葡萄酒鉴赏和区分机制。中国葡萄酒应该投入更多的时间和精力，来提高中国葡萄酒市场的选择度和对葡萄酒的认识度，让中国消费者更多地体会葡萄酒原本带有的丰富和微妙的口味。另外，宣传普及葡萄酒知识，发展葡萄酒文化，将葡萄酒真正融入人们日常生活中是酒文化各行业乃至全社会共同

的责任，当然也是酿酒企业生产经营的重要环节，酿酒企业有责任也有义务在生产、销售葡萄酒的同时，通过各种途径当好葡萄酒知识的传播者，让每一个消费者懂得如何鉴别、饮用葡萄酒。近年来许多生产厂家都推出了工业旅游，这是一个很好的宣传渠道，通过让消费者参观高档葡萄酒的整个生产过程，宣传葡萄酒文化，引导消费者正确了解、认识葡萄酒，从而进行理性消费，中国的葡萄酒文化才能真正形成。在这方面，国外的许多作法都值得借鉴，南澳被公认为是澳大利亚的葡萄酒之都，澳大利亚70%的出口葡萄酒出产自该地区，南澳推出的葡萄酒旅游二十条线路，集生产、经营、观光、休闲娱乐为一体的优势创出了更好的经济效益；中国宁夏的巴格斯酒庄，得天独厚的地理、气候条件加上有机种植、科学限产，酝酿出了地道好酒，同时巴格斯率先将葡萄酒庄经营模式引入银川，开启了宁夏葡萄酒酿造经营与生态建设、观光旅游的和谐发展新路，自成立以来，巴格斯已然成为国内葡萄酒行业的一支新秀。

（2）酿造中国特色的葡萄酒

要发展中国特色的葡萄酒文化，就必须酿出具有中国特色的、高品质的葡萄酒。生产不出真正的出色的中国葡萄酒，丰富葡萄酒文化就无从谈起。而高品质的葡萄酒，不是炒作出来的，这就要求葡萄酿酒企业能埋下头来，静下心情，借鉴外国的作法，从葡萄的种植开始，一步一个脚印悉心做起。被美誉为"葡萄王国"，在全世界酿造最多种类葡萄酒的法国，葡萄酒六大生产地波尔多（Bordeaux）、布艮地（Burgundy）、香槟（Champagne）以及阿尔萨斯（Alsace）、罗瓦河河谷（LoireValley）、隆河谷地（CotesduPhone），就是由于他们能多年如一日的坚持做好酒，依靠葡萄酒高贵的品质，征服了消费者，成为世界葡萄酒最知名的品牌。其实中国的葡萄资源也非常丰富，现如今东部、中部、西部三大块逐渐形成了九个葡萄酒产区，分别是：东北产区、渤海湾（昌黎）产区、银川产区、怀涿盆地产区、清徐（黄河故道）产区、烟台产区、吐鲁番产区、云南高原产区、甘肃武威产，这些产区差异巨大，风格各异，可以生产出不同种类、不同风味的葡萄酒。只要每个企业能够抓住本产区的特点，精心种植适合本产区特点的葡萄，悉心研制葡萄酒工艺，一定可以生产出不同风格、品质优秀的葡萄酒。

（3）建立和维护葡萄酒品牌

做出了高品质的葡萄酒，就要建立一个与之相匹配的品牌。说到葡萄酒品牌的建立，还是不得不提到法国，因为无论懂不懂葡萄酒的人说到葡萄酒，也必然会说法国的葡萄酒好，为什么，这就是品牌效应。法国8万家左右葡萄酒庄园，都拥有长达几个世纪甚至超过千年的历史，无论从品质和名气都堪称经典，同时从文化、历史、质量上，得到全世界葡萄酒爱好者的公认。再加上上到政府、葡萄酒行业部门，下到酒庄、员工都在精心地维护着品牌，所以法国虽然不是葡萄酒诞生的地方，葡萄酒的文化却在这里达到了辉煌。在世界葡萄酒上，法国无疑是最会创造品牌的国家。而我国虽然有着悠久的葡萄种植历史，但我们的葡萄酒品牌的建立还处于发展时期。

建立一个知名品牌，不是请名人做做广告、做做促销这么简单，这是个长期的系统工程，和企业产品的质量、服务、企业文化等诸多因素密不可分。尤其是企业文化，是一个成功企业、一个知名品牌绝不能缺憾的部分。因为企业文化是企业的灵魂，没有了灵魂，企业如何生存，不能生存的企业更谈不上品牌的建设了。

（4）培养良性的行业竞争环境

毋庸置疑，健康有序的行业竞争环境可以推动葡萄酒业的发展。从消费者的需求角度看，葡萄酒在中国如今还是朝阳行业，竞争环境比其他行业要好，市场的发展潜力还很大，在未来10年左右的时间里，中国葡萄酒消费量年复合增长率高于10%，短期市场的年增长率有可能超过20%。但是全行业仍存在着企业运作不规范、葡萄基地建设跟不上行业发展步伐、产品同类化等问题，再加上我国加入世贸组织，国际主要葡萄酒生产国加大力度在我国进行葡萄酒文化渗透和产品推广，这预示着我国葡萄酒行业比将面临更加激烈的竞争。所以，要想使我国葡萄酒行业更快、更好地发展，必须健全葡萄酒法规，规范行业运作，努力实现行业间的良性竞争，只有这样，葡萄酒文化才能随着葡萄酒行业的健康发展而发展。

综上所述，葡萄酒的文化源远流长，意味深远，它既是一方地域文化的展示，也是社会文明程度的标志，正如法国有句谚语所说的"打开一瓶葡萄酒，就像打开一本书"一样。中国是四大文明古国之一，有着悠久而灿烂的文化，我们相信，通过努力，中国的葡萄酒文化从种植、酿造，再到品味也一样会是一门优雅的艺术、一门耐人寻味的学科，一样会融入到人们日益丰富的的生活之中，酒是社会文明的标志，研究社会的文明史，不可不研究酒文化史，不可能不了解葡萄酒文化。探索的过程也会给人们带来无限的乐趣和启示，更会享受比葡萄美酒还要醇香的中国酒文化。

第二章　论中国少数民族的酒饮礼仪

　　我国少数民族众乡，少数民族在待客敬酒中普遍表现出礼仪隆重和坦诚真挚，作为资料，与酒人们分飨。

一、多彩的少数民族酒文化

　　贵州苗族人家待客，在酒席上每巡给客人敬酒都是双杯，表示主人祝福客人好事成双、福禄双至，也寓有"客人是双脚走来的，仍能双脚走回去"，健康平安。若客人推辞，女主人就会捧杯唱起敬酒歌，直至客人领受他们的祝愿。

　　青海土族在招待贵客时，讲究"三杯酒"，即客人进门饮三杯酒洗尘，客人上炕就坐入席（有炕桌摆酒莱）饮"吉祥如意三杯酒"，客人告辞时饮"上马三杯酒"，有酒量的一饮而尽，表现出豪爽真诚，主人很高兴；不胜酒力的，只须以左手无名指蘸酒向空中弹3次，表示敬神、领情和致歉，主人绝不勉强，因为不能饮者强饮之则无快乐，可谓体察入微。

　　布依族在客人进门入坐后，马上捧出一碗"茶"献客，有经验者不会贸然饮，因为这是以酒当茶，客人只须慢慢吸饮，歇脚缓气即可。

　　高山族某些支系，当贵客来访时，部落头人带领青年人在路旁吹奏民间乐器，夹道欢迎，直至主人家中。贵客在屋中高凳上就座，青年男女围贵客歌舞，同时依客人数指派同样数量的年轻人敬酒。他们手捧斟满酒的小葫芦瓢，弓身变腰，将酒由下向上慢慢递到贵客胸前，动作谨慎，态度谦恭，对客人显得十分敬重礼貌。

　　赫哲族是中国唯一的以江河捕鱼业为主要经济从业的少数民族，他们待客饮酒时少不了名贵鱼馔，有向客人敬鱼头表示尊重的习惯。席间鱼肴的鱼头朝向客人，主人敬酒后，用筷子点点鱼头，示意请客人先品尝享用。若吃刹生鱼，则不上鱼头，但酒是必不可少的。

在四川凉山彝家做客，进门入座后，主人先捧上一碗或一杯酒献客。客人若不是彝族，主人会说："汉人贵在茶，彝胞贵在酒。"客人可依自己的酒量随意饮多饮少，哪怕仅仅抿一小口，主人也很高兴，马上会打羊或杀小猪来待客，谓之"打"羊，是因为以牛羊待客皆不用刀宰杀，而是徒手捏死或以木棒捶死。打牲前要把牲口牵到客人面前请客人过目，以示敬重。若客人谢绝接酒，则有不敬之嫌，主人会感到失望。

佤族民间俗话说"无酒不成礼，说话不算数"。解放后生活水平提高，农民几乎家家酿酒，饮酒自然成为日常生活的重要节目。喝酒时喜邀亲友欢聚同乐。主人给客人敬酒，必须给在座客人一一敬到，若有疏漏，便有违阿佤礼仪。敬酒时，双手捧竹节酒筒，走到客人面前，弓身将酒筒由自己胸前沉下，再向上送到客人嘴边。客人双手把住酒筒，将它推向主人嘴边，主人喝一口，再次敬给客人，客人一饮而尽。第一个被敬酒的人是在场客人中最被敬重者或最年长者，他接过酒后，以右手无名指沾出几滴洒于地，口涌祝词，表示对主人祖先的敬献。拒绝阿佤人的饮酒邀请是不礼貌的表现，喝多少可以量力而行，主人是为了友谊和高兴，绝不会勉强。

到藏族家做客，讲究"三口一杯"，即客人接过酒杯（碗）后，先喝一点，主人斟满，再喝一点，主人又斟满，至第三口时干杯。若客人确实不能饮酒，可按藏族习惯以右手无名指蘸酒向右上方弹洒三次，表示敬天地神灵、父母长辈和兄弟朋友。主人再不勉强，并会表示欢迎。一般喝完三口一杯之后，客人便可随意饮用。客人起身告辞时，最后得干一杯方合礼节。在喜庆节日里，藏族同胞往往以歌舞劝酒，客人若能唱，要在接过酒杯唱完答谢的酒歌后再饮尽，主人会继续歌舞敬酒，客人若不能再喝，就装出醉了的样子狂歌乱舞一通，表示酒好，忍不住喝多了。众人及主人都会开怀大笑，再不强劝，因为尽兴尽欢的目的已达到了。

二、繁多的少数民族饮酒习俗

1.富有特色女真族酒宴

女真人是满族人的祖先，每天一项日常事务就是喝酒，每喝必劝，尽醉而归。景祖乌古酒时，女真人酗酒成风，世祖劫里钵曾醉后骑驴入定。他们喝酒的办法豪放到不用杯子，而共用一只酒桶，大家依次舀酒痛饮。每逢婚嫁，夫婿和亲戚到女家，要抬上许多酒菜待客，酒用金银瓦器盛装。将士出征，全军会饮，此时将官招人献计，共议长短。平时宫廷夜夜大家喝酒跳舞快活，以致影响朝政。

2.特色突出仫佬族重阳酒

重阳酒是仫佬山乡农家最喜欢的传统饮料，重阳酒醇香扑鼻，越喝越想喝，往往哪时醉了都不晓得，醒来头不晕。每年农历九月初九重阳节，仫佬山乡家家户户选出一部分上好的糯米熬酒。重阳酒的制作方法与汉、壮族地区的甜酒制法相似，封密窖藏一段时间后才开坛饮用。

重阳酒的来历反映出仫佬人民的纯朴善良的心地。不晓得是哪朝哪代了，仫佬山乡被一些有钱人霸占了，广大的仫佬人贫穷困苦，日艰月难。重阳节到来了，一对在山窝里开荒种地，相依为命的穷苦夫妻，没鸡没鸭，没肉没酒，只有半缸底米，只好熬了三碗稀粥过节。他们夫妻俩各自吃了一碗后，正在你推我让，谁也舍不得吃的时候，传来了敲门声。他俩开门一看，门外站着一个白发苍苍、衣衫破烂的老人。夫妻俩问道："老人家，你有什么事呀？"老人说："主人家，我走远路经过这里，身无分文，已经三天都没有吃东西了。好心的人呀，能给我一点儿东西充充饥吗？"夫妻俩赶忙把老人请进屋里坐下，把那碗舍不得吃的稀粥端给老人吃。"老人家呀，真对不起你了，今天是重阳节，我们家穷，只有这碗粥了，你不嫌弃，将就吃吧！"那老人也不客气，一口气就把粥喝光了。老人暖和过来后，对夫妻俩说："谢谢你们了，我教给你们一种酿酒的方法吧！"于是，他把重阳酒的酿制方法教给了夫妻俩，然后告诫说："这种酒千万千万不能卖呵！"说完，就不见了。

第二年重阳节到了，夫妻俩按照老人说的方法酿制出一种酒。这种酒真奇怪，留久了不但没有像别的酒那样变酸，反而越陈越香甜。打开酒坛，满屋子飘香。喝上一口，隔几夜嘴巴还留香。夫妻俩高兴极了，把这种酿酒方法告诉乡亲们。这样，仫佬山乡家家都喝上了神仙美酒。因为神仙交待过这种酒是不能卖的，因而市面上没有卖的。

3.独具特色的傣族呷酒

傣族的嗜好品有酒、烟、槟榔、茶等。几乎各地傣族都有这些嗜好，只是嗜好的程度稍有差异。

嗜酒是傣族的一种古老风俗，在明代就有呷酒之俗，酒已成为宴客必备之物。近现代以来，饮酒更是普遍嗜好，男子早晚两餐多喜饮酒少许，遇有节庆宴会，必痛饮尽醉而后快，且饮酒不限于吃饭时，凡跳舞、唱歌、游乐，必皆以酒随身，边饮边歌舞。所饮之酒系家庭自酿，傣族男子皆善酿酒，全用谷米酿制，一般度数不高，味香甜。也有度数较高的，如西双版纳迎旋寨出产的一种糯米酒，含酒精成分在60度以上，酒味香醇，倾入杯中，能起泡沫，久久不散，称为堆花酒，远近驰名，被誉为"十二版纳"之佳酿。

4.歌与舞交织的布依族酒俗

布依族成年男子爱饮米酒，妇女们爱吃糯米甜酒，逢年过节要饮年节酒，婚姻娶嫁要饮双喜酒，送往迎来要饮"迎客酒"和"送客酒"。因此，每年秋收以后，家家户户都要自酿几缸米酒和糯米甜酒，米酒既供自家平时饮用，又以之待客，特别是请客时，若席上无米酒，再丰盛的席面，客人的兴味也不浓，主人的脸上也觉得无光。布依族人以豪爽好客而著称，因此，他们饮米酒时，有三大特点：其一是酒用坛子装，将葫芦（地方土语叫"革当"）伸进坛里汲取，饮酒不大用酒杯，而多用碗，这样才显得豪爽。其二是要行令猜拳，这除了助兴以外，更主要的是与席者互相考智慧与机敏，看谁能摸透对方的心里。当然，这也是互相敬酒的一种手段。其三是要唱酒歌，这是三大特点中最主要而且最有趣的一个。酒歌的内容无所不包，诸如开天辟地，日月星辰，民族族源、历史，山川草木，乃至对村寨及主人的称赞等等。你唱一首，我答一曲，对答不了的"罚"酒。这样一来二往，既对了歌，又传播了知识，真是别具民族风韵，兴味盎然。

唱酒歌的方式是先由主人端起一碗酒，向客人们边敬边唱。开场歌的内容大都是些客气词句。比如主人家的酒肉明明是摆了满桌，主人却谦逊地唱道："昨晚灯花爆，今早喜鹊叫，都说要有客，贵客真来到……本想杀头猪，猪崽瘦壳壳，田里去捉鸭，鸭被鹰叼啄，棚里去捉鸡，鸡被野猫拖，溏里去捞鱼，鱼被水獭捉……孔雀落刺林，麒麟落荒坡，贵客到我家，实在简慢多。"唱完，敬每个客人喝一口酒。客人们也一一举起斟满米酒的碗来唱歌答谢，内容是感谢主人家的殷勤，祝贺寨邻平安，庄稼丰收，牛马成群等，如："喝酒唱酒歌，你唱我来和；祝愿主人家，岁岁好生活……祝愿寨邻里，和睦享安乐；祝愿牛马壮，祝愿羊满坡……主人真殷勤，让我坐上座，敬我猪腰肝，敬我鸡脑壳……多谢呀多谢，主人麻烦多，我们转回去，定把美名说。"一人唱一首，唱完，大家各饮一口酒，要是谁不会唱，就"罚"饮三杯。

布依族人生活中，还有一种饶有风趣的"迎客酒"。就是娶嫁迎亲或逢年过节，客人来到时，主人要在大门口摆上一张桌子，桌上放酒壶和碗，客人一到，主人急忙在碗里斟了酒，双手端着，唱起一首"迎客歌"："凤凰飞落刺笆林，鲤鱼游到浅水滩，今天贵客到我家，不成招待太简慢，献上一碗淡淡水，只望客人多包涵。"客人若是能歌者，就以歌答道。"画眉飞上梧桐树，小虾游到大海里，今天来到富贵府，主人殷勤真好客，只因我的口福薄，这碗仙酒不敢诀。"如此对答几个回合以后，双方不分胜负，最后客人饮了一口酒，就进到堂屋里。若是客人不会唱歌，主人每唱一首，客人只好喝一口酒，一直要唱七首或九首。客人也就要喝七口或九口酒以后才能罢休。所以，不会唱酒歌，既要被"罚"酒，又要逗得所有围观者哄堂大笑。

进了屋以后，在酒席间，主人要请善歌的姑娘或中年妇女来向客人敬酒。她们有的拎着酒壶，有的端着放碗的方盘，来到客人身旁，先斟上一碗酒，再唱起"敬酒歌"："客人远道来，实在是辛苦，没有鸡鸭鱼招待，喝碗淡水当鱼肉。"若客人能歌，就以歌回答道："八仙桌子四角方，鸡鸭鱼肉摆中央，山珍海味样样有，多谢主家热心肠。"就这样主人一首，客人一首，从古至今，天南地北，内容无所不包，有问必答。当然，要是唱的时间久了，回答时不一定对题，只要能对出一首就行，这样就免罚喝酒。要是不会唱敬酒歌，姑娘们每唱一首，就被"罚"喝一口酒。真是妙趣横生，给整个酒席增添着欢乐的气氛。

布依族人不仅喜爱饮酒，而且也善于酿酒。米是自己种出来的，酒曲是自己上山采来百草根做成的。所以，原料方便，酿制容易。酿制出的米酒在18度左右，醇香甘美，都是大坛子盛好密封的，每当打开坛子盖取酒时，香飘满屋。

平常时候，只要客人来到家里，主人就递上一杯"茶"，客气地说："走累罗，请喝杯凉水解渴。"若是曾经到过布依族地区的客人，有过经验，就欠起身子，双手接过"茶"来，慢慢品尝，细细享用。若是没有经验的客人，由于口干，一口喝下，那就要闹笑话了，自己也只好暗暗叫苦上当。原来，这不是茶。是米酒！但一定要注意，只要是把酒误为茶喝了，无论如何也得吞下肚去。绝不能吐出，这样才是对主人的尊重，反之就是不礼貌了。要说上当，谁叫你不事先了解一下布依族的风俗呢？这不是坏心，恰恰相反，这是布依族对客人的真诚敬意，客人喝下的酒越多，就象征着常吃常有，主人越是高兴。

布依族人还用自产的糯米和自制的酒曲（当地叫"土酒药"）制作出可口的糯米甜酒。这种甜酒基本上是妇女们自食和招待女客的。要是在春三月或初夏时节，凡是在布依族地区路过，走累了，口渴了，只要见到路边地里有人做活，就去向他（她）们找水喝，一定能喝上布依人常用甘洌的山泉冲拌的糯米甜酒水，凉悠悠甜丝丝沁润肺腑，既能解渴，又能驱散一路上的疲劳。

贵阳市花溪区布依族酿制的刺梨酒，又名"花溪刺梨酒"更是驰名中外。刺梨酒的酿制方法是：每年秋天收了糯稻以后，就采集刺梨果，将其晒干或炕干。接着就用糯米酿酒，酒盛于大坛中，再将刺梨干放进坛里去一起浸泡。1个月以后（时间泡的越长越好），酒呈酱黄色，喷香可口，约12度左右不易醉人。

5.别具一格的毛南族酒文化

毛南族嗜好烟、酒、茶。成年男人约有2/3的人抽本地产的旱烟叶，很少用外地烟。老人多用竹鞭做旱烟杆，边烧火边抽烟，节省火柴。饮茶只是办喜事、丧事和招待客人时喝，平时则喝开水或泉水。酒，是毛南人的一大嗜好。凡办喜事、丧事和客人到家，都要喝酒。敬祖先、走亲访友、节日、互助换工等就餐时都要有酒。平时白天劳累，晚餐也要喝酒活血，说容易恢复疲劳。客人到家没有酒招待就认为失礼，有句口头语："好朋好友，黄豆送酒。"因此，家中常备一坛酒待客。几乎每家的主妇或男主人都会酿酒。他们酿制的白酒，酒精度数不高，一般在20－35度。酿酒的原料有糯米、粘米、玉米、高粱、红薯、南瓜等。各类酒名都以原料名冠之。如用糯米酿制的叫糯米酒，用红薯酿制的叫红薯酒。酿制的各类酒都用本地产的酒饼来发酵。先把原料煮熟，摊在竹席上，晾冷后撒酒饼（研成粉末），投入缸里或坛里发酵。冷天放在暖处或用烂棉被、玉米叶、棕皮盖上保温，待发出酒香味即可蒸制。蒸制时，底层用七拳锅装原料，中间用漏锅做蒸锅，上面是"天锅"装冷水，用微火蒸。蒸锅边有小孔将酒流往坛里。蒸酒量少的，用煮饭锅和炒菜锅即可。蒸酒用水最好是泉水，出酒率高，酒味醇香。毛南族不仅爱喝酒和善酿酒，还惜酒味比喻情意呢！如男女对唱山歌时，女的唱："这糯粘米酒，咋夜刚酿成，味淡又不醇，哥懒把手伸。"男的回答："这是糯米酒，秧田在门口，酒味烈又香，陶醉哥心头。"

6.水酒与傈僳族文化

傈僳族男女青年和老人及妇女都嗜好吸烟、喝酒、饮茶。烟和茶是自己种植，水酒（"呢支"）是用苞谷、荞子之类的粮食酿成的。

每当苞谷成熟时节，开始酿制水酒，有的人索性把做酒的用具搬到地里，把苞谷摘下来就地制酒，边收庄稼边做酒，尽情地饮上几天才肯回家。等到把苞谷全收回到家里的庭院，痛痛快快地喝上一段时间。这样，在收获的季节里，人们常常是一边醋饮一边歌舞。

这种酒，也叫醋酒或杵酒。制造方法比较简单，原料一般是苞谷、高粱、荞麦、稗屑子等，以稗子为最好。制作时先把粮食捣碎，蒸熟后放凉，拌上适量的酒药，放进干净的瓦罐里，盖好，发酵十几天，等发出酒香味，说明已出了酒，启封冲饮。时间越长越好，如果放上半年以上再饮用，酒味就更浓了。

水酒的饮用方法是，把罐内的酒舀出一些放在锅里兑上温水，用木勺搅拌，待酒味和温度合适了，舀出过滤装进竹制的酒杯，就可以饮用了。要是能加上一些红糖、鸡蛋，即富有营养，又甘醇，清香扑鼻，这种酒也就是17~18度，有解渴、爽口、提神解乏的功能，还能增加入的食欲。

招待客人时，水酒是必不可少的，傈僳族认为"无酒不成礼"，有酒就有了相应的礼节。主人用很精致的竹筒将酒盛满后，往地上倒一点，表示对祖先的怀念，接着自己先喝一口，表示酒是好的，然后将客人面前的其它竹筒盛满，双手举到客人面前请客人饮用，而后主客共同畅饮起来。

最有趣的莫过于"饮合杯酒"了。傈僳族称"伴多"，即两人共捧一大碗酒。这种饮法只有在大家酒兴最浓的时候才出现，而且总是由主人首先邀请。主客互相搂着脖子和肩膀，脸靠脸，然后一同张嘴，一口气饮完。于是酒从他们的嘴角，脸上淌下来，流到衣服上，而他们全然不顾。喝完了，互相对视，开怀大笑。饮合杯酒，只有在亲朋挚友或恋人之间进行，过去常常用于贵客来临、签定盟约、结拜兄弟的场合上，不分男女，两人共饮。一旦好客的傈僳族兄弟邀请你同他饮合杯酒，那就意味着他对你充满了信任，并愿同你建立诚挚的友谊。但是，晚辈人不能邀约长辈"伴多"，而且是长辈为晚辈人表示关心，对同辈人表示友好或者未婚男女相互爱慕才饮合杯酒。

以往，由于生产方式落后，粮食生产量较低，一年的口粮本来就不够，再制作大量水酒而耗费了许多粮食，所以，全家存粮最多能吃八九个月，在新粮食下采之前，要以红薯、山药蛋、野菜、野养、野百合来充饥。把野养切碎放在锅里煮开，放一点苞谷面煮熟充饥。遇上灾荒或缺粮季节，傈僳族都保持着互通有元、彼此互济的风尚。如果全家族全处于粮荒光景，就得全体上山采集野生植物或狩猎来度过饥荒。

中国少数民族在解放前夕，由于所处的社会经济发展阶段不同、经济从业不同，因而所饮用的酒的来源和民间酿酒的情况也不同。东北和内蒙古地区的赫哲族、鄂伦春族和鄂温克族主要从事捕鱼业和狩猎业，后两个民族还保留着浓厚的原始社会残余，他们民间无酿酒活动，饮用的酒都是从周围其他民族处交换或购入的。中国南部和西南部的佤、德昂、布朗、独龙、拉祜等族狩猎和采集在经济生活中占主导地位，独龙、怒、傈僳、景颇、佤、布朗、德昂、基诺、拉祜、珞巴、部分黎和高山等族有浓厚的原始公社残余，四川大小凉山的彝族还处在奴隶制阶段，生产力水平的低下，使这些民族民间很少有家酿酒。

三、中国少数民族酒文化的旅游体验价值

目前，在中国少数民族中仍生产和饮用的具有特色的酒大致有如下一些。

1.蒙古族马奶酒

蒙古族传统的酿酒原料是马奶，故得名。马奶酒的酿制历史悠久，传至今日，仍盛行于蒙古牧区。酿制的时间自夏伏骒马下驹时始，至秋草干枯马驹合群，不再挤奶时止。这段时间被称为"马奶酒宴"期。酿制马奶酒的方法有两种：一种是挤出马奶过两三天变酸后，马奶发生分离现象，取出浮在上面的

奶油，将其余部分密封于铁锅内蒸馏，反复三四次，则酒味越来越浓，这是制马奶酒的精工艺。另一法为粗工艺，用发酵方法酿制。一般是先用牛奶制成酒曲，再把生马奶倒进装有酒曲的容器里，置于较温暖处，每日启封以木杆搅动数次，使之发酵，味至微酸即可。在夏季的内蒙草原上，凡是有牧民的地方，就有马奶酒飘香；只要有节目活动或亲友聚会，就会有马奶酒宴和敬酒歌舞。

与蒙古族生活在同一区域的达斡尔族也有酿制和饮用马奶酒的传统。生活在内蒙古的部分鄂伦春族，用马奶、小米和稷子一起酿制马奶酒。哈萨克马奶酒，是将马奶盛入马皮制的袋子里，扎紧口使其发酵，制成半透明、略带酸味的饮料，他们称之为"克木斯"。

因为马奶酒有健身和医疗功效，所以常饮马奶酒的蒙古族和哈萨克族牧民普遍身体强壮。

2.藏族青稞酒

青稞酒是藏族人民普遍喜爱的传统饮料，传说青稞酒的酿制技术是唐文成公主传授的。在西藏民间流传有端起酒杯（碗）想起公主的民歌。青稞酒的酿制法较简单：先将青稞洗净煮熟，捞出来摊在干净的麻布上降温，拌入酒曲，装进陶罐或木桶中密封发酵，酿成醪糟，二三日后，加入清水，盖上盖，再过一两天即可饮用。酒色黄绿清淡，酒味甘甜微酸，度数较低，有人称之为青稞啤酒，但无泡沫。头道酒约15—20度，二道10度左右，三道仅5—6度。饮之难醉，醉则难醒。常饮的青稞酒，一般是10度左右。另有青稞白酒，酿制法较复杂：将醪糟装入大陶罐，加入少量水。罐中以木棍架起一铜锅，锅沿与罐沿齐平。锅上架一钝锥形铛子，口径略大于罐口，罐沿与铛间用草术灰泥封严。陶罐底部以温火加热，不断将铛中升温的热水换成凉水，使罐中蒸汽凝为水珠滴到铜锅里，七八小时后，取出铜锅中的液体，即是青稞白酒，度数可达60度以上，酒香四溢，略带青味。此法可称为土法蒸馏。因为活细，一般是主妇操作。

青海土族农民也酿制和饮用青稞酒，他们一般把青稞酒称为"酩，土族语叫"斯拜·都拉斯"。其制作法是先将青稞做成醪糟（当地汉族方言称"甜醅"然后入锅加水蒸馏出酒。乙醇度一般在三四十度间，最高亦可达60度。为使酒色味更佳，人们常把酒装在能容20公斤的黑瓷坛中，密封坛口，深埋在羊圈或居室炕沿附近的地下，过一年半载挖出，添满酒再埋，如是两三次，坛中酒色如黄蜜，浓如稀，醇香扑鼻，入口绵滑，小酌数杯，即可使人酒酣神怡，若再多饮，沉醉难醒。土族是以古代民族吐谷浑为主体，吸收了羌、藏、蒙古及汉族的成分发展形成的，羌是"西戎牧羊人也"（《说文·羊部》藏族和蒙古族都是有古老游牧历史的民族。因此，土族人种植青稞和酿青稞酒窖藏于羊圈的做法，恐有相当久远的传统了。

3.柯尔克孜族"孢糟"酒

"孢糟"是柯尔克孜语音译，可意译为黄米酒，因其原料是黄米。其酿造法是先将黄米洗净泡软，上磨推成浆糊状，装入布口袋里发酵。发酵后入锅加水煮至冒泡，再装入袋中滤挤去渣，其纯净的液体就是孢糟酒。酒色界于橙黄与浅咖啡色之间，乙醇度在15度左右。此酒酸甘相兼，有补血和助消化的功能，很受群众欢迎。当地维吾尔族群众亦喜饮，但维吾尔人并不酿制。目前，在新疆柯孜勒苏柯尔克孜自治州的一些县城里，已开有"孢糟馆"，这就大大方便了各族群众的需求。孢糟馆类似于内地的茶馆，不经营菜肴，顾客喝些孢糟酒，吃些烤馕即可，非常便利。

4.门巴族"曼加"酒

"曼加"是藏语音译，意为"鸡爪谷酒"，因以当地特产的鸡爪谷为原料酿制而得名。鸡爪谷系禾本科农作物，籽粒如白菜籽，色紫黑，穗头如猫爪，喜肥耐水，生长期4个月，亩产五六百斤，是门巴族和珞巴族的重要粮食作物。酿制方法简单：先将鸡爪谷煮熟，捞出晾温后拌入酒曲，放置于竹盘中发酵。饮用时，将发酵后的鸡爪谷（酒酿）装进底部有塞子的竹筒，加入凉水，稍候拔开塞子，以酒具接盛即可饮。曼加酒的度数仅10度左右，提神消暑，夏季尤为群众喜好。门巴族聚居的西藏门隅（意为雅鲁藏布江下游平原地区）地区和墨脱县，基本上是高原河谷地带，气候温暖。

5.水族肝胆酒

肝胆酒是将猪胆汁注入米酒中而成。以此酒待客，表示主人愿与客人肝胆相照，苦乐与共。宰猪时将附着苦胆的那片猪肝一起割下，以火烧结胆管口，防止胆汁流出，然后将其煮熟，再与猪肉一起祭供祖神。客人入席酒过三巡后，主人拿起猪肝，剪开胆管，当众将胆汁注入酒壶，为在座者各斟一杯肝胆酒，依长幼客主之序分先后干杯。猪胆能消炎灭菌、清火明目、降低血压。常饮肝胆酒有益健康，故在水族群众中流传成俗。

6.土家族甜酒茶

土家族的甜酒茶实际上不是茶，而是酒。正如解放初期广东有部分人还把啤酒叫做"洋茶"一样，这仅仅是名称上的误用。土家族以糯米或高粱煮甜酒，将甜酒和蜂蜜冲入盛山泉水的碗中，甜酒茶即成。饮之清冽甜香，消暑提神。因有些山泉水实际上是矿泉水，所以常饮有强身健体之功效。

7.普米族"酥里玛"酒

酥里玛酒主要以大麦和玉米为原料酿制。先将洗净的粮食煮至八九成熟，捞出晾温，拌以酒曲，装入大布口袋里发酵。两天后有酒味飘逸，将其再装坛密封。数日后（一般以放坛处的温度高低来估计封坛时间的短长）开封加适量清水入坛，再盖上盖等两三小时，便可倒出清水，此即"酥里玛"。有的人是在密封的坛口插一支吸管，用酒时以虹吸原理将酒引流出来。

8.羌族蒸蒸酒

其酿制方法较简便。将玉米粉用杉木甑子（蒸桶）蒸熟后，倒在簸箕里晾至稍温，拌上酒曲，装入坛中，封严坛口，置于荞麦秤秸中发酵，约20天左右，便可饮用。酒色淡黄，酒味甘甜，能去淤血、生鲜血下奶，是羌族产妇哺乳期间的常备饮料。喜客临门，主人往往让他喝饱为止。

9.四川彝族苦荞酒

彝族在解放前没有专门的酿酒作坊，民间广大奴隶群众也没有多余的粮食可用来酿酒，能够酿酒的是奴隶主或较富裕的"劳动者"（阶级成分）家庭。酿酒原料主要是苦荞（一种有清苦味的荞麦）、玉米或土豆。先将酿酒用具全部洗净，不能有一点油星，再把苦荞以木甑蒸至半熟，晾温拌酒曲，装进发酵桶里。冬天为保持室温，需不断生火，促其发酵，待酒香四溢时，插管于发酵桶底的孔中，引流出酒液，第一杯敬神灵，第二杯献长者，尔后其他人方可饮用。因以苦荞为原料酿制而得名。苦荞是凉山半高寒山区的特产。彝族把用玉米、高粱和少量苦荞作原料酿制的酒叫泡水酒。现在因为生活水平提高了，民间多饮外来的白酒和啤酒。

10.云南彝族辣酒

辣酒即白酒，其主要原料是玉米或高粱，其特点主要反映在制作过程中，玉米或高粱煮熟拌入酒曲后，装入外面涂有牛粪的竹箩里，并用蓑衣或麻袋片盖严实。待到发酵至将要从竹箩孔中渗出白浆时，装入坛中密封，当玉米或高粱变成细糊状时，装进甑子，上铁锅，兑水蒸馏出酒液。

11.纳西族合庆酒

合庆是滇西地名，该窖酒以当地的大麦和黑龙潭水酿制，香味纯正，曾获云南省优质产品称号。

12.怒族咕嘟酒

怒族咕嘟酒的酿制法，其第一步与羌族的蒸蒸酒基本相同，即将玉米粉制成酒。其特点表现在饮用时先将坛中的酒同酒糟盛一部分到盆中，加入适量开水，再拌入些蜂蜜或糖，滤去渣，饮其汁。

13.水族九阡酒

九阡是贵州省三都水族自治县的一个区，因当地水族能生产一种独特的糯米酒，故以地名来命酒名。九阡酒以糯米为主要原料，酿制过程中加入多种药材。酒色棕黄，状若稀释的蜂蜜，味微甘，酒香馥郁。九阡酒下窖的时间越长越醇。陈年九阡酒要在孩子出生时酿造下窖，直至结婚时，甚至到寿终时才饮用。因用多种药材作原料，所以有活血舒筋、健身提神的功能。

14.普米族大麦黄酒

该酒的酿制是先将大麦煮熟，拌酒药发酵后，装入大土陶中，以灶灰泥封好坛口，21天后以管子吸引出酒液，装坛存放，随饮随取。酒色桔黄，味道甘甜。

四、中国少数民族的"无酒不成礼"

在中国少数民族中，除部分信奉伊斯兰教的穆斯林外，一般都有"无酒不成礼"的传统待客心理。

1.少数民族在饮酒时很讲究敬老的礼节

锡伯族的年轻人不许和长辈同桌饮酒，其中原因大致有二：一是长幼有别，不能没大没小；二是酒喝多了容易失礼，对长辈的不敬被视为最丢脸的事。朝鲜族晚辈也不得在长辈面前喝酒，若长辈坚持让小辈喝，小辈也得双手接过酒杯来转身饮下，并表示谢意。

蒙古族家中来客后，不分主客，谁的辈分最高，谁坐在上座主席位置上。客人不走，年轻媳妇不能休息，哪怕彻夜畅饮长谈，也得在客厅旁边听候家长召唤，好随时斟酒、添菜、续茶。满族家中来客，由长辈陪接，晚辈一般不得同席，年轻媳妇侍立在旁，装烟倒酒，端菜盛饭。

彝族家中酿好酒的第一杯敬神，第二杯要敬给家中老人，晚辈不得先喝。凉山彝族群聚饮酒时，要按年龄大小、辈分高低分先后次序摆杯斟酒，并由在场的英俊聪明的小伙子先给老人敬酒。敬酒者双手捧杯，右脚向前跨一大步，弯腰躬身，头稍向左偏，不得直视被敬者。被敬酒的老者则谦和地说："年轻人啊，对不起了，老朽站不起来了。"或者说"借给你这一杯"表示回敬，小伙子便立身饮尽，否则为不敬。民间谚语说："酒是老年人的，肉是年轻人的。"所以敬酒献客时，必须从老人或长辈开始，如此才合乎"耕地由下（低）而上（高），端酒从上而下"的传统规矩。

壮族请客时，只有与客人同辈的长者才能与老年客人同坐正席，年轻人须站在客人身旁，给客人斟酒之后才能入座。给客人添饭时勺子不能碰响锅，免得客人担心饭少不敢吃饱。每次夹菜，都得由陪客的长者先给客人把最好的菜夹到碟中后，其他人才能依长幼之序夹菜。年轻妇女一般不能到堂屋的宴席上共餐，能饮点酒的老年妇女则可。

傈僳族在年节请客时，在酒席上，父母可以向长辈诉说儿女使他们不满意的事，做儿子的，尤其是做儿媳妇的，总是很体谅父母的心情和难处，他们听完长辈关于自己的诉说后，便马上出来请求父母公婆原谅自己不懂礼。在这个问题上似乎没有"家丑不可外扬"的概念，社会习俗普遍认为，长辈不论何时何处批评晚辈都是应该的。

少数民族饮酒中的敬老习俗，从信仰的角度看，也反映在对祖先的崇敬上。例如广西毛南族，请客人吃饭时要请客人坐上席，先给客人斟酒夹菜。而客人在端杯饮酒时，须先用手指尖或筷子头蘸点酒，弹酒几滴于地上，表示首先敬献主家的祖宗，然后主客碰杯，说互相祝福的吉祥话。晚辈吃饱饭离席时，要很恭敬地向客人说："请慢吃！"

2.少数民族在欢聚待客饮酒时，特别重视和谐热烈的气氛

凉山彝族喜欢喝寡酒，即不用下酒菜，因此可以随时随地喝。相识者邂逅相遇，买碗酒，或买瓶酒，几个人围圈而蹲，仅用一两只酒杯，或干脆不用酒杯，一人一口轮流喝，称之为喝"转转酒"。若用酒杯，便先从最年长者开始，从右至左，一人一杯，接力轮流，不得轮空，众人用一酒杯，称为"杯杯酒"，谁也不嫌弃谁，同乐同喜。凉山甘洛县有家酿酒的彝族还常饮"杆杆酒"，即酒酿好后，将一根打通节的竹管插入坛中，众人围坛轮流吸饮，酒液吸完了，再掺冷开水入坛直至味淡。土家族也有插竹管于酒坛咂饮的传统，传说起源于明代土家族士兵赴东南沿海抗倭时，百姓送行，置酒于道旁，经过酒坛的兵，咂一口，即可前行，不误行军。嘉庆年间鄂西长阳（今民阳土家族自治县），土家诗人彭淦在描写此酒俗的竹枝词中说："蛮酒酿成扑鼻香，竹竿一吸胜壶筋；过桥猪肉莲花碗，大妇开坛劝客尝。"羌族把这种喝酒法叫做喝"咂酒"，但不是众人一吸管，而是一人一根长而细的吸管，围坛咂酒，在喝酒的过程中还穿插有歌舞。壮族喝咂酒的记载，最早见于《岭外代答》，距今已有1000多年的历史。书中说，单州钦州壮族村寨，客人至，主人铺席于地，置酒坛于席中，注清水于坛内，插一竹管于坛中，依先宾后主的次序吸饮。饮前由主妇致欢迎词，男女同坛同管，水尽可添，酒乃甜酒。黎族和布依族也喝咂酒，其形式与羌族相似。

广西大新县壮族人家，当客人光临时，在饭桌上主人先给客人和自己斟杯酒，主客共饮交臂酒之后，客人才能随意饮餐。一喝交臂酒，气氛马上就显得很轻松融洽。云南傈僳族和怒族在待客饮酒时，主客共捧一碗酒，相互搂着对方的肩膀，脸贴脸把嘴凑在酒碗边，同时仰饮之。至亲好友及贵客光临，或要

结为兄弟之谊，皆须如此饮酒，谓之喝"同心酒"。傣族又称之为"合杯酒"和"双边酒"。侗族的"团圆酒"气氛更为热烈和谐。大家围桌而坐，每人将自己的酒杯用左手递到右邻的唇边，右手搂他的肩膀，依次形成一个圆圈，主人一声"干杯"，大家同时欢呼一声并饮尽，如此三轮，方可自由敬酒。至此，大家已觉得亲密无间，不仅谈笑风生，而且还有酒歌阵阵。

侗族还有一种交臂酒，是两人并肩或坐或立，一手搂对方肩，一手举杯递到对方唇边，同时尽饮。有些饮酒活动，比一般待客更显得情谊深厚。例如黔西南布依族的"打老庚"，即是"打老庚"可理解为"结拜兄弟"或结交同年好友。异姓小伙子，不论生辰年月是否相同，只要年龄相差无几，征得父母同意便可约定日子聚饮，结拜为"老庚"。此仪式之后，双方父母即把"打老庚"两者都当作自己的儿子对待。

又如四川黑水县的羌族，同辈同年的年轻人，不论男女皆可"打老庚"，只是男女分别举行活动而已。一般在农历正月择日，同龄人相约，携带酒肉到村寨野外聚餐，大家把鞋带放在一起，轮流去抽，那两人抽到了同一双鞋的两根鞋带，他们就相互结为"老庚"，在今后的生活中不仅他俩要同甘苦，共命运，两家人也要同心同德，团结互助。旧时蒙古族民间在结交推心置腹的朋友时，双方要共饮"结盟杯"酒，杯乃饰有彩绸的牛角嵌银杯，非常精美，交臂把盏，一饮而尽，永结友好。我国台湾的高山族排湾人，不仅新婚夫妇要喝"连杯酒"（也叫连欢酒），亲朋好友也要共饮"连杯酒"。连杯酒并非指连饮数杯，而是两个酒杯连在一起。这种酒具像一副担子，木雕彩绘，"担子"两头各雕有一酒杯。斟满酒后，两人比肩而立，各以外侧之手执酒具一端的把手，只能同时举杯同时饮，否则酒就会洒掉，极有象征意义，既表示必须平等（端平），又表示必须同甘共苦（不论生活的酒是甜是苦，我们都得同干）。高山族在喜庆节日里常聚饮狂欢，男女杂坐同乐。最亲近友好者，饮酒时并肩并唇，高举酒具（竹筒、瓢、木杓等），倾洒下泻，如仰饮山泉，流入口中，酒到地上，尽情尽兴，大为快乐。

3.少数民族在待客敬酒中普遍表现出礼仪隆重和坦诚真挚

广西红水河两岸的瑶族，在客人光临前，即把一只灌满酒的酒葫芦挂在堂屋门背后，待客人将近大门时，即刻斟酒一碗，迎上前去，一手搭在客人肩上，一手递到客人面前，说："请饮进门酒。"客人忙说："我喝干，我喝干。"若逢节日或喜庆，客人喝完酒后，主人还要朝天鸣放鸟枪，向全寨人通报有喜客光临。"进门酒"之后，主家全体成员出来迎客进屋。客人若无酒量，可浅尝辄止，表示谢意。广西巴马瑶族在迎接村寨的集体客人或十分重要的单个客人时，要设"三关酒"迎接，即主家派人在屋外必经之路上设三道酒关，每经一关须饮两杯，三关之后，方进屋饮宴。传说此俗起源于巴马瑶族的祖先"卡罗"，卡罗生下三个月后父母相继过世，善良的汉人盘尧收养了他。卡罗成家后为报答养父母的恩情，率家人采药物酿酒宴请二老，在迎接养父母的当天，卡罗带族人到寨外十五里处设酒关，每五里设一关，每至一关卡罗敬二老甘醇的美酒两碗，以表隆重和真诚。此传说不仅反映了汉瑶人民的团结友谊，而且寓意瑶家敬贵客如敬再生父母，其情真挚感人！

西藏门巴族当客人到家时，主人便用铜瓢或竹节筒盛满酒，先倒点酒在自己手掌心，当众吸啜，表示酒中无毒，自己待客以诚尔后，依次向客人每人敬酒一瓢或一竹筒，客人须一饮而尽。旧时无专门酒具，门巴人以芭蕉树皮卷成小酒槽给客人敬酒，贵客四槽，一般客人两槽。

云南傈僳族在待客时，主人用精致的竹筒斟满酒后，先往地上倒一点，表示敬祖，接着自己先喝一口，表示酒是好的，请客人放心，然后再斟满其它竹筒，双手捧到客人面前请客人畅饮。

滇西北高原崇山峻岭中的普米族对待客人，不论生熟亲疏，都热情接待，因为他们认为客人临门是种荣耀和吉兆。当主人听到狗叫，发现有客人光临时，家人都会出来帮客人牵马拿东西，请客人进屋。当客人在火塘旁坐定后，主妇便端上水果、食品和一碗酥里玛酒。普米族以火塘上方的一块长方形石柱代表家族祖先神灵，可称之为"锅庄"。主人先敬家神，在锅庄上滴几滴酒，若是燃起火焰，则为最吉，主人会很高兴。一般度数较高的醇酒都能接火而燃。主人看到酒燃，便念道："客人到，福气到，贵客犹如金太阳照，给我家暗淡的房子里，带来了光明和吉兆。客人到，福气到，贵客好像吉星照，木楞房里充满了喜庆与欢笑，彩色的祥云在我头上飘。"祝颂毕，主妇捧酒献客。客人先抿一口，不得有吸饮的响声，随即说"真醉人"，以表赞美和感谢。此后客人便根据自己的需要随便饮酒。若有主家的长辈在场，客人要主动请长辈坐上席，并请其先品尝酒。客人用饭，主人家人均在旁侍候，绝无不周到之处，客人吃完主人家才围坐在一起吃饭，若客人第二天就要登程，主人还为他准备路上的食品，多是鸡腿、鸡蛋、肉块、油炸粑粑等。受到如此礼遇，客人往往会感到自己不是客人，而是主人家的至亲好友。

少数民族尤其是南方的少数民族，在请客饮酒时，特别重视同乡邻里的友好关系。

在贵州水族村寨，往往是一家来客，全寨各家轮流宴请。若客人逗留时间短，无法安排到某些人家去赴宴，就得去赴"见面席"，即到各家的席上露面致谢，尝几口菜就告辞，再到下一家去，有时一天得走遍全寨，满载各家的盛情而归。

过去，到广西壮族村寨做客，往往会得到各家的轮流宴请，特别是贵宾，有时一顿饭吃四五家是常有的事。按壮族习俗，客人是不能推辞的，所以有经验的客人绝不会在第一家就吃得酒足饭饱。谢绝邀请是失礼，喝醉了失态会丢脸。

4.少数民族在待客中对客人体贴入微，礼貌周到

海南省黎族将远道而来的客人待为上宾，有客光临，乃家中之喜事，必以佳肴款待。若是男客，先酒后饭；若是女宾，先饭后酒。饮酒分三段进行：第一段是相互敬酒，属一般的感情交流；第二段是开怀畅饮，以酒酣微醉为度；第三段是主客对歌饮酒，感情融洽，烂醉亦无妨。给客人酒，主人则感到自己的礼数已到；让客人喝醉，则表示亲密到了不拘礼的程度。主人向客人敬酒时，先双手捧起酒碗向众人致敬，尔后一饮而尽，把空碗亮给大家看，表示自己的诚意。接着向客人敬酒，客人饮尽之后，主人马上夹一块肉送到客人嘴里。客人不得拒绝，只能笑纳方合礼数。

旧中国在海南部分黎族地区（今保亭、琼中、乐东交界处）存在着一种父系血缘家庭组成的社会和生产组织，称之为"合亩制"，黎语原意为"大伙做工"。在这里，有"请客不陪客"的风俗。给客人摆好酒菜，请客人入席后即退出，任由客人吃喝。此俗源自担心客人拘束，便于客人随意吃喝，但是懂得当地风俗的客人，在用餐之后，绝不可把筷子搭在碗上，亦不可把饭碗和酒杯扣在桌上。因为当地习俗认为，筷子的两头颠倒（不是一顺）架在碗上是"抬棺木的杠子"，扣着的碗杯犹如"坟头"。主人待客人礼数周到，客人尊重主人的习俗，因此皆大喜。

东北满族的待客礼仪向来十分周到。旧时客人进餐，都由族中长辈陪同，晚辈不能同席，年轻媳妇手脚麻利，要在一旁侍候。进餐时，由主人给客人斟第一杯酒，喝酒用小盅，没有碰杯干杯的习惯，古代用大碗喝酒的遗风荡然无存。客人喝酒要在杯底剩点儿，俗称"福底"，预祝主客都总有富足的生活。

甘肃裕固族待客时，先敬茶，后敬酒。敬酒讲究敬双杯，其说法与黔东南的苗族一样："你是双脚进来的，必须喝两杯。"男主人敬过后，女主人接着敬，如果客人不喝，女主人会说："你瞧不起女人。"接着是孩子敬酒，如果谢绝，小孩也会说："你看不起小孩。"有时还唱敬酒歌敬酒，唱一支歌敬一杯酒。之所以如此，主要怕客人客气拘礼，不能尽兴。因此，若客人实在不能喝，主人也觉得自己的心意完全尽到了，再不会勉强的。

西藏珞巴族当客人到家时，主妇赶快洒水扫地（吊脚楼的二层，地面是木板或竹条板铺成），在临窗处铺熊皮或棕编坐垫，摆上长方形矮餐桌，上些常备的应急炒玉米。接着女主人把储存在葫芦里的鸡爪谷酒倒进一个吊着的竹筒中，再加入温水，稍停片刻，拔掉筒底活塞，让过滤了的酒注入筒下的石锅（珞巴族有使用石锅做饭的原始石烹遗风）中。女主人右手执瓢，左手端木碗或竹碗，双膝跪在客人面前，将碗放到桌上，再将瓢中酒先倒一点在左手心，用嘴报尝一下，尔后给客人碗中斟满。陪客的男主人双手捧酒碗递给客人，女主人同时说："酒不好，别见怪。"夫妇配合十分默契。客人喝口酒，说"酒味很好"以表示谢忱。客人每喝一口酒之后，主妇都立即将酒碗斟满，当地习俗以始终保持酒满为待客实诚。珞巴族酒席上的山珍是鼠肉。这种出没于山野的野鼠长近盈尺，重约千克，体圆肉细。平时珞巴人随捕随吃，年节前则要储存鼠干准备待客。客人在莅临，主人即将野鼠干穿上棍，燎毛刮净，扔掉内脏，切成小块，以石锅炖烂，佐以调料，肉嫩味鲜，百食不厌。以鼠肉作美食下酒敬客的还有黎族（食山鼠、田鼠和松鼠）、傣族（食竹鼠）和贵州省镇远县涌溪一带的部分苗族。少数民族许多食野味的经验，为扩大人类食源提供了生动的范例，是很值得发掘总结和宣传推广的。

5.少数民族在待客中表现的声情并茂

酒歌也是中国酒文化的重要内容，中国是文明古国，酒文化也历史悠久，博大精深。中国的酒令种类繁多，如律令、游戏令、赌赛令、文字令等。酒歌也是其中的一种，它是中国人酒宴间用来助兴和劝酒侑食的手段之一。在中国，酒歌的起源很早。周朝时期就已有用歌舞乐曲佐酒侑食的明确记载。根据《左传》的记载，文公三年（前634年），晋文公在饮酒时，就曾即席"歌诗"。到了汉代，歌舞侑酒之风日益流行，而且还出现了专门供官宦文人饮酒取乐的歌舞妓。此后，每个朝代几乎都有劝酒的诗歌之作。到了唐代，以歌送酒的习俗更加盛行。唐代以后，此俗仍盛行不衰。但在汉族中多局限于官宦文人阶层，而且敬酒、劝酒的唱歌者多为陪酒的姬妾歌妓，饮者"自拉自唱"或主人唱歌为客人送酒，以及主客相互送酒的情况比较少。百姓阶层大都不行此令。与此相反，广大少数民族人却自古极擅此令，而且至今挚爱不辍。酒歌是他们饮酒聚会、宴宾待客时最普遍、最通行的酒令形式。

酒歌主要流传于全国各民族中，演唱于传统节庆、婚丧、祭祀等礼仪活动的宴饮时刻。故亦称"酒礼歌""酒曲"等。酒歌具有较强的娱乐性和实用性，通过互唱酒歌来交流感情和增进友谊，如贵州的苗族飞歌敬酒歌、贵州布依族的好花红、侗族大歌的"丁好来（音）"等都十分动听，酒席更添几分热烈率真的气氛。

酒歌内容一般包括4个方面：（1）猜拳行令、见物唱物（对象以酒具、酒菜为主）；（2）表示祝贺、颂赞、欢迎、感谢；（3）歌颂祖先功德、民族历史；（4）介绍习俗族规、生产知识。前两项内容最具酒歌特色。第3项内容已属史歌范畴，亦可列入古歌类或叙事歌类。

酒歌的歌词，多以5字4句或7字4句为1段。亦有少数8句为1段的和自由的长篇韵文体。演唱酒歌，一般都结合酒会的礼仪程序进行，如广西三江侗族酒会，要依次演唱下述酒歌："盘客歌"（酒会开始前唱）、"摆菜歌"（进入宴席时唱）、"敬酒歌""抢鸡歌"（酒会高潮时唱）、"致谢歌"（酒会结束时唱）。上述酒歌表现出内容连贯、自成系统的套歌结构特点。

酒歌的曲调，一部分只在酒会上演唱，这是酒歌的主体部分。如汉族酒歌中彝家酒歌的猜拳歌、酒令歌等。另一部分则采用其他歌种的曲调。如苗族即有采用飞歌曲调套唱的酒歌。某些汉族地区亦常有将当地流传的小调当作酒曲来演唱的情况。

专用于酒会的酒歌曲调，大致可分为3种类型：（1）说唱性酒歌。亦称朗诵酒歌、叙事酒歌。此类酒歌的曲体，多由一个基本腔调（单句或上下句结构）反复叙唱构成。音域狭窄，节奏、节拍自由，音调口语化。（2）山歌性酒歌。此类酒歌多为上下句结构或4句结构的山歌体。音域较宽，音调悠扬开朗。如回族的酒曲、彝族的酒礼歌、苗族的恰酒等。（3）小调性或舞曲性酒歌。此类酒歌的曲体多为4句方正型结构，节奏、节拍比较规整，曲调优美、雅致，不少是典型的分节歌。汉族酒歌中的大部分曲目属于此类。舞曲型酒歌，多伴随简单舞蹈动作歌唱，如四川甘孜藏族的献礼酒歌。

酒歌的演唱形式常见的有独唱、对唱、双人齐唱、众人合唱等

少数民族的酒歌不仅种类多，而且内容十分丰富。既有一般的敬酒、劝酒、谢酒、拒酒的内容，也有反映民族历史、生活、习俗、心理、意志的内容，还有反映对家乡山川水土的热爱、亲人团聚的喜悦和对未来美好生活的憧憬的。歌词大多出于无名作者之手，传统的歌词在群众中口耳相传。许多歌又是触景生情，即兴创作，现编现唱的。歌词大都节无定律，形式不一。演唱方法有单唱的，也有主客双方对唱的，而以对唱的居多。大多数情况下，一般由主人先唱敬酒歌，然后客人以歌回敬主人。双方一唱一和，由道安、问好、祝贺、恭喜、称赞、谦让，逐步切入酒宴的主题，尔后又逐渐发展到即兴发挥，想什么唱什么，见什么唱什么。常常是一方在歌词中提出难题打结，另一方以歌来对答解缚，在场的人轮流接替，热闹非凡。每歌必酒，每酒必歌，酒浓歌越兴，歌兴酒更浓，往往通宵达旦，如醉如痴。

第三章 "禅茶一味"的酒文化解读

引 言

"入于儒,出于道,逃于佛",儒与道、佛合掺互补,是古代士人精神上的生态平衡学。儒家思想作为中国传统文化的主干,支配其社会观念和伦理观念。而道、佛两家所宣传的、以自我精神解脱为核心的适意人生哲学,以及像闲云野鹤一般自然恬淡、无拘无束的生活情趣和清静虚明、无思无虑的心理境界,对士人们有着巨大的吸引力和渗透力。他们以老庄和禅宗哲学思想为基础,以求得精神上的超越和解脱,通过品茗、琴棋书画等修身养性方法加深涵养,以克制、忍让求得内心世界的平衡,保持感情与心理的和谐稳定。内在心性上的澄澈虚静。清心寡欲,就会表现为外在风度上的雍容大度,宽厚谦和,与人无争,怡然自乐,汰尽浮燥,归复天然。茶适应了中国士人"淡泊以明志,宁静而致远"的性格和追求。茶使人产生一种神清气爽、心平气和的心境。当某些人经过仕途的坎坷、人生的磨难以后,他会从茶的清醇淡泊中品味人生,返璞归真。

一、与人的"禅茶一味"

人有一字不识,而多诗意;一偈不参,而多禅意;一勺不濡,而多酒意;一石不晓,而多画意。淡宕故也。

人本身就是最美好的事物。一切诗意、禅机、酒兴、画味等高雅的东西,都只是他本身的身外之物。就如人本身就是那最醇厚芳香的美酒,而这些身外之物就好比是那酒糟而已。能够写出"气蒸云梦泽,波撼岳阳城"的孟浩然,他本人就是一首诗，所以他真正用笔来写出的诗反倒成了多余的酒糟。酒糟虽然有味，但怎能比得上那最醇厚的佳酿本身呢？所以，在我们生活的交往中，注重的不是某人的作品或者文化水平有多高，而在于他本人具有什么样的气质。

禅僧参禅，参悟的是用文字写成的偈句，或者话头，比如说"我是谁""念佛是谁""随他去"等等。只有我们参悟了神秀的"身似菩提树，心如明镜台。朝朝勤拂拭，莫使惹尘埃"，我们才知道人要经常清扫自己的心地；但等我们参悟了慧能的"菩提本无树，莲花亦非台。本来无一物，何处惹尘埃"，我们才知道心地本来清净，何须人为地去清扫呢！明白这一道理，我们自然不会为世间的事情再起执着了。行动起来，便会潇洒脱俗，有那"明月一天迥无尘"的禅意。但是就是有人一首偈句也没有参过，却能够像野鹤闲云一般，言行举止无一不是禅机生意，旷达绝尘。

文人雅士要饮酒，就是要借酒壮气而灵感勃发，便会解放心灵，无拘无束，自由挥洒。就如杜甫所描写的那一般酒中八仙一样："知章骑马似乘船，眼花落水井底眠。汝阳三斗始朝天，道逢曲车口流涎，恨不移封向酒泉。左相日兴费万钱，饮如长鲸吸百川，衔杯乐圣称避贤。宗之潇洒美少年，举觞白眼望青天，皎如玉树临风前。苏晋长斋绣佛前，醉中往往爱逃禅。李白一斗诗百篇，长安市上酒家眠，天子呼来不上船，自称臣是酒中仙。张旭三杯草圣传，脱帽露顶王公前，挥毫落纸如云烟。焦遂五斗方卓然，高谈雄辩惊四筵。"

酒意勃发，完全没有了等级贵贱的分别，真正做到了人与人的本来自流。当然，在过去甚至是今天的社会里，人与人都能够进行平等的交流是不可能的，所以还是要借助于酒。酒可以壮胆，可以骂座，可以启发灵感而吟诗！但是，有的人完全没有喝什么酒，却充满了酒意，能够风流潇洒，越超常轨，以平常心交天下友，无拘无束，韵味益然。

古人的山水画，最突出的就是山石风物，讲究很多，有醉石、卧石、立石、雅石、韵石等名目，在画面上神态各异，景象不同，或者如下山猛虎，或似上山巨龟，或如人立之熊，还如扑食猎豹，不一而足。无一不流露出诗情画意，生动肖妙，跃然纸上。远山淡逸，近峰兀立，白云出岫，飘然悠悠，令人神往。然而，却有人不曾懂得那一石一花，一笔一划，竟然仿佛玉树临风，意境闲淡悠远，革带飘洒，真堪入画，自然呈现出一派浓浓的画意。

可见，诗意不在于字，禅机不在于偈，酒兴不在于酒，画意不在于石，那么，它们到底在哪里呢？一句话，就在我们坦坦荡荡，无牵无挂的心灵中。倘若我们沉醉在那功名利禄中，自然无法体会到诗意，因为诗意在于真情，而功利之心会伤害感情；倘若我们的眼耳鼻舌身意所体会到的只是那色声香味触法，从而执著于尘世的境界，也就无法体会那禅机的灵妙，因为禅机不在于执著；若是我们太过于理性，凡事不敢越雷池一步，那么也就无法体会到酒兴，因为酒兴原本就存在于放浪形骸的时候；假如我们不善于用艺术家的眼光去观察生活，也就无法去体会那写意画上的韵味，因为画味雅淡韵逸，既在于形相，却又在风神。能够做到这样去看待生活，并且去实践，那么一个无束无缚的心灵便可以成为真正的主人了。

周末，朋友介绍或去贵阳大十字达德学校，或去贵阳东山阳明书院（阳明祠）；在贵阳喷水池一家吃素食的好地方，有一茶艺馆，一进门，这里除了喝茶，还有精美的素食。老板为我们每人冲泡了一杯清茶，是清明节前的，都匀的毛尖。看着一片片春芽在水中慢慢舒展，浮在水面上的茶竖着，清润碧绿，煞是好看。精美的素食配着口感醇香的酒，柔和的灯光，茶与酒，都成为此刻最好的享受。

茶酒与禅，具有不解之缘。饮茶能清心寡欲、养气颐神，故向有"茶中带禅、茶禅一味"之说。中华历来也将茶香与书香、墨香齐名，号称"三香"，以示高雅、安祥。僧人戒酒，但并不戒茶，古代最好的茶，常在僧人手下。他们采清明之水，积于坛下，或扫梅花之雪，窖藏于地下，及至冬去春来，夏至秋初，三五佳宾到来，乃取之待客，以为高雅之举。红楼梦里妙玉待客，便是这种雪水茶。茶禅一味，本是常道。但酒与僧人，也常出一色。

饮酒的和尚，并非没有，尤在宋代，佛儒融通，佛徒与士大夫关系密切，《梦溪笔谈》所记"落地无声令"创者为苏轼、秦观、晁补之、佛印四大名家，非常精彩，其中就佛印大师，是一日，苏东坡、晁补之、秦少游同访佛印师，留饮若般汤。行令，上要落地无声之花，中要人名贯串，末要诗句。

东坡云："雪花落地无声，抬头见白起，白起问廉颇：'如何爱养鹅？'廉颇曰：'白毛浮绿水，红掌拨清波。'"

补之云："笔花落地无声，抬头见管仲，管仲问鲍叔：'如何爱种竹？'鲍叔曰：'只须两三竿，清风自然足。'"

少游云："蛙花落地无声，抬头见孔子，孔子问颜回：'如何爱种梅？'颜回曰：'前村风雪夜，昨夜一枝开。'"

佛印云："天花落地无声，抬头见宝光，宝光问维摩：'僧行近如何？'维摩曰：'对客头如鳖，逢人项似鹅。'"

可见一斑。

中国禅文化的奇特之处是常有酒肉不忌的和尚，最后修成了大佛，而潜心向佛的人，反常功亏一篑。这其中最出名的，该数济癫与鲁智深。中国酒文化总在这种虚虚实实，偏偏常常之间，戏弄人事。相较于酒，茶之于人，无疑更为清正。

君子喜茶，英雄好酒；酒尚大，茶尚小；酒尚豪，茶品细；酒尚快，茶尚慢；饮酒宜闹，喝茶宜静；酒客勇猛，茶士谦谦。好酒与喜茶的人，其情性习好，应都可由其所饮之物，窥知一二的，很值玩味。

在中国古代文学中，酒是与诗词文紧密联系在一起的，酒是生命的表现形态，而诗词文则是生命的内核。古代文学与酒的交融现象呈现为醉的状态。醉是心灵的自远，是心灵在文学天地境界中的飞翔。中国古代文人在文学与酒之醉中踏上心灵的醉乡，走向生命之真。同时，在审美的形式艺术层面上，文学中文人醉语、文人醉态、诗歌醉境都呈现出醉意飞翔的特征。从深层的审美文化的层面上，儒、道、禅与酒亦有着密切联系。

由此，可以说中国古代文学中诗词文和酒的交融就成为了体验生命生存之道的方式："少无适俗韵，性本爱丘山。误落尘网中，一去三十年。羁鸟恋旧林，池鱼思故渊。开荒南野际，守拙归园田。方宅十余亩，草屋八九间。榆柳荫后檐，桃李罗堂前。暖暖远人村，依依墟里烟。狗吠深巷中，鸡鸣桑树巅。户庭无尘杂，虚室有余闲。久在樊笼里，复得返自然。结庐在人境，而无车马喧。问君何能尔，心远地自偏。采菊东篱下，悠然见南山。山气日夕佳，飞鸟相与还，此中有真意，欲辩已忘言。"

茶与中国人的生活有着千丝万缕的联系。茶禅的结合，是中国文化史上一道奇特的景观。"吃茶去""茶禅一味""和敬清寂"等等，已经成为禅茶文化的经典话语。一杯茶中，禅意盎然，有人生的三昧、有佛学的感悟、有茶人的心情与品味。在现代语境中，禅茶真谛正具有越来越重要的文化意义。

二、茶禅的历史

茶的起源可以追溯到汉代，早在汉代就有了关于茶的文献记载，汉代大文豪司马相如与杨雄，都在作品中提到过茶。西汉末年，佛教传入我国以后，由于教义与僧侣活动的需要，茶很快就与佛教结下了不解的缘分。客人来到，见面寒暄之后，先请饮三杯茶。根据《茶经》的记载，寺院里的僧人在两晋的时候，就开始用以敬茶作为寺院待客的礼仪。如昙济和尚就经常以茶待客。佛教徒以茶资修行，单道开、怀信、法瑶开茶禅一味之先河。

佛教的重要活动是坐禅修行。佛教徒"过午不食"，因而，需要有一种既符合佛教规戒，又能消除坐禅带来的疲劳和补充"过午不食"的营养。茶叶中各种丰富的营养成分，提神生津的药理功能，使它成了僧侣们最理想的饮料。古人认为茶有"三德"：一是驱睡魔，坐禅可通夜不眠；二是满腹时能帮助消化；三是"不发"，能抑制各种欲望。所以，饮茶最符合佛教的生活方式和道德观念。

中国佛教禅宗与茶的关系尤为密切。禅宗在初唐时期开始兴盛，随着禅宗的盛行，佛门推崇饮茶的风气更加普及。中唐时百丈怀海创立《百丈清规》，此后，寺院茶礼越来越规范。在清寂、古朴的禅堂内，以茶供佛、以茶待客、以茶清心，成为禅宗僧人日常的功课。对禅宗僧人来说，吃茶俨然是一种严格的禅修工夫，这是禅门茶道的特色。

唐代赵州大师三称"吃茶去"，使得"吃茶去"成为禅林的经典公案。唐代茶圣陆羽著《茶经》，是中国历史上第一部比较全面的关于茶的著作。与陆羽交好的皎然和尚，在《饮茶歌》里两次提到了"茶道"一词。可以说，《茶经》确立了茶道的表现形式与富有哲理的茶道精神，而皎然则赋予了"茶道"的名称。

茶道，是饮茶时所体现的思想内涵和精神品位，即通过饮茶来陶冶情操、修身养性，把思想升华到富有哲理的境界。至于饮茶的技巧、规范、品茶方法，是茶技；表现饮茶的技巧、通过文艺演出的形式再现历史上的饮茶情景，是茶艺。

三、茶道精神：和、敬、清、寂

关于茶道的精神，陆羽在《茶经》中说："茶之为用，味至寒，为饮，最宜精行俭德之人。"通过饮茶活动，可以陶冶情操，使自己成为具有俭朴、高尚道德的人。茶人以流传千古的"和、敬、清、寂"四字来予以概括。

1.和

"和"是中国茶道哲学思想的核心。"和"是儒、佛、道三教共通的哲学理念。儒家"和为贵"是中国人基本的人生伦理。《周易》的"和"则指万物皆由阴阳两要素构成，阴阳协调，才是宇宙大道。陆羽《茶经》指出，用来煮茶的风炉，因为是用铁铸成，所以是"金"；炉子放置在地上，是"土"；炉中烧的是木炭，有"木"；木炭燃烧起来，是"火"；风炉上煮的是茶汤，是"水"。煮茶的过程就是金、木、水、火、土五行相生相克，并达到和谐的过程。

禅宗明心见性，使内心的对立观念调和、化解，达到天人合一、圆融无碍的大同。禅宗的"和"有三个维度：人类自心的和，人与人的和，人与环境的和。有了心灵的和谐，才有社会的和谐；有了心灵的和谐与社会的和谐，才有自然的和谐。

僧团被称为"和合众"，自古以来就有"六和敬"的准则。"六和敬"是：

（1）身和同住，是身体的和平共处；

（2）口和无诤，是言语的不起争论；

（3）意和同悦，是心意的共同欣悦；

（4）戒和同修，是戒律的共同遵守；

（5）见和同解，是见解的完全一致；

（6）利和同均，是利益的一体均沾。

2.敬

"敬"是对自己谨慎，对他人尊敬。在茶道中，对一切器皿，如裱挂的字画、茶的道具，都抱着敬意接触。将这种心境扩大，就可对一切事物都保持着尊敬的态度。

在品茶时，为表示尊敬，一般先要焚上一炷香，洗干净手。在敬茶时，用一种尊敬、尊重的态度来进行。在茶道中，重要的是一丝不苟地用恭敬的心情，来做好每一件事。日本茶道的完整程序有上千道步骤，做下来要8小时。简化的也有3小时。看起来极其复杂、繁琐，但是在恭恭敬敬的行为中，体现了茶道尊重自己、尊重他人、尊重万物的精神。

在佛教《法华经》中，有一位"常不轻菩萨"，他不管见什么人，都要行礼致敬，说到："我对你们抱有深深的敬意，从来不敢有所轻视。为什么呢？不管你们现在的情况怎么样，以后都可以成佛的，因此我对你们怀着深深的敬意。"

对于茶事来说，重要的是心。不管多么漂亮的点茶、多么高贵的茶具，没有诚敬之心，则毫无意义。茶道忌讳哪怕是一丝一毫的高傲自大，谦虚是茶道的根本要素之一。

3.清

"清"是清洁、清廉，在茶道中指外物和内心的清净状态。在茶道中，保持环境的清净是必要的。茶道中的"外露地"，是"野庭落叶鲜"式的清美如画的外部环境。茶道中的"内露地"，是指茶室内部环境。字画、插花、茶具的清洁。听着茶具在沸水中翻滚，如同置身于万壑松涛，也好似聆听悬泉飞瀑。

在茶道中，从庭园的清扫，到茶室的扫除及布置都要清净。插花时使用的是新花，擦拭茶杯时使用的是新茶巾。不但对外物要求清净，心灵也应该净化，不能起杂念，毫无拘束地以清净的心情来做茶事。眼睛观看到的是清净的环境，耳朵听到的釜中茶汤如松风拂过，鼻子闻着茶香，舌头品尝着茶的妙味，身体接触到的是清幽洁雅的器具，这样就能得到幽的感觉。这就是六根清净。六根清净，就是禅道，也是茶道。在茶道中，社会上有关俗事的话题，皆属大忌。参加茶会的人要放下俗尘观念，才可进入清净的茶禅世界。坐在仅有几平方公尺的茶室中，却有居住在深山幽谷里的感觉。不断响起的壶中滚水声，宛如松风吹动的大自然的天籁，心与大自然融而为一，这就是茶的三昧境，也是禅的三昧境。

4.寂

"寂"是涅槃寂静。是熄灭了心中诸般欲火之后宁静安祥的状态。参禅首先要去除人生的欲望。人人皆具有本来清净觉悟之心。由于有了分别计较，产生了执著，迷失了本心。参禅悟道，就是要参破分别计较的虚幻，去除欲望，放下执著。除去欲望，放下执著后，就回到了本来清净无染的心的原点，见到了本来面目。

要想摆脱人生的痛苦，达到解脱的彼岸，必须熄灭欲望之火。熄灭诸般情欲的心，就是"寂"的禅心，就是涅槃。但寂的禅心又并非一潭死水。否则就成了枯木禅。菩萨为了众生而不进入最后的涅，"娑婆往来八千度"，充满爱心、不辞辛苦地往返这个红尘喧嚣的世界，为普度众生而辛勤地工作着。这便是茶道的"多情乃佛心"的心境。

四、茶道与禅道的文化意蕴

1.古代《茶诗》云："虽是草木中人，乐为大众献身。不惜赴汤蹈火，欲振万民精神。"茶禅之道的精神，体现了大乘佛教悲智双运、觉悟人生、奉献人生的真谛。每一个人，都是一片茶叶。只有投入沸水，将小我提升为大我，将大我转化为无我，才能留下一份经久弥醇的余香。

2.茶道精神的"和、敬、清、寂"，以出世的品格标举着普世的道德：为人平和、处世恭敬、品质清洁、身心静寂，这是传统的儒、道、释最高的修身养性的境界，通过茶道禅道，在现代生活中的典型运用，是现代人精神生活的一个范本。

3."茶"字的字型是"草木之中有一人"，即人在自然之中。"人非有品不能闲"。只有有品之人，才能放下身心，融入自然。"一杯为品，二杯为解渴。"（《红楼梦》中妙玉论饮茶）品茗，其妙处正在于"品"。饮酒为"醉乡"，品茶为"醒乡"。从"醉乡"中觉醒过来，进入清纯的"醒乡"，才能体验人生，品味人生。

4."佛法存于茶汤"，存在于日常生活中。在一杯茶中感受到禅意，吃茶时吃茶，将我们的身心安住于当下，同时终日吃茶不沾一滴水，洒脱无执，即可将生命的每一个瞬间化为永恒，"万古长空，一朝风月"，这就是"茶禅一味"的三昧。

茶，清净茶；心，平常心。以平常心品清净茶，以清净茶养平常心。佛法、禅机，人生的妙谛，尽在区区的杯茶之中了。

（1）品；

（2）三昧；

（3）消除疲劳；

（4）人存草木中；

（5）"一杯为品，二杯为饮"。

太行山人曰：佛家以为"名利食色睡，乃地狱五根"。因其覆盖人之本心，又称五盖。酒之为物，最可乱性。凡贪嗜杯中之物者，无不"初，人饮酒；后，酒饮酒；后，酒饮人"。魏君之祸，即"酒饮人"之显证。陆绍衍《醉右堂剑扫》有谓："酒能乱性，故佛家戒之。酒能养性，故仙家饮之。"推销人员奔波红尘，置身名利场，欲作飘然出世之"仙"而不可得。当效佛门中人，守得心定，不为形役，不为物牵，以至达天人一贯、充盈圆满之境。

唐朝茶业的兴盛与佛教兴盛是分不开的，特别是佛教的禅宗影响茶业的发展特别大。根据封演所著《封氏闻见记》所载："开元中，泰山灵岩寺大兴禅教。学禅务于不寐，又不夕食，唯许饮茶，人自怀夹，到处煮饮，从此转相仿效，遂成风俗。"又根据陆羽《茶经·七之事》引释道悦《续名僧传》："宋释法瑶姓杨氏，河东人。永嘉中过江，遇沈台真，请真君武康小山寺，年垂悬车，饭所饮茶。永明中，敕吴兴礼致上京，年七十九。"又摘引《宋录》："新安王子鸾、豫章王子尚诣县济道人于八公山，道人设茶茗。子尚味之曰：'此甘露也，何言茶茗？'"从此可看出，在魏晋南北朝时代，我国的僧道在江淮以南的寺庙中，已经有尚茶的风气了。

茶和佛教的关系，是一个相互促进的关系，在现实的生活上，佛教特别是禅宗需要茶叶来协助修行的功能，而这种嗜茶叶的风尚，又促进了茶业的发展。而精神境界上，禅是讲求清净、修心、静虑，以求得智慧，开悟生命的道理；茶是被作为药用的特殊作物，有别于一般的农作物，它的性状与禅的追求境界预为相似。于是"禅茶一味""茶意禅味"，茶与禅形成一体，饮茶成为平静、和谐、专心、敬意、清明、整洁、至高宁静的心灵境界。饮茶即是禅的一部分，或者说茶是"简单的禅""生活的禅"。

佛教禅宗的主要修为方法是坐禅，而坐禅除了选择寂静的地方外，还要求注意"五调"："调食，调睡眠，调身，调息，调心。"这五调，特别是调睡眠，都与饮茶有一定的关系。就是佛教其他的各宗各派的修行，对于五调也多少需要注意到，茶叶不但受到佛教禅宗的重视，同样的，也受到其他各宗各派的重视，以致于所有名寺大庙，不但设有专门招待上客的茶寮或茶室，就是法器，或者是一些法会活动也都与茶有关，例如：普茶、施茶等等。而在佛殿、法堂的钟、鼓，一般都设在南面，左钟右鼓，若是设有两鼓，就将两鼓分设在北面的墙角；设在东北角的，叫"法鼓"，设在西北角的，就称"茶鼓"。这些与茶有关的作为和称呼，无疑地也是佛教对茶的一种重视的表征。

五、禅与茶

作为佛教中国化、简易化、世俗化的禅宗也创造了饮茶文化的精神意境。所谓"茶禅一味"也就是说茶道精神与禅学相通。从哲学观点看，禅宗强调自身领悟，"不立文字，教外别传，直指人心，见性成佛"，即所谓"明心见性"，主张所谓有即无、无即有，重视在日常生活中修行，教人心胸豁达些，而茶能使人心静、不乱、不烦、有乐趣，但又有节制，佛教提倡坐禅，饮茶可以提神醒脑，驱除睡魔，有利于清心修行，与禅宗变通佛教清规相适应。所以，僧人们不只饮茶止睡，而且通过饮茶意境的创造，把禅的哲学精神同茶结合起来。茶文化实际上构成了中国佛教文化生活不可缺少的部分。僧侣们以茶供佛、以茶待客、以茶馈人、以茶宴代酒宴；于是，逐渐形成了一整套庄严肃穆的茶礼，尤其是佛教节日，或重要的法会都举行较大型的茶宴。唐时有的寺院还可以为仕宦各界迎亲送友设置佛门礼仪的茶宴。宋代在敕建的寺院，遇到朝廷赐钦袈、锡仗、法器时都举行隆重庆典，往往用盛大的茶礼以示庆贺。

茶与佛门的缘分不浅，可谓源远流长。相传茶最早为神农氏所发现，从此中华民族便有了饮茶习惯。西周之时茶被作为祭品使用，春秋之时茶被人们作为菜食，战国之时茶又成为医病药品，到了西汉茶叶成为主要商品之一。而茶叶真正与佛门结缘始于晋朝，传说晋朝的名僧慧远曾在江西庐山东林寺以自制的佳茗款待陶渊明，话茶吟诗，叙事谈经传为佳话。到了唐朝茶与佛门的缘分更深，不仅仅僧人种茶、采茶、制茶、品茶，更写下了无数流传深远的茶诗、茶联。

"茶圣"陆羽自幼被佛门收养，成为一名小沙弥。他从小便与寺里的僧人学习种茶、采茶，成人之后倾其一生完成了著名的《茶经》。

佛门之中禅宗与茶的缘分尤为密切，这不仅仅因为茶能止渴、清目。更因为茶与禅宗的精神内涵相契合。修习禅宗之僧将禅与茶融为一体，所谓禅茶一味是也。通过品茶悟禅乃禅宗修习者一个必修课。闭目参禅之时，身边总少不了一盏香茗，它能够解除坐禅时瞌睡，更能够让内心清静下来，反观内心达到悟的境界。

不同环境，不同身份的人饮茶各有境界：市井之中，布衣百姓喝茶只为解渴去乏，往往几个人坐在茶馆里，一边聊着感兴趣的话题，一边喝着茶自得其乐，喝完茶便又去为生计忙碌，还有人专以贩茶为生，他们对于喝茶没有讲究，只要解渴就行；山水之间，文人雅士为风雅之事，三五知己相约小聚，山水之间，找一空地围坐，席间香茗相伴，或吟诗，或作对，甚是惬意；佛门之中，僧人独自沏茶，闭目参禅，偶尔品一口香茗，身心定静，别无邪念，此时真正做到反观内心。布衣百姓被世俗牵绊，每天为了名利奔波，没有品茗吟诗的闲情雅致，茶对于他们来说只是用来解渴，因此他们对喝茶不甚讲究。文人雅士将名利看淡，他们比布衣百姓超然，这些文人内心更多的是一种洒脱、闲适。品茗对于他们来说是一种享受，因此对品茗格外讲究。僧人的眼中名利乃过眼云烟，生死乃轮回之道，这是一种超脱。茶让他的内心定静，能够深入自己的内心深处，从而达到开悟的境界。他们与茶随缘，不必执著于外在形式。

其实人生又何尝不是如此？孔子曰："三十而立，四十而不惑，五十知天命，六十而耳顺，七十而随心所欲。"一个人从生到死要经历不同的阶段，年轻之时为了生计劳碌奔波，不断追求自己想要的名与利；到了中年，一切都稳定了，这时才有时间与闲情享受，约三两知己品茗畅谈；最后，到年老之时，才有机会静下心来反思自己这一生，真正进入自己内心深处。

这与品茗的三种境界多么相似。第一种境界最低，年轻人内心浮躁，只为名利而活，一切围绕着名与利，一念之差便会迷失自我；第二种境界中等，超然于名利之外，更多的是一种恬静、闲适，年轻时的那份浮躁渐渐消磨，慢慢沉静下来，然而，却又过多的执著于外在形式，无法让自己得到自在；第三种境界最高，超脱名与利、生与死，更多的是让自己沉静下来，反观自己的内心深处，从而悟出人生智慧。

禅宗将茶的味道喻为人生三味，乃"苦""甜""淡"，这与三种境界相对，年轻之时为了名利不断拼搏，面对无数次失败，无数个挫折，品尝几多苦；中年之时，一切稳定，该得到的都已得到，可谓苦尽甘来；年老之时，将一切都已看淡，才有机会静下心来反思自己这一生，真正进入自己内心深处。

禅茶之中所蕴含太多的精髓，它让人懂得"感恩""包容""分享""结缘"。禅茶更多的是让我们学会如何与世界、如何与周围的人、如何与自己的心灵和谐相处。朋友，忙碌一天之后，何不给自己一个独处的时间，为自己沏上一瓯香茗，让自己的内心沉静下来，然后静静地与自己的内心对话，找到自我真实的本性。或许，你会悟出几分禅意呢？

禅的宗旨——没有丝毫分别和一尘妄想，特征是本来无一物，所以，慧能大师说："不思善，不思恶。"一想到善和恶，便夹杂了分别，是妄想，将妄想舍弃，心明亮如万里无云的晴朗天空，没有迷惑，也没有觉悟，不是凡夫，也不是圣人，由着不生一物的本来面目，观照我们日常生活的瞬息变化，这种不惨杂分别，映入眼帘的差别世界便是"柳绿花红"。无比相同，赵州的无字公案，不是在没有的意思，而是没有分别的绝对无，指与"本来无一物"的相同。

茶道和禅的一致之处在于使一个人精神生活得到扩展，产生积极意义，直至精神体系的最终点，茶和禅便会合二为一，用茶的专用语来说，那就是"佗"。也有人称之为"露地草庵空"。正是茶道的根本原理。

闲静露地，浮世之外，洒落一切心中尘埃"露地"不是简单的庭院，而是世俗之外的茶道境地，虽然有人认为茶人是厌倦世俗生活，脱离现实世界的人，实际却未必如此，茶人并非是厌世，悲观才从那些世俗中超越出来，摆脱现实生活的苦恼，创造新的积极生活，才是茶道生活归结。

茶道生活绝非厌世和遁世，那样消极的事情，而是安乐的建设性的，大乘佛法生活。

首先，作为禅的牲，第一点便是"不立文字"，禅总是令人自悟自得，自悟始于茶余饭后的实际生活，但已在茶余饭后中领悟，开悟，有学问也好，艺能优秀也好，全部将之舍弃，从学徒开始做起，这是禅在教导方法上的特征，禅有其实践性，有以心传心的珍贵。茶道也一样，如果想真正学到东西，从一开始要在师父的身边，做个脚踏实地学徒，敲开茶道之门，以身来侍奉师父，从师父的行坐，进退中开始学习，深入师父的心灵理解问题，是迈向茶道的第一步。

禅的第二个特征应该是枯淡静寂，寂静得如枯木寒岩，明镜止水，显现着清澄意境，在那种境界里，我慢我见已被克服，开佛知见的大安乐，大自由的天地已被找到，如同在冬日枯荒的树干中，孕育着眼睛无法看到的茶开春天。静中含动，弱中有强，贫乏而富有，不足而圆满，这样的品味和喜悦在此体现。对于茶道来说，这种清寂境界就是"陀"。

禅的第三个特征是无一物，将自己融入自然之中，在短暂的一生中把握永远的生命，应该是禅所具有的意义。

日常的行住坐卧，进退举止都非常严格，茶席的清洁，置物工艺品直到园艺，茶人对此所特有的趣味，皆着眼于茶道文化。自己自身的见解以及思考方法也渗透在这种艺术上，而这种渗透在艺术中的东西又渗透着茶道精神。继续深入这种渗透，便和宗教相通。

2005年9月，台湾著名学者李敖探访北京法源寺，中国佛教协会副会长圣辉法师以一杯清茶待客，谓之"君子之交淡如水"。既礼貌周到，又体现出佛门清净的风范。孰不知这普普通通的一杯茶，却已和出家僧众相伴千年，有着不解的缘分。茶是地地道道的国货，多年生常绿木本植物。陆羽《茶经》曰："茶乃南方嘉木。"说明茶原产于我国南方。《本草纲目》称茶树源于巴蜀，闽、浙、江、湖、淮南山中都有种植。早在远古，茶的药用价值就被我们的祖先所认识、利用。相传神农氏遍尝百草，一日中七十二毒，后用茶解之，方能幸免，这才把医药传世，惠及后人。

在隋唐以前，南方人饮茶、食用茶有很长的历史，尤其是在道家、玄学家和士大夫阶层中颇受欢迎。到了东晋，饮茶已经逐渐演变成一种社会风尚。而在中原地区，茶还是稀有之物，不为一般人所知。根据《世说新语》记载，一个南下经商的北方人甚至连茶是什么都不清楚。可见当时的北方人好饮乳酒，还不习惯喝茶。南北朝时期，菩提达摩从梁地北上来到少室山，修禅悟道，传说他对着石壁一坐就是9年，这期间难免体生疲倦，眼皮打架，于是他干脆把眼皮撕掉，以振奋精神。不久眼皮落地之处就生出茶树一棵，上面的绿叶偶然飘到小沙弥的开水锅里，达摩喝下去后，顿时困意全消，身心舒畅，自此开了禅门饮茶的先河。这个故事十分有趣，却难免夸张。喝茶当不是这位虬髯碧眼的大师始创的，但达摩从南方北上，把茶叶和南方人喝茶提神的习惯带入禅门，却也称得上是一位先驱者了。

随着隋唐时国家的统一，大运河的修建，南北经济文化交流渐渐通畅，茶叶也开始向北方流通。而中原的饮茶风气，则是自唐开元年间大兴佛教而连带发展起来的。这一点，在唐代封演的《封氏闻见记》中有很好的说明，其称："茶，南人好饮之，北人不多饮。开元中，泰山灵岩寺有降魔师，大兴禅教，学禅，务于不寐，又不昔食，皆许其饮茶；人自怀挟，到处煮饮，从此转相仿效，遂成风俗。自邹、齐、沧，渐至京邑，城市多开店铺，煎茶卖之。"可见，北方的饮茶习惯，正是借着禅宗的兴盛而发展起来的，自此南北茶叶贸易也迅速膨胀，南方所产茶叶，源源北上，"舟车相继、所在山积"。可见禅宗对茶的推广作用，是相当大的。《封氏见闻记》的记载也充分反映出饮茶和禅宗修行之间的密切联系。禅，梵语作"禅那"，意思是"静虑""思维修"。禅宗讲究"心注一境""正审思虑"以达到由痴而智，明心见性的境界，主要是通过坐禅的方式。禅僧坐禅的时候，过午不食、晚间不睡，十分容易疲乏，而茶叶具有提神益思、消除疲劳、去烦恶、止渴生津等功效，最适宜禅僧饮用。同时佛家认为茶有"三德"，除了宜于坐禅之外，还有饱食之后促进消化和抑制性欲的功效，所以很快就得到僧人的青睐，成为禅门生活中的重要组成部分。到了唐朝中后期，这种结合更加紧密，禅院中专设"茶寮"，以供众僧吃茶；专门煎点茶的，设有专职，称为"茶头"。丛林规则，每天要在佛前、祖前、灵前供茶。新主持晋山时，也有点茶的仪式；甚至有以茶为筵的"茶会"。自此后的一千余年，虽历兴衰，僧人以奉茶为待客之道，却从未改变。

禅与茶的契合，不仅仅停留于"体用"，两者的文化内涵相互浸润，更达到一种深长悠远的精神境界。

九月山僧院，东篱菊也黄。俗人多泛酒，谁解助茶香。

——九日与陆处士羽饮茶·释皎然

半夜招僧至，孤吟对月烹。

——故人寄茶·曹邺

茶在生理上使人宁静、和谐。在精神层面上，茶道提倡的清雅、超脱、俭德、精行，正合禅僧体悟佛性的法门。在其他物质生活极为贫乏的时候，煎煮一杯香茗，观察水沸茶滚，沫起香逸，思绪似乎走过千山万水，长长岁月，慢慢涤荡胸臆，最后归于心灵上从容、安寂，所谓的"始于忧勤，终于安逸，理而后和。"这与佛教所说的戒、定、慧具有相同的价值归宿。

南禅兴起之后，秉承"不立文字，顿悟成佛"的僧人们更加旷达，随手拈来，皆是禅机。那时有很多关于茶的公案，都是日常生活中的小事，但诙谐幽默，暗隐机锋，意味深长。如赵州和尚的"曾到，吃茶去；不曾到，吃茶去"。正是借吃茶，打破繁琐，直指人心。云岩昙晟禅师生病时，还以"煎茶给谁吃"为话头，点化道吾圆智，这种不计有无、不随生死的情怀，正是禅的至理所在。有偈子云："青青翠竹皆是法身，郁郁黄花无非般若。"煎茶饮茶这等事，在僧人眼里却同佛性打成一片，不分彼此，达到了"茶禅一味"的浑然境地。

禅赋予了饮茶丰富的内容与形式，并流布给世俗社会甚至飘洋过海，在中外经济文化交流中写下重要的一页。茶史上划时代的人物陆羽，自小被寺院收养，当过煎茶的小沙弥，有了这种环境的浸润，才为其写作《茶经》打下了坚实的基础，使得茶文化与茶理论走向历史的高峰。茶从偏于中国南方一隅不为人所知到现在风靡世界，禅僧作为媒介扮演了重要的角色。他们把茶带到中原地区后，成倍增长的消费大大刺激了南部茶叶的生产，使茶逐渐成为重要的经济作物和税收来源。在对外交流方面，茶叶往西自丝绸之路远播至西亚、欧洲，向东传到日韩。然而，最令人悠然神往而不能忘怀的，还是"禅茶一味"中那种"常离法相，自由自在"的人文情愫和超脱气质。

六、茶禅一味的内涵与境界

1. "茶禅一味"的内涵

茶的寓意是什么？可以说茶的寓意是放下，人生如旅，奔波的人，忙碌的人，放下手里的活，小憩片刻，享受闲适，暗合禅意的放下，故谓之"茶禅一味"。

饮茶因能清心寡欲、养气颐神，故向有"茶中带禅、茶禅一味"之说。

2."茶禅一味"的境界

（1）第一重境界："茶禅一味"与日常生活的相融。

日常生活是"茶禅一味"的基石，"茶禅一味"是日常生活的升华，这两者互为因果、互相促进。

①茶叶与农禅

佛门的茶事活动，与新式的禅林经济为特定的"农禅并重"密切相关。正是农禅，为茶、禅的结合提供了物质基础。约8世纪中叶，马祖道一率先在江西倡行"农禅结合"的习禅生活方式，鼓励门徒自给自足。其弟子百丈怀海在江西泰新百丈山创《百丈清规》，并把世俗的生产方式移入佛门。约9世纪中叶，由于新型的禅林经济普遍得到发展，寺院栽茶、制茶就在这种自立求生、经济独立的背景下大规模兴起。加之如火如荼的寺院饮茶之风无疑也刺激了这种生产活动的持续展开。

其时，著名的佛教寺院普陀寺，即拥有了普陀山的茶地僧侣从事茶树种植并积累了丰富的种茶、采茶、制茶经验。据传，直至康熙、雍正年间普陀佛茶才开始少量供应朝山香客。而九华山佛茶大约也是唐时开始培育出来的。其僧人培植的"金地源茶"在当时就被誉为色味俱佳的名茶。四川蒙山生产的"蒙山茶"，相传最初是汉代甘露寺普慧禅师所培育。由于它的极为优异的质地，长期被奉为贡品，又被人们称为"仙茶"。著名的"乌龙茶"，亦即"武火岩茶"的前身，也是福建武火山当地的僧人所培育种植。据考，此茶在宋元后亦以武夷寺内僧人制作为最佳。清郭柏苍所著《闽产异录》载："武夷寺僧多普江人，以茶坪为生。每寺请泉州人为茶师。清明之后谷雨前，江右采茶者万余人。"由于僧人技艺高超，又把不同时节采摘的茶叶，用不同的工艺分别制成"寿星眉""少莲子心"和"风味龙须"三种名茶，使其享有盛誉，经久不衰。浙江的径山茶，名声极高。径山为著名茶区，宋政和七年，徽宗赐径山寺名为"径山能仁禅寺"，被唐太宗赐名"国一禅师"的僧人法钦，就在寺院亲植茶树，茶林遍野而茶风亦极盛。此外，还有唐代荆州玉泉寺附近山洞水边罗生一种野茶，经玉泉寺真公和尚加以曝制，使之"拳然重叠，其状如手，号为仙人掌茶"。李白曾对此茶赞不绝口，称其"能还童振枯，扶人寿也"（《答侄僧中孚赠玉泉仙人掌茶诗并序》）。江苏洞庭山水月院的僧采制的"水月茶"是现在皖南"屯绿茶"的前身。在明降庆年间，僧大方制茶技法精妙，因而名扬四海，人称"大方茶"，此茶流传至今，改名为"碧螺春茶"。还有浙江云和县惠明寺僧人种制的"惠明茶"，云南大理感通寺的"感通茶"亦是当地著名的佛茶。而"罗汉供茶"原由浙江天台山佛寺所供，"香林茶"则初为杭州法镜寺所供，"云雾茶"最早也是江西庐山、云居山及安徽黄山的寺院僧众培育或加工制作出来的闻名遐迩的好茶。

总之，在由江西创辟"农禅并重"的风尚佛教僧众的种植茶树与茶叶制作加工活动积累了许多经验；长期的精心劳作，毕竟成就了茶业界繁荣，制成了诸多独具特色的名贵茶叶。正因为如此，故有"自古名寺出名茶"之说。唐宋时的禅寺，多建造在高山峻岭之中，僧人禅师往往时节一到便制茶。茶成了文人进入佛寺进行各类活动的最好中介，而僧人也是以茶来敬客，这成为唐宋时一派独特的文化气象。

②饮茶与坐禅

佛教僧众坐禅饮茶的文字可追溯到晋代。《晋书·艺术传》记载，敦煌人单道开在后赵都城邺城（今河北临漳）昭德寺修行，除"日服镇守药"外，"时复饮茶苏一二升而已"。唐代陆羽曾在寺院学习烹茶术七八年之久，所撰《茶经》记载的"煎茶法"即源于丛林（佛教僧众聚居之所）。唐代封演的《封氏闻见记》亦载："开元中，泰山灵岩寺有降魔禅师大兴禅教，学禅，务于不寐，又不夕食，皆许其饮茶。人自怀挟，到处煮饮从此转相仿效，遂成风俗。"终使僧人饮茶成风，有的甚至达到"唯茶是求"的境地。

"饭后三碗茶"成为禅寺"和尚家风"，宋代道原《景德传灯录》卷一十六："晨起洗手面盥漱了吃茶，吃茶了东事西事，上堂吃饭了盥漱，盥漱了吃茶，吃茶了东事西事。"中唐后，南方许多寺庙都种茶，出现了无僧不茶的嗜茶风尚。唐代刘禹锡《西山兰若试茶歌》，就记载了山僧种茶、采茶、炒制及沏饮香茶的情景。饮茶为禅寺制度之一，寺中设有"茶堂"有"茶头"，专管茶水，按时击"茶鼓"召集僧众饮茶。

③茶事活动与禅宗仪礼

茶在禅门中的发展，由特殊功能到以茶敬客乃至形成一整套庄重严肃茶礼仪式，最后成为禅事活动中不可分割的一部分，最深层的原因当然在于观念的一致性，即茶之性质与禅悟本身融为一体。正因为茶与禅能融为一体，所以茶助禅，禅助茶，"转相仿效，遂成风俗"，茶有如此巨大功能，决非仅由其药用性质的特殊方面所决定，正如道教最早在观念上把茶吸纳进其"自然之道"的理论系统中一样，禅门亦将茶的自然性质，作为其追求真心（本心）说的一个自然媒介。无论从理论上还是从事实中，这都是一个绝佳的无与伦比的自然媒介。它的无可替代性正是禅宗能将其真正作为一种文化而大大兴盛起来的根本原因所在。

茶与禅的碰撞点，最早发生于药用功能中，但不同的是，它一开始便与禅门最基本的工夫——禅定结合在一块。而禅定正是其他宗派也注重的，所以就连最富神秘色彩的佛教密宗在其重要场合也无法离开茶。

实际上，佛教禅宗不仅对中国的茶树种植与茶叶加工的制作技术的发展，起了不可替代的作用，而且由于禅茶精神对整个中国茶文化的渗透与普及，人人提高了茶文化的美学境界，这种境界首先体现在佛教茶文化的每一环节内。由此茶文化得到了极大的发展，品味也大大提高，可见禅宗的功劳之大。

的确，禅僧高士能悟得禅理、茶性之间个中之味，与其本身的修养及其美学境界有关。他们注重精神追求，淡泊物质享受和功利名分。这是他们得以保持那份清纯心境，以随时进入艺术境界的前提。因而，"碾茶过程中的轻拉慢推，煮茶时的三沸判定，点茶时的提壶高注，饮茶过程中的观色品味，都借助事茶体悟佛性，喝进大自然的精英，换来脑清意爽生出一缕缕佛国美景。"（梁子《中国唐宋茶道》）这是一种纯粹的美的意境。

佛教对各类"行茶仪式"的美学升华，一方面是参与茶事活动的普遍展开，场所日益增多，交流传播日益广泛，因而要求也越来越高；另一方面，又因出现了一些精益求精又热心茶道的禅僧。此外，茶器的日益精良，也必然地推动着这一美学化的进程。那一套套顺应佛教仪轨的茶道形式——寺院茶礼，正是适应禅僧们的集体生活而必然形成的严格要求。

（2）第二重境界："茶禅一味"与开悟顿悟的相通。

茶如果只像开水一样，仅是解渴，如果只像咖啡一样，仅是提神，断不能由单纯的物质成为文化的载体。在禅林公案中，茶与佛教的开悟顿悟相通达，终于发生了根本性的转变。

① "吃茶去"中禅意深

根据目前已知的材料，"茶禅一味"作为固定词组的成型有一个发展过程。这一禅林法语与"吃茶去"的佛家机锋语有着内在的联系。"吃茶去"出自唐代名僧从谂，由于从谂禅师常住赵州观音寺，人称"赵州古佛"。赵州主张"任运随缘，不涉言路"。学人问："如何是赵州一句？"他说："老僧半句也无。"关于"吃茶去"这一公案，《五灯会元》卷四有较详细的记载：一人新到赵州禅院，赵州从谂禅师问："曾到此间么？"答："曾到。"师曰："吃茶去！"又问一僧，答曰："不曾。"师又曰："吃茶去！"后院主问："为什么到也云'吃茶去'，不曾到也云'吃茶去'？"师唤院主，院主应诺，师仍云"吃茶去"！

赵州三称"吃茶去"，意在消除学人的妄想，所谓"佛法但平常，莫作奇特想"。据说，一落入妄想分辨，就与本性不相应了。茶与禅渊源深长，"茶禅一味"的精炼概括，浓缩着许多至今也难以阐述得尽善尽美的深刻含义。佛教在茶的种植、饮茶习俗的推广、饮茶形式的传播等方面，其巨大贡献是自不待言。而"吃茶去"，三个字，并非提示那提神生津、营养丰富的茶是僧侣们的最理想的平和饮料，而是在讲述佛教的观念，暗藏了许多禅机，成为禅林法语"天下名山僧侣多""自古高山出好茶"。历史上许多名茶往往都出自禅林寺院。这对禅宗，对茶文化，都是无法回避的重头戏。尤其值得大书一笔的是，禅宗逐渐形成的茶文化的庄严肃穆的茶礼、茶宴等，具有高超的审美思想、审美趣味和艺术境界，因而它对茶文化推波助澜的传播，直接造成了中国茶文化的全面兴盛及禅悟之法的流行。

②饮茶与开悟

自从谂禅师开启以茶入悟的法门之后，丛林中多沿用赵州的方法打念头，除妄想。例如，杨岐方会，一而云"更不再勘，且坐吃茶"，再而云"败将不斩，且坐吃茶"，三而云"柱杖不在，且坐吃茶"。又如，僧问雪峰义存禅师："古人道，不将语默对，来审将甚么对？"义存答："吃茶去。"再如僧问保福从展禅师："古人道非不非，是不是，意作么生？"从展拈起茶盏。还有，人称"百丈（道恒）有三诀：吃茶、珍重、歇"。（均载《五灯会元》）清代康熙年间，著名法师祖珍和尚为僧徒开讲说："此是死人做的，不是活人做的白云怎么说了，你若不会，则你俱是真死人也，立在这里更有什么用处，各各归寮吃茶去。（《石堂揭语》）"清代杨悼《游牟山资福寺呈霞胤师》诗云："赵州茶热人人醉，卧听空林木叶飞。"至今杭州龙井附近，悬有古楹联："小住为佳，且吃了赵州茶去；曰归可缓，试闲吟陌上花来。"总之，饮茶不仅可以止渴解睡，还是引导进入空灵虚境的手段。无怪乎，中教协会主席赵朴初先生1989年9月9日为《茶与中国文化展示周》题诗曰："七碗爱至味，一壶得真趣。空持千百偈，不如吃茶去。"著名书法家启功先生也题诗："赵州法语吃茶去，三字千金百世夸。"

在禅宗眼里，任何事物都与道相通。"一切圆通一切性，一法遍含一切法，一月普现一切水，一切水月一月摄"（《永嘉大师禅宗集证道歌》）。"青青翠竹尽是法身，郁郁黄花无非般若"（《景德传灯录》卷六）。这里，最关键的是一个"悟"字，如一味追求世俗行为，就会"蒙蔽其真识，不可救药，终不悟也"。就正如求佛保佑的人，也是以一定的功利为目的，从而经常会成为悟的束缚。禅宗强调自悟自性，也就是对本性真心的自悟。

③"茶禅一味"的禅式理解

显然，禅师论禅，是要排斥法执、我执，以便自悟本性。执，即束缚。就如"吃茶去"，如拘泥于此三字，死钻牛角尖有可能成为人们理解上即"悟道"的束缚。因此禅宗是要人们做到"于一切法不取不舍，即见性成佛道"。也就是说要达到"内外不住，来去自山，能除执心，通达无碍"（《坛经》）的精神境界。禅茶的深厚基础，缘真实体验的深刻性。正是在"悟"这一点上茶与禅有了它们的共同之点。所谓"体验有得处，皆是悟""必工夫不断，悟头始出""古人把此个境界看作平常"，都与茶及茶事活动有着深刻的内在关联。茶事及其活动本身就是一个极平常而自然的境界，然而真正要有高深的境界又必须是工夫不断，"悟头始出"。虽然"凡体验有得处，皆是悟"，但此体验本身即得来不易，必工夫不断，方可有悟。进而言之，悟虽可得，亦随时可失，所以说"得火不难，得火之后，须承之以艾，继之以油，然后火可不灭"。这就全然是一个保持境界的事了。禅宗的茶事活动之所以日益讲究，甚至将其化为一个艺术境界，奥妙全在于此。

赵州和尚的"吃茶去"早已从具体实际生活上升到超脱物我的一种"悟"，从而具备了一种崭新而深刻的文化意义。如果我们仅仅依据茶的醒脑提神的药用功能，对禅宗的坐禅修持的证道法，倒有解释的用场，但对慧能以后禅宗那种"见性成佛"，不靠禅定的那种顺乎自然的境界，则很难解释得通。说到底"吃茶去"，是和"德山棒，临济喝"一样的破除执著的特殊方法，是要去除人们的执著，一任自心。

为了使人"妄心不起"，就执著坐禅，这岂不是将人作为死物一般。须知"道须通流"，心若住而不动就是心被束缚。在禅宗看来，悟道成佛完全不须故意做作，要在极为平常的生活中自然见道。长庆慧禅师，二十余年坐破七个蒲团，仍未见性，直到一天偶一卷帘，才忽然大悟，即作颂曰："也大差，也大差，卷起帘来见天下有人问我解何宗，拈起拂子劈头打。"一旦豁然贯通靠的却是解去坐禅的束缚。因而真正深通禅机者，往往一切听之自然，自在无碍。"要眠即眠，要坐即坐"，"热即取凉，寒即向火"。慧能所以强调"我心自有佛，自佛是真佛"。这也就是人们常说的平常心是道，平常心外再无什么"道心"。就这点而言禅宗的确表现了"世间法即佛法，佛法即世间法"的世俗精神。而茶正好应合了这种世俗精神，体现了这种世俗精神，它平平常常，自自然然，毫无神秘之处，却又是世俗生活中不可少之物。有了它，便"日日是好日"，"夜夜是良宵"。茶之为物，在禅宗看来，真可悟道见性，因它是物又超越物，如"吃茶去"，就是悟道方式的机锋；又因它有法而又超越法，自在无碍，不须强索。正如临济义玄所说"佛法无用功处，只是平常无事，屙屎送尿，著衣吃饭，困来即卧，愚人笑我，智乃知焉"（《古尊宿语录》卷十一）。这正是禅宗的精神所在，这种精神无不体现在禅宗的茶文化中。

江西的黄龙慧南禅师，即由临济宗分出的黄龙宗的开山祖师，他就曾以"人人尽有生缘，上座生缘在何处了？""我手何似佛手了？""我脚何似驴脚了？"这三个牛头不对马嘴的提问，标榜为"黄龙三关"，而且"三十余年，示此三问"，借以"接引"僧众。这位黄龙宗的开山祖师，在郑重地总结"三关"的"自颂诗"中，特别地突出了"赵州茶"。据《五灯会元》载："师自颂曰：'生缘有语人皆识，水母何曾离得虾。但见日头东畔上，谁能更吃赵州茶。'"其实自赵州从谂禅师发明"吃茶法"这一偈语后，"赵州茶"也成为禅门径直使用的典故。从谂是南泉愿禅师的弟子，江西马祖道一禅师的徒孙，当时即名扬天下，人称"赵州眼光，爆破四天下"（《五灯会元·浮杯和尚条》）。其时，"赵州茶"与"吃茶去"早已成为人们热知的"赵州关"。黄龙慧南禅师的"三关"当不会与"赵州关无关吧。前者与后者都是以茶连接的。其实从谂禅师曾留下许多著名禅案。如"大道透长安""无""庭前柏树子"等等。然至今仍传颂入口的不就是"吃茶去"吗？可见它是渗透了"茶禅一味"的文化意义，才穿透历史时空而被中国社会的各个层面所接受的。

（3）第三重境界："茶禅一味"与平常心的相和。

开悟顿悟自然是高境界，而具备平常心是更高的境界。平常心的养成是和茶禅一味相和谐的、相协调的。而平常心的倡导，又是和江西密不可分的。

禅宗的"一华（花）五叶"，孕育开放于唐宋时代，而它生根建基的土壤乃是"物华天宝""人杰地灵"的江西大地。"五叶"之中的曹洞、沩仰、临济三宗以及临济分权而出的杨岐、黄龙二派，皆直接诞生于江西曹洞之名得自宜丰的洞山和宜宣的曹山，沩仰之名一半来自宜春的仰山，杨岐之名得自萍乡的杨岐山，黄龙之名得自修水的黄龙山，而临济宗名虽山义亥禅师传法河北临济村所起，但义玄受法参学处正是江西，宜丰的黄果山才是该宗的祖籍祖庭。"五叶"中的另两枝云门宗、法眼宗，分别由文偃禅师创建于广东云门山、文益禅师创建于南京清凉山，他们都是青原一系的法嗣，二宗的主要活动虽然当时不在江西，却与江西的关系其为密切。云门宗主文偃创宗前遍参江西名山尊宿，在庐山、水修等地建寺修学，其宗门子嗣在江西活动的大有人在，像洞山的晓聪、契嵩，云居山的佛印，庐山的怀琏，都是名震人主的云门龙象。法眼宗主文益开悟于漳州罗汉院，得桂琛禅师法绪，然后受江西抚州牧的延请，住持抚州曹山崇寿院，开堂授徒。他在抚州传法，"四远之僧求益者，不减千计"。其门下诸如德韶、道钦、慧明等一批优秀徒众，皆学禅得法于崇寿院。文益晚年始受唐国主之邀，住金陵弘法，而其宗风禅法早在江西抚州就已经定型。云门、法眼二宗若要溯源其出，江西吉安的青原山，乃其寻根祭祖的圣庭。因此，也不妨这样说：江西是禅宗五宗七派的共同发源地。

谈到江西禅宗，人们首先想到的自然是著名的禅师马祖道一。在中国禅宗发展史上，马祖道一确实是个举足轻重的人物。胡适先生在《论禅宗史的纲领》中对此曾有过这样一段评论："达摩一宗亦是一种过渡时期的禅。此项半中半印禅，盛行于陈隋之间，隋时尤盛行。至唐之慧能、道一才可说是中国禅。中国禅之中，道家自然主义成分最多，道一门下不久成为正统。"中国禅至此始完全成立"。印顺禅师所著的《中国禅宗史》也持类似观点，认为马祖道一的洪州禅出现之后，才标志着禅学中国化的真正完成。作为继慧能之后出现的伟大禅师之一，马祖道一在禅学领域的影响自然是多方面的，其中最重要的贡献之一，就在于他提出了"平常心是道"这样一种充满中国特色的佛性理论。

马祖道一此说一出，几乎成为后世洪州禅学的不二法门。特别是到了临济义玄手中更是将"平常心是道"的口号表述为"立处皆真"。义玄认为"佛教无用功处，只是平常无事，屙屎送尿，著衣吃饭，困来即卧。……你且随处作主，立处皆真"（《古尊宿语录》卷四）。主张人与道之间没有间隔，自然相契，并有偈云"心随万境转，转处实能幽；随流认得性，无喜亦无忧"（《临济语录》）。至此不难看出，"平常心是道"的佛性论，实际上已经把慧能开辟的南宗禅所独有的那种自在无碍、随心所欲的活泼宗风发展到了极致。

慧能开辟的南宗禅向来提倡"直指人心，顿悟成佛"，而"直指"与"顿悟"的前提则是"言语道断，心行处灭"，也就是要截断思维意识的逻辑运行线路。用宋代杨岐派著名禅师圆悟克勤的话来说，就叫做"截断众流"。圆悟克勤在《碧岩录》中总结当时风行的石门禅的禅风的特点时说道："云门寻常一句中，须具三句，谓之函盖乾坤句，随波逐流句，截断众流句。放去收来，自然奇特，如斩钉截铁，教人义解度不得。"所谓"教人义解度不得"，也就是要截断人们思维意识的逻辑运行线路，使人们通常的思维活动在其中寸步难行。

禅宗是中国士大夫的佛教，浸染中国思想文化最深，它比以前各种佛学流派更多地从老庄思想及魏晋玄学中的"道可道，非常道"及"言不尽意""少得意忘像"中吸取了精华，形成了以直觉观、沉思默想为特征的参禅方式，以活参、顿悟为特征的领悟方式；以自然、凝炼、含蓄为特征的表达方式改变了过去佛教灌输与说教的习惯，突出了自悟的知觉观照方式。禅宗常讲"平常心"，何谓"平常心"呢？即"遇茶吃茶，遇饭吃饭"（《祖堂集》卷十一），平常自然，这是参禅的第一步。禅宗又讲"自悟"，何谓"自悟"？即不假外力，不落理路，全凭自家，若是忽地心花开发，便打通一片新天地。"唯是平常心，方能得清净心境，唯是有清净心境，方可自悟禅机"（葛兆光《佛影道踪》）。既不要开悟也不要顿悟，而是能够自悟，平常心怎么不是一种更高超的体道呢？因此，清代湛愚老人《心灯录》称赞："赵州'吃茶去'

三字，真直截，真痛快。"黄龙慧南禅师也有偈云："相逢相问知来历，不拣亲疏便与茶。翻忆憧憧往来者，忙忙准辨满瓯花。"

七、茶禅一味的酒文化内敛

酒是人类的朋友，我们对酒的认识也应该是理性的。人类最初的饮酒行为虽然还不能够称之为饮酒养生，但却与养生保健、防病治病有着密切的联系，在传统的中医理论中，对酒的定义为："性温而味辛，温者能祛寒、疏导，辛者能发散、疏导。"所以酒能疏通经脉、和气行血、温阳祛寒，能疏肝解郁、宣情畅意。在《博物志》中就有这样的记载："王肃、张衡、马均三人冒雾晨行。一人饮酒，一人饮食，一人空腹。空腹者死，饱食者病，饮酒者健。这表明酒在辟恶方面胜于作食之效。"所以，在古代我们的祖先多用酒来做药引子，增加药效，用酒来作为保健饮料，强体健身。

酒也是双刃剑，有着刚烈的一面，它醇香浓烈，别具一格，尤其是酒文化掺合到诗歌中，更是令诗歌芳香醉人，酒形象临风若仙。所以历史上多文人雅士嗜酒如命，斗酒诗百篇，留下无数脍炙人口的传世佳作。曹操在《短歌行》中有这样的描述："对酒当歌，人生几何？譬如朝露，去日苦多。慨当以慷，忧思难忘。何以解忧，唯有杜康。"被后人反复传承、借鉴、引用。科学研究发现，少量的饮酒能让人的大脑皮层变得兴奋异常，酒后作诗，也是一种智力的透支。文人饮酒，作诗作赋。我们常人饮酒却难以达到那种境界。当酒精的堆积在人体内达到一定的浓度后，就会麻痹人的神经系统，让人失去理性，变得矫情、变得狂躁、变得没有修养、变得不守法律法规。于是，就有了酒后乱性、酒后驾车、酒后闹事、酒后口吐狂言等，而后就有了违法犯罪者锒铛入狱，行为出格者颜面尽失，待到酒醒后，一切悔之晚矣！这损失可谓是大了！

酒是穿肠的毒药，这是对酗酒者而言的。科学研究表明："过量的饮酒会伤害人的身体，深受其害的是饮酒者的胃，因为酒精是先进入肠胃，灼伤人的胃黏膜，引起胃溃疡与慢性胃炎，人就会变得吃嘛嘛不香。受害最深的器官是肝脏，因为我们人体90%的酒精需要通过肝脏来进行代谢。"长期大量的饮酒会形成酒精肝，而酒精肝变成肝硬化的约占六成以上，所以，我们的先哲老子先生在《道德经》中这样的论断："名与身孰亲身与货孰多得与亡孰病。"在名利与生命健康的角逐中，理性的胜出应该是后者，而被利欲熏心者往往是牺牲了后者来追逐前者。

在物欲横流和拜金主义盛行的当下，酒的作用被人放大了。于是，宴席上多酒气，多醉话连篇，多醉眼朦胧者，少了矜持者，少了理性者。席后，醺醺者有之，呕吐者有之，当然还有不倒翁，千杯不醉者。我们不否认人的肝脏解酒的能力有大有小，先天的不足不是后天的努力能够改变的。有的人喝的红了脸黑了心，敢以身试法，最后落得身败名裂，为一时的冲动换来的牢狱之苦而终生懊悔；有的人天生酒量小，却在酒席桌上蛤蟆打立正——硬撑。在酒场上奋斗几十年的人，纵然一生清廉，到晚年，很多人却是为酒所害，在病痛中挣扎，在医院与药材公司之间奔波。他们怎么能够安享晚年呢？意识到酒的危害，人们为什么做不到趋利避害呢？

佛教是反对饮酒的，无论在家、出家，戒律上都一律禁止饮用。对于酒的定义和分类，经、论、戒典多有详说。据《俱舍论》卷十四载，酒有三种：一种是由米麦等谷类酿成的穴罗（梵语s11ra，苏罗）；一种是以果实或植物的根、茎酿成的迷丽耶（梵语maimya）；还有一种是前面二者都没有完全发酵时，可令人生醉，称为末陀（梵语madya）。此外，又有谷酒、果酒、药草酒等三类酒的分类。又据《根本说一切有部毗奈耶颂》，以各种米麦酿制之酒又称大酒；以植物的皮、果、花等浆汁酿成者称为杂酒。严格地说，但凡有酒色、酒香、酒味，或仅具其一而能醉人的，不论为谷、酒、果（木）酒、药酒、甜酒（蜜、糖、葡萄等酿制）、清酒乃至酒酪、酒糟，皆在禁戒之列，饮咽则犯。

戒酒为大、小乘共同的律制，出家、在家四众皆须恪守。原始佛教之根本经典《阿含经》即载佛陀所宣说五戒，即不饮酒，不杀生，不偷盗，不邪淫，不妄语，是为佛教徒所要遵守的五种基本行为准则，由此断除恶因，进求佛果。依律藏诸典，如《优婆塞五戒相经》《十诵律》所载，佛陀本人对"不酒"戒进行详明的阐说和严格的规范，是在当时印度的支提国跋陀罗婆提邑。

关于饮酒的过失，三藏诸部经典有或简或细的归纳概括，根据对象的不同，大致可分为两类：一类是针对世间的在家人，多从一般现实生活、事业、财富的得失，利弊而言，以契合他们的层次。另一类是针对信人的四众弟子，特别是对出家众人的开示，不仅止于世间善恶得失，进而更上升至饮酒对出世的终极解脱的极大危害。前者论述，《阿含经》的《阿雀夷经》堪为代表。经中佛陀向富商善生说法，告诫他世间有六种恶行能损财业。第一种即是沉湎于酒，其失有六：一者失财，二者生病，三者易生斗争，四者恶名流布，五者悉怒暴生，六者智慧日损。唯有加以避免，才会财业日增，生活和乐。第二类阐说甚多，如《四分律》之十过，《大管度论》之三十五过，《州时经》之三十六失等，皆列举饮酒所产生的过失（文繁不录），除函括前类过失加以更细密的分析罗列外，更从滋生欲求、造作恶业、破坏信仰、妨碍修行等方面数陈其罪，以为信持佛法者的警鉴。总之，酒是昏狂之药，一切严重的过失都因此而生。如《多论》以为此戒极重，能使人作四逆重罪，并能使人因酒醉而破犯一切戒，造一切恶，实是昏神乱思，放逸之本。故经律中每每将酒譬喻为毒药，甚至有宁饮毒药不可饮酒的教诫。

酒既为残贤毁圣、败乱道德的恶源，亦能令一切众生心生颠倒，失慧致罪，所以戒律不仅禁止自己饮酒，而且禁止教人饮酒，不得操持、沾染任何酒业、酒缘。如《大爱道比丘尼经》云："不得饮酒，不得尝酒，不得嗅酒，不得卖酒，不得以酒饮人，不得谎称有病欺饮药酒，不得至酒家，不得和酒客共语。"《萨婆多毗尼毗婆沙》卷一明申在家居士不得作沽酒的行业，视之为不道德的邪业，为之必相思果。从早期经典的记载来看，这些戒律在佛陀时代的印度产生过实际的影响。如《佛说戒消灾经》载，在佛法弘化初期的中心舍卫国，当时有一个县皆奉行五戒十善，全县界内没有酿酒者，一位大姓子弟甚至因犯戒饮酒，被父母逐出了家门。

不过，佛教徒亦非绝对地不可饮酒。依律制，倘患病必须以酒为药，或饮，或含口中，或以酒涂疮，都不为犯戒。对原本嗜酒，出家后因戒酒而病瘦不调的僧人，佛陀也非毫不通融，一味禁制，而是为其略开方便之门。《根本说一切有部目得迦》记载佛陀特许断酒致病的比丘，以造酒的植物的根茎、叶、花、果等的屑末，用白布包裹起来，放置于"无力不醉淡酒"，中浸渍，"勿令器满而封盖之，后以清水投中搅饮"，或者"以面及树皮，并诸香药，捣筛末，布吊裹之，用杖横击，悬于新熟酒瓮内，勿令沾酒，经一二宿以水搅用"，以此止息酒渴之病。又《毗尼母经》卷五也有允许病酒者于瓮上嗅酒味、以酒洗身、吃用酒和面作的酒饼，乃至于酒中自溃的记载，不过这些方便，在佛陀入灭后，亦成为引生争论的问题。佛陀入灭后110年（前276年）前后，毗舍离城的跋阇子比丘僧团，将戒律上较琐细的十事，当做例外而允许实行，被保守传统的上座部长老系统视为离经叛道，遂召集僧团大会，判为"十种不清净事"，从而直接导致了著名的第二结集和大结集，造成了整个佛教僧团的分裂，即保守的上座部和对佛法持开放理解态度的大众部的公开对立。在这十事中的第七事，就是毗舍离的僧人"和水饮酒"以治病，认为不违戒律，清净不犯，而上座部长老的裁决是非法的。汉传佛教所承授的《四分律》，准许僧人在有病而其它药治愈不了的情况下，以酒为药，非唯"和水饮酒"，直接服饮也是可以的，较原始佛教似为宽松。但为防止滥行，《南山戒本疏》又特别强调，不是有病就可饮药酒，而是必须用其它药遍治不愈后，才能服用。

佛教自身对饮酒问题的这点灵活性，在饮酒风气异常浓厚的中国必然要得到放大。中国佛教的生存基地是中国社会。中国佛教史是中国封建社会的思想史，任何时候它都带有环境和时代的烙印。特别是三教合一的提倡至实现的过程，又是佛、道对儒家妥协调和，不断世俗化的过程。在这个过程中，儒家以酒德、酒礼为内容的伦理道德型的酒文化思想，与佛家以清净离染为解脱正道的修行观，以及将建设一个清明、健康、和谐、美满的理想人类全景作为自身使命的终极价值关注比较接近。而儒家"唯酒无量，不及乱"的酒德标准，同佛家戒酒都是为了防微杜渐，从行为的"因"上避免、断绝造成恶"果"的可能性，则更有殊途同归之功效。正如东晋道安的弟子慧远在《答何镇南难袒服论》中说："道训之与名教，释迦之与周礼，发致虽殊，而潜相影响；出处诚异，终期则同。"只是由于"妙迹隐于常用，指归昧而难寻，遂令至言隔于世典，谈士发殊途之论"（《弘明集》卷五）。与慧远同时之宗炳在《明佛论》中更明言"孔老如来，虽三训殊路，而习善共辙也"（《弘明集》卷三）。所以，在儒家看来，只要按照"不及乱"的酒德标准和酒礼规范来饮酒，既可以避免佛家所担心的酒害恶果，又可以使人们得到美酒的享受，岂不两全其美，何必要因噎废食、一概戒酒呢？中国文化中儒、道、佛三家既对立又统一、既冲突又融合的发展趋势所产生的中国自己的佛教——南禅宗，就大大减少了对中国酒文化发展的直接冲突。

南禅宗的建立者慧能认为："心是菩提树，身为明镜台。明镜本清净，何处染尘埃。"也就是说，自心是佛，更莫狐疑，谈不上尘埃不尘埃，污染不污染的，酒也是奈何不了的。所以，慧能临终时，仍然担心佛教徒们只把注意力放到清规戒律上去，而忽视本心的修炼。这显然是对印度原始佛教的一个大的修正。至此，终于实现了中国酒文化对外来文化的渗透与改造，从而大大减少了戒酒律制对中国酒业及其文化发展的负面影响。因之既修行又嗜酒的文士、禅僧大有人在，这正是中国传统所谓"以夏化夷，非以夷化夏"观点在文化交流上的反映。

这种观念，当然获得既想修行又想过人间美满幸福生活的文人士大夫们的喝彩、欢迎，禅宗的盛行和走向独尊，这不能不是一个原因。中唐以后，富有思辨色彩而又对生活感受敏锐的文人士大夫们，在饮酒、参禅的生活过程中，逐渐发现两者体验在许多地方是相通的，禅宗思维与醉态思维，在不可喻性与神秘性、非理性的直觉体验、瞬间的灵感性等方面也有惊人的相似点，这些都导致深受儒、道影响的白居易、苏东坡等文人，对饮酒、参禅、体道有更深层次的思索。譬如白居易就认为，人生"第一莫参禅，第二无如醉，禅能溟人我，醉可忘人倅。"饮酒与参禅，"两途同一致"，他明确指出了两者在人生体验上的一致性。

作为儒、道、佛三教斗争融合过程的一个重要组成部分，藏民族传统文化与佛教在饮酒问题上也有一个斗争融合的过程。藏族几乎全民信仰喇嘛教，即藏传佛教。按佛教教义与戒律，藏族本当是不饮酒的。但毕竟藏族有自己民族的根基。深厚的传统文化，对于藏族来说，佛教不过是一种外来文化。所以，笃信佛教的藏族人民非常喜爱饮酒；深受佛教影响的藏族社会，同样也创造出了丰富多彩的酒文化。

原来，佛教自7世纪传入西藏后，经过长期发展，在与本民族原始宗教——本教相互影响和相互斗争中，已吸收了一些本教的神祈和仪式，这是一方面。另一方面，藏族传统文化中，酒文化占有重要地位；历史上，藏族古代文学作品中常把茶、酒作为理想饮料，描写国王和大臣们饮了酒，"智谋会像春潮澎湃，荣耀如旭日东升"，将军和勇士们饮了酒，"胆量会像烈焰腾空，入阵时如猛虎下山"（彭仲巴·才丹《茶酒仙女》）。再一方面，在今天，世俗的上层仍嗜酒，佛教要在藏区传播，就要取得他们的支持，在饮酒的问题上，就不得不迁就他们，对藏族人民传统的饮酒习惯给予某些让步。当然让步也有一定限度。由于佛教戒酒，藏民信仰佛教，在敬佛、祭祀时就不用酒，而是以净水代替。在这里，既有佛教对藏民族传统文化的一定程度的适应，也有藏民族传统文化对作为外来文化的佛教的民族化发展，是一种相互影响、相互制约的结果。所以在藏传佛教中，不仅密宗允许适量饮酒，在密宗殿的护法神前供酒，以密宗为主的宁玛、噶举等派也饮酒，甚至在以"戒律精严"闻名的格鲁派中，虽然戒酒，却也有僧人饮酒[1]。

综上所述，虽然随着对象、时域的差别流迁，"不饮酒"戒的某些具体细微的规定有所不同，或宽或松，但作为行为指导规范的戒律本身却从未动摇，反对饮酒、禁止信徒饮酒的主旨始终一以贯之。这种鲜明、坚决的立场，大概是佛教基于以无明欲求为生死苦本业缘观，以清净离染为解脱正道的修行观以及将建设一个清明、健康、和谐、美满的理想人类全景作为自身使命的终极价值关注，所必然表现出来的吧。

---

[1] 请参阅徐少华《中国酒与传统文化》.

第四章　陈祖德的酒与棋

陈祖德，上海人。围棋国手，中国棋院第一任院长，第五、第六届全国人大代表，1963年9月27日，陈祖德受先（执黑先行）战胜日本杉内雅男九段，成为第一个在中国击败日本九段棋手的中国人，打破"日本九段不可战胜"的神话。1980年，陈祖德患胃癌，在病中撰写自传《超越自我》，成为激励一代人的名作。

一、围棋天赋极高

在纹枰的方寸之间，陈祖德很早就找到了属于自己的天地。1961年，17岁的他就进入了全国围棋集训队。当时，中日围棋交流刚刚开始，相比日本豪华的棋手阵容，中国围棋界显得格外弱小。

当时在中日棋界的对弈中，中国围棋屡屡以悬殊比分落败。有人悲观地认为，中国围棋超越日本将是一条漫漫征程。就在陈祖德进入国家队的同年，一个名叫伊藤的五段日本老太太以横扫千军之势，战胜中国的全国冠军，而老太太却轻摇纸扇，闲庭信步，中国围棋蒙受了从未有过的耻辱。

这些对于陈祖德而言，更像是逆境中的锤炼。1963年9月27日，他和中国围棋就迎来了扬眉吐气的一天。在北京的中日对弈中，19岁的陈祖德被委以重任坐上一台迎战日方头号棋手杉内九段。陈祖德被让先执黑。

这个儒雅的小伙子常被人视作"文弱书生"，但他下棋速度快，又犀利，杀伤力十足，对手为自己的妄断付出代价，用他自己的话来说他就是个"火枪手"。中日对抗以来一向势如破竹的杉内第一次惊讶自己没有在中盘建立起优势，而中盘战斗是陈祖德的强项。杉内屡屡避开陈祖德的进攻，双方精力耗尽、时间耗尽，双双进入残酷的读秒。

这被陈祖德誉为自己"一生中最艰苦的一局比赛","杉内巧妙地进行迂回战，犹如善于轻功的侠士一样，声东击西，来去无踪。我一度有劲使不上，这是最可怕的。"陈祖德在苦思良久后决定使用"弃子"战术，最终在10小时的对弈后，杉内硬生生地吐出三个字："我认输。"

这一场翻身仗改写了中国人对日本九段不胜的历史，吹响了全面超越日本围棋的号角。巧合的是，这一天日本围棋界授予陈毅元帅名誉段位的仪式。陈祖德的胜利也让陈毅元帅格外兴奋，"这是围棋界给我获得关西棋院名誉七段最好的贺礼"。1965年10月25日，陈祖德执黑再度以2又1/2子击败岩田达明，成为首位战胜日本九段的国内棋手。

这两场胜利奠定了陈祖德国内围棋第一人的地位，值得一提的是，他曾先后九次出访日本，与日本棋手对垒，成绩一直是胜多负少。

在中国棋坛，陈祖德被公认为中国围棋的一代宗师、超越日本围棋的先锋。恰恰是以他为起点，中国顶尖棋手开始迅速成长起来，先后涌现出聂卫平、马晓春等代表人物，而中国围棋也真正开始迈入全新的发展时期。

如果说围棋最充分地体现了科学与竞技、艺术的整合，那么中国棋院首位院长、围棋泰斗陈祖德九段更像是与人生对弈的胜者。在纹枰论道的世界里，他是打败日本九段的中国第一人，创建"中国流"围棋布局的大师，围甲联赛和围棋等级分的缔造者；在人生的棋局中，他也是不断与癌症病魔斗争的英雄。

二、围棋理论极深

以下就是陈祖德的演讲

1.围棋与东方智慧

他讲到：今天，我想谈谈自己对围棋的一些认识。我也常想，围棋究竟是什么？围棋作为一种棋类运动，可能人人都知道，但是又怎样用一句话很精炼地概括出围棋的定义呢？有的人说围棋是体育运动项目，也有的人说围棋是智力竞技项目，这都对，但是又不全面。我觉得围棋真是中华民族高度智慧的一个结晶。为什么这样说呢？我想从两个方面来谈谈自己的看法：一个是围棋有什么样的特征，另一个是为什么围棋经过几千年的历史还能这么好地传承下来。

2.围棋的特征充满对立统一的辩证思想

他讲到：围棋本身就是一个很有意思的矛盾体，比如这个"围"字就有两个含义，一个含义是围地，另一个含义是围子。这两种含义，一种是防守，一种是进攻，包括了攻守矛盾的对立统一关系。围地很重要，下棋以地盘的多少来计算胜负；围子也很重要，四个子围住一个子就能吃掉它。大家看，一个"围"字就这么有意思。

3.围棋是最古老的又是最年轻的

他讲到：围棋历史到底有多久，谁也说不清，只知道是非常古老的。史书里记载围棋发明于四千多年前尧的时代。英国、美国的百科辞典，也都有类似的说法。

在春秋的时候，围棋已经非常发达了。《论语》中有一句话非常有名："饱食终日，无所用心，难矣哉！不有博弈者乎？为之犹贤乎已。"意思是说，整天吃得饱饱的，一点也不肯动脑筋，这样的人可真是无聊啊！不是有下棋之类的游戏吗？玩玩这些也好啊。孟子也说："世俗所谓不孝者五，惰其四支，不顾父母之养，一不孝也；博弈好饮酒，不顾父母之养，二不孝也。"孟子认为，一个人不孝敬父母，第一是懒惰不养父母，第二就是好下棋饮酒，不管父母。表面上看孔孟似乎对围棋的评价不高，但从这些话也能看出，他们肯定都会下围棋，否则他们也不会对围棋这样了解。我小时候还学过孟子的另一篇文章《弈秋》：弈秋是春秋时候一个围棋国手——"通国之善弈者也"，他教两个孩子下棋，其中一个专心致志，另一个老想着天上要有鸟飞过来，想去打鸟，棋艺就比不过前一个了。孟子用围棋比喻一个人要学本事，就一定要用心，这里他就把围棋当作一种本事或者一种艺术来对待了。

孔子、孟子都多次讲到过围棋，这说明在春秋时代，围棋相当普遍和发达，不然不会用围棋来比喻说明道理。所以我可以肯定地说，既然春秋时围棋已很普遍，那它的发明肯定还要早很多。

围棋是怎么发明的呢？这有种种说法，我的理解是肯定跟八卦、周易有关系。有人认为，古代的星象图里有成百上千的圈圈点点，那是围棋的前身。

吴清源先生说，围棋最早是占卜的工具，这个说法也有道理。古代只有君王才能占卜算卦，根据八卦的规律组合推算。所以传说尧发明了围棋是有这个道理的，他用占卜的工具发明了围棋。中国的传统文化中阴阳是很重要的内容，围棋是"棋有白黑，阴阳分也"，里面充满了对立统一、阴阳调和的内容。所以围棋是古代人们对自然界阴阳之理、变化之道的一个抽象反映，是古代人们对自然、对社会的一种理解模式。

4.围棋是最文静的又是最激烈的

中国古代游戏，大多是俗文化，能上升到精神层面的唯有围棋。围棋作为一种文化，它的文静包括文雅和安静两方面的意思。

中国的文化大都追求一种文雅，比如书法家写字讲究心平气和，不同于西方的油画家作画更多的是激情。所以围棋也是非常文雅的，几乎所有的雅用在围棋上面都很合适：赛场很肃穆庄重，环境幽雅；棋手沉稳端庄，举手落子姿势优雅；棋盘棋子古色古香，式样典雅。还有对围棋的兴趣是雅趣、下棋是雅玩、观棋是雅赏……所以说围棋是很文雅的东西。

围棋又很安静，棋手可以说是社会中最安静的一群人。许多人从在幼儿园的时候就开始坐在那里下棋，远离喧嚣的社会。特别是职业棋手，跟社会的接触更少，虽然下棋也要各地跑，但实际的接触范围很小，对社会了解不多。前面我说的围棋又叫坐隐，下棋的人真是隐居于纹枰之中了。棋手整天下棋，非常安静，这也显示出围棋的文静。

同时围棋比赛又是最激烈的。刚才我说过，一个棋手从小就牺牲了很多孩子玩耍的乐趣，他的家庭也围绕他在精力、财力上付出许多代价，所以围棋就是棋手的一切，是他的理想，是他的信念，甚至是他的生命。对于职业棋手来说，赢一盘棋的高兴和输一盘棋的痛苦反差太大。当然一般对抗性的竞技项目都是这样，不过许多体育项目一天也就训练几个小时，而下围棋的人整天都在想围棋，付出越多胜负的反差也越大。现围棋比赛都是淘汰赛，笑到最后的就一个人。大多数棋手到最后都会输棋，比的是谁最后犯错误。比赛过程越长，付出代价就越多。所以可以说围棋是一场残酷的斗争，它的本质是非常激烈的。

围棋比赛的激烈程度，也能从棋手身上反映出来。比如日本的超一流棋手赵治勋，他在日本拿过70多个全国冠军，一次他在北京比赛，一盘棋下输了，他一个男子汉坐在那里眼泪流到棋盘上去了。还有一个棋手林海峰，他修养特别好，输了棋还跟对手请教、研究。可是一次他的孩子到我家里说，他爸爸输了棋回家肯定三个晚上睡不着觉，一直在摆棋，就是说梦话也是在讲棋。1997年我参加中央电视台举办的一次比赛，和曹大元下一盘棋，本来我是肯定赢半目的，但有一步棋我就是不肯补一手，结果反而输了。当时我回家也是三个晚上睡不着觉，输棋后痛苦是一个棋手的本性呀。当时我已经从一线棋手退下来许多年了，输一盘棋还如此的输不起，大家想一想围棋的激烈程度带给人是怎样一种震撼啊！所以说围棋表面最文静，实际很激烈。

5.围棋是最狭窄的又是最广阔的

这里我指的是走围棋这条路。

当前，社会上很多学围棋的孩子都想当职业棋手，这条道路也确实有诱惑力。一个职业棋手得了世界冠军，或者取得好成绩，不仅一下出名了，还能获得许多奖金。就是仅仅参加围棋联赛，一年也能收入几十万元人民币。但是我认为职业化道路特别狭窄。我自己是干这个出身的，所以更愿意劝别人不要千军万马都去挤独木桥。

从1982年开始，我国重新设立了正式的段位。从那时到2007年，中国有段位的棋手最多也就300多个人，其中有些人已经去世了，有些人不下了，有些人改行或当教练了，真正在一线下棋的棋手，也就100多人，能参加国际比赛的就更少了。从1982年到2007年都25年了，也就出了这些棋手，所以职业棋手这条路太狭窄了。除非你真有这方面的天赋，所有的专家都看好你。每年的段位赛，全国最优秀的四五百个孩子去打20个名额，很不容易。所以每次成绩出来，打上的家长抱着孩子呜呜哭，两人高兴呀；打不上两人也呜呜哭，很难受啊。然而打上初段又怎么样呢？后面还有很多关啊！

但是作为业余棋手的路是最宽广的，一个人从三四岁开始下棋，到八九十岁还能下，而且不分男女老少，这种体育项目是很少的。围棋需要的场地、器材简单，买副棋盘、棋子一辈子都能用，甚至棋盘、棋子还可以有代用品。以前条件不好，人们拿些深浅不一的小石子也能下围棋，享受它带来的快乐。因此我说围棋又是一条康庄大道，中国十几亿人都可以学，都可以玩。现有了电脑网络，找对手就更容易了。所以我说走围棋职业这条路最狭窄，业余这条路最宽广，我希望大家都去走，其乐无穷。职业这条路希望大家尽量不要去尝试，这么窄的一条路不好走。

6.围棋是最精确的也是最模糊的

围棋的精确比较好理解。一个棋手水平的高低，取决于他下棋的时候算得是否精确。

一般说业余棋手很难下过职业棋手，就是因为职业棋手算得精确，一步棋要算五十手、六十手。下围棋到了对杀的阶段，常常有好几种下法，每种下法算起来都能形成一个纵深，需要非常精确。所以下围棋锻炼逻辑思维，计算非常严密。

精确除了体现在计算方面，还体现在对形势的判断。下围棋几乎每一手都要判断形势状况，然后制定下一步的战略战术。我的形势差一目、半目要怎么下，反之好一点又怎么下，判断很重要。职业棋手下棋，输半目就是输半目，他早就清楚了，不可能下完棋等裁判数目。像韩国的李昌镐下棋，他经常赢对手一目半两目半，因为他算得很清楚，赢你一目半，就不去冒险对杀，所以说下围棋判断也要非常精确。

因为下围棋要精确，所以棋手一上年纪竞技水平就会下降，因为他精力不济、体力不够，算不了那么精确了。李昌镐31岁时，下棋的时候错误也多了起来，就是因为围棋的计算要很精确，他的精力也渐渐达不到了。

刚才我说到电脑还下不了围棋，但是随着科技的发展，有朝一日电脑也许就能把围棋的所有变化都算出来，那电脑是否就能成为围棋高手呢？我看也很难。因为围棋不光有精确的一面，也有模糊的一面。刚才我说到围棋体现了中国的思维习惯——模糊、含蓄。围棋不像其他棋类项目，胜负只有一条路——把对方最重要的棋子杀死。围棋的胜负不是非要消灭对手，它赢一目是赢，赢十目是赢，吃对方一条大龙也是赢。所以围棋碰到同一个局势，不同棋手根据自己的性格、风格、思维，会有不同的下法。可以像古力那样凶猛，也可以像马晓春那样轻盈，还可以像李昌镐那样平稳。我遇到一些西方人学围棋，总要问你在某种局面下究竟怎样下才最好，这实在让我无法回答。碰到古力这样的棋手，会上去跟你对杀，这是他的擅长。杀得局面越复杂混乱，对他来说越简单，赢面越大。要是碰到李昌镐这样的棋手就又倒过来了，局面越平稳他越有把握，不去谋攻，小赢也是胜，就会注重防守。

所以围棋是典型的中国文化，有很多不确定的东西。围棋有"厚势""有味道"这样的概念，你说下棋怎么会有厚、薄的区别，又怎么会有味道呢？但围棋却恰恰讲究留有余味、有厚味。所以我想计算机如果要下好围棋，就必须有一个质的飞越，恐怕要像人一样有感情，有创造，有另一种思维了。所谓"道可道，非常道"，有些道理讲不清楚，要你自己去感悟、体会。很多人去死背定式、死背布局那是没有用的，一个好的棋手，必须要有自己的风格，自己去悟出道来。从这些方面来说，围棋又是很模糊的。

陈祖德手拿两张图，左图为记载有三国时期孙策与吕范对弈棋谱的宋刻本《忘忧清乐集》，右图为故宫中所藏的部分围棋谱。

在一场围棋比赛结束后，陈毅同志认真观看中日棋手复盘。

7.围棋几千年不衰说明它魅力无穷

历史是无情的，任何东西跟不上时代发展，不符合时代节拍，肯定要衰老，要淘汰。但是，为什么围棋没有，反而越来越蓬勃发展？我想，有以下几个原因。

（1）围棋变化无穷

有人问打败国际象棋世界冠军的计算机"深蓝"的设计者——IBM的高级软件设计师："计算机是否也能下围棋？""不行，围棋不行。"他一口就否定。因为，围棋变化太多、太复杂，事实上至今没人敢搞这个计算机软件。如果一个东西很简单，一研究就透，那么这东西也就该淘汰了。正因为围棋奥妙无穷，变化多样，才能够使越来越多的人对它产生兴趣。

（2）围棋趣味浓厚

会下围棋的人都有这样的体会，一旦学会了围棋，就迷上了它，把其他爱好都可能撇在一边，并且围棋这一爱好会陪伴终身。

人的一生兴趣经常会转移。拿我来说，我曾有过许多兴趣，换来换去，唯独围棋是终身不会换的。所以，我跟人开玩笑说："围棋比老婆还可靠，它不会变心，你甩也甩不掉，它是你的终身伴侣。"

从古至今，帝王名士、文人雅士都喜欢下围棋。中国的帝王几乎没有不喜欢下围棋的，从汉高祖刘邦到三国曹操、诸葛亮、孙权、孙坚、孙策等，几乎都是围棋爱好者。曹操是一流的围棋高手，他的25个孩子大多会下围棋。

有一个很有名的故事，曹操的儿子曹丕为夺取继承权，通过下围棋杀掉自己的兄弟曹彰。曹彰特别英武，骁勇善战，曹操很欣赏他，评价他"彰儿真乃栋梁之才也"。曹操死后，曹丕请曹彰来下棋，旁边放着一盘枣，一边下棋，一边让他吃枣。曹彰傻呼呼地把有毒的枣子一个个都吃了，下完了一盘棋他就死了。这是一个特别动人又惨烈的故事。

还有关云长的刮骨疗伤、东晋的背水一战等故事，都与围棋有关。唐朝的唐太宗、唐玄宗和杨贵妃也喜欢下围棋，明朝的皇帝朱元璋也是围棋的爱好者。朱元璋禁止全国人民下围棋，怕玩物丧志，但自己却天天下围棋。南京玄武湖的胜棋楼就是朱元璋跟徐达下过棋的地方。像杜甫、杜牧、白居易、刘禹锡、韩愈、李商隐、陆游等也是喜欢下围棋。苏东坡作了很多围棋的诗句，其中"胜固欣然，败亦可喜"是对胜负一种洒脱的态度，被后人广泛引用。

毛泽东以前也是围棋爱好者，他的很多著作里都用了围棋的战术，《论持久战》《中国革命战争的战略问题》中很多次提到。所以，他在井冈山跟朱总司令下棋，红军战士还给他刻个棋盘。前不久我在中央党校的一个同学写了一篇文章《毛主席与围棋》，说毛主席的爱好，除了看书之外就是游泳和围棋。美国耶鲁大学斯哥特鲍尔曼教授的一篇文章，就是通过围棋的角度来解释毛主席的战略，从中可以看到毛主席利用围棋的原理带领中国共产党打赢了这场战争。陈毅同志喜爱并大力倡导围棋人所共知，由于他对围棋的热爱，新四军的高级将领几乎都是围棋爱好者。

大家知道武侠小说家金庸，他从小就迷围棋，后来到香港去创业，生活困难，他说那时一下棋就没办法干事情，怎么办？他就把围棋锁到阁楼上，爬上去不好拿下来的地方，而且一道道地上锁，就这样，他把下棋戒掉了。后来他功成名就了，又开始下棋，还把我请去跟他下。

（3）围棋内涵丰富

有这么一句话，纹枰小天地，天地大纹枰，或者说纹枰小宇宙，宇宙大纹枰。围棋就是宇宙，就是天地。围棋里面内含太丰富了，包括天文、数学、哲学、军事、人生等，包罗万象。就拿哲学来说，围棋里蕴含着丰富的哲学思想，充满着对立统一的辩证关系，如大小、先后、攻守、得失、生死、厚薄、奇正、动静、地势、虚实等。攻与守是矛盾的，又是不矛盾的，像围棋就是阴阳调和，黑白阴阳，黑跟白交融在一起，像太极图，黑白互相转换，不可分割。守跟攻，你只有守得好才能进攻，攻得好就是最好的防守，但是必须守得好。

中国古代有"围棋十诀"：一、不得贪胜；二、入界宜缓；三、攻彼顾我；四、弃子争先；五、舍小救大；六、逢危须弃；七、慎勿轻速；八、动须相应；九、彼强自保；十、势孤取和。这是唐代的一个国手王积薪提出来的。这十句话仔细想一想，每一句话的重点都在于守，让你小心。

不得贪胜：你要适可而止，不能过度。干什么事情，你一贪就坏，所以它摆在第一。围棋你赢半目和一目半都是赢了，就可以了，你明明只能赢二目，你非要赢二十目，那就不明智了。中国的中庸思想就是这样，你适可而止，不得贪胜。

入界宜缓：你要侵犯到人家那里去，不要着急，慢慢地来，不要急于侵犯人家。

攻彼顾我：进攻人家要顾到自己，必须考虑自己，你盲目去攻，自己到处都是破绽，这种攻是不行的，你首先要顾到自己，自己没有破绽，才能去攻人家。匹夫之勇不可提倡。

弃子争先：你弃子才能争先，要抢先手，就要付出代价的，放弃才能抢先手。什么都是要付出代价的，世界上好处都是给你得的，没有的，不仅是下棋，做人就是这么做。

舍小救大：你要大的，就要舍小的，连小的都不能损失，那是不行的，必须有得有失，一个人干任何事情就要有得失。通过学围棋就要懂得得失关系，人的一生最后总结得比失多一点，就成功了。世界上没一个人都是得或都是失的，舍小救大。

逢危须弃：碰到危险你就放弃，不要抱住不肯放。

慎勿轻速：你的速度，什么东西都不能太快，轻举妄动是不行的，干什么事情也是如此，每一句都告诉你，做人要谨慎，要小心，兢兢业业。

动须相应：你的行动要有照应，不要单干，蛮干更不行，下棋也是这样。

彼强自保：人家强了，你还得保，人家很强大，你盲目地攻击人家，是傻瓜。

势孤取和：也是这个道理。

所以仔细一想，这十句话都是教人必须要稳，沉得住气，每一步都要兢兢业业。

人生也是这样，要谨慎，谨与慎都很重要，不能够很轻率地行事。决定不能太轻率，太贪婪，不仅仅是下棋，这里面有做商之道、从政之道、做人之道，其实都在里面，所以人生如棋，棋如人生。就像人生出来了，到幼儿园、小学、中学、大学，这就等于布局。你走得挺好，一关关都通过了，你上清华大学、北京大学，这是你布局很好，对以后发展有利，容易找到好工作，中盘有利于你。局面没布好，中盘战斗就不利。你小时候没读好书，那对你以后不利，就失去了很多机会，就被动了。你到了中年或者青壮年，更要奋斗了，更要下功夫了。但是这还来得及，中盘战斗发力吧。局面开好了，你也不要得意，一得意也坏了，你以为你是老大，你就很傲慢，你还得好好学呢，你只不过念了大学，你只是掌握了基本知识，你还没了不起的才能，你还要到社会上好好去摔打，去磨炼呀，还要学很多很多知识。这个道理是一样的。中盘过后，还有好多结局。我们讲不要有59岁现象，什么都好，最后结局坏了，就糟糕了。"一着不慎，满盘皆输"。所以下棋和人生是一样的道理。

247

（4）围棋功能多样

第一是娱乐功能。娱乐不用说，围棋是个游戏，很好玩。下围棋首先是娱乐。现有人看不起娱乐，娱乐是不能看不起的，每个人从小孩到老人都要娱乐的，人都要玩的，没有玩，没有快乐怎么行呢，所以说这是很重要的。席勒说过一句话，我认为说得特别好：只有当人在充分意义上是人的时候他才游戏。只有当人游戏的时候他才是完整的人。这句话说的对，游戏就要从这么高度上看。围棋是一种特别好的游戏，是小孩子的游戏，也是成人的游戏，所有的人都能玩。游戏能使人达到完善和谐，游戏是非功利的、自由的、快乐的。这几方面围棋非常好，围棋不是功利的。围棋比打麻将好，麻将不来钱就没意思，你一定来筹码，要来钱的，这就带功利性。围棋没这个，不带筹码，不来钱照样好玩。这就很好，而且很自由、很快乐。下围棋不分年龄大小，不分地位高低，场地、器材简单。围棋是非常健康的一种游戏，现提倡悠闲的社会，我认为下围棋是特别好的，在悠闲社会中是特别合适的，这就是娱乐功能。

第二是教育功能。寓教于乐，让你很快乐地受到教育，围棋一开始发明就跟教育分不开。围棋最基本的就是能开发智力，锻炼思维。围棋有很多好处，比如说培养你独立思考能力，一下围棋就自己思考了，没人帮你，培养你专注的能力，培养你的深思熟虑，培养你的风险能力，培养你的观察能力，培养你的全局观点。要你能够全面的考虑问题，能够正确的抉择，特别是要经受胜与负的挑战，培养你这种心理的承受能力。2001年教育部与体育总局下发了一个文，就是围棋、象棋、国际象棋三棋进学校，因为这对提高学生的素质有好处。

第三是竞技功能。古代学围棋，完全是一种优雅、从容、淡定的风范，是一种很高层次的修养。后来演变为竞技，主要是几百年前，在日本幕府时代有四大家族相互竞争。还有御城棋，即棋手应召到皇宫里去比赛。这些竞争使围棋有了严密的规则，从这以后围棋就成为竞技。日本在这方面做出了贡献，对提高运动项目的水平，扩大影响很有好处。以后报纸又举办了新闻棋。所以围棋是有竞技功能，这在现在看来是毫不含糊的一件事。

第四是交际功能。刚才我说了围棋又叫手谈，通过下棋可以交流、沟通，所以下棋就成为好朋友。棋友没有功利性，现社会上人与人之间维持很长的友情不是很容易，但是通过围棋，棋友是可以维持特别长的时间。日本有围棋五得的说法，五个得到，得到什么呢？围棋得心悟、得教训、得好友、得人和、得天寿，这是日本的五得。人和、好友就是人与人的沟通、人与人的交流、人与人的和谐。在这里围棋有交际功能，所以，往往你不管干什么工作，一碰到棋友，关系就很好，就沟通了，交情就很深，事情就好办了。所以围棋有交际功能。

第五是健身功能。刚才说日本人认为围棋有五得，其中一得叫天寿。天寿就是延长寿命，对身体有好处，所以围棋是体育运动。围棋运动表面看是最静的一项运动。围棋最激烈之处是大脑，人体所有器官中大脑最重要，脑死亡才是人死亡，所有的行动、所有的器官，都是脑来支配的。你肌肉再发达就身体好吗，那只是外表，不说明身体真正强壮，关键在内脏，特别是大脑。下棋的人，自古以来我没见过、也没听说过得老年痴呆的。因为，围棋整天在动脑筋，当然你要适度，你别用脑过度。

因为脑子得到了很好的锻炼，所以得天寿，而且事实证明凡是下棋的人，总体来说，寿命都是非常长的，尤其是一些有名的棋手，包括职业棋手那么激烈、那么辛苦，寿命都很长。日本好多职业棋手下到90几岁还在比赛，桥本宇太朗90几岁了，死的前一天还在跟日本的一个六段在正式比赛，并且赢了。在中国，像我的老师，全是活到八九十岁，他们还经过"文化大革命"，被人摧残，经受了很多苦难，但都高寿，很不容易。所以日本这个天寿很有道理。另外，你在下棋时，什么都不想了，没烦恼了，不痛苦了，快乐得不得了。下盘棋，压力减轻了，解脱了，对身体有好处。这是中国的文化。

我总结的这五方面，就是为了说明围棋发展了几千年没被淘汰，还能够发展到今天这么好的原因。现在来看，围棋在世界的文化艺术中是颗多么光辉耀眼的明珠啊！现围棋的势头越来越好，在欧洲国家也是这样。学了围棋以后，大家对围棋评价非常高。围棋充分体现了中华文化，体现了中华文化的特征和精髓、中华文化的魅力和神韵。当前我们国家正在提倡传承中华文明，弘扬中华传统文化，我想围棋是最合适不过的东西了。我们祖国越来越强大，我想主要体现在经济方面，在其他方面还是有不足之处，特别是文化和思想。

我曾在电视里看到英国前首相撒切尔夫人说，中国出口了电视机，但未出口电视节目以及中国的文化和思想。这是大意，我想这句话说得很深刻、很中肯。我想一个民族要真正被人尊重首先要尊重自己。中华民族已经在国际舞台上站起来了，但是要真正站得住，必须要整合自己、健全自己、发展自己，这就需要中华传统文化的根基。

三、弈棋酒量极大

酒有魂么？当然有！

"酒者，天之美禄，魂者，物之精灵"。相传八仙曾云游到黔北一带（今赤水河流域）。当地山民以自酿美酒款待，八仙饮之，赞曰："味极美！此乃酒中之魂也。"八仙大醉。后世流传"赤水河畔酿美酒，酒中之魂醉八仙"，至今流传民歌："酒史五千年；酒魂是祖先；八仙饮酒魂；一醉九千年……"神之固不可信考，从而反映出酒之魂酒的源远流长。

棋有魂么？回答是肯定的。

施范当湖十局，殚精竭智是血者之魂。吴清源超群绝伦，围棋是王者之魂。陈祖德开创中国流布局，超越自我是战者之魂。聂卫平中日擂台十一连胜，恢宏落拓是雄者之魂。芮乃伟天涯棋客，唯棋唯大是行者之魂。武宫正树天马行空，宇宙流是高者之魂。李昌镐技艺臻善，心静如石是佛者之魂。李世石内外兼修，势如破竹是骄者之魂。常昊苦命亚军，面壁突破是韧者之魂。古力蓄势而发，以暴制暴是力者之魂。罗洗河出手如风，你死我活是快者之魂。所以，棋道入魂，哪怕征战带血，求道的道中是为棋生、为棋死的超然。

厚重之美酒，激战之棋局。酒棋合一，豪气冲云天，直面变化万千之人生棋局，凭一腔酒力，劲透局势，野性狂飙，书写酒棋文化。君不见三国时阮籍正与人弈棋，忽闻母逝，对手立即罢局，而阮籍强求决胜负，棋终，阮籍饮酒三斗，号啕大哭，吐血数升。南朝时围棋名手王景文因事犯上被赐死，诏书至，王景文正与人对弈。看完诏书后压棋枰下，神态自若往来"劫"争。棋罢，王景文举杯倒毒酒对友云："对不起，这酒就不劝你了。"随即饮下。宋时苏东坡，黄山谷松下饮酒弈棋，偶得"松下围棋，松子每随棋子落"之佳联。围棋传入日本，日本棋士也传承酒棋文化，一幅《围棋醉虎图》全景，图中土屋秀元、秀哉、星野纪、高川格、藤泽秀行等皆是棋界名人中善饮者。还有"醉乡三只鸟"的高桥重竹，宫下秀洋，桑原宇久，正以善饮笑傲棋坛。

也许在很多人的记忆里，陈祖德总是以文弱书生的形象示人，其实不然，陈祖德，聂卫平颇具太白遗风。熟识陈祖德的朋友中，几乎没人会将他与文弱或者纤弱联系在一起。这个晚年一副书生样的上海人，是酒量极大的"名家"棋手，众所周知，在国人的印象中，上海人多以柔弱示人，而陈祖德却是一个例外。这个土生土长的上海人，有着北方人的豪情，从来都是大碗喝酒，大口吃肉，是一个名副其实的大碗王。他也一度自称为中国棋界掰手腕第一人。容坚行回忆："当时队长还是个胖子，而且到那里都喜欢炫耀自己掰手腕有多厉害。我记得有次在广州，他让我挑战他，他用一个手，我是两个一齐上，最后还是没掰过他。"当然，常昊、刘箐为代表的"六小龙"棋手受陈祖德老师启教，也个个善饮。中国举办"大力神杯"围棋赛，先品酒后对弈，量小者未战先倒，量好者醺醺然中行。

容坚行回忆说，20世纪70年代初，围棋、象棋和国际象棋齐聚四川成都。在拿到个人赛的冠军后，陈祖德和大伙把酒言欢，而且是一大碗一大碗地和别人干，"如果没有记错，队长那次喝了个酩酊大醉，差点误了颁奖。"

还有一次是在赛前的欢迎晚宴上，主持人在祝酒词中笑言："这次比赛设在景芝，这里的美酒不醉人，而且谁喝得多明天谁准赢。"结果，广西队的总教练陈祖德不能喝酒，杭州队的领队董勤是个女同志，也不能喝。而山东队的领队刘玮、总教练曹大元表现出东道主的豪爽，都喝了两大杯高度一品景芝。第二天，山东两队都大胜，应验了主持人的吉言。无奈的陈祖德只能"大倒苦水"："不喝酒就不赢棋，看来我今后是不敢来山东了。"

在棋界流传着这样一种说法："看你能喝多少酒，棋艺自然数几流。"当然这句话肯定是属于玩笑的范畴，要不然那些能喝上个一两斤二锅头的民工早就成了"超一流"好手了。

酒与棋，皆为助兴解闷，寄托身心之物。"林中扫石安棋局，岩下分泉递酒杯。"杜牧诗一句，山、水、酒、棋融为一幅闲逸国画，令人神往。酒之真味，不在酒量多寡。围棋之真趣，不在棋力高低。是故，善饮者千杯不醉，善战者千局不累。日复一日，年复一年，爱酒棋者，活在"且将棋度日，应用酒为年"之杜甫诗中。这样一来，陈祖德爱酒和爱棋，自然就明白了。

第五章　中日围棋发展的酒文化因素

　　起源于中国的围棋，自春秋战国以来，中经魏晋、南北朝，以至唐、宋、明、清几代的发展，已成为我国各阶层人士普遍喜爱的传统艺术。作为联系友情的纽带，围棋曾在中日两国之间起过重要作用。但唐代传入日本后，为什么它在异土得到的是不同的发展？因素固然很多，我们认为和酒文化关系也甚为密切。

　　翻开围棋发展史，可以说字里行间都充满了酒的芳香，酒确实与围棋结下了不解之缘，作者曾对两者的起源以及与文人的关系做过探讨，[1]然而要了解酒文化对围棋发展的影响，我们不妨先从围棋的特征性质谈起。

（一）

　　在古代，人们常用"玄妙""入神""通幽"等感受来说明围棋的妙趣；用"手谈""坐隐""忘忧"等称号来表明围棋的高雅；用"算余知造化，着外见机微""览斯戏以广思，仪群芳之妙理"等诗句，来形容对局的博大浩瀚和玄远精微；用"夫棋有天地方圆之象，有阴阳动静之理"等论述对弈义、弈道给以高度赞扬；用韩信背水列阵、曹操袁绍官渡之战等历史上著名的战例来说明围棋争夺的艰苦激烈和奇计妙用。围棋无穷变化中的"玄妙"，尤以使文人为之倾倒。在中国历史进入唐代以后，人们便经常把"琴、棋、书、画"并提，把围棋归入艺术之列。站在文化人的角度来审视，如前面对围棋的描述，围棋作为一门特殊的艺术是当之无愧的，而艺术本身就意味着创造，创造当然

---

　　[1]　参见拙著《酒与围棋》，载《酿酒科技》1995年第3期，第58页。

需要灵感。如果说苏轼"灯花零落酒杯浓，妙语一时飞动"，白居易"麦曲之英，米泉之精，合作之酒，孕和产灵"是喝酒后产生灵感的话，那么完全可以想象他们边饮酒边奕棋激发出的灵感和喜悦，这就给酒与围棋的结合作了完美的诠释。

此外，作为艺术的围棋也体现在它的竞技性，和其他体育项目一样，都可以按照一定的竞赛规则，在对等的条件下较量技艺，决出高低。又被看成是"斗智"的艺术，"因君临局看斗智""幽人斗智棋"，刘禹锡、李洞等诗人早就唱出了围棋斗智的艺术特色。当然，围棋这种"斗智"不光是智力的较量，更是体力的较量，这种"较量"就对于他们也是必不可少的。

根据以上对围棋特点的分析，我们认为作为一门竞技的艺术，至少可存在以下三种境界：（1）中国古代的文人士大夫所醉心向往的境界，这种境界如宋徽宗"忘忧清乐在枰清"那样，手持酒樽，将胜负置之度外，对名利更是不顾一切，正如陆游："悠然笑向山僧说，又得浮生一局棋。"王恽："怡然一笑揪枰里，为碍东山是矫情。"那样视围棋为覃思之具，下棋的目的仅为修身养性，消遣度日。（2）追求艺术真谛的境界，如果说"忘忧清乐"尚未步入围棋艺术殿堂的话，那么进入这层境界必须具备超群出众的技艺为基础，追求这种境界的棋人，视奕棋为徜徉在艺术的殿堂里的一种享受，他们追求创造、追求和谐、追求自然美，酒对于他们更是作为创造的兴奋剂。（3）这种境界就是棋士们所追求的，对他们来说，除了胜负，什么也看不见，犹如短兵相接的勇士，一刀一箭，非要有你死我活，自然也离不开酒来相助。

（二）

通过以上分析，我们认为无论是棋手、观棋者等都不外乎这三种境界，值得注意的是，几乎奕棋的都嗜好或会饮酒，整个围棋的发展就自然受到了由三种境界产生的酒文化的影响。中国和日本围棋的发展就证实了这一点。

在古代中国，强调围棋的文化性和娱乐性较多，对围棋的竞技性较为忽视，从围棋的发展来看，它开始也只能在王公贵族那里才能见到，与酒一样，作为刺激、娱乐功能的显现而存在，无论在皇帝、贵族还是文化人那里，酒都伴随着围棋在酒精与胜负的刺激下消遣度日。以致形成了中国所特有的围棋酒文化现象，如同上述围棋的境界一样，中国的围棋对奕者也同样体现为上述三种，而主要体现为"忘忧清乐"这种淡泊明志的境界。在这里，围棋伴随着酒，是贵族士大夫们一种绝好的消遣工具，在历代皇帝中，嗜好饮酒的就不乏其人，曹操认为忘忧时"唯有杜康"，并且他也善下棋，《三国志·武帝纪》注："冯翊山子道、王九真、郭凯善围棋，太祖皆与埒能。"[1]此外，晋文帝、南北朝宋文帝、宋明帝、齐高帝、梁武帝、唐明皇、明太祖等都是善饮能弈的"围棋皇帝"，围棋在他们的花天酒地里成为一种工具。在历代文中，围棋饮酒更是他们生活中必不可少的的内容，他们虽然也作为消遣之用，如"诗圣"杜甫就经常和朋友在一起"对棋陪谢傅，把剑忆徐君""置酒高林下，观棋积水滨"。时间不觉过去，"玉子敲忘昼冷，灯花落尽觉宵深"。李商隐虽然过着清贫的生活，但时刻忘不了他的饮酒围棋"海石分碁子，郫筒为酒缸"。与他同时的温庭筠音律、诗词兼长，也会下棋，喝了酒"醉乡高窈窈，棋阵静惛惛"。杜牧的棋诗，被人称为"深得棋的三昧"，评价很高。当然也有不少文人把饮酒作为晚年的一种寄托，用以平衡内心的失落感，欧阳修晚年自号"六一居士"，说"有琴一张，有棋一局，而常置久一壶……以吾一翁"等。体现为第二种境界的尽管不是主流，但也大有人在，他们确为围棋的艺术性所叹绝。"围棋皇帝"中的梁武帝据说经常饮酒下棋，通宵达旦，他不仅是一个围棋高手，而且还是一个围棋理论家，对围棋颇有研究，著有《围棋品》《棋法》《棋评》《围棋赋》各一卷。大数学家沈括："尝著书论棋法，谓连书万字五十二，而尽棋局之变。"但常自叹"终不能高"[2]。大文豪苏东坡自认为平生三不如人，即着棋，吃酒与唱曲；又说他"素不解棋"。但他的观棋诗序却说，他儿子苏过下棋时，"予亦偶坐，竟日不以为厌也"。这样看来，苏东坡不是不会下棋，和沈括一样可能是感慨自己在美酒前量不如人，在棋枰前技不如人更确切些吧！我们前面述及的第三种境界，即只注重胜负，斤斤计较先后手、一二目的，当然棋士。由于在中国这样一种酒文化氛围下的围棋，自然把艺术放在首先，或者很少考虑它的竞技性，围棋发展史表明，两晋

---

[1] 朱铭源. 中国围棋史趣话[M]. 蜀蓉棋艺出版社，1990：26.

[2] 刘善承. 中国围棋[M]. 四川科技出版社，蜀蓉棋艺出版社，1988：340.

和以后的南北朝，出现了围棋史上的第一个蓬勃发展时期，当时设置了"围棋州邑"这样的围棋专业机构，但其任务只是执掌会棋者的选举、推荐，棋谱的收集、整理。只是到了唐代，由于唐玄宗的酷爱围棋，出现了"棋博士""棋招待"，如王积薪、顾师言等专业棋手，此后宋代刘仲甫、李逸民，明代过百龄，清代黄龙士、徐星友等棋士等虽然承上启下地出现，但历来人们对围棋的理解就是文化远高于竞技。纵观围棋文化，无论是在音律、诗词、绘画和棋形中的审美的方面，留下的千古绝唱比比皆是，且充满了酒的芳香。而在竞技方面，无论是在赛制、规则，还是技艺本身，似乎还在原地踏步。

日本则不一样，围棋在南北朝传入日本后，便适应日本的社会特点而生存和发展。在日本，他们没有中国式的"围棋酒文化"，更没有中国人对围棋起源、演变等观念的认知，即便是他们对围棋形成了一些独特的见解，如"围棋起源于公元前2356年的中国""公元500年前后传如日本等"[1]，其实都是根据中国的"尧造围棋"得出的推论。即他们可能是以艺术的形式吸收，但却以竞技的形式发展。究其原因，我们认为，除了社会的因素之外，日本从江户幕府时代开始，围棋流派要靠输赢来决定其生存和发展，胜负直接影响到俸禄的多少，所以竞争十分激烈。如果说，在江户中前期围棋还有点高雅清洁的话，那么此后似乎特别突出的就是竞技，譬如从算砂开始，就要下御城棋，输赢是太要紧了，"奕棋入迷，连父亲死了都见不了面"。倘若要来一个比较，中国古代的棋，犹如演员在舞台上舞弄刀枪，中看，也需功夫，日本的棋就像在拳击场上，不是你击倒我，就是我击倒你，完全是一种拼搏。如幻庵因硕和本因坊秀的对局，共下了九日一夜，幻庵吐血两次；赤星因辙和本因坊丈和的棋，赤星因辙在棋局下到240手时，感到无望，口吐鲜血，不久一命呜呼。即便是到了21世纪30年代，这种残酷性同样存在，东渡日本的吴清源先生与木谷实的镰仓决战，观战记者三崛将先生写到"其结局只能是失败者声名受辱""屈辱感无法想象"。吴清源更是深有感触，"十番棋之恐怖，我想除了亲身经历的棋手外，谁也不可能体会到"[2]。时至今日，我们仍然经常见到曾经历过这种磨炼的日本老棋手仍战斗在第一线的报道，如古稀之年的坂田荣男、藤泽秀行先生

255

[1]　中国围棋协会. 中国围棋年鉴[M]. 蜀蓉棋艺出版社, 1991：403.

[2]　吴清源. 吴清源——天才的棋谱[M]. 蜀蓉棋艺出版社, 1987：106.

求索篇

等。并且藤泽秀行先生在不久前还夺得一项桂冠，这对我们今天的中国围棋界是否有某种启示？因此，日本围棋未受中国围棋酒文化的影响，从竞技角度把围棋发展到了新的高度。就历史时期而言，特别是明清时代，其棋艺以超过了我们许多，民国时期甚至解放后的六七十年代，也发生了日本女流棋手来华横扫中国无敌手这样的事情。就竞技的内容来看，像取消座制，布局中国中的各种定势变化等都有深入的研究，从中日两国围棋的发展来看，有人说它生在中国，长在日本，看来这话应该是有道理的。

我们说日本围棋的发展未遭受像中国那样的酒文化的熏陶，是以艺术角度来看，并不是说日本围棋不含"酒味"。事实上，日本的围棋士差不多都是酷爱饮酒的，特别是以前的两日赛制，棋手们都感到有某种心境，或形式乐观，或前景不妙，或身体疲劳。用吴清源先生的话来讲"一般人都找个地方喝酒"，在这里，他们的酒是用来处理胜负的、调节心理平衡。坂田荣男、藤泽秀行、加藤正夫、武宫正树等著名棋手可以说对酒达到了酷爱的程度，他们在战败时可以豪饮，用酒消愁。如藤泽先生在首期棋圣战中，最后一轮落败后误以为棋圣桂冠无望了，便跑到一家酒馆喝得烂醉如泥，当确定他已获得棋圣时，他尚处在朦胧的醉境中。另外，他们在大战前还以酒言志，寄托理想和抢占心理上的制高点。在中日围棋擂台赛中，当日方处于不利局面时，加藤正夫、大竹英雄等就曾发誓输了剃光头；藤泽先生则提前戒酒，忍痛割爱，保持极大的克制。这些提现了日本棋手对胜负的追求，对竞技的重视的武士精神。他们的这种酒文化导致了他们对弈中的专心致志和顽强拼搏，这与我们前面论及的"胜固欣然、败亦可喜"的酒文化态度，显然是大庭相径、相去甚远。在这个意义上，也加深了我们透过各自的酒文化对围棋发展轨迹的认识和理解。

（三）

写到这里，也许人们不禁要问，中国围棋自传入日本以后，我们就一直落后到今天，作者主要归咎为我们丰富的围棋酒文化，看起来，似乎酒文化在其负面的影响，其实我们今天只是结合中国围棋所处的社会环境及棋手民族心理性格以揭示围棋文化发展的内在依据，当然从围棋的本质上看，竞技性和艺术性必然决定一个棋手对围棋的审美观和价值观，也决定围棋在一定的高的环境里的发展格局和方向。甚至我们还可以说，只要围棋还存在，它必然要体现出艺术性、竞技性和竞技艺术的结合这三种可能，也即必然有这三类境界存在。艺术离不开创造，竞技离不开刺激，这又决定了只要围棋还存在，酒就必然要伴随着它。对创造而言，也包括对人生的审视，著名作家严文井就说过："采取对待文学的手段对待围棋。"是在"读围棋"，而"不是学技艺，而是品尝其中的甘苦，思考不断的变化"。作者设想严老对酒也有相同感受吧！另外，对刺激而言，可能藤泽秀行先生、坂田荣男先生自有一番感慨，在他们看来，他们的生活不可没有围棋和饮酒。这样，围棋的竞技性与艺术性以及两者的组合及酒文化实际上是一个有机的整体，我们可用以图1表示。

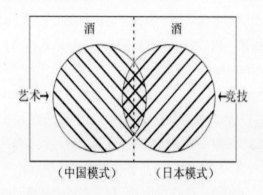

图1　中日围棋发展模式示意图

为此，我们如果给围棋下一个定义，是否可以说它实际就是"竞技的艺术，艺术的竞技"较为合适。同时这似乎又告诉我们如下道理：

1.作为竞技的围棋正在远离艺术

竞技是激烈的、残酷的，作为竞技的棋士，他们只关心胜负，无艺术可言，只要能赢棋，什么样的棋都可以下出来。中国古代对棋形很讲究结构美、力度美，甚至对一些难得的棋形如"长生劫""连环劫"等视为其珍贵的艺术品，其奕出的棋谱甚至远比一幅山水画价值更高。同时，重大、重要的比赛往往还会使棋士失态，下出意料不到或在平时根本不可能下的棋。有道是"争棋无名局"，这在日本及现在的韩国尤为突出，酒对于他们来讲只是用作胜利的平衡砝码。

2.作为艺术的围棋永远看不见胜负

前面我们说过，围棋充满着创造，也需要创造作为一种艺术享受，不少的人在对弈中能走出一两步"妙着"便心旷神怡，犹如呷了一口美酒，甚至观棋也能达到这种效果，难怪不少人读棋谱、看电视亦兴趣胜过他的实战。少数人是作为专业者身份去追求其艺术真谛，他们必然对胜负抱之以超然。陈祖德先生追求的"中国流"，大竹英雄追求的"棋形美"，武馆正树的"宇宙流"等就是最好说明，武宫先生在美国打棋圣战，输棋后竟跑到附近的酒店一边饮酒一边欢歌，完全没有输棋的痛苦，只有美酒的飘香。以至于酒馆老板还以为他是胜利者呢！而他的棋谱对艺术的执著追求，获得了广泛的赞赏。同时，这种对围棋艺术的探索，也必定影响其对局胜率，看来竞技和艺术，二者只能其一，或许这正是围棋的魅力所在吧！

在本文行将结束之时，值得一提的是，围棋是我们中华民族文化的瑰宝，围棋与酒的关系又是如此的密切，可以说，对多数围棋人来说，离开酒是不可思议的。但我们却难以见到围棋与酒企业的结盟，如举办赛事、生产围棋专用酒等，记得曾在海南省举办过一次椰岛啤酒杯围棋赛，来自全国各地的参赛者，相聚海岛，集旅游、品酒为一体，棋手在酒中灵感凭添，酒企业也获得了相当的知名度；1993年在当时的贵州工学院举行的全国名教授、名人围棋赛上，许多年过古稀的专家学者，他们白天在赛场上兴致勃勃，晚上，喝了美味的贵州茅台醇后，似乎获得了对他们来说的棋酒两大满足，喜悦的心情难以言表，并且还继续酣战弈棋到深夜，似乎一口下肚年轻了许多，以致酒与围棋竟结合得如此的和谐。2014年5月，在潮州举行的第17届"王泰兴杯"世界名士教授围棋赛，以一种欢乐有趣的形式诠释了围棋的体育竞技性与文化娱乐性的高度结合以及这种结合在业余爱好者中所显示的巨大市场，比赛尚未结束，就已有三个城市申办下一届比赛了。

这些年来，高校开设"围棋与中国文化"选修课，教育界、体育界对围棋文化越来越重视，高校中开展围棋教育也较为普遍，围棋运动在大学生中很有市场，各种围棋比赛也层出不穷。围棋的推广刺激了高校普通大学生的兴趣，校方纷纷开设面向围棋爱好者的围棋选修课，清华大学已连续多期开设"围棋与中国文化"选修课。复旦、北师、北邮等一些高校开设的围棋选修课也是场面火爆，几乎每一堂课，教室走廊四处都站满了听课的学生。我们常和一些喜欢围棋的"老板学生"或"学生老板"闲聊，希望他们助一臂之力，把围棋引进贵州大学的课堂，像北大清华一样形成特色校园文化。

名士教授围棋赛也可以说是应氏杯[1]中国大学生围棋赛的副产品，但这一比赛表现出强大的生命力，由于参与者的身份地位使得比赛更具有交流价值。业余围棋比赛分为两大类，一类是像黄河杯、国学杯这种全国业余高手报名参加的公开赛，竞技水平很高；一种是邀请赛，主要是交流而不是竞技。在这一类业余围棋比赛中，近年开始插入各种"文化组件"，以彰显围棋活动与比赛的文化特性。有论坛、有关于围棋方面的学术讲座，如由中南大学教授、中国第一个"围棋博士"何云波教授与大家就围棋研究课题展开座谈就十分有意义。

从世界上的情况来看，业余围棋大赛有互相借鉴的倾向，因此，作为世界最高水平，在广州举行的两年一届的"珠钢杯"世界围棋团体锦标赛也可以从中吸收经验。"珠钢杯"世界围棋团体锦标赛2013年底在广州棋院成功举办了首届比赛，这一将职业最高水平选手与业余选手同台竞技的世界大赛创下了多项纪录，其创新性受到棋迷的赞赏，也因卖点多而比其他同质化的世界大赛赢得更为广泛的关注。离第二届比赛虽然还有一年多的时间，但比赛的操办者已在开始谋划进行改良，东湖棋院副总经理容一思只肯透露其中一个构思，他对本报记者说，第一届比赛，所有人都将注意力放到以特殊赛制和规则进行的冠军争夺战上，如果有一种形式可以让季军争夺战也吸引眼球不是会更有效果吗？例如季军争夺战以中国古棋规则座子制进行，发"思古之幽情"，同时也可以为新闻报道增加一些亮点。

中国是围棋的故乡，也是酒的故乡，如果说日本的围棋与酒企业密切相关的话，今天，韩国真露集团举办"真露杯"日、中、韩三国围棋精英赛，更是把酒与围棋的结合推向一个高峰。而且真露集团秘书长说出了他们的动机："我们真露集团是以酿酒业为主的集团企业，我们公司每年都拿出4亿韩币的资

259

---

[1]　以台湾实业家、围棋活动家应昌期先生之名冠以的赛名，该赛事在今天仍在延续。

金来办'真露杯',就是向世人表明我们不仅仅是个酒商,我们也热衷于文化活动。"[1]因此,在棋酒的故乡,若社会创造一定的条件使围棋的酒文化氛围更加浓烈,在现在社会政治经济条件下,酒文化的制约作用恐怕就不仅是艺术或竞技方面,而应该是,艺术、竞技、企业所产生的酒文化的系统效应,或者说它必将是未来围棋饮酒文化内涵的大势所在。

---

[1] 李哲勇. 韩国围棋大爆发的背后[J]. 围棋天地,1994(2):30.

第六章　浅谈京剧中的酒文化[1]

　　京剧是中国的国剧，它代表了典型的中国文化，中国酒文化作为中国文化的重要组成部分，必然要反映到京剧艺术中来，酒文化不但极大地丰富了京剧的题材和剧情的冲突。而且，酒文化独特地内涵更给京剧表演以广阔的创造空间和强大的艺术生命力。

　　世界上有三种古老的戏剧：古希腊的悲剧和喜剧、印度梵剧和中国的戏曲。京剧则是中国戏曲中诸多剧种的典型代表。

　　京剧之所以为我国传统戏剧中的瑰宝，是它把歌唱、舞蹈、音乐自然地融为一体，且剧目十分丰富，古今中外的许多历史的与现代的、伦理的与感情的、现实的与神话的等故事都有。形式与内容两方面的综合性或多样性使得京剧具有强大的适应性和生命力。

　　京剧生长在民间，又扎根于群众之中，它演出的剧目无论悲欢离合在一定程度中都反映了人民群众的愿望和追求，作为中华民族文化重要组成部分的酒文化，它也必然要渗透到京剧中来，京剧舞台上无论是红脸的关羽、白脸的曹操、黑脸的包拯、紫脸的专诸等再现的历史人物，还是那飘飘俗仙的神女、雍容华贵的后妃、勇冠三军的武将、扶危济贫的侠士、开明治国的君主、忠心效命的重臣等性格各异的艺术形象。几乎无一不与酒发生联系，借以塑造、渲染、烘托达到其艺术效果，有人说"酒与文章一同降生"，此话想来并不过分，从京剧艺术上完全可以体现出来。"三五步走尽天下，六七人百万雄兵"，以虚拟化为特征的表演艺术，内涵丰富的中国酒文化自然会引发观众的各种想象和意境，更给对社会生活加以提炼、升华、夸张、美化而形成的表演

　　[1]　王仕佐，黄平. 中国：北京 第三届国际酒文化学术研讨会交流论文. 2000.

261

求
索
篇

技艺和人物刻画以广阔的创造空间，进而达到出神入化的境界。京剧艺术综合性、虚拟性和程式性的表演，构成了京剧独特的表演体系，有人称之为"梅兰芳表演体系"，并把它与"斯坦尼斯拉夫斯基体系"和"布莱希特体系"并称为世界三大表演体系[1]。"梅兰芳表演体系"表现了典型的中国文化、中国酒文化，也充实和丰富了这门独特艺术。

一、用酒来点明题材

京剧大约是在19世纪30年代前后（清代道光年间）形成的，从清乾隆五十五年（1790年）以后，中国大陆南方的四大徽班陆续进入北京。第一个进京的徽班以唱"二黄"声腔为主、兼唱昆腔等，由于声腔和剧目都很丰富，很快地压倒了当时盛行北京的"秦腔"。许多秦腔班的演员转入徽班，形成徽秦两腔的合作，后来另外三个徽班也来到北京。京师的梨园又有了很大的变化。到清朝道光年间，造成了第二次"西皮"前身是秦腔与"二黄"徽班的合流，形成了所谓的"皮黄戏"，即京戏或京剧。

京剧来源于民间，它自然为人们喜闻乐见才有其生命力，因此，一般来说，京剧所演的戏威武雄壮、慷慨激昂的比较多，而在民间，酒与英雄往往是紧密结合的，大凡描绘英雄豪杰，大都要极力渲染他的酒量，这种观念，直到今天，对中国人的文化心理结构和文学艺术的影响依然存在。欧阳予倩先生在《中国戏曲研究资料初辑》中也曾介绍说："二黄戏是野生的戏曲艺术，它的风格是比较粗野的……"主要演的是《三国演义》和《水浒传》的戏。此外就是《东周列国志》《精忠说岳全传》和《杨家将全传》等。当然是很有道理的，诸葛亮、曹操、张飞、鲁智深、林冲、穆挂英等英雄人物几乎是家喻户晓，这与文学作品的成功不无关系，但通过酒文化的舞台形象的塑造，则更是栩栩如生，他们武艺超群，酒量过人，通过对英雄的深刻细致的描述，透过酒文化也展现了历史上社会及生活的某些侧面，甚至一些著名事件。如《摘缨会》这出老生传统戏，就是围绕楚庄王大宴群臣中，由爱姬敬酒引发的矛盾冲突，整台戏围绕"酒"而进行，生动描述了晋楚交兵的一段共知的美谈——荆

---

[1] 北京大学中国传统文化研究中心. 中华文化讲座丛书[M]. 北京大学出版社，1996：144.

轲刺秦王未中，大闹秦庭，虽未成功，千古壮其侠烈，《荆轲传》就描写了这一事件，戏中为塑荆轲无畏的英豪形象，以其海量壮行，"饮酒须要效鲸狂，开怀一饮断长江。快哉干杯尽海量，人生乐事惟醉乡"。酒在这里与这一著名历史事件结合得恰到好处，著名表演艺术家郝寿臣的表现更是逼真动人，《监酒令》则通过以军法行酒令，反映汉代吕后专权，宫廷骄奢淫逸的生活，戏中描述了吕后专权，吕姓皆封王爵，每夜宴乐。朱虚侯刘章不满吕后所为，刘章趁为吕后斟酒，以军法斩了吕党二人。这出戏也反映了汉代酒令不同于以后唐代的酒令[1]，通过酒文化体现出不同历史时期的社会生活。此外，许多京戏。只要一听剧名，人们都可联想出历史事件及人物特征。在这里，"酒"起到了代名词作用，如《青梅煮酒论英雄》，就可想起曹操、刘备议论天下英雄的复杂心理；《横槊赋诗》，就浮现出曹操"老骥伏枥，志在千里"的英雄气慨和自豪感；《太白醉写》使人们想到李白醉酒后趁此要杨贵纪溶墨，要高力士脱靴，以泄尽闷气的众所皆知的文人志气；《醉打山门》使人们想起胆大心细、侠肝义胆的鲁智深形象。在这些戏中，唱词、剧情、演技都脱离不了"酒"这一主题，都围绕着主人公而进行，从艺术的角度把中国丰富的酒文化展示在我们面前。京剧剧目非常丰富，已知约有5000多个剧目。其中许多规模很大，成为"系列戏"，其内容多为历史故事。影响最大的有"三国戏"，表演三国时代的诸多事件，如《桃园三结义》《过五关斩六将千里走单骑》《群英会》《借东风》《龙凤呈样》《失（街亭）·空（城计）·斩（马谡）》等等。"杨家将戏"表演杨家将英勇杀敌、卫国牺牲的壮烈事迹。如《杨门女将》《穆桂英挂帅》《四郎探母》《百岁出征》等等。"水浒戏"表现了封建社会许多官逼民反的悲剧和英雄人物的行为，如《野猪林》《武松打虎》《打渔杀家》等等。翻开这些剧本，字里行间都浸透着酒的芳香，眼前浮现着众多英雄豪杰的饮酒形象，他们或静或狂的"醉态"引发人们去透过现象进行深层次的思索，这或许就是京剧艺术能根植人民大众之中的魅力所在。

263

[1] 王昆吾. 唐代酒令艺术[M]. 东方出版中心，1996.

求索篇

二、用酒来抒泄胸腔

酒是一种特殊的饮料，自酒被发明以来。就一直被人们津津乐道，从某种意义上讲，中华文化的历史，就是一部饮酒史，"酒"渗透到人们社会生活的各个领域。如果说京剧带有浓厚的酒文化色彩，那么作为其起源的文学作品自然少不了酒的独特作用，无论是《周书》中的"酒诰"，还是《诗经》的"大雅""小雅"都留下了酒的诗文记录，酒既能成为千古文章不可少的部分，首先是酒为诗人们的良伴益友，难怪他们的作品自然飘溢着酒的芳香，这些在京剧中都可得到显现。如果说文学作品是平面的，那么京剧手段则是立体的。"东风吹出花，安可不尽杯"（《金陵凤凰台置酒》）、"人生得意须尽欢，莫使金搏空对月"（《将进酒》），李白把他的人生哲学与酒连在一起，但也不是消极的，前面提到的《太白醉写》这出戏，就深刻地表述了李白的人物形象，用京剧艺术把这位诗人表现得活灵活现。

京剧中对于故事情节、人物形象表述，酒文化起着极其重要的作用，和文学作品一样，往往可以从"一杯酒"来展现主人公的情怀、抒发胸臆，表白独自的内心世界，将全剧引向高潮。精炼的唱词、优美的唱腔、动人的表演，让你在融人剧情的同时，得到一种美的享受，从深层次上感受到酒文化与京剧艺术的完美结合。

用酒言志历史上的著名人物个性多样，京剧在表现这些人物时，在剧情安排上离不开"酒"，诗言志，酒亦言志，用"醉境"来表达各自态度或揣摸对方的心理，使其形象更加丰满。三国戏中，著名京剧表演艺术家郝寿臣、袁世海之代表作《横架赋诗》就把曹操这位熟悉的历史人物的这一心理表达得淋漓尽致，"想当年老夫持此桨，破黄巾，诛董卓，擒吕布，灭袁绍，深入塞北，直抵辽东，纵横天下，颇不负大丈夫之志。……对酒当歌，人生几何？譬如朝露，去日苦多。慨当以慷，忧思难忘。何以解忧，唯有杜康。"这种对岁月流逝的无情与建功立业的矛盾。以及对"志在千里"这种进取精神的张扬，正是历史上活生生的英杰形象。京剧《群英会》中，周瑜一开始就令把盏，整过剧情就围绕"看酒"展开，"悲歌起同饮佳酿，我今日云中会故乡，蒙主上权衡督长，为大将真难当""今日相逢会旧交，群英会上当醉饱，畅饮高歌在今霄"。诸葛亮也"劝大夫放开怀且自饮酒，些须事又何必这等担忧"。戏中在

"酒席"上的精彩旁白，一言一语、一举一动，生、净、丑角合作。充分展示了"群英"的胆识和韬略。

用酒抒情生活中的酒都具有两重情，即在高兴激动之余要饮酒，称"助兴酒"或"庆功酒"。在文学作品中比比皆是，京剧上同样如此，许多战争题材的戏，出征要喝出征酒以壮行色，凯旋要喝祝捷酒以庆胜利，"接过兄长酒一蹲，戒酒之事记在心。回头再对大哥论，夺取瓦口定把功成"，这是京剧《瓦口关》中张飞的出征情怀，《辕门斩子》中杨六郎为穆桂英壮行，"叫焦赞将酒宴后帐摆下，破天门全凭那女将娇娃"。"酒"在这里所表现的杨家将的忠烈之情，感人尤深。现代京剧《智取威虎山》中体现杨子荣"今日痛饮庆功酒，壮志未酬誓不休。来日方长显身手，甘洒热血写春秋"的英雄气概的著名唱段。更是深入人心，已成为大家在特定场合以达到某种高潮的经典用法。可见，京剧中的酒文化。它来自社会现实。然而表现在舞台上，可起到发挥独特功能的作用。

一般来说，京剧在刻画一个人物形象的手段中，除了注重角色，即行当和以唱、念、做、打等的结合表演程式外，必定要为主人公设计一段内心表白的主要唱腔，直抒胸臆，或慷慨激昂，或如泣如诉，把剧情推向高潮，把人们带入戏中主人公的意境去直接感受。这种在丰富人物性格，体现内心深处而利用酒来达到目的的，在京剧中更具有特殊效果。根据水浒故事改编的京剧《野猪林》就是非常好的例证，林冲无端被害，妻离家破，在发配远乡路途甚至几乎是苟且偷生的境地时，仍逃不脱遭陷害的厄运，从八十万禁军教头到一个囚卒，从祸从天降到走投无路，戏中通过一酒葫芦，生动地表现了被逼上梁山的儿女情长、英雄气短的悲愤心理和凄凉，"大雪飘、扑人面，朔风阵阵透骨寒。"在这天寒地冻的山野，"往事萦怀难排遣，荒村沽酒慰愁烦。望家乡，去路远，别妻千里音书断，关山阻隔两心悬"。

没想到自己沦落到此，乘着酒兴，悲愤交加，"满怀激忿问苍天，问苍天，万里关山何日返？问苍天，缺月儿何日再团圆？问苍天，何日里重挥三尺剑"，也表达了"诛尽奸贼庙堂宽，壮怀得舒展，贼头祭龙泉"的英雄气概。在这里，酒文化向我们展示了一个新的视角，它把酒与英雄紧密结合起来，借酒抒情，使英雄的形象更趋完美。京剧《徐九经升官记》讲述了清朝光绪年间玉图县令徐九经因貌丑不被重用，很是不满。但他克服了个人恩怨，在审理安国侯、并肩王官司中，机智地作出了公正判决，塑造了一个清正廉明的清官形象，戏中主人公用酒巧妙机智地表达了其普通、自然的心理，"想当年我走霉运，喝你的酒我才开心。哎呀呀，你害得我得了酒病，上了酒瘾，离了它我就难活命……"诙谐幽默，引人入胜，由丑角表演，更使主人公形象丰满，惹人喜爱。

用酒点缀和文学作品一样，为推动剧情发展，使人物形象个性更加鲜明，京剧也常运用对比、反衬的手法，"酒"可发挥着不可替代的"能源"推动作用。如前所述，林冲被逼上梁山一节的情节发展，"酒"扮演了十分重要的角色，喝酒定交、沽酒御寒，全剧结束，亮相时仍是"刀枪套葫芦"。衬托出"英雄与美酒"的预定效果。范均宏先生改编的京剧《杨门女将》，熟悉的故事，熟悉的人物，加上作者精炼的语言和杨秋玲、王晶华等一批优秀演员的出色表现。该剧获得了空前的成功。不容置疑，这部描写杨家将"众儿郎壮志未酬疆场饮恨""老太君一门多忠草，率领女将把贼平"的赤胆忠心为国效命，忠烈一门的戏，武戏色彩浓厚，但也正是"酒"，一开始就引发冲突，扣人心弦，"寿堂"这一幕甚为精彩，戏中，正值杨宗保五十寿辰，府中大摆筵宴，柴郡主与穆桂英恐百岁高龄的余太君闻耗惊痛，通过"一杯酒"表现其悲喜交加的复杂心理，从"可笑我弯弓盘马巾帼将，传杯摆盏内外忙"到"眼望着杯中酒珠泪盈眶，痴心语似乱箭穿我胸膛。一霎时难支撑悲声欲放，我只得吞酸泪把苦酒来尝"。余太君正是用"酒从宽处饮"的常识洞察到"桂英儿平日里颇有酒量，为什么一杯酒醉倒在厅堂"？从而"细问短长"。拉开了为国"请长缨慷慨出征"的序幕，一下把剧情推向高潮，酒的巧妙利用，合情合理，表演得惟妙惟肖，现代京剧《红灯记》中"赴宴斗鸿山"这场戏虽算是开场，可为全剧的主笔。

围绕"赴宴"，"酒"又发挥了刻画李玉和这个英雄人物的绝妙作用。"赴宴"前颇具酒量，"临行喝妈一碗酒，浑身是胆雄赳赳""千杯万盏会应酬"到"盛宴"时却"不会喝酒"，作者的这个精心设计，无疑对塑造一个高大英雄形象起到了"妙笔"的作用。总之，作为综合艺术体现，京剧中唱腔独具一格，居于首位，颇有讲究，大段的唱腔以表现人物低沉、感情悲痛，或感叹观畅，或缠绵、抒发情感，酒文化自然可提供创作空间。京剧来源于生活，它反映的也是现实生活，在这个意义上，京剧舞台上体现酒文化是一种必然，酒文化的艺术和艺术的酒文化是并行不悖的。

三、用酒来丰富表演

京剧源远流长，它博采众长，形成了独特的艺术形式，在表演手段和技巧方面，京剧具有程式化和舞蹈化的表演特点，虽然在内容方面，京剧同其他艺术作品一样，主弦律都是弘扬中华民族传统美德，如惩恶扬善、扶弱济贫、精忠报国、孝亲尊师等。这些都是民族的精华，人们不但从中获得美的享受，还可以汲取教益。

但京剧艺术又与其他艺术样式不同，如话剧、电影等。京剧不是靠故事情节取胜，而是靠演员的"四功五法"[1]，吸引观众，就像俗话说的，"戏在演员身上"。历史悠久，内涵丰富的酒文化，我们任何人都可以接触、感受，但是把它展现在京剧舞台上艺术地体现，我们认为至少要经过两个阶段，首先，从现实生活到文学作品或剧本，在这一阶段，历来文人志士都有不少的描述和体验，纵观中国文学之历史，大文豪诗人们都爱酒、能酒和写酒，有的是对酒的人生态度，陶渊明有"平生不止酒，止酒情无喜。暮止不安寝，晨止不能起"（《止酒》）的诗句，有的醉酒以言志，如曹操的名篇《短歌行》，张扬了它"老骥伏杨，志在千里"的进取精神。有的醉境出华章，如陈与义就能"落日留霞知我醉，长风吹月送诗来"（《寻诗两绝句》）等等。这些对醉意、醉境、醉态等的描述。在诗文上甚为精彩，也为舞台体现提供了丰厚的素材，对剧本创作和表演创作都是如此。其次，从文学作品到舞台再现，这一阶段需要演技的高超和对深厚的酒文化的理解，前面我们说过，如果说剧本是平面的，表演则是立体的，正是基于这一点，酒文化的素材在我们今天广为熟悉，无论是在体育表演如醉拳等，还是在电影、电视等方面人们都对此津津乐道，可见其在大众之间扎根之深。而在京剧上则更是如此，酒文化不但丰富了京剧的题材。也丰富了京剧表演，可以说京剧中各个行当，唱、念、做、打功夫中都有涉及到酒文化的，艺术家在对"酒"的表演上的高超技艺、内心体验，使得不少的"酒"戏在人们之间广为流传，脍炙人口。如殷元和先生创

267

求索篇

---

[1]　京剧中的"四功五法"，即指唱、念、做、打四种表演功夫和手、眼、身、法、步五种技术方法。

演法的《醉打山门》，把鲁达打死镇关西郑屠，入五台山削发为僧。遇卖酒人，夺酒痛饮，醉打山门的醉酒心态，表现得有色有声，使其仗义和鲁莽的性格为人们内心深处所喜爱。唐代大诗人李白是大家都非常熟悉的历史人物，京剧《太白醉写》以一个"醉"字生动刻画了这位酒仙嗜酒如命、不畏强权、奔放豪迈的人生性格，剧中既有"醉熏熏好一似琼林赴宴，勒住了龙驹马醉眼斜观"的醉态，也有"口似悬河天言，羞辱高杨在君前"的"醉翁之意不在酒"或"酒醉心明白"的过人的机智和胆魄，戏中单就情节和主人公复杂的心态的表演而论，也极富观赏性。前者用"醉"来表现侠士，后者用"醉"来表现文人，手法不尽一样，效果则完全相同。值得一提的是，说到京剧艺术与酒，我们不能不提到艺术大师梅兰芳先生，它在表演艺术上的创造是历史的、开拓性的，他从师众多，广结益友，在艺术上博采众长、虚心请益、胸怀宽广、博大精深，他扮相清秀俊美，歌喉甜润响亮，而且戏路宽广，文武昆乱皆精。他精通音律，行腔吐字流畅自然，不露痕迹，平淡中见俏奇，典雅中蕴华丽，令人听之欲醉。在表演上，他吸收了昆曲表演的优美舞蹈，又根据人物性格和感情加以灵活运用，以丰富优美的舞蹈语汇塑造出许多典型的古代妇女形象。在许多古装新戏里，他吸收了我国古代的绘画、雕塑和舞蹈等艺术，独具一格，为京剧旦角表演艺术开拓了广阔的道路。他独创的《贵妃醉酒》《霸王别姬》等的梅派演法，其精湛的舞蹈，优美的唱腔使其成了梅派代表作，《贵妃醉酒》亦成了梅兰芳的代名词，他把酒文化与京剧艺术的完美结合提高到了一个空前的高度，给予"酒"与艺术有机结合的创造以永恒的启迪。《贵妃醉酒》的情节很简单，唐明皇与杨贵妃约好在百花亭摆宴，唐明皇临时失约，改往梅妃宫去了。杨贵妃只能独自痛饮，喝得酩酊大醉。"皓月当空，恰便似嫦娥离月宫""好一似嫦娥下九重，清清冷落在广寒宫，啊，在广寒宫"，说了许多酒话。"这才是酒人愁肠人易醉，平白讴驾为何情"？声提裴力士，"想当初你进宫之时，万岁是如何等待你，是何等爱你；到如今一旦无情，明夸暗弃，难道说从今后两分离"！做了许多醉态"只落得冷清清独自回宫去也"！夜深人静，才带着怨哀的心情。由宫女们搀扶回宫。角色的心情相当复杂。

可梅派在表演中，将"醉"字在舞蹈中融合，如"嗅花"时，熟练地表演踏右步，双抖袖，右手高，左手平，右腿往前伸出再往后绕，撇在左腿后，立稳、缓缓下蹲往右卧，背着地，压在右脚上，左手往后背、右手放在胸前。

这种名"卧鱼"的程式反复运用，就把杨贵妃对命运的衰叹表演得惟妙惟肖，入木三分。这种"醉态"美，使人对"酒醉"以新的理解，凭添无限的遐想，仿佛呷了一口清醇，荡气回肠，回味无穷。可见，"酒"在戏曲舞台上，梅兰芳大师等给了它特殊的审美功能，审美既是一种体验和感受，也是艺术创造如审美创造！当然，这种创造除了"做"戏外，也包括"写"戏，著名的表演大师通常都是"全能"，梅兰芳先生的代表作其创新不仅仅是在表演上，他对唱词修饰、唱腔设计等无一不精，因为剧本与表演相辅相成，互成因果。就京剧而论，大凡一个成功的作品，都经过多人甚至几代人的不懈探索、提炼而成，酒文化对京剧表演艺术的丰富，固然离不开表演艺术家对酒文化的切身体验，更赖于他们对赋予表演的剧本的"咬文嚼字"，梅兰芳先生的代表作《贵妃醉酒》《凤还巢》《霸王别姬》等完全说明了这一点。著名京剧表演艺术家李少春先生根据《山神庙》改编的《野猪林》，把林冲这个悲剧色彩的人物塑造得有血有肉，他的"大雪飞"的著名唱段以酒为背景，文笔流畅，一气呵成，可以说是林冲戏的经典，他集改编、唱腔设计、主演、导演及舞美等为一身，和梅兰芳一样，仿佛给了京剧界"眼前有景道不得"的局面，我们不知道他们在生前对酒是否有特殊爱好，甚至有多大酒量，但他们对酒的功能，对酒文化与艺术，与创新的追究和深悟应该说是肯定的。酒在一定程度上丰富了京剧的表演，京剧这门独特的东方表演艺术也给了酒文化展示以广阔的空间，京剧表演大师们的实践，也就是最好的注释。

综上所述，称为"国剧"的京剧，作为代表中国文化的表演艺术，它来自现实生活，和酒文化融为一体。随着社会的发展，这种结合必将以新的面目出现。纵观中国文化史，无论是魏晋诗风，唐代诗情，仿佛历史上酒盛则文盛。在西方，文学的滥觞与酒神，关系也甚密切。古希腊的悲剧、喜剧都起源于对酒神狄俄居索斯及其祭祀的模仿，希腊罗马文学的鼎盛时期正是酒文化的繁荣时节。在今天，如何弘扬和继承优秀的传统文化，被称为"曲高和寡"的京剧艺术，它如何艺术地展示现代酒文化，现代酒文化又如何为它提供这片沃土，它们相互融合、相互发展的内在依据，尚需我们品着玉液琼浆，哼着"壮志未酬"去进一步探索。

第七章　科技发展与饮酒观念

酒作为一种特殊的饮料，与人们的生活密切相关，由此而形成的酒文化，也随着社会文明的变化而变化，无论从历史上的狂饮到禁酒，还是从酒盛文章亦盛到今天的快节奏、多色彩，饮酒方式无不打下时代的烙印，科学技术的发展也改变着人们的饮酒观念，探索科学技术发展对饮酒观念的影响，有利于我们从深层次上把握其发展规律。

饮酒是人们日常生活中最常见的现象，自酒被发明出来，就一直伴随着人们的吃、住、行、娱乃至喜、怒、哀、乐。"无酒不成席""无酒不成礼"，这似乎是天经地义的；"三杯通大道，一斗合自然"（李白《月下独酌》），酒又有这样的神奇功能和不可思议；"有虑齐息时，乃之德；万缘皆空时，乃之功"（刘伶《酒德颂》）。难怪又获得人们这样的赞美。古往今来，正是饮酒的功用和饮酒的乐趣，无论在什么民族和国度都形成了内涵丰富的酒文化，成为其民族文化的重要组成部分。

（一）

中国有着悠久的历史文化及农耕文化，这与完成酒的初酿不无关系，也许农耕发明不久即为，这个历史可能不短于八九千年，如在距今六七千年的仰韶文化和大汶口文化中，就发现了许多精致的陶质酒具，还有不少标准的酿缸，这是史前时代酿酒和饮酒的最好证据。对于酒的真实起源的动因和时代，遗憾尚无可靠的文字依据。"天之美禄"，这是汉代人对于这一既可合欢、亦可浇愁，既味之美、又意之浓的好东西的称誉，到底是天赐的礼物，还是人间的发明，战国至汉代的酒人在狂饮烂醉后，才想起该弄个明白，于是有了"仪狄说""杜康说"乃至"仪狄——杜康说"这样莫衷一是的考究结果。

在科学技术不发达的古代，人们去追究酒这一"美味"的伟大、神圣和功不可没的发明，以至用非理性的臆想来结论、来代替理性的推测是合符情理的。设想在饮食较为简单的时代，粮食能转变为香甜的可口食物，并兼有其他食物所不具备的"特殊"作用，赞美不绝是理所应当的，在这里，酒的"美味"与"神秘"，就是当时人们的饮酒价值在物质和精神上的体现。晋代文人江统在他著名的《酒诰》上曾描述为："酒之所兴，肇自上皇；或方仪狄，一日杜康；有饭不尽，委之空桑，郁积成味，久蓄氛芳。"随着社会的发展，到夏禹时代，仪狄所酿的"旨酒"，应是一种味道更美的酒，可能是他改良了传统的工艺，也提高了酒的酿度，一方面，美味使得以酒为池，饮酒成风，夏桀时就有"使可运舟，一鼓而牛饮者三千人"。另一方面，酿度的提高，饮多了必然给人带来伤害，历史上夏桀、商纣之所以沉溺于声色之中，乃至成亡国之君主，就是因为纵酒而改变了本来的性情。用现代科学了解释，纣王就是饮酒过多而酒精中毒，事实上，纣王的悲剧还不止于酒精中毒，恐怕还有铅中毒症状，我们知道，商代所用的青铜酒器，乃是铜、锡、铅的合金。商代早期青铜器含铜量达90%—98%，接近于纯铜。中期以后，铅、锡比例增大，分别占合金的1%—6%和5%—8%，有的含铅量达21%—24%，严重的铅中毒者，可出现铅毒性脑病，从他典型的澹妄症就可证明。纣王在明知西伯（周文王）有推翻商王朝的举动时，还自以为天命在身，毫不在乎，"我听说圣人的心有七个进出孔"，于是命人剖他叔父王子比干之胸，挖心观验！神经错乱到这样的极点，固然难逃灭亡的命运。

夏桀、商纣王的血的教训，周人非常清楚其原因，所以在建国伊始，严禁饮酒。当然，他们的戒酒，并未从科技上去寻找原因，只是根据当时"群饮""崇饮"（纵饮）所造成的危害，从政治上的需要出发，对饮酒作出另一番解释，《尚书·酒诰》就记载了周公对酒祸的具体阐述，他说戒酒既是文王的教导，也是上天的旨意。并说上帝造了酒，并不是给人们享受的，而是为了祭祀。禁酒的结果，使酒器派不上用场，故西周时的酒器远不如商代，从出土文物来看，在西周的一些大型墓葬中，有时甚至连一件酒器也找不到。这种以政治为主要目的的禁酒，当然不可能完全禁绝，但却在酒的饮用上作了许多严格的礼仪规定，酒筵秩序井然，为以后的"礼饮"开了先河。

（二）

经过在酿造上的不断总结，到汉代，酿酒业有了较快的发展，汉时普遍嗜酒，酒的需求量很大，无论皇室、显族、富商、都有自设的作坊制曲酿酒，另外有不少自酿自卖的小手工业作坊。从酒质上看，秦汉之际的酒，水分较高，酒味较烈，而到东汉时则有度数较高的酿酒，酒人们海量渐有下降。西汉时一斛米出酒三斛余，而东汉时一斛米出一斛，酒质有很大提高，《汉书·食货志》谈到汉代用酒量很大，结合礼欢，说是"有礼之会，无酒不行"，无酒不待客，不开筵。有了许多的美酒，又有许多饮酒的机会，许多人也就自然加入到饮酒的行列中来。

汉代人喜欢饮酒，有意思的是却与后人不一样，他们似乎对其称谓褒贬不辨，如不以"酒徒"为耻，而自称酒徒者不乏其人，如自称"高阳酒徒"的郦食其（《汉书·郦食其传》），还有以"酒狂"自诩的司隶校尉盖宽饶（《汉书·盖宽饶传》），汉代人们对酒的嗜好及崇敬，我们认为除了把酒看成神圣之"美绿"为祭祀品加以神圣化外，禁酒后导致的"礼饮"以及酿造工艺的改进使其味更美也是其重要原因，但酒精度低，香而不精导致豪饮是其实质，史书上常有记载，皇室宗庙祭礼要有好酒，而端出来却常闻不到醇香，只有一股冲鼻的酸味，这使古人伤透脑筋，就望设法提高酒的度数。我们知道，我国唐宋以前的酒的酿造全部采取发酵法，秦汉以后以后虽然已广泛采用了曲酿法，但由于酒曲的质量不高，所以在酿化的过程中糖化力不高，发酵力低，当酒精成分达到一定程度（现代酿酒都不超过20度）的时候，酵母菌便受到抑制，停止繁殖，发酵作用也就进行很缓慢了，因而酿出的酒，酒味淡薄，保存期短，甚至会"日昃不饮酒，酒必酸"。据史籍载，王莽时2斛粮，1斛曲得酒6斛6斗，出酒率为20%，对此，北宋著名科学家沈括也认为汉代人饮酒多而不乱的原因，除了夸张的因素外，主要是因为酒的度数不高，"汉人有饮酒一石而不乱，余以制曲法较之。……能饮者饮多不乱，宜不足怪"[1]。对汉代而言，由于当时社会相对稳定，生产力得以发展，统治者的倡导，也有其重要原因，如开国皇帝刘邦也曾是个酒色之徒，常常醉卧酒店中（《史记·高祖本纪》），继王莽而登天子宝座的更始帝刘玄，"日夜与妇人饮宴后庭。君臣欲言事，辄醉不能见"[2]。"酒天子"的出现，常"不拘礼法"，饮酒无节制，甚至出现了"群臣饮酒争功，醉或狂呼，拔剑击柱"（《汉书·孙叔通传》）的情况，后来刘邦采纳了孙叔通的建议，依据古代的礼仪制定了汉仪之后，制服了多为草莽英雄的众多臣下，才又达到了"竟朝置酒，无敢灌哗失礼者"的新局面，维护和加强了皇帝的威仪。因此，汉代的饮酒虽不同与以前，但也有相同的地方，社会生产力水平，即科技水平必然会影响人们对饮酒的态度。

汉代以后的魏晋时代，酒人的心态又有了新的变化，从历史上看，这个时代是黑暗的时代，动乱的时代，换代改朝，大规模的杀戮，使得人心惶惶，"但恐须臾间，魂飞随风飘"[3]（阮籍《咏怀诗》）。饮酒成了当时的一种时代风尚，特别是酒与文学结合起来，文人饮酒形成风气较为显著，《古诗十九首》中有"斗酒相娱乐，聊厚不为薄"之句，文人在诗中开始注意对酒的描写，其原因是有着深刻的社会背景的，南宋人叶梦得说："晋人多言饮酒有至于沉醉者，此未必意真在于饮酒。"看来借酒消愁，借酒避祸可能才是魏晋间酒风炽盛的一个原因。从酿酒来看，当时不但不禁酒，晋武帝司马炎还将沽酒法和农田法等颁行天下，公开肯定了酒的酿造和买卖的合法性，并且制曲技术有了进一步发展，已出现了药曲。贾思勰在《齐民要术》中详细地记述了10多种制曲酿酒工艺，大致可分为神曲法和苯曲达两大类，"九酿春酒法"等酿酒方法已十分先进。这样，特定的社会环境与人物特征，酿酒工艺的进步，造就魏晋特有的饮酒环境和酒风。从而开始了"高会君子堂，并坐荫华榱。嘉肴充圆方，旨酒盈金罍（音）"的共同生活，把酒与文人，酒与诗密切结合起来，形成了就文化上浓墨重彩的一页。

---

[1] 刘军，莫福山，莫雅芝. 中国古代的酒与饮酒[M]. 商务印书馆国际有限公司，1997：33.

[2] 王仁湘. 饮食与中国文化[M]. 人民出版社，1994：196.

[3] 韩传达. 阮籍评传[M]. 北京学业出版社，1997：10.

（三）

　　如果说文人饮酒风气始盛于汉末，魏晋得到了发展，那么到唐代即可认为达到了空前的高度。

　　公元618年，在经历了将近400年战乱的中原大地上，出现了统一的隋唐帝国，中国历史上出现了著名的"盛唐"时期，就中国古代而言，可以说，唐代社会是一个非常开放的社会，当时，周边民族人群的涌入，新兴社会阶层的崛起，经济中心从中原向南方转移，以及商业的繁荣和手工业的发展，都为多种文化的并存和交流提供了广阔的舞台，中华民族的文化从此进入了一个高峰时期。

　　对于唐代社会的这一特征，陈寅恪先生在《唐代政治史论述稿》中写道："唐代新兴之进士词科阶级异于山东之礼法旧门者，尤在其放浪不羁之风习。"事实上唐人的放浪不羁以及由此而产生的惊人的创造力，是无远不届的。他们往往是在举手投足之间，便完成了通常需要几百年时间才能完成的创造。如唐代的葡萄酒酿制可见一斑，我国最早酿造葡萄酒的是今新疆地区，西汉张骞出使西域带回优良葡萄品种后，内地才开始大量种植并以酿酒，唐代由于唐太宗李世民等许多帝王大臣都喜欢这种酒，使葡萄酒得到空前发展。公元640年，唐太宗破高昌（今吐鲁番）后，得到马奶葡萄种子，不仅在御苑中栽种，果实成熟后还亲自督造葡萄酒。其后，民间酿造和饮品也十分普遍，许多诗人的作品都曾提到，王翰的《凉州词》："葡萄美酒夜光杯，欲饮琵琶马上催。"就是流传千古的佳作。除引进葡萄酿造法外，在唐代还出现了蒸馏酒，蒸馏酒的出现，标志着我国酿造技术的一大飞跃，是酿酒史上一个划时代的进步。当然蒸馏酒产生的时期，目前学术界仍众说不一，我们虽然也找不出唐代蒸馏酒方法的直接证据，但从蒸馏的工艺技术上看，如唐陈藏器所著《本草拾遗》中已有"甄（蒸）气水""以器承取"的记载，少数民族的历史文献《西南彝志》中记载了隋末唐初时期西南民族"酿酒醇米酒，如露水下降"的蒸馏制酒的情况；此外，唐诗中多次提到"烧酒"与"蒸酒"，李肇的《唐国史补》即有"酒则有剑南之烧春"的说法，白居易《荔枝楼对酒》云："荔枝新熟鸡冠色，烧酒初开琥珀香。"另外，从2014年出土的隋唐文物中，还出现了15—20毫升的小酒杯，如果没有度数较高的白酒，酒不可能制作这么小的酒杯。由此可知，酿酒技艺的发展在唐代形成了一个新的时期，可以想象，社会的安定，文化的交流。经济的发展和繁荣也是唐代酒文化发展的肥沃土壤。

在唐代，饮酒特为文人所崇尚，为此传下许许多多的酒诗和其他文学篇章。当时文人多，嗜酒的也多。从他们流传的作品来看，反映了他们各自不同的心理及遭遇，"酒盛则文盛"，但起码反映了唐代酒在社会的盛行。其次，在统治阶级内部，灯红酒绿，骄奢淫逸的生活，酒自然起着不可代替的作用，在唐代的宫廷中，杨玉环的酒癖及故事流传甚广，"酒"成为她的"三绝"（据说唱曲、饮酒、围棋）中的一绝，饮酒伴歌舞，成为其宫廷生活的一部分，李白应诏入京以翰林供奉的身份被安置在翰林院，除了为皇帝草拟文浩诏令之类文件外，同时宫中宴乐、御驾巡游，也常常伴随左右，写作一些诗歌以增添宫廷乐趣和点缀升平景象，适应"入侍瑶池宴，出陪玉撵行"（《秋夜独坐怀故山》）的生活。其实，在古代人的生活中，酒和歌舞历来是相伴随的，但酒筵歌舞作为一种普遍的社会现象，却是在政治比较稳定，经济比较繁荣的隋唐出现的。与过去相比，这一时代的宴饮娱乐显得更为活泼生动，这时候的诗人曾以"樽中酒色恒宜满，曲里歌声不厌新"（谢偃《乐府新歌应教》）、"齐歌送清觞，起舞乱参差"（李白《九日登山》）的诗句描写当时酒筵重视歌舞艺术的风格。到中唐，则更使歌舞遍布城乡，所谓"酒家家花处处"（白居易《送东部留守令狐尚书赴任》），"纷纷醉舞踏衣裳"（王建《赛神曲》），所谓"处处闻管弦，无非送酒声"（刘禹锡《路旁曲》）就是当时酣歌醉舞景象的写照。这种歌舞升平使其在不经意间，为新的饮酒之风和新的诗歌题材的兴起种下了契机[1]，特别是使"酒令"艺术达到了空前的高度。

酒令是唐代酒文化的典型代表，从豪饮到敬酒、从敬酒到礼饮、从礼饮到酒令，饮酒经历了这样一些过程，严格来说"酒令"应是"既成礼，也无礼"的"礼"，我国的酒令初始于西周时期，那时的酒令却不是用来助兴劝酒。而是辅助酒礼，劝人少饮酒的。但随着春秋以后的礼崩乐坏，帝王权贵饮酒、嗜酒之风盛行，绝大多数酒官行令的目的都发生了戏剧性的变化，即开始助兴取

275

求索篇

---

[1] 王昆吾. 唐代酒令艺术[M]. 东方出版中心, 1996. 10.

乐，劝人多饮酒。他们用来劝人多喝酒的各种方法手段，就是现在我们所称的真正意义上的"酒令"。也就是说，只是到了唐代，酒令才开始成为一个专用名词使用，并在这一时期产生了不少的酒令专著，如王绩《酒经》《酒谱》（二卷），李进（音）《甘露经酒谱》，刘炫《酒孝经》《贞元饮略》（三卷），皇甫嵩《醉乡日月》《条刺钦事》（三十篇）等十多部，可惜这些书籍已基本亡佚，给我们留下了"众人皆不能晓"的遗憾。只能从唐人诗文和一些残存的酒事记载中，去钩稽唐代酒令的吉光片羽。

酒令是中国酒文化中最有特点的东西之一，它可使整个饮酒活动变得轻松活泼，酒令的成就也只能是唐代社会饮酒之风的产物，无论是文人们的介入，还是"簪花录事"们的参与，其业绩是值得称赞的，正是她们，建立起富于文学和艺术韵味的酒筵风格，使之别于过去一切时代的狂饮。同时，唐代的酒令艺术在后来也随着时代的变化而淡化了。为此，我们不禁要问，是酒令艺术支撑了唐代的饮酒还是唐代的酒筵造就了酒令艺术？颇值得深思。

（四）

历史推演到21世纪，今天随着物质的昌明，科技的发展，我们居住的环境、食物结构比起以前的时代发生了根本变化，但饮酒的习惯却在依旧进行，当然永远不会也不可能改变。但人际关系的新型性、生活节奏的加快、东西方文化的碰撞、传统文化的反思等，却在影响并改变着今天人们的饮酒观念。

如果说古代人们由于科学技术的落后，酒的发展经历了从自然酒到人工酿酒的漫漫历程。而人工酿酒的发酵酒才是我们的一般意义上讲的酒的起源，那么这是最原始的低度酒，从低度酒到高度酒（蒸馏酒），如前所述，标志着酿酒技术的飞跃，高度酒一度为人们所喜好。在计划经济时代，粮食的短缺。工作的松懈，高度酒用以作为解除体力劳动的疲劳或作为人际交往是必备的。一般人们的饮酒意识远未升华。而在今天，饮酒已远不是一种生理需求或表层心理欲望，心理学家证明，人际间的信任、温暖、关心、兴趣都能有效地缓解人们的焦虑情绪，未来世界将是高旋律、快节奏的社会、技术、文化及人类的社会生活处于无止境的变化中，基于对社会认知所形成的"个性""自我"，随着社会变幻而无法固定化，人们在适应新环境的过程中，总有某种失落感。人际关系也将发生深刻的变化，家庭趋向小型化，多变的社会造成多变的人际互动。今日萍水相逢，明天匆匆一别。人们将无暇去怀念温存的爱情、真挚的友情。社会功能的不断完善、科学技术的进步、计算机的全面渗透，将使人们的衣、食、住、行更加工程化。人们易于得到的是尽善尽美的服务，却难以受到温情脉脉的只言片语，这时，人们需要的不是现代化、超现代化的生活，而是寂宁的环境、互爱的气氛、温柔的情感，甚至无拘无束的幻想。这恐怕只能在"一生情，一杯酒"中去寻找，但也不是李太白"行路难，今安在"的迷惘及阮籍"须酒浇之"似的难言，不用酩酊一醉，而只有到低度酒中去寻找，这种对低度酒的回眸，当然不是古代的"琼浆"的简单回归，而是哲学上所讲的否定之否定。

其次，人们对计划经济跨入市场经济、商品意识的加强，人际间商业往来会增加，关羽之所成为财神而神化，一方面体现了中国的传统文化精神，而另一方面也反映了人们在这种往来中心理趋同。其实历史上的官员本与财富无丝毫干系，相反，他视财富如粪土。据罗贯中《三国演义》，关羽被曹操俘获后曾厚赏关羽，上马一提金，下马一提银，但关羽不为所动，终于还是挂印封金，离开曹操，从返正在落魄的刘备身边，辅佐其成就了大业。[1]关公之成为财神证明了民间在创造财神时的取舍标准首先是一种道德抉择。过去人们常用"忠义勇武"来概括关公身上体现的传统美德，并以此来规范近代经济行为。难怪在华人圈，无论海内外人们随处可见现代化的大楼内，威武的关帝像，传统文化与现代建筑如此"和谐"，商人行会仍信守的是"意义取财"，莫"见利忘义"的商业精神。因此，商务间的这种交往是在强化，只要关于仍有市场，商务间的这种"交往"必将存在，而饮酒也必将伴随，在这里"酒"已经不再是酒，而仅仅是一种合作、沟通、互利等文化符号，而只有低度酒才能扮演其角色。

此外，也鉴于以上原因，现代人们的饮酒，已不再满足生理需要，过多的还是精神享受、文化消费，美国预测学家奈比斯特等预测21世纪文化交流将会

---

[1] 《三国演义》虽不是信史，但在民间影响至巨，从而是民间信仰的重要源泉，本文即在此意义上运用其材料，不可作信史看待，只能当史书记载的传说。

成为主题，在饮酒消费上也是如此，饮酒将会成为人们的文化交流，与其说是品酒，不如说是在品文化。中国酒业市场竞争的态势也表明，有实业的酒业集团已处在品牌比实业、比耐心、比文化的一个新阶段，有实力的酒业集团之所以能领先市场，比仅仅在于其中端网络布局，已走在竞争对手前面，他们在品牌文化的运营上也是最早、持之以恒去做的，如茅台酒、五粮液白酒、张裕葡萄酒、青岛啤酒等。多年来，他们通过文化资源开发利用以及加大文化渗透的力度，用文化来打造企业的竞争力，目前正是企业的回报期。专家也预测，中国酒业将在消费品市场提前进入文化营销时代，文化酒品牌将会成为制胜的法宝。[1]

最后，我们还应看到，科学技术的发展，酒文化含量的提高是一种必然趋势，而酒的科技含量的提高也完全如此，如在酿造上工艺的革新，原料的选择，口味的讲究，在包装上现代科技的引入，如防伪标识，无害材料等。都必将把人们带入新的视野，继续改变或调整着人们的饮酒观念。

总之，无论社会历史怎样演变，酒作为人类的一种特殊饮料，从他产生的时候起，便开始浸润整个社会，与人们的生活结下了不解之缘。作为一种酿造工艺，它不断推动酿酒科技的发展，才使我们今天的酒筵五光十色，多姿多彩。同时，科学技术的发展也改变着人们对酒的认识，而形成内涵丰富的酒文化。中国是文明的故乡，也是酒的故乡，我们不应只看到历史上与酒有关的消极的点滴，而对博大精深的酒文化视而不见，探究酒文化的深层次的内核对于我们继续喝弘扬祖国传统文化，意义深远，因为500年的文明史，我们想，除了酒还有什么呢？

---

[1] 杨志琴. 国企中的启示[J]. 酿酒科技，2000（4）：88.

第八章 论酒中三昧

　　酒出现在人们的生活中具有悠久的历史，它一开始便与社会发展密切关联，颇受文化影响进而创造出丰富内涵的酒文化。"无酒不成席""无酒不成礼"在传统的饮食习惯中，能够称得上筵宴的会食，酒是必不可少的饮料，因此而称酒筵。在许多场合，酒是缝宴的主旋律，举杯开宴，落杯散席。酒客在筵宴上品出的只有酒的味道，对于满席佳肴反而吸引力不大。人们常将请客、请饭称作请酒，赴宴称着吃酒、喝酒，酒在饮食生活中的位置，在许多人看来，是远远高出食之上的。对他们来说，生活中不可一日无酒。

　　然而，对于饮酒，方式多样，聚饮、独酌、狂饮、慢斟。饮到何种程度为妙，或酩酊大醉，或似醉非醉，或润唇为止。正如题目中的"三昧"令人费解。对酒人来说，酒中有无穷趣味、酒中有精妙学问。酒中三昧，并不是品饮一下就能体味得到的，即便是那些伴酒一生的人，也未必能得知一二。我们只有从酒文化发展的线索、通过古人的言行来猜度、分析和推测。

一、历史上对酒的褒贬

　　"酒"这个特殊的饮料，人们对它的兴趣和食饮是同步的，以至于在它的产生上，是何人发明，如何发明都试图弄个明白，但多以传说神话中的故事人物相连，或顶多只有古老文字里的少量零星的、不确切的记载。特别是战国至汉代的酒人在狂饮烂醉之后，想起该知晓本源，但考究的结果也其说不一，莫衷一是。酒的独特味感和功能，不但在历史上受酒人之深宠，酒的文化在一定的程度上也影响了社会的经济和文化。我们认为，对于酒，历史上大致有如下特征。

1.汉人夸酒

汉代人称酒为"天之美禄"，说它是上天赐于人类的礼物，既可合欢，又能浇愁，味之美，意之浓，无可比拟。文人们甚至还热心于对酒史的考证，如佚书《世本》称"仪狄始作酒醪，变五味。少康作秫酒"。《战国策·魏策一》叙说更为具体，云："帝女令仪狄作酒而美，进之禹。禹饮而甘之，……遂疏仪狄而绝旨酒。"当然应说中国酒的始酿决非是仪狄完成的。但他们所提供的这些文字反映酒的早期的发展，如考古资料证实，远在夏禹时代几千年前就已有精致的陶质酒具和标准酒缸，那么仪狄所酿的"旨酒"自然应该是一种改良了传统工艺，提高了酒的醇度的味道更美的酒。另一方面，也反映了酒在社会生活中的位置即对政治思想等方面的影响。既然仪狄的酒更加醇美，而夏禹饮罢反而很不愉快，而且因此疏远了这位创造者，究竟是为了什么，一种解释是，夏禹生平不爱饮酒，如《孟子·离娄下》所说："禹恶旨酒而好善言。"另一种认识是，夏禹远见卓识，他预见到美酒可能会造成损人亡国之祸，他饮了仪狄送来的美酒，首先反应就在他当时说的那一句话中："后世必有以酒亡其国者。"历史表明，夏禹的担心不是没有道理。夏代的亡国之君夏桀，以酒为池，使可运舟，一鼓而牛饮者三千人。据说他还因酒浊而杀死了疱人。如此好酒，夏的亡国不能不说与此没关系。如果夏桀亡国还不足论的话，那么商纣的灭国则完全应了夏禹的预言，美酒的祸害由此可以看到一个残酷的例证。

2.殷商人爱酒

如果说夏桀时人们爱酒，那么远比不上殷商人。酒曲的发明，使酒的作坊化生产成为可能，商代因此也大大提高了酒的产量。《六韬》说："纣为酒池，回船糟丘而牛饮者三千余人为辈。"可想这群饮的规模一点也不亚于夏桀的时代。考古学家们发现，在一些商代贵族墓葬中，凡是爵、觚、盖等酒器大都同棺木一起放在木掉之内，而鼎、高、茎等饮食器皿都放在掉外，可见商代嗜酒胜于饮食，他们格外看重酒器，甚至死了也似乎不例外。

据史籍记载，商纣王曾是一个很有作为的帝王，他"资辩捷疾，闻见甚敏；"倒曳九牛，抚梁易柱"但后来却变了，以至"以酒为池，使男女保相逐其间，为长夜之饮。"商王朝终于为周武王率诸候攻伐，纣王落得个自焚鹿台的下场。虽然在武王伐纣誓师大会上把纣王的罪名列成听信妇人之言，纵容"礼鸡司晨。"而实际上按西晋葛洪《抱朴子·酒诫》论断"况于酒酸毒之物乎""皆由乎酒蒸其性，醉成其势……"用现代观点来解释，应是因饮酒过多而导致酒精中毒、神经已是错乱、听信妇人之言也是身不由己。因此，从纣王的饮酒我们即可知道商代的爱酒程度。

3.周人禁酒

周人非常清楚殷商灭亡的原因，所以在建国伊始，严禁饮酒。《尚书·酒诰》记载了周公对酒祸的具体阐述，他说戒酒既是文王的教导，也是上天的旨意。上帝造了酒并不是给人享受的，而为了祭祀。周公还指出，商代从成汤到帝乙20多代帝王，都不敢纵酒而勤于政务，而继承者纣王却全然抛弃了这个传统，整天狂饮不止、尽情作乐，致使臣民怨恨，而且"天降丧于殷"，使老天也有灭商的意思。周公因此制定了严厉的禁酒措施，规定周人不得"群饮""崇饮"（纵酒），违者处死。包括对贵族阶层，也要强制戒酒。禁酒的结果，使其酒器的生产、使用都大受影响，所以西周时的酒器出土远不如商代的多，即便在一些大型墓葬中，有时甚至连一件酒器也找不到。周人禁酒，只是根据当时的社会状况以强化政治为目的，彻底实行酒禁当然是不可能的，但在饮用上作了许多严格的礼仪规定，酒筵秩序井然，可以说极大丰富了饮食文化的内涵。

自周公禁酒以后，历代都有过一些禁酒的法令与措施，但都是出于政治、经济等原因。作为一种饮料的生产或消费，屡屡要政府进行干预，而干预的结果除在量上有增减外，实际上并没有也不可能改变人们对酒的需求和观念。在中国数千年的文明史上，多少可歌可泣、可爱可憎、可笑可悲的重要事件，有不少皆是因酒而演成，酒的作用与影响，远远超出了它作为饮料自身的价值。就是因为这酒，造就了亡国的君主、豪爽的侠士、高隐的名士、沉湎的庸人、豁达的诗圣乃至荒唐的罪人……酒如其人代酒人对酒的态度，也不自觉地体现着他对现实的人生观念。

二、酒人眼中的"酒"

一般来说，酒是一种饮料，而实际上恐怕还有着食粮、药剂、灵丹等多种功能，为什么对酒人来讲，酒有那么大的魅力？何谓酒中三昧，酒趣何在？对他们来说，大概都有自己不同的体验，有自己独到的答案。从不少史实和现象分析，爱酒的人有不同特点。

有些是专意在酒，属于真正的爱酒，从历史上看，原始的农耕文化、生产力水平极为低下的时代，处于劳动阶层的人们，酒具有生理消费，其次可能才是口腹之乐。用现代自然科学观点来解释，即酒可以产生能量参与生理代谢，对沉重的体力劳动后，可起到疏筋活血的作用。因此，对这类人来说酒对他们实际上也起到食粮的作用。并且是主要的，饮酒中自然也有乐趣，但极为次要。如历史上早期善饮者就很突出。汉时普遍嗜酒，酒的需求量很大，无论皇室、显贵、富商，都有自设的作坊制曲酿酒，说是"有礼之会，无酒不行气，无酒不待客、不开筵。有许多的美酒，又有许多的饮酒机会，许多的人也就不知不觉地加入酒人的行列（当然这里有不少是作乐趣的）。在汉代，善饮酒之人，常以"酒徒"之名为荣豪，开国皇帝刘邦曾是个酒色之徒，常常醉卧酒店中；东汉著名文学家蔡邕，常因醉卧路途中，被人称为"醉龙"。继王莽而登天子宝座的更始帝刘玄，"日夜与妇人饮宴后庭，群臣欲言事，辄醉不能见"。当然，这些达官贵人的善饮又与体力劳动的人的善饮又有明显的不同，或者酒对他们"滋味"是不尽相同的，什么"味"恐怕只有他们各自才道得出来。

另外一些人是意在酒外，是表面的爱酒。这些人以"名士"最为突出。何谓名士，《世说新语·任诞》上解释过："名士不必须奇才，但使常得无李，痛饮酒，熟读《离骚》孰便可称名士。"这个说法当然不算全面，但也有一定道理。如汉代以后的魏晋时代，酒人们的心态发生了新的变化，对于名士，议论政事没什么好下场，便专谈玄理，谓之清谈，在饮食上别具一格。正如鲁迅先生说过的那样：食菜和饮酒。在魏晋时代，这种名士的特点最为突出，如西晋初年的"竹林七贤"即阮籍、松康、刘伶、向秀、阮咸、山涛、王戎等人，他们提倡老庄虚无之学、轻视礼法、远避尘俗、以酒为生，结为竹林之游。他们脾气似乎大都很古怪，外表装饰得洒脱不凡，轻视世事，深沉的胸中却奔涌着难以遏止的痛苦巨流。也就是说，他们要将自己的遭遇和真面目掩藏起来，不用说像他们那样在世上做人，确是一件不得已和非常痛苦的事。但他们表面却洒脱自得，无拘无束。从南京及附近地区的六朝时代墓葬中出土的大型拼砌画像砖上的群像来看，他们席地而座，或抚琴拔弄，或袒胸畅饮，或唱合吟咏，名士风度刻画入微。

由此看来，名士是和酒联系在一起的，"无酒不成名士"。阮籍就常以酒结伴，他本来胸怀济世之志，因与当权的司马氏集团有矛盾，看到当时名士大都结局不妙，便常常佯狂纵酒，以避祸害。每每狂醉之后，就跑到山野荒林去长啸，发泄自己胸中的郁闷之气。七贤中以酒为命的恐怕要算刘伶，他生性好酒，放情肆志，常乘鹿车，携带酒壶，使人扛着铁锹跟在后边，说"我不论在何处一死，你即刻便将我埋在那儿"。可见他们这些名士独特的酒心理所表现出来的个性。他们虽然表面上给人以放荡轻礼，但他们在内心深处却又有着一定的道德和人生修养。如刘伶在酒上虽时时大醉，但却留下了堪称"千古佳作"的《酒德颂》："兀然而醉，恍尔而醒，静听不闻雷霆之声，熟视不睹泰山之形。"在这篇文字里，他公开了自己的处世哲学，他的嗜酒，完全是为了麻醉自己，他并不是不懂他的妻子多次劝他"饮酒伤身"的道理。对他来说，可能是饮酒方可保身呢！

值得一提的是晋人的嗜酒，就是东晋时代的田园诗人陶潜，他的祖父曾在朝廷做官，到了他这一代，家境已是破落不堪。他少时即爱读书，所谓"好读书，不求甚解"。又生性爱酒，常因买不起酒而犯愁，后做了县官七品，终因不愿为五斗米折腰而辞官，安心过起了田园隐居生活。他有自己的独特的生活方式和人格。脸上很难见到喜怒之色，遇酒便饮，他自己常说，夏日闲暇时，高卧北窗之下，清风徐徐，感觉与羲皇上人不殊。陶潜虽不通音律，却收藏着一张素琴，每当酒友聚会，则取出琴来，抚而和之。不过人们是永远也不会听到他的琴声，因为这琴原本一根弦也没有。用他自己的话来说，"但识琴中趣，何劳弦上声"。他的醉诗"劲风无荣木，此阴独不衰。托身已得所，千载不相违""问君何能尔，心远地自偏。采菊东篱下，悠然见南山"充分表达了他从酒中获得的"滋味"以逃避现实、安于隐居的心境，他事实上也确实在田园生活中找到了别人所不能得到的人生快乐和心灵慰藉。

此外，还有一些人，他们同样是嗜酒，但却不一定是同样的心境。有的精神上并无什么寄托，只是一味纵欲酣饮，既不像阮籍、刘伶那样是为了麻醉自己和隐蔽自己，也不像陶渊明那样，是为了逃避尘世的喧嚣与烦恼。如都督三州军事的王忱，晚年一饮连日不醒，醒后或脱光衣服，裸体而游。"每叹三日不饮酒，便觉形神不相亲"。另有不少的酒人，他们爱酒确确实实是为了从酒中寻得无穷乐趣，饮时可多可少，如东晋征西大将军孟嘉喜欢酣饮，且饮得越多越清醒。别人问他："饮酒到底有何好处，你为何这么样喜欢？"孟嘉回答："说明你是未得酒中趣呀！"由此看来，饮酒的乐趣，并不是每个酒人都能体会得到的。晋人袁山松的《酒赋》说："一歌宣百体之关，一饮荡六府之务。"言明饮酒有舒展身体的作用，这算是一种对酒中趣的体验吧！似乎对各种酒趣都有所体验的，要推南朝陈末代皇帝陈叔宝，他在位之时，终日与宠妃狎客酣歌游宴，制作艳词，不问政事。他写过一首《独酌谣》，其中有这样的体验："一酌岂陶暑，二酌断风。三酌意不畅，四酌情无聊。五酌梦易覆，六酌欢欲调。七酌累心去，八酌高志超。九酌忘物我，十酌忽凌霄。凌霄异羽翼，任志得飘飘。宁学世人醉，扬波去我遥。"这虽是一个帝王忘情于酒的心态，但也在相当的程度上，描述了酒人们对酒中趣的体验。特别是在唐代，饮酒特为文人崇尚，也因此传下许多酒诗和其他篇章。酒中之趣究竟是什么，正像白居易"百虑齐息，万缘皆空""陶陶然，昏昏然，不知老之将至"；大书法家张旭"逸势奇状，连绵回绕"；大诗人李白"所愿当歌对酒清，月光常照金樽里。"……或许多多道出一些奥秘。历史上酒与文人结下了不解之缘。也为从事重力劳动者喜好，看来就得功能绝不是单一的，在现代社会这些现象我们依然可以看到，在我们身边，也未必没有酒仙，但大多是善饮而已。他们没有古代酒人那样的遭遇，甚至还缺乏古代酒人那样的胸怀，也就难于成"仙"。饮酒到什么时候适合，酒中趣也随着发生着变化，其影响因素必定是发展变化着的社会。

三、礼饮改变着酒人价值观

酒之为物，因为酒精兼有兴奋和麻醉的作用，可能这正是人的生理作用的特殊适应，也是酒人喜欢的原因之主要吧。生活在社会中的人，由于各有其在性格上特征及遭遇不甚相同，酒对他们来说，胆怯者饮之壮胆，愁闷者饮之浇愁，体力者饮之鼓劲，喜庆者饮之庆幸，而礼会者饮之成礼。但皆需掌握分寸，否则就会乐极生悲，愁上加愁，以至事与愿违。

历史上不少有识之士，面对许许多多的酒失、酒祸，都实行或倡导过许多相关的防范措施，甚至著以律令。不少朝代为政局的稳定而颁布过禁酒令。但生活中不能没有酒，酒总是要饮的，为了避免出现酒祸，于是就有了许多礼饮的规矩。

比较规范的饮酒礼仪，在远古的西周时代就开始了，此举甚至还是那时的重要礼法之一。据学者们研究认为，西周饮酒礼仪可以概括为四个字：时、序、数、令。即严格掌握饮酒的时间，只能在冠礼、婚礼、丧礼、祭礼或喜庆典礼的场合下进饮，违时视为违礼；在饮酒时要遵循天、地、鬼、神、后长、幼、尊卑的顺序，违序同样视为违礼；在饮酒是不可发狂，适量而止，三爵即止，过量亦视为违礼；在酒筵上要服从酒官意志，不能随心所欲，不服也视为违礼。

周代"礼饮三爵"的规范，对后世的酒人有较大影响，乃至在今天，也是我们精神文明的重要内容，不失其重要意义。古人饮酒提倡"温克"，即虽然多饮，也要能自持，要保证不失言、不失态的礼仪也影响着酒人们的饮酒习惯和价值观念。

于是自从宋代以来，人们比较强调礼饮和节饮，至清代时，文人们纷纷著书立说，陈述礼饮的规矩，用以约束自己，也劝诫世人，如《酒箴》《酒政》《觞政》《酒评》等著述。出现了以礼为特征的酒文化现象，如饮筵上的酒令，它就是佐饮的一种比较活泼而富有情趣的方式，酒令使整个饮酒活动过程变得轻松活泼，酒人们在这活动中斗智斗趣、享受无穷饮乐。饮食过程已化作为文化活动，也吸引了更多的文人加入饮酒人的行列。另一方面，由于文人们的加入，酒令的文化层次已非常高，他们与其说是在饮酒，不如说是在参加高雅的文化活动，真可谓"醉翁之意不在酒"。中国古代酒令的内容非常丰富，可惜传至今日，除了划拳还在畸形的蔓延外，最精华的都不见流行了。酒令这一文化传统在现代社会走上了尽头，是现代生活节奏加快？是传统文化过于落后？还是我们现代文明社会酒人的文化跟不上？值得深思。但由此可以看出，今天的酒人们或许也是由"礼"在心态上发生了变化，酒的生产量越来越多，酒民队伍也越来越大，饮酒越来越被社会赋予了新的含义。

以"礼"变化了的形式，在今天首先表现为酒的质变。在饮酒者看来酒是载体，酒之载情、无情无载，又是人际关系的润滑剂，故人重逢、亲朋寿筵、家人团聚、宾客造访、恋人饯别，都要借助酒来话旧、庆祝、抚慰、礼迎壮行。有的人与人之间产生嫌隙，酒杯在手，一股情意的暖流自会撞击彼此的心扉，当然有出现"化干戈为玉帛"的奇迹。但也有以狭义的"江湖"理解，梁山水泊的模式把酒用于人生似乎英雄爱美酒，美酒衬英雄。无酒不英雄，越饮越英雄。一个男子汉似乎没有酒量，就缺乏阳刚之气，就算不得热血义胆，由此演出幕幕悲剧。固然也不缺乏需酒的酒人，用以浇愁，但似乎是微乎其微了。

其次，在现代社会，一个主要特征还表现在中西文化、传统文化和现代文化的结合。人际的交往随文明程度、交际方式、经济行为的变化，酒越发成为一种媒介，而且是扮演举足轻重的角色。但此时的酒事实上已失去了作为酒，甚至是饮料的含义，因为作为一定目的的饮酒，或表示一方的态度如诚意、如无意等，或作为一种手段，在麻醉上做文章，实际上酒人们已经不能称"善饮"，甚至称酒人。他们在饮酒过程中，也许其他氛围已远过于酒味，当然他们也远未领会古时酒人们的酒中趣。在这些酒人中，也许他们为了其"酒""礼"兼之，不得不真正品点酒。这使我们想到在今天酒的度数有高低之分。而且在许多正式场合有低度酒走俏的原因，恐怕与此不无关系吧。但这和我们前面论及的酒人，无论魏晋时代的名士或宋代以后"礼"为特征的善饮者，显然相去甚远。

以上，我们对酒人爱酒的社会文化现象进行了分析和猜测，中国是酒的王国，中国又是酒人的乐土。地无分南北，人无分男女，饮酒之风，历经数千年不衰，中国更是酒文化的极盛地，其文化是华夏文明的重要组成部分。饮酒的演变经历告诉我们，饮酒在许多场合都已经作为一个文化符号，一种文化消费，用来表示某种心境。但这并没有由此而忽略酒人们特别是善饮者真正在酒中寻得"真味"。而且这种酒中的"三昧"只要酒还存在，它也就永远根深于酒人当中，不会消失。探索酒中的"味道"及产生的文化现象，对于弘扬我们传统的民族文化，以此强化我们社会主义的精神文明建设，才是"醉翁之意不在酒"的意义所在。

第九章　中西酒文化比较

酒文化源远流长。酒在人们日常的交际生活中起着重要作用。

酒对于中国人来说有着深远的意义，久远的著名诗人李白用优美的诗歌表达了东方人对酒的热爱，同时也表现了东方酿酒业的源远流长。同样著名的葡萄酒之父巴斯德更是把葡萄酒比做赐予万物生命的阳光。对酒的喜爱虽然相同，但是中西方文化之间的差异，却造成了中国人和西方人欣赏酒的角度有所不同，同时也衍生出中西方酒文化的差异。

由于生活环境、历史背景、传统习俗、价值观念、思维模式和社会规范等的不同，东西方（甚至国与国之间）的酒文化呈现出风格迥异、丰富多彩的民族特性。中西酒文化源于各自的传统思想，其相关语词在汉语英语中的表达形态有同有异。从中可以理解中国酒文化传统思想与西方酒文化传统思想特质的异同性。

一、从中国酒文化的传统思想看汉英相关语词表达之异同

千百年来，中国的酒文化受到传统思想的浸润。因而，其反映在汉语中的那些语词形式是英语中所没有或无法对应的，且往往很难被西方人理解。

1.汉语字词"酒"与英语对应词的比较

酒自产生以来，便给人类的社会生活增添了丰富的文化内涵。

《说文解字》解释：

酒，就也，所以就人性之善恶。一曰造也，吉凶所造也。

宾主百拜者，酒也。淫酗者，亦酒也。

——（清）段玉裁

中国传统思想主张修身养性、关心人性之善恶，也体现在对"酒"的造字上。酒有利有弊，既能让人如醉如痴，使人性至善至美，又能让人祸害连连，荒淫无度，尽露人性之恶相。鉴于它的两重性，酒便有许多充满褒贬含义的别名："欢伯""福水""狂药""魔浆""祸泉"。

英语中有许多与汉语"酒"相对应的词，但都不能完全相对应。

"Alcohol"原指酒精，现在也用来泛指任何含有酒精的能醉人的饮料，像葡萄酒、啤酒、烧酒等，通称包括酒的各种饮料，也可特指酒。

Liquor、Spirit（s）均指非发酵的烈酒或蒸馏酒，相当于汉语的"烧酒""白酒""白干"。

Wine源自拉丁语vinum，一般指发酵过的葡萄酒等果酒。

汉语的"白酒"其实是烧酒，不能译为White Wine，而应译Liquor或Spirit。同理"绍兴黄酒"也不能直接译为Yellow Wine，应译作Shaoxinrice Wine。

2.中国酒文化在汉语中的独特表达形态

既然做人要有道、有德和有品，饮酒当然也要讲究"酒道""酒德"和"酒品"。酒道是关于酒和饮酒的道理，酒德指酒后的行为，酒品指饮酒的旨趣和品德。如：

无若殷王受之迷乱，酗于酒德哉！——《尚书·无逸》
念昔挥毫端，不独观酒德。——杜甫《殿中杨监见示张旭草书图》

随着时代的变迁，酒德的词义又发生了一些变化，多指喝酒的豪爽程度。比如在酒桌上，我们常会听到"某人酒品很高""某人酒品很差"或"某人没有酒德"等的评论。这里的酒德或酒品其实应译为：Drinking Manner。

一个人的酒品或酒德的好坏，折射了该人品格和德行的好坏及其处世的声誉，因而是非常重要的。儒道崇尚闲情逸致、追求超凡脱俗，饮酒也可以有不同的兴致（如"酒兴"），人们还可以用酒的方式避世即"酒隐"，如屈原"举世皆浊我独清，众人皆醉我独醒"的名句。酒喝到极致时，文人墨客可以诗酒斗百篇（如唐朝酒仙李白），也可以像唐朝书法家张旭狂写草书、大写"醉帖"，英雄武士可以大打"醉拳"，同样人们也可以弹"醉琴"、跳"醉舞"。

3.酒文化在汉语英语中的相似表现形态

无论东西方，人们面对生活的忙碌和无奈，感叹生命的短暂和无常，只有在对酒高歌时、酒酣耳热后，沉重的心灵才得以片刻的慰藉，脆弱的人性才得以暂时的解脱。这种相近的人生观，反映在汉英两种不同的语言里。当烦恼不断、忧愁缠身时，人们习惯用酒精来麻醉自己。

如：李白"举杯销愁愁更愁"；如杜甫"浊醪谁造汝？一酌散千愁"。

英语也有借酒解愁的习语"drink one's sorrows/troubles，drown one's stroubles away，drink down sorrow。

4.有关酒礼的汉英词语的比较

"礼"是中国传统文化的重要组成部分，中国素有"礼仪之邦"的美誉。中国的政治制度、伦理道德、婚丧嫁娶、风俗习惯等各个方面，无不讲究礼。

古代的礼自然也渗透到酒文化中，酒礼就是人们喝酒的行为规范、规矩、礼节行为等。

柳诒徵[1]认为："古代初无尊卑，由种谷作酒之后，始以饮食之礼而分尊卑也。"（《中国文化史》）由此可知，酒与礼的关系由来已久，且喝酒吃饭也可体现人们日常生活中的贵贱、尊卑、长幼等礼仪规范。

统治阶级制定酒礼是为了维护统治、保护其特权，而文人雅士倡导酒礼则是为了满足其审美情趣和文化心理的需要，他们推崇超俗的境界，追求儒雅的风度。

如今，日常生活中虽没有以前那么多的讲究，但是人们依然自觉或不自觉地遵从于长幼秩序等饮酒礼节，如"敬酒"，其与英语对应词"toast"意义相差不大，俗语"劝酒"是"敬酒"的一种特殊形式，没有英语的对应词。

中国人喝酒喝的是感情，所以只要有适当的理由，人人都可劝酒让对方多喝酒，以示友好和诚意。劝酒又有几种方式，有礼有节地劝客人饮酒叫"文

289

求索篇

---

[1] 柳诒徵（1880—1956年），江苏省镇江丹徒人。著名学者，历史学家、图书馆学家、书法家。中国近现代史学先驱，中国文化学的奠基人。

敬"即"toast"。"罚酒"是中国人"劝酒"的另一种独特方式，劝酒是中国人好客的一种典型表现，但往往不被西方文化的人理解。中国人讲酒礼，并不等于英美人没有酒礼，恰恰相反，他们也有自己的一套饮酒礼仪。敬酒一般选择在主菜吃完、甜菜未上之间，英语"toast"或"drink"就是提议祝酒，或是为某人干杯的意思。"toast"一词也可指接受祝酒的人或事，即令人敬慕的人（尤指女士）。

二、从西方酒文化的传统思想看英汉语词的相关表达之异同

1.英语酒神和汉语"酒神"

神话和传说，反映了古代人民对世界起源、自然现象及社会生活的原始理解和认识，不同的民族文化与这种理解和认识有密切的关系。

汉族古代神话和传说有自己的体系，欧洲的古希腊、罗马神话也有一套独特完整的"神"的谱系。在西方，酒文化和希腊、罗马神话不可避免地相互影响、相互交融，英语中有关酒文化的一些词语也打上了希腊、罗马神话的烙印，那是汉语无法对应的。

希腊神话中的酒神狄奥尼索斯（Dionysus）；

罗马神话中的酒神巴克斯（Bacchus）；

酒被认为是酒神赐予人们的礼物，也是人们丰收的象征。于是每年12月末都要举行一次新酒节以庆祝丰收，即酒神节（Dionysia或Bacchanalia）。

酒神信徒们在酒神颂歌的极大鼓舞下，结队游荡，载歌载舞，纵情狂欢，完全坠入忘我之境，人的本性在这里得到最大的释放。酒神节变成了狂欢节，从古罗马、古巴比伦到当今世界各地几乎都有酒神节的存在。

为此，德国哲学家尼采提出了酒神精神，认为希腊人的酒神宴乐含有一种救世节和神话日的意义，这种独特的酒神音乐有别于一般的音乐。只有在希腊人那种抛弃一切束缚、回归原始的状态下，痛极生乐，乐极生悲，美才得以展现，音乐才得以产生，艺术才得以创造。所以相当一部分欧美文化也体现了古希腊、罗马文化中的酒神精神。

可见，酒和艺术的千丝万缕联系，在东西方酒文化中有着惊人的相似之处，只不过具体的表现形式有所不同而已。

相对来说，中国神话传说中就没有酒神这一说，却有关于酒的发明人一说，最早提到的酿酒人为仪狄和杜康。后来，"杜康"在汉语中被借用指称酒。中国文化中没有酒神这一说，并不等于汉语中没有"酒神"这一词语。汉语中的"酒神"指酒量大的人，与神话无关。唐朝冯贽的《云仙杂记·酒神》："酒席之上，九吐而不减其量者为酒神。"同样，汉语中的"酒仙"也不是指酒神，而是古时对酷好饮酒的人的美称。

2.有关酒吧的英语词语和相近的汉语词语

欧美的酒吧文化既是酒神文化的一种典型表现，又是它的延伸。酒吧给人们提供了一种颠覆现存文化秩序的原初动力。

在现代，古希腊的酒神精神在今得以最大限度地体现，形成了其独特的酒吧文化。到了欧美（尤其是英国）不能不去酒吧，那是朋友之间休闲聊天或聚会的好场所，是西方（尤其是英国人）生活中不可缺少的一部分。这种独特的民俗生成了许多相关词语。酒吧或酒馆的种类有很多：Pub（英）啤酒馆；Alehouse啤酒馆（麦芽酒店）；Sa-loon（美国西部城镇典型的）；Beer parlor（加拿大）啤酒吧；Drinkery（美国）酒吧；Waterhole（美国俚语）酒吧间；Groggery（英国）低级酒吧间等等。

多由此而衍生汉语中无法对应的英语国俗词语如：A Cocktail Dress，原指参加鸡尾酒会时应穿的礼服，即鸡尾服，现泛指可在任何正式或半正式场合下穿的礼服；A Cock Tail Hour 鸡尾酒会时间；Mixologist 调酒员，善调制鸡尾酒的酒吧调酒生；Bar Billiards 酒吧台球；Cabaret Show 助兴歌舞表演；Beer and Skittles吃喝玩乐，享受。

三、中西方在饮酒文化的差异[1]

"天若不爱酒，酒星不在天。地若不爱酒，地应无酒泉。天地即爱酒，爱酒不愧天"。久远的诗人李白用优美的诗歌表达了东方人对酒的热爱，同时也表现了东方酿酒业的源远流长。同样著名的葡萄酒之父巴斯德更是把葡萄酒

---

[1] http // blog. sina. com. cn / u / 2309233207.

比作赐予万物生命的阳光。因此，我们很难分出李白和巴斯德谁对酒更热爱一些。对酒的喜爱虽然相同，但中西方文化之间的差异，却造成了中国人和西方人欣赏酒的角度有所不同，也就延伸出中西方酒文化的种种不同。

1.酒种的不同

中国的酒文化源远流长，虽然历史最长的当属黄酒，但最能代表中国酒的莫过于白酒了，从某种角度可以说中国的酒文化就是白酒文化。因为在中国的诸多酒种中，它历史悠久、工艺成熟，至今为止仍是世界上产量最大的蒸馏酒。中华文明产生在黄河流域，这里土壤肥沃、气候温和，很早成为农业大国，早在一万多年前中国就与西亚、中美洲成为世界上最早的三个农业中心。中国五谷类粮食产量大、品种多，粮食在满足了人们食用的功能，还有剩余，这为粮食酿酒奠定了基础。

而被称为西方文明摇篮的希腊地处巴尔干半岛，三面环海，境内遍布群山和岛屿，土壤相对贫瘠，属于典型的地中海式气候。不利于粮食作物的生长，谷类作物产量低，仅能满足食用，很难有富余的用来酿酒。而更喜欢沙砾土壤的葡萄，以其耐旱性和对地中海式气候的适应性而在希腊广泛种植，葡萄酒满足了西方人对酒类的需求。

2.酒杯方面的不同

中国古代酒器以青铜器、漆器和瓷器闻名。中国酒器以形象优美，装饰众多著称。而且中国古代酒器大多是成套出现，其中最典型的就是商周时期的青铜器。青铜酒器中煮酒器、盛酒器、饮酒器、贮酒器、礼器一应俱全。就像现在的茶具一样。后来的漆器、瓷器上面的花纹也是十分动人。另有一些很奇特的酒器，如：夜光杯、倒流壶、鸳鸯转香壶、九龙公道壶、渎山大玉海等。但现在大多数家庭使用的酒具都是西洋酒器。

西方酒器多是玻璃制品，讲究透明。这样才能观察出酒的档次高低。西方酒器轻巧方便，现以被大多数中国家庭所接受。西方人注重喝什么酒应用什么酒具。所以他们有葡萄酒杯、白酒杯、红酒杯、白兰地酒杯等。

在酒杯方面中西两方差别较大。而西方酒器现在占明显优势。中国的传统酒器在普通家庭中已十分罕见。

3.饮酒礼仪的不同

从饮酒礼仪上来看，中西方的酒文化有大差异。仔细琢磨，可以发现这样的一个规律，中国人饮酒重视的是人，要看和谁喝，要的是饮酒的气氛；西方人饮酒重视的酒，要看喝什么酒，要的是充分享受酒的美味。

中国的饮酒礼仪体现了对饮酒人的尊重。谁是主人，谁是客人，都有固定的座位，都有固定的敬酒次序。敬酒时要从主人开始敬，主人不敬完，别人是没有资格敬的，如果乱了次序是要受罚的。而敬酒一定是从最尊贵的客人开始敬起，敬酒时酒杯要满，表示的也是对被敬酒人的尊重。晚辈对长辈、下级对上级敬酒要主动敬酒，而且讲究的是先干为敬。而行酒令、划拳等饮酒礼仪，也是为了让饮酒人喝的更尽兴而应运而生的。显然，中国酒文化深深地受中国尊卑长幼传统伦理文化的影响，在饮酒过程中把对饮酒人的尊重摆在最重要的位置上。

而西方人饮用葡萄酒的礼仪，则反应出对酒的尊重。品鉴葡萄酒要观其色、闻其香、品其味，调动各种感官享受美酒。在品饮顺序上，讲究先喝白葡萄酒后喝红葡萄酒、先品较淡的酒再品浓郁的酒、先饮年轻的酒在饮较长年份的酒，按照味觉规律的变化，逐渐深入地享受酒中风味的变化。而对葡萄酒器的选择上，也是围绕着如何让拼饮者充分享受葡萄酒的要求来选择的。让香气汇聚杯口的郁金香型高脚杯、让酒体充分舒展开的滗酒器，乃至为掌握葡萄酒温度而为品饮专门设计的温度计，无不体现出西方人对酒的尊重，他们的饮酒礼仪、饮酒文化都是为更好地欣赏美味而制定的。

4.饮酒的目的不同

在中国，酒常常被当做一种工具。所谓醉翁之意不在酒，在乎山水之间也。山水之乐，得知心而寓之酒，人们更多的依靠饮酒而追求酒之外的东西。青梅煮酒是为了论证谁是英雄；杯莫停的将进酒，为的是与尔同消万古愁；竹林里狂歌的七贤，为的是借酒避难。酒在中国人眼里更多的是当作一种交际的工具，所以在中国的酒文化中缺乏对于酒本身进行科学而系统的理论分析和品评，更在意饮用后带来的美妙作用。

在西方，饮酒的目的往往很简单，为了欣赏酒而饮酒，为了享受美酒而饮酒。当然，在西方葡萄酒也有交际的功能，但人们更多的是追求如何尽情的享受美酒的味道。

比较中西方酒文化，可以发现，酒文化之间的差异其实就是中西方思维方式的差异。中国人的大写意式的发散思维；西方人则是工笔素描式的直线思维。

东西方酒文化同中有异、异中有同，内容丰富。了解不同民族的酒文化，尤其是那些相关的俗语词汇，有助于人们成功地进行跨文化交际。

第十章　论"坐山忘食一杯酒"的文化审美

——兼对当下文化酒商标发展的思考

"坐山忘食一杯酒，天上人间竞风流。摩诘饮罢终南吟，纯阳三醉洞庭楼。"这是"坐山忘食酒"装潢上的几句七绝句，它要向酒人表达的是这款酒的历史、特征、品位及审美，它要酒人们在饮酒前营造氛围，后进入角色的"品"之效果，使酒人们在饮酒中真正达到领略身心满足的享用过程和审美趣间，这正是当下文化经济时代文化酒的发展及消费趋势。

本书的作者们不外都是文化酒的喜爱者、倡拥者及策创者，都习惯把喝酒作为"品酒""畅饮""品文化"等特别方式，"坐山忘食酒"及"强哥酒""习嘉酒"等系列商标特点的酒品便横空出世，应运而生，值得玩味。

一、白酒商标展示文化特色

我们伟大的中华民族历史悠久，白酒文化光辉灿烂，明星企业多多，可谓群星闪烁。有资料显示[1]，1923年5月4日，北洋政府颁布了我国商标史上第一部《商标法》，此后中国白酒商标的注册就丰富多样，精彩纷呈，中国有3万多家白酒生产企业，品牌数不下10万余个，中国白酒商标展示的过程，就是一个中国5千年白酒文化的一个历史的传承。

---

[1]　中国白酒业第一个品牌体系，义泉泳的产品主要分为两类，一类是汾酒，以老白汾酒为代表，一类是以老白汾酒为基酒的果露、配制酒，以白玉露、玫瑰露、状元红和竹叶露为代表。自1904年起，义泉泳在杨德龄经理的带领下大规模研制配制药酒、果露酒。他们以老白汾酒为基酒，先后试制成功"葡萄""黄汾""茵陈""五加皮""木瓜""佛手""玫瑰""桂花""白玉""状元红""三甲屠苏"等10余种低度配制汾酒露，加上清初大学者傅山先生配方的竹叶青生产工艺，形成了中国白酒业第一个以白酒为主、配制酒为辅的完整的品牌体系，其中"白玉""竹叶青""状元红""玫瑰"与"老白汾酒"并驾齐驱，成为杏花村五大名酒。见中国好酒招商网。

中国白酒商标主要以下面几种方式展示其个性特色:

1.强调产地为个性特色

商标充分体现地域或地名,这也是"老字号"的特点,直接显示其地理区位,给人以直观之感。如"贵州茅台""泸州老窖""董酒""山西汾酒""鸭溪窖酒""金沙酒""贵州醇""北京二埚头""习水大曲""安酒""扳倒井酒"等。

2.强调工艺为个性特色

商标充分体现酿造工艺,使消费者直观了解及原材料组成,酿造过程特色。如"五粮液""五粮春""青稞酒""高粱酒""马奶酒""灵芝酒""茶酒""桂花"等。

3.强调饮酒的文化为个性特色

商标充分体现中国5千年酒的文化,使人融景生情,发思古幽情,回肠荡气。

以人名为特色的有"杜康酒""太白酒""八仙酒""文君酒""酒祖酒""金枝酒""赖永初酒""大元帅""李渡酒""乾隆酒"等,前不久一款名曰"朱元璋"的白酒,让不少人着实吃了一惊,历史名人们变身成为商品的招牌,从王羲之到孙权,从顾恺之到刘伯温,在南京某历史专家提供的12位与南京关系密切的历史名人中,有6位已经被注册为商标了,他们分别是孙权、周瑜、徐达、刘伯温、朱元璋和曹雪芹,在时间商标事务所提供的查询报告上看到,出于历史名人文化底蕴深厚的关系,已被注册的商标大部分集中在白酒、旅馆等层次较高的类别上[1]。

以体现历史悠久为特色的、明万历年间的"国窖·1573",历史更久远的"孔府家酒""仰韶九酒""道光廿十五格格酒""古井贡等"等;

中国5千年文明史就是一部饮酒的历史,以体现酒的历史典故的商标也比比皆是,如反映张弓射雕的"张弓"酒,反映武松打虎的"景阳冈酒",反映

---

[1] http://www.jiaodong.net 2012-10-23 中国新闻网。

兰陵醉乡的"兰陵酒"，反映诸葛亮隆中对话的"隆中对酒"，反映双沟醉猿的"双沟酒"等酒，甚至前些年还生产了一款"鸿门宴"酒，也许是酒人们忌讳赴鸿门，不愿舞剑之故，现市上难以见到该酒的身影，但策划人对酒文化的发掘精神确是值得赞赏的。

4.强调饮酒的实用为个性特色

商标着重强调其实用价值，这在今天突出竞争、注重现实的功利色彩浓厚的社会，还是颇有市场的，如强调酒之文化美有独特内涵做"强哥""习嘉"，强调酒品珍贵神奇的"珍酒"，强调酒品喝了有劲的"劲酒"，在其广告上还强调"劲酒虽好，但不要贪杯"，强调祈福祝愿的"金六福酒""稻花飞""双喜酒""全兴大典""状元酒"，还有强调如黄金般名贵的"金贵特曲"，更有强调养生防老的"长寿长乐酒"等。

按各个商标品牌在市场中所表现出来的行为和特征，有人还做了如下派系分类：

（1）实力派

实力派品牌有着悠久的发展历史，在历史的发展中沉积了深厚的发展势能，无论其品牌实力，还是其资金、人力实力都强于其他派系。在市场操作中表现出一种王者风范，消费认同率很高，品牌延伸力也较强。

发展特征：在精耕现有品牌市场的基础上，不断进行向上、向下的市场品牌扩展。

代表品牌：茅台、五粮液、董酒。

（2）文化派

文化派在实际的市场操作中，逐步形成了自己的品牌风格，并且得到了市场的一定认同，市场扩展潜力很大，但品牌在其市场精耕方面存在一定的上升力度局限，致使其还没有实力派的发展能量。

发展特征：巩固品牌形象，扩大市场份额，在局部市场进行精耕操作，已逐步取得全面性的发展。

代表品牌：金六福、孔府家。

（3）实战派

实战派品牌战术技巧运用娴熟，在终端实际操作方面有着观念、人力、物力等优势，能够以市场为导向，充分认识市场、理解市场，发展缓慢，但是能够取得平稳的提高。市场竞争力较强，控制市场、决策市场的能力较强。

发展特征：以优势品种打市场，在市场上取得一定权威后，进行细分性的产品和品牌渗透。

代表品牌：小糊涂仙、口子。

（4）地域派

地域派往往是在一定区域市场消费认可度和忠诚度较高，受其品牌传播信息和企业资源的局限，只能在一定的区域市场称王封帝。能够代表区域市场的消费潮流和风格，受当地地方保护主义影响较大，大部分都在中、低档消费市场徘徊。

发展特征：产品和品牌不断细分的基础上，不断巩固区域市场优势，进行文化和品牌内涵的丰富，以获得突围的能量。

代表品牌：每一区域市场都有这样的地域性品牌。

（5）概念派

这一派系主要是在原有白酒产品个性的基础上，进行产品功能和个性延伸，走差异化营销模式，为自己找到一个产品的概念性区隔空间，使之与生具备一种独特的发展"优势"。但受其产品个性市场认同时间期的影响，一般都是孤掌难鸣，发展后劲不足。

发展特征：不断进行产品个性的理念丰富，寻找到个性的发展突破。

代表品牌：天冠纯净酒、宁夏红

（6）个性派

个性派品牌在品牌文化传播方面有其独到的品牌内涵，在市场中有较强劲的个性发展空间，但同时也受其个性文化市场认同期的影响，短期内的突破可能有限。从长远的市场发展考虑，处于一种蓄势待发的状态。

发展特征：不断丰富个性文化内涵，经过适当的整合、调整，在适应市场现状的基础上，求得长久的发展优势。

代表品牌：百年孤独、酒鬼酒。

（7）潜力派

能够适应消费市场对白酒消费文化的观念需求，品牌文化和产品文化内涵较深。受其产品定位的影响消费针对性强，信息传播针对性也较强，企业发展潜力较大。

发展特征：文化的传播和扩展强于产品市场的扩展，在市场竞争的高端建立自己的根据地。

代表品牌：水井坊、道光二十五。

（8）炒作派

炒作派品牌能够很好的把握市场热点，充分利用"借势""造势"等现代事件型营销手段，提高其知名度和美誉度，树立品牌形象，这类品牌往往都是新生品牌或者以前是"地域派"品牌，为了扩大其市场份额，不得不采用"炒作"这一短期战术，在谋得一定品牌势能后，再求长久发展之计。

发展特征：对品牌知名度的提升要求较高，外围市场的扩展比较盲目，渠道建设能力较强。

代表品牌：赤水河、宝丰酒。

（9）衍生派

大部分衍生派品牌都是一个强大的母品牌作为后盾。是母品牌为了扩展原品牌所不可能涉足的市场空间，进行的品牌延伸行为。衍生派品牌继承了母品牌的品质优势，市场定位面较窄，并且很准确，取得了品牌和产品的市场认同，发展潜力较强。

发展特征：针对细分市场不断进行市场精耕。

代表品牌：尖庄、百年老店。

（10）稳健派

稳健派品牌能够发现自我品牌的优势和不足，在发挥其优势的前提下，进行产品系列上的不断扩展，以求得利润的最大化。但受其品牌文化的局限，发展较保守，也较稳健，能够在市场中取得长久的优势地位。

发展特征：在保有原有产品品种市场优势的基础上，不断进行品种系列市场扩展，以求得细分市场的长久发展优势。

代表品牌：北京二锅头、兰陵。

十大派系的分类主要是以其品牌市场行为的最大个性为基准，所以假如微观分析品牌个性的话，很多品牌可能同时兼具几个派系的特征。

白酒本质上就是一种文化产品，一种精神产品，白酒最核心的要素就是传统。以陶瓷为例，今天的高科技陶瓷远远没有古代的陶瓷价值高，同样白酒也是。消费者不会接受现代机械生产出来的白酒，他们宁愿相信老工艺，就像食品一样，他们相信老字号。你听说过轩尼诗在搞什么高科技轩尼诗吗？显然不会。你听说过绝对伏特加会宣传什么绿色概念吗？显然不会。绿色、健康、高科技的概念都不符合消费者对白酒的认知，科技的概念可以作为企业的策略在企业内部运作的过程中实施，但千万不要当作传播概念对外传播。茅台集团推出的"红河酒"也是这样一种类似的高科技产品，茅台集团为红河酒可以说费煞心机，动用了大量的科研人员，并投入了大量的资金宣传，然而，所有的投入都注定是浪费的，试想一下，如果在喝酒的时候你想到的是在喝"甲醇、乙酸等等这样的混合物"你还会喝下去吗？我想你不会，所以这种"有磁化技术，对身体无害"的红河酒注定是不会成功我们可以看看国外成功的洋酒品牌，它们在不停地强调和标榜的东西是什么？手工生产、使用年老富有经验的工匠，它们甚至只字不提用"精密仪器勾兑"而是经验丰富的调酒师凭灵感调制，他们更不会去宣传"喝我们的酒对肝脏有好处"，难道欧洲的酿酒科技不如中国吗？显然不是，每一个品类都具有自己的特质，违背这些特质，你将很难打造品牌。

二、"坐山忘食"酒商标的厚重内涵

"坐山忘食"是专为文化人定位的一款酒，本书的作者们在长期的饮酒聚会中，似乎都在为人生观、价值观及生命观而凝注为主题，而涉列其酒的品质为次之，都试图在畅饮中体会发现其应有"酒中三昧"，这不仅又油然而生史上文人们的开怀和雅趣。

当我们举起酒杯，就会思索"坐山忘食一杯酒，天上人间竞风流。摩诘饮罢终南吟，纯阳三醉洞庭楼。"这段文字，究其意味，我们如下道来。

1."坐山忘食一杯酒"

文人与酒，历来是一个非常博大的话题，自古以来，中国文人与酒之情缘，犹如与其手中笔纸的关系似的，形影相随，亲密无间，从古代至今浩若烟海的文学圣灵中，似难找出与酒绝缘这一个例，随着岁月的增加，阅历的累积，山水依旧，风云变幻，世态炎凉，人情冷暖，极易使人觉庙堂暗淡，看破红尘，重新返回自然家园。

（1）饮酒可以忘忧消愁

忧愁是文人与生俱来的特性，加以人生遭际不顺，他们的忧愁自然比常人更多、更深。王翰《凉州词》："葡萄美酒夜光杯，欲饮琵琶马上催。醉卧沙场君莫笑，古来征战几人回。"字面上是豪言壮语，内心里其实是生死诀别的悲凉。李白《将进酒》："钟鼓馔玉不足贵，但愿长醉不复醒。古来圣贤皆寂寞，惟有饮者留其名。"听起来很洒脱，其实他是愁得无法可想时的自我安慰。接下去的"五花马，千金裘，呼儿将出换美酒，与尔同销万古愁"，既表现了诗人的出手阔绰，"万古愁"三个字也将他愁肠百结的心情暴露无遗。他在另一首诗里坦然承认，"抽刀断水水更流，举杯销愁愁更愁"（《宣州谢朓楼饯别校书叔云》），就是说，酒已经不能化解他胸中的愁闷。

（2）为仕途不畅、目标不以达成而饮酒

白居易饮酒，是因为他的政治理想难以实现。辞官之后，白居易给自己取了个号，叫"醉吟先生"，并且写了一篇自传，"既而醉复醒，醒复吟，吟复饮，饮复醉，醉吟相仍，若循环然。由是得以梦身世，云富贵，幕天席地，瞬息百年，陶陶然，昏昏然，不知老之将至，古所谓得全于酒者，故自号为醉吟先生。"这一番自白，看起来是挺超脱的，而实际上无奈之情溢于言表，他距离庄子的境界不可以道里计。雍陶的"自到成都烧酒熟，不思身更入长安"（《到蜀后记途中经历》），张谓的"眼前一尊又长满，心中万事如等闲"（《湖上对酒行》），李商隐的"悠扬归梦惟灯花，潦落生涯独酒知"（《七月二十九日崇让宅宴作》），都不过是名利场上未能如愿之后的自我慰藉。

（3）为朋友不能今生共度

李颀"四月南风大麦黄，枣花未落桐叶长。青山朝别暮还见，嘶马出门思故乡。陈侯立身何坦荡，虬须虎眉仍大颡。腹中贮书一万卷，不肯低头在草莽。东门酤酒饮我曹，心轻万事皆鸿毛。醉卧不知白日暮，有时空望孤云高。长河浪头连天黑，津口停舟渡不得"。

陈章甫光明磊落，胸怀真荡然。想起洛阳东门买酒，宴饮我们，胸怀豁达，万事视如鸿毛一般。醉了就睡，那管睡到日落天黑，偶尔仰望，长空孤云游浮飘然。黄河水涨，风大浪高浪头凶恶，管渡口的小吏，叫人停止开船。你这郑国游子，不能及时回家，我这洛阳客人，徒然为你感叹。听说你在故乡，至交旧友很多，昨日你已罢官，如今待你如何？就全篇而言，诗人以旷达的情怀，知己的情谊，艺术的概括，生动的描写，表现出陈章甫的思想性格和遭遇，令人同情，深为不满。而诗的笔调轻松，风格豪爽，不为失意作苦语，不因离别写愁思，在送别诗中确属别具一格。

李白要走的那天，汪伦送给名马八匹、绸缎十捆，派仆人给他送到船上。在家中设宴送别之后，李白登上了停在桃花潭上的小船，船正要离岸，忽然听到一阵歌声。李白回头一看，只见汪伦和许多村民一起在岸上踏步唱歌为自己送行。主人的深情厚谊，古朴的送客形式，使李白十分感动。他立即铺纸研墨，写了那首著名的送别诗给汪伦："李白乘舟将欲行，忽闻岸上踏歌声。桃花潭水深千尺，不及汪伦送我情。"这首诗比喻奇妙，并且由于受纯朴民风的影响，李白的这首诗非常质朴平实，更显得情真意切。清代沈德潜评价说："若说汪伦之情比于潭水千尺，便是凡语。妙境只在一转换间。"明代唐汝询说："伦，一村人耳，何亲于白？既酿酒以候之，复临行以祖之，情固超俗矣。太白于景切情真处，信手拈出，所以调绝千古。"

（4）为感叹世间多变，以及表达阔达人生态度

苏轼在《赤壁赋》中这样写"固一世之雄也，而今安在哉""寄蜉蝣与天地，渺沧海之一粟。哀吾生之须臾，羡长江之无穷""盈虚者如彼，而卒莫消长也。盖将自其变者而观之，而天地曾不能一瞬；自其不变者而观之，则物于我皆无尽也。而又何羡乎？惟江上之清风，与山间之明月，耳得之而为声，目遇之而成色。取之无禁，用之不竭"。主要抒写作者月夜泛舟赤壁的感受，从泛舟而游写到枕舟而卧，从变化的角度看，天地一刻也不会不变，人生短暂，自然可悲；但从不变的角度看，那就是天地与我同生，万物与我为一，都会无穷无尽。深微曲折地透露出作者的隐忧，同时也表现了他旷达的人生态度。

在杜甫所有的诗作中，《登高》可以说是艰难苦恨、离乱悲愁的集大成者，诗歌写于诗人晚年寄寓夔州时期，通过登高所见秋江景色，抒发身世命运之悲和时局离乱之慨，倾诉了诗人长年飘泊、老病孤愁的复杂感情，慷慨激越，动人心弦。宇宙是无穷的，而人生是短暂的。古往今来，身世家国，荣辱人生，沉浮世态，得失人心，多少离愁苦恨，多少艰难困厄，全由杜甫一

肩挑住。他一肩挑起了推排不尽、驱赶不绝的千斤悲愁。生命是如此的沉重而悲壮！

东晋大诗人陶渊明酷爱饮酒、性情恬淡，不肯为五斗米折腰，弃彭泽县令不做，而去做"隐逸诗人"，每到重阳节就陶醉于"采菊东篱下，悠然见南山"的风雅情绪中。南朝宋人檀道鸾在《续晋阳秋》中记载了陶渊明的一则故事：有一年重阳节，他在东篱下赏菊，抚琴吟唱，忽而酒兴大发。由于没有备酒过节，他只好漫步菊丛，采摘了一大束菊花，坐在屋旁惆怅。就在这时，他看见一个白衣使者向他走来，一问才知此人是江州刺史王弘派来送酒的。王弘喜欢结交天下名士，曾多次给陶渊明送酒。陶渊明大喜，立即开坛畅饮，酒酣而诗兴起，吟出了《九月闲居》这一首名诗。这首诗表达了陶渊明以菊自娱、淡泊名利的胸怀。

2. "天上人间竞风流"

天上有酒吗？"酒星学说"相传为天界的酒曲星君，"风耳大都"以神授的方式传与仪狄，后集大成于杜康。"酒星学说"乃易理演化而来，分上下两个部分。上半部分为易理，揭示宇宙万物的本源；下半部分为酒星学说，乃易理与酿酒术的融合。酒星学说认为自然界的日、月、水、火、风、雨、雷、电等大的星团及二十八宿中的角宿、斗宿、奎宿、井宿等，天地人三界神灵主宰着酒品质的好坏；认为每年的春夏之交是贮藏酒的最佳季节，每年农历的六月和九月为酿酒的忌月，酿酒必须对星象、季节和吉日良辰进行选择，还须举行神秘的祭典等等。"酒星学说"讲求酿酒的选址、用水的选择、符咒的使用、粮食配料的构成、中药材对性味的调节及酒的后期贮藏等。酒星学说是仪狄、杜康酿制美酒的理论精髓所在。

古代诗文中也常提到"酒星"或"酒旗星"。如号称"酒仙"的大诗人李白，在《月下独酌·其二》的诗中有"天若不爱酒，酒星不在天"的诗句。东汉末年以"座上客常满，田中酒不空"自称的孔融，在《与曹操论酒禁书》中有"天垂酒星之耀，地列酒泉之郡"的语句，反对曹操禁酒。此外，古人还有"仰酒旗之景曜""拟酒旗于元象"的诗句，都提到天上有管酿造的酒星。

《汉书·武帝本纪》记载，公元前121年夏天，霍去病从居延南下，打到小月氏，大败匈奴，汉武帝赐酒一坛，霍去病倾酒于泉，与众将共饮，此为酒泉之来历。诗仙李白有"天若不爱酒，酒星不在天。地若不爱酒，地应无酒泉"的妙语流传。

天上有酒星，天上肯定有喝酒的人，按古人的观念，天上才是美景，玉皇大帝、瑶池仙境是天下人们向往的地方，"西游记"的琼浆就是美酒，当然玉皇大帝、王母娘娘享受的，且酒精度恐怕不低，难怪孙悟空也会喝醉。其次天上住着神仙，他们也偶会降临人间，换味享饮天下之美酒，与世上之酒仙共同领略这天之美禄，留下不少佳话。

地上的饮酒神仙也不少，如前述的酒八仙，个个身怀绝技，酒中八仙指唐代嗜酒的八位学者名人，亦称醉八仙，杜甫有《坎中八仙歌》："知章骑马似乘船，眼花落井水底眠。 汝阳三斗始朝天，道逢曲车口流涎，恨不移封向酒泉。左相日兴费万钱，饮如长鲸吸百川，衔杯乐圣称避贤。宗之潇洒美少年，举觞白眼望青天，皎如玉树临风前。苏晋长斋绣佛前，醉中往往爱逃禅。李白一斗诗百篇，长安市上酒家眠。天子呼来不上船，自言臣是酒中仙。张旭三杯草圣传，脱帽露顶王公前，挥毫落纸如云烟。焦遂五斗方卓然，高谈阔论惊四筵。"众所周知，杜甫一生坎坷，留下了大量描写苦难的血泪之作。这首《饮中八仙歌》是杜诗少有的潇洒杰作。这首诗描述了当时长安市上"饮中八仙"的醉后之态，知章二句，汝阳三句，左相三句，宗之三句，苏晋二句，李白四句，张旭三句，焦遂二句，寥寥数笔，各显仙意。

八仙中李白最负盛名御用文人李白善于作诗，且有酒必有诗，在长安的集市上散尽千金之后，摇头晃脑地一挥而就，然后呼呼大睡。一次玄宗同杨贵妃同坐沉香亭，意有所感，命人召他去赋诗，他半醉半醒地一动不动，自称酒仙。被生拉硬扯地来到皇帝面前后，仍意犹未尽，皇帝命人泼了他一脸的凉水，笔墨伺候，不一会儿，一首著名的组诗便诞生了，这便是著名的《清平调词三首》：

云想衣裳花想容，春风拂槛露华浓。若非群玉山头见，会向瑶台月下逢。
一支红艳露凝香，云雨巫山枉断肠。借问汉宫谁得似？可怜飞燕倚新装。
名花倾国两相欢，常得君王带笑看。解释春风无限恨，沉香亭北倚栏杆。

古代神话中有八位神仙：铁拐李、汉钟离、张果老、蓝采和、吕洞宾、韩湘子、何仙姑和曹国舅，人们并称为八仙。提到八仙人们首先想到的是"八仙过海"的故事。世传八仙中，影响最大、流传故事最多的当数吕洞宾。

吕洞宾在历史上确有其人，真实的吕洞宾其实表字洞宾，号纯阳子，名叫吕岩。纯阳真人吕岩，道教的最佳形象代言人、社会活动家、道教内丹理论家、诗人吕洞宾先生，有关他的传说乃至绯闻也为数不少，关于吕洞宾的身世，当然也有不少的传说，有的说他本是唐朝宗室之后，因为武则天要诛灭李家皇室子孙，不得已才随母亲姓吕。此传说将吕洞宾的生年一下子提到了武则天时代，不过吕洞宾是神仙嘛，什么年代出生的也不稀奇。不过可靠一点的说法是：吕洞宾应为唐末五代时的著名道士，和陈抟老祖、杜光庭、谭峭等这些著名的道家高人是同一时期的人物，并有交往。吕洞宾从小也并非就是专职学神仙的，他小时候也是尖子生，四书五经、诸子百家的文章，对他来说统统小菜一碟，被称为神童。但可惜生不逢时，唐朝末年，科场腐败，他考了几十年，却屡屡不第。但对于读书人，只有走科举这条路啊，所以吕洞宾46岁了，还坚持去应试，到了长安的酒店里，正想喝几杯消消愁，却见一位羽士着一白袍，在墙壁上题诗道：

坐卧常携酒一壶，不教双眼识皇都。乾坤许大无名姓，疏散人中一丈夫。
得道高人不易逢，几时归去愿相从。自言住处连沧海，别是蓬莱第一峰。
莫厌追欢笑语频，寻思离乱好伤神。闲来屈指从头数，得见清平有几人。

吕洞宾见他形貌奇古，诗中的意境不凡，就问他姓名。此人说："我是云房先生。居于终南山，你想跟我去吗？"吕洞宾还惦记着考试的事呢，没有答应。实际上这位云房先生就是八仙中的"汉钟离"。我们看到的八仙形象，汉钟离是个大胖子，整天穿着露脐装扇扇子。但这里的汉钟离似乎并非这等模样——这也不奇怪，神仙们都是可以变化的嘛。这天晚上，汉钟离和吕洞宾同住在这家酒店中，吕洞宾睡着后就做了个梦，梦见自己已经状元及第，官场得意，子孙满堂。但乐极生悲，却突然又因事获罪，家产抄没，妻离子散，穷苦潦倒，只落下自己孤身一人立在风雪中发抖，也落了个白茫茫的大地真干净——简直就是一个《红楼梦》精编版。吕洞宾突然醒来后，汉钟离的一锅小米饭还没煮熟呢，这就是有名的"黄粱梦"的故事。吕洞宾从师父这儿学了这手就依样画葫芦，也让人家尝尝"黄粱梦"的滋味，比如《邯郸梦》等故事，这是后话，且不去提。吕洞宾经此一梦，明白了世事无常，荣华富贵都是眼前花的道理，于是决心修道，随汉钟离练成一身道法。据说吕洞宾学成了天遁剑法，常仗剑斩妖除害。

吕洞宾在民间有极大的声望，如果选道家的形象代言人，吕祖的票一定特多。

天上和地下的神仙们，他们都具个性，为人们尊崇和热爱，一壶酒更把他们的品质与风流演绎得更为完美和丰满，为后人流传。

3. "摩诘饮罢终南吟"

在文人隐士中，历史上有两个人不能不提，一是陶渊明，一是王维。

（1）陶渊明为江西九江人氏，自幼博才多学；曾任祭酒、参事及鼓泽县令等职，因身躯里长着一根不为五斗米折腰的傲骨，不愿看州官的脸色行事，毅然在彭泽解甲归田，并誓言至死不再为仕。这个文人的酒事美谈，不仅一直传流至今，还成了中国文化人中淡泊名利、追求自我精神圆满的千古风范。

他饮酒不同于一般酒者，常有自酿自饮之癖。因而在古代成语中，留下了陶渊明"葛巾漉酒"之说：即将其酿成之酒，以头上的葛巾滤后饮之。当然，以现代人的科学眼光，去看待此种饮酒方式，未必符合卫生；但是其天人合一的人生潇洒，跃然跳出纸面，让后人顿感其生活苍白。陶渊明常与乡民酒醉于山野之间，留下《饮酒》诗作20首，传流吟颂于后世。

陶渊明只要弄到酒，没有一个晚上不喝他个一醉方休。他认识到，人生在世像闪电一样，稍纵即逝，就应该坦荡从容，无忧无虑地度过。"也许靠着饮酒，我陶渊明就能青史留名"。

醉酒之后反而诗兴大发，胡乱扯出一张纸，书写感慨，等到第二天清醒后，再修改润色。写好的诗稿越积越厚，让老朋友帮忙整理抄录。一共得到20首诗，陶渊明把这一组诗题为《饮酒二十首》序言是：

余闲居寡欢，兼比夜已长，偶有名酒，无夕不饮。顾影独尽，忽然复醉。既醉之后，辄题数句自娱；纸墨遂多，辞无诠次，聊命故人书之，以为欢笑尔。

我们试以其两首为例：

其一

栖栖失群鸟，日暮犹独飞。徘徊无定止，夜夜声转悲。

厉响思清远，去来何依依。因值孤生松，敛翮遥来归。

劲风无荣木，此荫独不衰。托身已得所，千载不相违。

这首诗以失群鸟依孤独松，比喻自己隐居守志，终身得所。一只惶惶不安的失群鸟，日暮还在徘徊独飞。没找到合适的栖息之处。夜晚叫声悲切，依依恋恋，不肯远去。因遇孤生松，收敛翅归依。寒冷的劲风使万木凋谢，而松树独不衰。我像这只飞鸟一样，总算找到归所，千载不相违。

其二

结庐在人境，而无车马喧。问君何能尔？心远地自偏。

采菊东篱下，悠然见南山。山气日夕佳，飞鸟相与还。

此中有真意，欲辨己忘言。

这首诗写自己心与世俗远离，所以身在尘世，而心能感受超尘绝俗的真趣。

自己虽构屋居住人间，但没有世俗车马往来的喧闹。这是因为自己的心远离尘俗，所以即使身居闹市，也如同在偏远的地方一样，不受干扰。苏轼说："因采菊而见山，境与意会，此句最有妙处。"这两句是说无意中偶见南山，从南山胜境和悠然自得的心情，与自己隐居的生活中，感受到真意妙趣。日落时分，山景尤佳，飞鸟相伴而还。万物各顺其自然，这里有很深的奥妙，欲辨而忘其言不能辨。

陶渊明是以饮酒为题材，大量创作酒诗的第一人，他的诗，可谓篇篇有酒，寄酒为迹。陶渊明饮酒诗写了20首，这组诗是借酒后直言，谈出自己对历史、对现实、对生活的感想和看法，因为是酒后直言，所以难免有谬误之处。"但恨多谬误，君当恕醉人"。这是20首饮酒诗的总结。

（2）王维（约692—761年），字摩诘，原籍太原祁县（今属山西），父辈迁居于蒲州（今山西永济）。进士及第，官至尚书右丞，世称王右丞。王维的诗明净清新，精美雅致，李杜之外，自成一家，过着亦官亦隐的居士生活。

世有"李白是天才，杜甫是地才，王维是人才"之说，后人亦称王维为诗佛，此称谓不仅是言王维诗歌中的佛教意味和王维的宗教倾向，更表达了后人对王维在唐朝诗坛崇高地位的肯定。王维不仅是公认的诗佛，也是文人画的南山之宗。钱钟书称他为"盛唐画坛第一把交椅"，并且精通音律，善书法，篆的一手好刻印，是少有的全才。其名字取自维摩诘居士，心向佛门。名字合之为维摩诘，维摩诘经乃是佛教中一个在家的大乘佛教的居士，是著名的在家菩萨，意译为净名、无垢称诘，意思是以洁净，没有染污而称的人，但是，因为如此拆分，意思变成了浑身上下脏的很均匀。尽管如此，但可见王维的名字中已与佛教结下了不解之缘。王维生前，人们就认为他是"当代诗匠，又精禅上理"（苑咸《酬王维序》），死后更是得到了"诗佛"的称号。王维出生在一个虔诚的佛教徒的家庭里，根据王维写的《请施庄为寺表》云："亡母故博陵县君崔氏，师事大照禅师三十余年，褐衣蔬食，持戒安禅，乐住山林，志求寂静。"王维从小就受到了母亲的熏陶，同时，根据《王右丞集注》卷二五，有一篇《大荐福寺大德道光禅师塔铭》，文中述及了诗人同当代名僧道光禅师的关系是说："维十年座下，俯伏受教，欲以毫末度量虚空，无有是处，志其舍利所在而已。"可见王维确实与佛家姻缘不浅，其晚年更是过着僧侣般的生活。据《旧唐书》记载："在京师，长斋，不衣文采，日饭十数名僧，以玄谈为乐，斋中无所有，惟茶铛药臼，经案绳床而已。退朝之后，焚香独坐，以禅颂为事。"此时的王维俨然是一僧侣了。盛唐时期的著名诗人，官至尚书右丞，原籍祁（今山西祁县），迁至蒲州（今山西永济），崇信佛教，晚年居于蓝田辋川别墅。王维又是杰出的画家，通晓音乐，善以乐理、画理、禅理融入诗歌创作之中。苏轼称其"诗中有画""画中有诗"，他是唐代山水田园诗派的著名代表。

与陶渊明有些相反，王维又有很多诗清冷幽邃，远离尘世，无一点人间烟气，充满禅意，山水意境已超出一般平淡自然的美学，含义而进入一种宗教的境界，这正是王维佛学修养的必然体现。王维生活的时代，佛教繁兴。士大夫学佛之风很盛。政治上的不如意，一生几度隐居，使王维一心学佛，以求看空名利，摆脱烦恼。

有些诗尚有踪迹可求，如《过香积寺》云："不知香积寺，数里入云峰。

古木无人径，深山何处钟。泉声咽危石，日色泛青松。薄暮空潭曲，安禅制毒龙。"有些诗显得更空灵，不用禅语，时得禅理。有如羚羊挂角，无迹可求。如"行到水穷处，坐看云起时。偶然值林叟，谈笑无还期"（《终南别业》）。"松风吹解带，山月照弹琴。君问穷通理，渔歌入浦深"（《酬张少府》）。充满一派亲近自然，身与物化，随缘任运的禅机。又如："空山不见人，但闻人语响。返景入深林，复照青苔上"（《鹿柴》）。木末芙蓉花，山中发红萼，涧户寂无人，纷纷开且落"（《辛夷坞》）。"人闲桂花落，夜静春山空。月出惊山鸟，时鸣春涧中"（《鸟鸣涧》）。一切都是寂静无为的，虚幻无常，没有目的，没有意识，没有生的喜悦，没有死的悲哀，但一切又都是不朽的，永恒的，还像胡应麟《诗薮》和姚周星《唐诗快》所评：使人"读之身世两忘，万念皆寂，不谓声律之中，有此妙诠"。

《山居秋暝》："空山新雨后，天气晚来秋。明月松间照，清泉石上流。竹喧归浣女，莲动下渔舟。随意春芳歇，王孙自可留。"此诗为王维山水诗中的名篇。这首山水名篇，于诗情画意之中寄托着诗人高洁的情怀和对理想境界的追求。诗的中间两联同是写景，而各有侧重。颔联侧重写物，以物芳而明志洁；颈联侧重写人，以人和而望政通。同时，二者又互为补充，泉水、青松、翠竹、青莲，可以说都是诗人高尚情操的写照，都是诗人理想境界的环境烘托。

既然诗人是那样地高洁，而他在那貌似"空山"之中又找到了一个称心的世外桃源，所以就情不自禁地说："随意春芳歇，王孙自可留！"本来，《楚辞·招隐士》说："王孙兮归来，山中兮不可久留！"诗人的体会恰好相反，他觉得"山中"比"朝中"好，洁净纯朴，可以远离官场而洁身自好，所以就决然归隐了。

这首诗一个重要的艺术手法，是以自然美来表现诗人的人格美和一种理想中的社会之美。表面看来，这首诗只是用"赋"的方法模山范水，对景物作细致感人的刻画，实际上通篇都是比兴。诗人通过对山水的描绘寄慨言志，蕴含丰富，耐人寻味，王维的人生大志也隐藏在字里行间。

4. "纯阳三醉洞庭楼"

吕洞宾的形象很好，虽说世间画的吕祖之像不尽相同，有的画成豪气冲天的剑侠形象，有的则是文质彬彬的文士形象。但无论怎么样画，吕洞宾在人们心中总体印象是仙风道骨、神采飞扬的。

八仙与道教许多神仙不同，均来自人间，而且都有多彩多姿的凡间故事，之后才得道，与一般神仙道貌岸然的形象截然不同，所以深受民众喜爱，其中有将军、皇亲国戚、叫花子、道士等等，并非生而为仙，而且都有些缺点，例如汉钟离袒胸露乳、吕洞宾个性轻挑、铁拐李酗酒成性等等。

吕洞宾好酒世人皆知，而且嗜酒成性，饮酒作诗，乐在其中，被后人称之为"酒仙"。

道家对于酒并不排斥，而且对养生有极深的研究，历代高人都常在酒中悟道。所谓"醉里乾坤大，壶中日月长"，就是他们悟得的内涵真义。沉醉之中，物我两忘。吕洞宾嗜酒，并常饮酒赋诗，留下了"自饮长生酒，逍遥谁得知""三醉岳阳人不识，朗吟飞过洞庭湖"等千古名句。

吕洞宾本是一个名不见经传的普通人物，而在民间长期流传中，却像雪球的滚动一般，故事越来越丰富，成为一个箭垛式的传说人物。民间流传的吕洞宾传说有三个显著特点。一是儒、道、佛三教交融。吕洞宾修习方术，得道成仙，这是道教出世思想。他成仙之后则要"度尽天下众生"，这又体现了儒家"兼济天下"的入世思想。而那长生于人世、乐于施舍的所作所为，又是佛教思想的反映。从吕洞宾传说中可看到山西民间信仰中三教文化融合的痕迹。二是不断增加世俗化内容，如吕洞宾时常出现于酒楼、茶馆、饭铺等吃吃喝喝，走后留下仙迹。他放浪形骸，不拘小节，好酒能诗爱女色，所谓"酒色财气吕洞宾"，所谓"吕洞宾三戏白牡丹"（白牡丹为当时名妓），都为人们所熟知，这些世俗生活内容，使吕洞宾这位仙人更富有人情味，赢得了百姓喜爱。三是与文人传说相结合。吕洞宾修行出走之前的儒者经历，以及他饮酒、赋诗，追求山林的情趣，更适应了中下层文人口味。在故事流传过程中，附合了许多文人传说因素，使他同时成为失意知识分子的神仙代表。吕洞宾传说的这些特点是在长期流传的过程中逐渐形成的，是多种文化现象的积淀，使得这类传说的研究意义更为深远。

洞庭湖畔岳阳市留有不少吕仙遗迹，岳阳楼就有副著各楹联。

上联：

一楼何奇？杜少陵五言绝唱，范希文两字关心，滕子京百废俱兴，吕纯阳三过必醉。诗耶？儒耶？吏耶？仙耶？前不见古人，使我怆然涕下。

下联：

诸君试看：洞庭湖南极潇湘，扬子江北通巫峡，巴陵山西来爽气，岳阳城东道岩疆。渚者，流者，峙者，镇者，此中有真意，问谁领会得来？

其中就提到"吕纯阳三过必醉"之典故，这里有专祠吕洞宾"真像"的吕公庵，有其"招蛇化剑"的白鹤池，城南度柳的"吕公洞"，还有其亲题的"诗壁"，亲作《自记》的石刻等。

江南四大名楼之一的岳阳楼，其主楼之右有座"三醉亭"，即因吕洞宾三醉岳阳楼的传说而得名，传吕祖为此写下了"朝游岳鄂暮苍梧，袖里青蛇胆气粗。三醉岳阳人不识，朗吟飞过洞庭湖"。另说吕洞宾《沁园春》一词："暮宿苍梧，朝游蓬岛，朗吟飞过洞庭边。岳阳楼酒醉，借玉山作枕，容我高眠。出入无踪，往来不定，半是风狂半是颠。随身用、提篮背剑，货卖云烟。人间飘荡多年，曾占东华第一筵。推倒玉楼，种吾奇树；黄河放浅，栽我金莲。摔碎珊瑚，翻身北海，稽首虚皇高座前。无难事，要功成八百，行满三千。"[1]

综上，以上这几句话，不外乎从酒商标角度展示了酒文化的博大精深，也展示了酒人应具有点仙风道骨则人生更具品位，生活在凡尘，都会有烦愁苦恼，但只要想陶潜的"心远心地偏"，王维的"坐看云起时"，吕洞宾的"三醉岳阳"时，还有什么拿不起，放不下？还非要计度那些蝇头功名利？还非要在是非圈子里弄过胜负、求得输赢而自讨苦吃？喝杯"坐山忘食"酒，它虽然产自人间茅台镇，作者在勾调时却更多的勾进了天上的仙境和人间的和善，长期饮用自然会开怀提神和延年益寿，还可领略它的文化之美。

三、文化酒商标展示的品牌功能

随着时代的进步，文人对酒的情趣日益走高，欣赏的成分越来越多。现

---

[1] 参见岳阳. 百度百科 [引用日期2013-03-1].

代作家朱苏进先生就曾有一番妙论："假如没有酒，人类将大幅度萎缩；假如没有酒，激情与忧伤将难以消解；假如没有酒，你我将没有放浪的时候，因而谈不上什么严谨；假如没有酒，也许会减少一些犯罪，但会减少更多的创造；假如没有酒，人会停留在常态中就像凝冻在一团规范里，近乎非人；假如没有酒，艺术、爱情、冒险、壮举等等都大大贬值，降为一种阉物；假如没有酒，历史将不堪卒读而不像现在这样每页都在颤抖……因此，假如没有酒，人类将肯定创造出比酒更加奇妙的琼浆，用以燃烧自己。天上可以没有上帝（信仰），地下可以没有阎罗（归宿），人间却不可以没有酒。"[1]此番美仑美奂的精论，将文人的爱酒情结揭示无遗。但他又说"醉之妙处在乎微醺"，可说朱先生堪为知酒、懂酒，深得酒神妙谛之人。

酒的商标在体现标新创意的同时，自身的历史发展也能更好体现真实性和审美性，为大众各阶层接受。茅台酒的商标，最初用木刻印刷，只是在一个花瓣形的图案内，书写"贵州省茅台酒"几个楷书字样而已。后来才改为连史纸铅印。商标定名：成义酒房为"双德牌"，荣和酒房为"麦穗牌"，恒实酒房为"山鹰牌"。1952年统改为"工农牌"。1954年后，分为内销和外销两种商标：内销为"金轮牌"（又名"工农牌"），外销为"飞仙牌"。文革时期曾一度改为"葵花牌"，旋又恢复"金轮牌""飞仙牌"，一直沿用至今。

酒的商标的文化内涵还要会利用偶然事件进行藕合，就在作家莫言获诺贝尔文学奖后，名不见经传的白酒"莫言醉"的商标身价，一夜飙升，名声大涨，华西都市报记者连线采访侯姓工程师，他兴奋地说，目前有好几个老板，都在争相找他，想出重金买走他的"莫言醉"商标，现已飙升到600万。

故事是这的山东潍坊著名作家胡孟祥爆料一位喜欢喝酒的侯姓先生，几年前与几位朋友一次聚会，酒喝到高兴时，无意中出了两句打油诗："酒逢知己千杯少，好友相逢莫言醉。"并随意取了一个白酒"莫言醉"的名字。朋友们兴奋地说："这是个好酒名儿啊！赶快去注册个商标。"侯姓工程师怀着试一试的心情，花了1000块钱，到国家工商总局商标局注册了"莫言醉"的商标，并通过了审查。

想不到的是，6年后，喜从天降。莫言获奖后，全国有多位酒老板找到侯

[1] 参见马军"文人与酒"2009年2月18日来源：华夏酒报.

先生，想用重金买走"莫言醉"商标，侯先生仍然不肯出手。他说："莫言是第一个荣获诺贝尔文学大奖的中国籍作家，'莫言醉'有文学价值。"[1]

在一个名为"中庸酒"的博客上一个关于"中庸"酒商标的介绍引起了有关业内人士的关注[2]，据了解，商标持有人是一位来自四川对商标非常有造诣的牟先生，他所主张并注册的白酒商标打中庸文化的创意成为了媒体感兴趣的事情。

据牟先生引用有关方面的记载介绍，《中庸》思想的提出者圣人孔子就是个豪饮之士，《十国春秋》载："文王饮酒千钟，孔子百觚。"觚是古代盛酒的一种器具，容量约为二升。孔子虽然是个酒王，但他饮酒上追求"唯酒无量，不及乱"，提倡中庸适度的饮酒文化，所以明代文学家袁宏道推举他为饮酒的祖宗。在我们今天饮酒时也应该遵从孔子适度的古训，"饮酒半酣正好，花开半时偏妍""花半开为中庸（此时花最美），酒微醉为中庸（此时对身体最好）"。

"中庸"酒文化就是继承和弘扬孔子老先生提倡"适量饮酒、饮养生酒"的健康饮酒文化，"中庸"文化不仅适合健康的饮酒文化，更适合我们当今社会和个人的发展需要，对社会来说，人类不能对地球过度开发而忘记保护；对个人来说，不能过于软弱也不能过于刚强，不能只追求物质文明而漠视精神文明。孔子认为："天道以中庸为法，过犹不及，皆致失常，养生之道不离中庸则可望颐养天年。"所以和谐的社会、繁荣的地球、健康幸福的人生都需要中庸思想的浇灌，"品中庸美酒，行人间正道"。对于该商标牟先生呼吁有眼光的企业家能够关注，他认为不排除转让或其他的合作可能，在百度中搜索"中庸酒"有近20万篇相关网页，看来中庸与酒是非常有根源的，中庸是非常有群众基础的，凡是有群众基础的东西就会得到大发展，"中庸"白酒是个有强势发展的潜力品牌。

同样，"酒祖"商标之争或引中国白酒文化发源地大讨论[3]，因为30年官司，"杜康"痛失做强做大好局的机会，多少人为此扼腕叹息。"何以解忧，

313

[1] 参见Copyright © njpolo@163. com All rights reserved.

[2] 参见中庸商标：http://www. gbicom. cn/goods. php？id=44709.

[3] 参见http://www. ylrb. com/food/2013/1104/article－2532.

一堆好酒"。这边，"国酒茅台"商标争议未果，谁家欢喜谁家愁？那边，"杜康"又开始为另一枚商标"才下眉头，又上心头"。不过，这次，不是"本是同根生，相煎何太急"，而是把商标之争从中原"烧"到了东北。这枚商标看似简单，但从中国白酒文化根源来探究，其意义绝不亚于"国酒茅台"商标。这枚商标，核心之争在"酒祖"二字。一个叫"酒祖杜康酒"，归属伊川杜康酒祖资产管理有限公司；另一个叫"三沟红山酒祖"，归属辽宁三沟酒业有限责任公司。

"杜康"无争议，争议的是"酒祖"。异议人认为：被异议商标"三沟红山酒祖"中"三沟红山"明显是用来修饰"酒祖"二字，其显著部分是"酒祖"；"杜康"被世人称为"酒祖"，引证商标的标识"酒祖杜康酒"中"酒祖"二字占据了整个商标的最主要部分，"杜康酒"只是在"酒祖"右侧的一小部分，其显著部分是"酒祖"；因此消费者极有可能会认为被异议商标"三沟红山酒祖"与引证商标"酒祖杜康酒"是异议人的系列商标，或者与异议人具有一定的许可、合作等关系，容易造成混淆及误认，所以被异议商标"三沟红山酒祖"与引证商标"酒祖杜康酒"构成近似商标。而且，被异议商标申请使用的商品项目与异议人引证商标指定使用的商品项目属于相同或类似商品项目，因此被异议商标的核准注册或者使用，将会导致消费者的混淆误认，致使被异议人在先商标专有权益可能受到损害。

商标异议说到底是醉翁之意不在酒，被冠以历史文化名酒的杜康酒，最经典的广告词是曹操的"何以解忧，唯有杜康"。杜康商标的争议要从杜康酒说起。杜康酒以其创始人杜康命名，杜康因"始作秫酒"而被后人尊称为"酒祖"。而杜康的来历在历史典籍中记载很少。史籍记载笼统，没有说清楚杜康的具体出生地和酿酒所在地。这就为谁是杜康的传人的争端埋下了伏笔。

因此，这里也告诉我们品牌文化决不等同于企业文化，企业文化是20世纪80年代初在美国兴起的一种管理现象。它是企业在运作过程中所形成的经营思想、经营作风、价值标准、行为规范、规章制度、传统习惯的综合反映，是企业全体人员言行的集合。

而品牌文化，则是企业将企业文化品牌化，将企业品牌赋予文化内涵，并能使这种内涵成为目标认知和接受的生活方式，品牌文化也就有了市场，品牌文化的力量才能得以展现和发挥。

真正的文化酒就是白酒的品牌文化，只是必须将文化酒与狭隘单一的广告酒、名字有点文化味的酒、概念文化炒作酒、文化名人代言酒等区分开来，以免让其产生歧义。文化应该是白酒品牌内涵的一部分，是构成白酒核心品牌价值最主要的部分，而不是单纯的一种表现手段、宣传手法或企业口号。真正的文化酒，至少应具有四个基本特征：①历史悠久；②工艺独特；③对社会经济生活曾产生重大影响；④必须是健康酒、生态酒。

如茅台酒体现的文化是：①绿色茅台。茅台酒是目前中国白酒行业为数不多的几个已通过绿色食品认证的产品之一，拥有得天独厚的绿色的酿造环境，以及与众不同的绿色的传统酿造工艺。以此为基础，不但对其内在品质，而且对外在包装质量等方方面面，我们都提出更高的要求。必须从原材料开始，每一个环节都确保无公害、无污染、无毒，坚持不懈地、严格地向国际环保食品的标准看齐。如今，茅台集团已通过了有机食品认证和ISO14001环境管理体系认证，这就使得茅台酒及其系列产品更加符合广大消费者"绿色、环保、健康、自然"的消费趋势和要求。②人文茅台。茅台地区有2000多年的酿酒历史，早在司马迁《史记》中就有记载，明清之际，作为重要航运码头，又呈现出"秦商聚茅台，蜀盐走贵州"的盛况。1915年，茅台酒一举夺得巴拿马万国博览会金奖，留下一段"怒掷酒瓶震国威"的传奇，从此跻身世界名酒行业；新中国成立后，更因它在我国政治、外交生活中发挥了特殊作用而佳话不断，当之无愧地被誉为"国酒"。可以说，每一个细小的"侧面"都有着动人的历史故事，有着深厚的文化底蕴、文化积淀与人文价值。建国50周年之际，茅台酒因其淳厚的历史及文化内涵，被中国历史博物馆永久收藏。成为中华"文化酒"的杰出代表。③科技茅台。茅台酒属于传统产品，但茅台集团历来重视科技进步。已拥有成立数十年的白酒科研所、技术中心以及中国白酒界一流的（包括诸多国家、省评酒委员会委员）科研队伍。未来的茅台酒，工艺的科技含量要进一步加大，勾兑技术等要进一步提高。无论是产品本身，还是包装材料、防伪等，都应该广泛采用新材料、新设备、新技术，使产品无论内在外在都成为浓缩高科技的结晶，做到艺术与技术的完美统一。让人一拿起、一打开就感到高科技的魅力扑面而来，有着美的享受。

建国以来，无数次重大活动，茅台酒都被当作国礼，赠送给外国领导人。自古而今，向往茅台、赞美茅台的文人墨客不计其数。毫不夸张地说，茅台酒

315

求索篇

的每一个细小的"侧面"都有着丰富的人文历史故事，有着深厚的文化积淀与人文价值。犹如中国发给世界的一张飘香的名片，具象的茅台酒和抽象的"人文"，在以醉人的芳香让世界了解自己的同时，也将中华酒文化的魅力和韵味淋漓尽致地展示给了世界，让其了解了中国、中国文化。

四、总结

　　白酒的品牌文化应该既是历史的，又是现代的、时尚的，同时还是文化的、精神的。真正的酒既能够让得到完美的享受，又能够让产生满足的情绪。由此可见，中国传统名优酒们下一阶段的强者之争首先会集中在战略层面，而品牌文化则是战略层面的眼睛、翅膀和灵魂，谁的品牌文化不能在竞争的浪潮中鲜明地强势地升腾，在向强势传统名优品牌更加集中的未来，部分名优品牌也会将折断翅膀、瞎了眼睛、没了精神，在以往12年的市场竞争中，西凤为什么折翅，董酒为什么不"懂"，洋河曾经6年进入10强，淡出后为什么又"阳"了起来？思维、机制、营销手段都很重要，但高飞需要翅膀，快跑需要眼睛，思辨需要思想是不应该争辩的事实。[1]那么擦亮眼睛、强化翅膀和净化思想则是传统名优白酒应该必修的第一课程。

　　"坐山忘食"商标的出现，是"文化经济化和经济文化化"并存的"文化经济"时代饮酒趋势的缩影，21世纪全球企业的竞争就是品牌之争，知识产权之争，归根结底还是商标之争，商标是商战中创造利润的核武器。在国际舞台上，随时挥舞的大棒就是知识产权——商标争夺战，最昂贵的知识产权就是商标。据权威机构分析国内酒类行业进入了20年来发展的最好水平，这种趋势将会在相当长的一个时期内保持高速的增长，同样也表明市场上将会因为高速的增长出现品牌资源的需求，一个好商标尤如一把利剑，它对于企业抢占市场和迅速被消费者接受起着最直接的作用，企业在选择发展战略的时候纷纷把品牌资源作为重点进行规划，商标作为企业知识产权的核心内容，将会扮演越来越重要的角色，对于"坐山忘食"，当然同样如此。

316

---

[1] http://www.jiaodong.net2012-10-23中国新闻网.

·后 记·

我们常聚会一块喝酒,既探讨酒的味感,也探索的文化,彼此之间,酒的话题丰富多彩,几十年过去了,其间大家都有不少零乱的文字见之出版物间,但总想把它们系统化、结构化,以期从深层次上去探索和体验博大精深的中国酒文化,只憾"势单力簿"、了知皮毛或至多一知半解,深感越喝越探而越糊涂,但既然定了心思,丑媳妇早晚还是要见公婆,我们方鼓起勇力而为之,更重要的是希望唤起大家对酒文化及探索的兴趣。

本书引用的文献较多,对典型的观点及来源均已注明以谢,但由于文字烦琐及写作粗心,难免有遗漏和混乱之处,还希望相关专家包容及读者们理解和见谅。

本书得以出版,我们要特别感谢安顺光大房地产开发有限公司柴毓敏董事长、贵阳花溪能发教育设备公司吴绍伦董事长两位实业家,他们喜酒、喝酒、是酒的爱好者,对酒文化也颇有见解和研究,他们对此书的撰写一直予以鼓励、启发和支持,他们酒量好,人品也好,他们事业之所能如此兴旺发达,这也许印证了酒文化与企业家成功之道有某些内在契合和功能,亦颇值得研究。

我们还要感谢贵州大学旅游与文化产业学院研究生黄珍同学,她在文字资料整理上付出了大量劳动,使其能如期出版。

2014年10月于贵阳花溪三角院